개
미

제2부 개미의날

베르나르 베르베르 장편소설

이세욱 옮김

카트린에게

제2부 개미의 날

모든 것은 하나 안에 있다. — 아브라함

모든 것은 사랑이다. — 예수 그리스도

모든 것은 경제적이다. — 카를 마르크스

모든 것은 성적이다. — 지크문트 프로이트

모든 것은 상대적이다. — 알베르트 아인슈타인

그리고 그다음엔……?

에드몽 웰스, 『상대적이며 절대적인 지식의 백과사전』

첫 번째 비밀 **새벽의 주인들**

1. 전경(全景)

어둠

1년이 지났다. 8월의 어둑새벽, 달 없는 하늘에 별들이 까물거린다. 이윽고 어둠살이 설핏해지면서 빛살이 스며든다. 안개가 너울처럼 퐁텐블로 숲을 휘감고 있다. 붉은 햇덩이가 솟아오르자 안개가 스러지고 모든 것 위에 이슬이 반짝인다. 거미그물은 오렌지빛 구슬을 꿴 천연의 레이스로 변한다. 햇살의 열기가 서서히 대지를 덥히고 있다.

나뭇가지 아래, 풀잎 위, 풀과 풀 사이 어디에서건 미물들이 꼼지락거린다. 종류도 갖가지이고 수도 헤아릴 수 없이 많다. 맑은 이슬을 받아 말쑥하게 단장한 대지 위에서 곧 무슨 일인가가 벌어지려 한다. 더할 나위 없이 기이한 사건이……

2. 도시 한가운데로 잠입한 세 첩자

《빨리 나아가자.》

페로몬에 담긴 명령이 단호하다. 한가롭게 이것저것 구경하고 있을 겨를이 없다는 뜻을 담고 있다. 거뭇한 세 형체가 비밀 통로를 따라 서둘러 나아간다. 그중 하나는 천장에 붙어서 더듬이를 바닥 쪽으로 축 늘어뜨린 채 가고 있다. 동료들이 내려오라고 이르건만 그는 그렇게 머리를 아래로 두는 것이 더 좋다고 고집을 부린다. 그는 사물의 모습을 거꾸로 보고 싶어 한다.

두 동료는 더 이상 말리지 않는다. 따지고 보면 세상을 거꾸로 본다고 해서 나쁠 것도 없다. 갈림목에서 세 개미는 더 좁은 통로 쪽으로 들어간다. 통로의 구석구석을 살피고 나서야 조심스레 발걸음을 옮긴다. 지금까지는 모든 게 너무 순조로워서 오히려 불안한 느낌을 준다.

세 개미가 도시 한가운데에 다다랐다. 필시 경계가 아주 삼엄한 지역일 것이다. 그들의 걸음걸이가 더욱 조심스러워진다. 나아갈수록 통로의 벽이 점점 더 반드르르해진다. 낙엽 조각들이 깔려 있는 곳을 지난다. 붉은 갈색 몸뚱이의 핏줄 속으로 어렴풋한 불안감이 밀려든다.

마침내 그들이 찾던 방이 나타난다. 나뭇진 냄새, 고수풀 냄새, 숯 냄새가 끼쳐 온다. 이 방은 아주 최근에 고안된 것이다. 다른 개미 도시에도 이런 은밀한 방이 있지만 그것은 먹이나 알을 저장하는 데만 쓰인다. 그런데 여기 이 방의 용도는 특별하다. 작년 겨울잠에 들어가기 직전에 어떤 개미가 다음과 같은 제안을 내놓았다.

《겨레의 지력이 너무 빠르게 발전하고 있어서, 우리의 지식이 후대에까지 이어지지 않고 소실될 염려가 있다. 선조들의 지혜를 우리 후손들이 활용할 수 있게 해야 한다.》

개미 세계에서 지식을 축적하자는 제안은 완전히 생소한 것이었다. 그럼에도 대다수의 벨로캉 개미들이 그 제안에 열광적인 지지를 보냈다. 지식을 축적하기 위한 그릇이 고안되었고 모든 개미들이 와서 저마다 자기 지식이 담긴 페로몬을 그 그릇에 쏟아부었다. 그런 다음, 그 그릇들을 주제별로 배열하였다.

그때부터 겨레의 모든 지식을 이 커다란 방에 모아 둘 수 있게 되었고, 이 방을 〈화학 정보실〉이라 명명하였다.

세 개미는 바짝 긴장해 있는 경황에도 찬탄을 느끼며 방 안으로 들어선다. 조마조마한 마음에 더듬이가 떨리는 것을 억누를 수가 없다.

주위를 둘러보니 형광을 발하는 알들이 여섯 줄로 배열되어 있고, 그 둘레에 암모니아 증기가 서려 알들을 덮혀 주고 있다. 그러나 흙으로 싸인 채 고정되어 있는 그 투명한 껍질 속에는 생명의 씨앗이 들어 있는 것이 아니다. 거기에는 수백 가지 주제로 정리된 후각 정보들이 들어 있다. 즉, 〈니〉 왕조 여왕개미들의 역사, 일반 생물학, 동물학(동물학 관련 정보가 특히 많다), 유기 화학, 지상 지리학, 지하 지층 지질학, 아주 유명한 대규모 전투에서 사용된 전략, 최근 1만 년간의 영토 정책 등에 관한 정보들이 담겨 있고, 심지어는 요리법이나 도시 내의 비위생 구역에 관한 정보도 들어 있다.

더듬이들이 움직인다.

《자, 빨리 해치우자.》

세 개미는 앞다리에 난 털을 솔로 삼아 재빨리 더듬이를 닦고 기억 페로몬이 담겨 있는 캡슐들을 조사하기 시작한다. 더듬이의 예민한 끄트머리로 알들을 문질러 내용물을 가려낸다.

세 개미 가운데 하나가 갑자기 동작을 멈춘다. 무슨 소리를 들은 듯하다. 무슨 소리일까? 세 개미는 들킨 것이 아닐까 하고 가슴을 졸이며 기다린다. 누굴까?

3. 살타 형제의 집

「가서 문 열어. 노가르 씨일 거야.」

세바스티앵 살타가 훤칠한 허우대를 구부려 손잡이를 비틀었다.

「안녕하세요!」

그가 인사말을 건넸다.

「안녕하세요. 다 됐어요?」

「그래요. 다 됐어요.」

살타 삼 형제는 일제히 안으로 들어가서 스티롤 수지로 된 커다란 통을 가지고 나오더니, 거기에서 윗부분이 열려 있는 공 모양의 유리그릇을 꺼냈다. 유리그릇 안에는 갈색의 작은 알약들이 가득 들어 있었다.

네 사람은 모두 그 유리그릇 위로 몸을 구부렸다. 카롤린 노가르는 더 이상 못 참겠다는 듯이 유리그릇 안에 오른손을 집어넣었다. 노가르의 손가락 사이로 짙은 흙빛의 알갱이들이 흘러내렸다. 노가르는 향기 좋은 커피 알갱이의 냄새를 즐기듯 그것들의 냄새를 맡았다.

「이거 만드느라고 고생 많으셨죠?」

「말도 마십시오.」

살타 삼 형제가 이구동성으로 대답했다. 그중 하나가 덧붙였다.

「그래도 보람 있는 일이었습니다.」

살타 삼 형제, 즉 세바스티앵, 피에르, 앙투안은 모두 신장이 2미터 가까이나 되는 거구들이었다. 그들은 무릎을 꿇고 앉아 노가르가 한 것처럼 자기들의 기다란 손가락을 유리그릇 안에 집어넣었다.

높은 촛대에 꽂힌 촛불 세 개가 주황색 불빛으로 그 기이한 무대를 비추고 있었다.

카롤린 노가르는 유리그릇을 여러 겹의 나일론 망사로 감싼 다음 여행 가방 안에 넣었다. 노가르는 세 거인을 올려다보며 미소로 작별 인사를 대신했다.

피에르 살타가 안도의 한숨을 내쉬며 말했다.

「이제 우리가 할 일은 다 한 거야.」

4. 도주와 추격

공연히 겁을 먹었다. 낙엽이 바스락거린 것뿐이다. 세 개미는 탐색 작업을 계속한다.

액체 상태의 정보가 가득 들어 있는 캡슐들의 냄새를 하나하나 맡아 나가던 세 개미가 마침내 원하던 것을 찾아낸다.

다행히 별로 힘들이지 않고 찾아낼 수 있었다. 세 개미는 그 보물을 들어내어 다리에서 다리로 건네 가며 살펴본다. 페로몬이 가득 담겨 있는 그 알은 송진 방울로 단단히 봉해져 있다. 개미들이 마개를 떼어 내자 더듬이 열한 마디로 첫 번째 냄새가 훅 끼쳐 온다.

《해독 금지.》

옳거니. 특급 비밀 정보임을 알리는 표시로는 그보다 나은 것이 없다. 세 개미는 알을 내려놓고 걸신이라도 들린 것처럼 그 속에 더듬이를 허겁지겁 집어넣는다. 정보를 담은 냄새가 뇌 속의 구불구불한 신경계로 전해진다.

《내 이름은 클리푸니. 벨로키우키우니의 딸이며, 〈니〉 왕조의 333번째 여왕으로서 불개미 도시 벨로캉의 유일한 산란자이다.

여왕이 되기 전에는 암개미 56호라 불렸다. 계급이 암개미이고 산란 번호가 춘계 56번이기에 그렇게 불린 것이다.

나는 어렸을 때 우리 도시 벨로캉이 세계의 중심이라고 믿었으며, 우리 개미들이 세계에서 유일하게 문명을 이룬 생물이라고 믿었다. 흰개미와 꿀벌과 말벌은 무지몽매한 탓에 우리의 관습을 받아들이지 않는 미개한 족속이라고 생각했다.

또 우리 불개미와 종이 다른 개미들을 퇴화한 자들로 여겼고 난쟁이개미들은 너무 작아서 우리의 근심거리가 되지 못할 것으로 생각했다.

당시에 나는 줄곧 궁궐 안 암개미들의 방에 틀어박혀 지냈다. 나의 유일한 소망은 어머니 같은 여왕이 되어, 어머니가 하신 것처럼 말 그대로 영원히 존재하게 될 강력한 연방을 건설하는 것이었다.

그러던 어느 날 젊은 수개미 327호가 상처를 입고 내 방으로 뛰어 들어와 이상한 이야기를 들려줌으로써 내 생각에 커다란 변화가 일어났다. 그는 사냥을 나갔던 원정대가 새로운 살상 무기 때문에 전멸당했다고 단언했다.

처음에 우리는 난쟁이개미들의 소행일 것으로 생각했다. 그들이 우리의 가장 강력한 경쟁자들이었기에 그 의심은 자연스러운 것이었다. 그러던 중 그들과 대규모 전투를 치렀다. 그것이 이른바 개양귀비 전투이다. 수백만의 병정개미들이 목숨을 잃긴 했지만 우리는 그 전투를 승리로 이끌었다. 그 승리를 통해서 난쟁이개미들에 대한 우리의 의심이 그릇된 것이었음을 깨달았다. 난쟁이개미들은 고성능 비밀 무기를 전혀 가지고 있지 않았다.

그다음에 우리가 혐의를 둔 쪽은 대대로 내려오는 적인 흰개미들이었다. 그것 역시 오판이었다. 동쪽의 거대한 흰개미 도시가 유령 도시로 변해 있었다. 그 도시의 모든 거주자들이 염소 가스에 독살되었다. 참으로 기이한 일이었다.

결국 우리는 우리 도시 내부를 조사하게 되었고, 그 과정에서 한 비밀 군대와 대결하게 되었다. 그 비밀 군대의 임무는 사회에 지나친 불안감을 조성하는 정보들을 차단함으로써 공공의 안녕을 유지하는 것이었다. 비밀 군대에 속한 암살자들은 바위 냄새를 풍기고 다녔으며 자기들이 세균을 잡아먹는 백혈구와 같은 구실을 한다고 주장했다. 그들은 우리 사회 구성원들의 알 권리를 억압했다. 하나의 유기체와도 같은 우리 공동체 안에 독소가 스며드는 것을 막는다는 구실 아래 그들은 위험한 정보를 차단하기 위해서라면 수단과 방법을 가리지 않았다.

그러나 비생식 병정개미 103683호의 기상천외한 모험담을 듣고 나서 우리는 마침내 모든 것을 이해하게 되었다.

세계의 동쪽 끝에 어마어마하게 큰…….》

세 개미 가운데 하나가 읽기를 중단한다. 누군가가 있는 것 같다. 세 첩보 개미가 몸을 숨기고 주위를 살핀다. 아무것도 움직이지 않는다. 더듬이 하나가 은신처 위로 쭈뼛거리며 올라오더니 이내 나머지 다섯 더듬이가 그 뒤를 따른다.

여섯 개의 감각기가 레이더로 바뀌어 초당 진동수 1만 8천으로 떨린다. 주위에 떠도는 모든 냄새가 즉시 감지된다.

이번에도 공연히 겁을 먹었다. 주위에는 아무도 없다. 세개미는 다시 페로몬을 해독하기 시작한다.

《세계의 동쪽 끝에 어마어마하게 큰 동물들이 떼 지어 살고 있다.

개미 세계의 전설에 그 동물들을 시적인 언어로 묘사한 대목이 있기는 하다. 그러나 그 동물들은 어떠한 시로도 형상화해 낼 수 없는 것들이다.

유모 개미들은 무서운 얘기로 우리를 오싹하게 만들고 싶을 때 그 동물들 얘기를 들려주곤 했다. 그러나 그들은 무시무시한 옛날이야기에 등장하는 상상의 동물이 아니었다.

전에 나는 다섯 마리씩 떼를 지어 다니면서 세계의 끝을 지키고 있다는 그 거대한 괴물들에 관한 이야기를 그다지 믿지 않았다. 나는 그것을 순진한 암개미들을 놀리려는 객쩍은 이야기로만 여겼다.

이제 나는 〈그들〉이 정말로 존재한다는 것을 알고 있다.

사냥을 나간 첫 원정대를 몰살한 것이 〈그들〉 짓이었다.

흰개미 도시에 독가스를 뿌린 것도 〈그들〉 짓이었다.

벨로캉을 유린하고 어머니를 죽인 불의 재앙도 〈그들〉 짓이었다.

〈그들〉, 바로 〈손가락들〉이었다.

나는 그들에 대해 알고 싶어 하지 않았다. 그러나 이젠 그럴 수 없게 되었다.

숲속 어디에서나 그들을 발견할 수 있다.

첩보 개미들의 보고를 접하고 판단하건대, 분명히 그들은 나날이 우리 세계 가까이로 다가오고 있으며 우리의 생존을 심각하게 위협하고 있다.

사정이 그러하기에 나는 이제 우리 벨로캉 개미들을 설득하여 〈손가락들〉을 상대로 성전(聖戰)을 벌이기로 결심했다. 더 늦기 전에 이 세계에서 〈손가락들〉을 몰아내기 위하여 대규모 원정군을 파견할 생각이다.》

페로몬에 담긴 정보가 너무나 황당해서 세 개미는 잠시 어리둥절해 있다가 늦게야 그 내용을 이해한다. 비로소 세 첩보 개미는 알고 싶어 하던 것을 알게 되었다.

손가락들을 응징하기 위한 원정군!

이 사실을 어떠한 일이 있어도 다른 동료들에게 알려야 한다. 그러기 전에 이 징보의 내용을 좀 더 자세히 알 필요가 있다. 세 개미는 일제히 더듬이를 캡슐에 다시 담근다.

《이 괴물들을 없애 버리자면 예상컨대 원정군의 규모가 23개의 돌격 보병 군단, 14개의 경포병 군단, 45개의 백병전 군단, 29개의…….》

다시 무슨 소리가 들렸다. 이번엔 의심의 여지가 없다. 누군가가 마른 흙을 밟는 소리가 들렸다. 세 잠입자는 극비 정보가 묻은 더듬이를 다시 빼낸다. 어쩐지 모든 게 너무 쉽게 이루어진다 싶더니 함정에 빠진 것이다. 경비 개미들은 그들이 침투한 것을 알면서도 정체를 더 잘 알기 위해 화학 정보실에 잠입하도록 내버려 두었던 것이리라.

세 개미는 다리를 오그리며 뛰어오를 채비를 한다. 그러나 너무 늦었다. 병정개미들이 벌써 와 있다. 반체제 진영에 속한 세 개미는 가까스로 소중한 기억 페로몬이 들어 있는 알을 챙겨서 옆쪽으로 나 있는 작은 통로로 달아난다.

벨로캉 특유의 냄새 언어로 된 경보가 울린다. 화학식으로 나타내면 〈$C_8-H_{18}-O$〉가 되는 경보 페로몬이다. 즉각 반응이 나타난다. 벌써 병정개미 다리 수백 개의 움직이는 소리가 들린다.

세 잠입자가 전속력으로 달아난다. 반체제 개미 가운데 화학 정보실에 잠입해서 클리푸니 여왕의 가장 중요한 기억 페로몬을 해독하는 데 성공한 것은 자기들뿐인데 여기서 허망하게 죽는다는 건 안 될 말이다.

벨로캉의 통로들을 오가며 숨 막히는 추격전이 벌어진다. 개미들은 아주 빨리 내닫기 때문에 통로의 굽이를 돌 때는 봅슬레이 경주에서처럼 바닥과 수직을 이룬 벽면을 타고 유연하게 돈다.

때로는 바닥으로 다시 내려가지 않고 천장에 붙어서 계속 나아간다. 사실 개미 도시에서는 위와 아래라는 개념이 명확히 구분되지 않는다. 발톱이 있기에 개미들은 어디에서나 걷고 달릴 수 있다.

여섯 개의 다리가 달린 봅슬레이들은 현기증이 날 정도로 빠르게 달아나고 있다. 벽들이 와락와락 덤벼드는 느낌이 든다.

올라가고 내려가고 이리저리 돌아간다. 벼랑이 나타나자 도망자와 추격자가 모두 아슬아슬하게 뛰어넘는데 잠입자 하나가 벼랑에 떨어진다. 그 개미 앞에 번들거리는 딱지를 가진 병정개미 하나가 나타나더니 무슨 일이 벌어지는지 깨달을 사이도 없이 개미산이 가득 들어 있는 배 끝을 들어 올린다. 뜨거운 개미산을 맞은 첩보 개미가 금세 물렁물렁한 반죽이 되어 버린다. 겁에 질린 두 번째 첩보 개미는 몸을 돌려 옆의 통로로 재빨리 달아난다.

《흩어지자!》

그가 냄새 언어로 부르짖고 다리 여섯 개로 땅바닥을 깊이 판다. 기력이 빠진다. 병정개미 하나가 그의 왼쪽에 나타난다. 너무 빨리 달려온 탓에 그 병정개미는 희생물을 바로 앞에 두고도 위턱으로 잡지 못하고 개미산 포를 겨누지도 못한다. 그 틈을 놓칠세라 첩보 개미는 그 병정개미를 벽에 부딪치게 하려고 힘껏 떼민다.

딱지들이 둔탁한 소리를 내면서 서로 부딪친다. 벨로캉의 비좁은 통로에서 두 개미는 시속 0.1킬로미터 이상으로 움직이며 강타를 주고받는다. 상대에게 딴죽을 걸어 보기도 하고 위턱의 뾰족한 끝으로 상대를 찌르기도 한다.

두 개미는 너무 빨리 움직이느라고 통로가 점점 좁아지고 있음을 깨닫지 못하다가 급기야는 깔때기 모양의 통로 속으로 빨려 들어가 서로 충돌하고 만다. 봅슬레이처럼 질주하던 두 개미의 몸뚱이가 터지면서 키틴질 조각이 주위에 널리 흩어진다.

세 번째 반체제 개미는 다리를 천장에 대고 머리를 아래로 둔 채 재빨리 달아난다. 포수 개미 하나가 그를 겨누더니 정확한 사격으로 오른쪽 뒷다리를 으깨어 버린다. 그것에 충격을 받은 첩보 개미가 여왕의 기억 페로몬이 담긴 알을 놓친다.

경비 개미가 그 보물을 회수해 간다.

다른 포수 개미가 개미산 열 방울을 연달아 쏘아 마지막으로 살아남은 첩보 개미의 더듬이 하나를 녹여 버린다. 빗나간 개미산 방울들이 천장에 구멍을 내면서 그 파편들이 쌓여 일시적으로 추격자들의 앞길을 막는다.

첩보 개미가 잠시 한숨을 돌린다. 그러나 이제 더 이상 멀리 나아갈 수가 없다. 더듬이 하나와 다리 하나가 없어진 데다 길목마다 경비 개미들이 지키고 있을 것이기 때문이다.

벌써 병정개미들이 뒤에 와 있다. 개미산이 분출한다. 다시 다리 하나가 잘린다. 이번에는 앞쪽이다. 그래도 첩보 개미는 남아 있는 네 다리로 힘껏 달아나 통로의 어떤 우묵한 곳에 들어가 웅크린다.

경비 개미 하나가 그에게 개미산 포를 겨눈다. 그러나 그에게도 개미산은 있다. 그는 배를 흔들어 재빨리 사격 자세를 취한 다음 경비 개미를 겨눈다. 명중이다. 경비 개미는 그만큼 노련하지 못해서 겨우 왼쪽 가운뎃다리를 잘랐을 뿐이다. 이제 다리가 세 개뿐이다. 첩보 개미는 가쁜 숨을 쉬면서 절뚝절뚝 나아간다. 어떠한 일이 있어도 이 함정에서 빠져나가 다른 반체제 개미들에게 손가락들을 상대로 원정이 준비되고 있음을 알려야 한다.

《그자가 저쪽으로 갔다. 저쪽이다!》

첩보 개미의 개미산에 타 죽은 시체를 발견한 한 병정개미가 페로몬을 발한다.

여기서 어떻게 빠져나가지? 살아남은 첩보 개미는 있는 힘을 다하여 천장을 파고 들어간다. 천장 속에 들어가면 추격자들이 눈치를 못 챌 것이다. 천장은 확실히 임시변통의 은신처로 이상적인 곳이다.

경비 개미들은 처음에는 그냥 지나쳤다가, 두 번째 지나갈 때 한 경비 개미가 위에서 액체 한 방울이 떨어지는 것을 보고 첩보 개미가 숨어 있음을 알아차렸다. 첩보 개미의 투명한 핏방울이 떨어진 것이다.

중력 법칙은 어디에서나 가차 없이 작용한다. 빌어먹을 중력!

반체제 개미는 천장에서 뛰어내리더니 마지막 남은 다리와 더듬이를 마구 휘두르기 시작한다. 병정개미 하나가 그의 다리 하나를 낚아채어 부러질 때까지 비튼다. 다른 병정개미가 뾰족한 위턱으로 그의 가슴을 꿰뚫는다. 그 상황에서도 그는 달아난다. 남은 두 다리로 절뚝거리며 기어간다. 그러나 더 이상 빠져나갈 구멍이 없다. 기다란 위턱 하나가 벽을 뚫고 나오더니 그의 머리를 싹둑 잘라 버린다. 머리가 바닥에서 되튀어 비탈진 통로를 따라 데구루루 굴러간다.

남은 몸뚱이는 열 걸음 정도를 더 가다가 차츰 움직임이 둔해지더니 마침내 움직임을 멈추고 풀썩 무너진다. 경비 개미들은 토막 난 몸뚱이들을 모아 다른 두 첩보 개미의 시체와 함께 도시의 쓰레기터에 버린다. 너무 호기심이 많은 자들의 최후는 이러한 것이다.

운수 사납게도 인형극이 시작되기도 전에 박살 난 꼭두각시들처럼 세 시체가 버려진 채 누워 있다.

5. 수사 착수

『일요 메아리』의 기사.

프장드리가에서 의문의 삼중 살인
지난 목요일 퐁텐블로시 프장드리가에 있는 어떤 집에서

세 형제가 변시체로 발견되었다. 같은 집에 살고 있던 세바스티앵, 피에르, 앙투안 살타 삼 형제가 변을 당한 것인데, 사망 원인은 아직 밝혀지지 않았다.

그 구역은 범죄가 없기로 유명한 곳이다. 돈이나 귀중품은 그대로 있었고, 가택 침입은 물론 범행에 사용되었을 법한 어떠한 흉기도 현장에서 발견되지 않았다.

까다로운 점이 많을 것으로 보이는 이 사건의 수사는 퐁텐블로 형사대 소속의 유명한 형사 자크 멜리에스 경정에게 맡겨졌다. 이 기이한 사건은 추리 소설의 수수께끼를 좋아하는 사람들에게 여름의 더위를 잊게 하는 납량 스릴러가 되어 줄 것이다. 이제 살인범이 잡히는 건 시간문제다. L.W.

6. 백과사전

또 당신인가?

그렇다면 당신이 『상대적이며 절대적인 지식의 백과사전』이라는 내 책의 두 번째 권을 발견했다는 얘기가 된다.

첫 번째 권은 지하 사원의 보면대 위에 눈에 잘 띄게 놓여 있었을 테지만, 이 두 번째 권을 발견하기는 그보다 더 어려웠을 것이다. 그렇지 않은가?

어쨌든 경하할 일이다.

당신은 정확히 누구인가? 내 조카 조나탕인가? 내 딸인가? 아니면 그도 저도 아닌가?

미지의 독자인 그대에게 먼저 인사를 보낸다.

나는 당신을 더 잘 알고 싶다. 이 책장들을 넘기기에 앞서 당신의 이름과 나이, 직업, 국적을 말해 주기 바란다.

당신이 살아가면서 가장 흥미를 느끼는 것은 무엇인가?

당신의 강점은 무엇이고 약점은 무엇인가?

이런, 그런 게 무슨 소용인가! 그런 건 아무래도 좋다. 나는 당신이 누구인지를 알고 있다.

나는 내 책장에 닿는 당신의 손길을 느끼고 있다. 그것도 기분 좋은 손길을 말이다. 당신 손가락 끝의 지문에서 나는 당신의 가장 내밀한 특성을 알아낸다.

지문은 당신 몸의 아주 작은 일부분에 불과하지만 그 안에 모든 정보가 들어 있다. 거기에서 나는 당신 조상들의 유전자까지도 알아낼 수 있다.

수천 명의 사람들이 너무 어린 나이에 죽어 버렸더라면 당신은 태어나지 못했을 것이다. 그들이 서로 사랑하고 짝짓기를 한 끝에 당신이 태어난 것이다.

이 글을 쓰는 지금 당신이 내 앞에 보이는 듯하다. 아니, 웃지 말고 그냥 그대로 있어 주기 바란다. 당신을 더욱 깊이 이해하고 싶다. 당신은 스스로가 상상하는 것보다 훨씬 대단한 존재다.

당신에겐 하나의 사회사가 담긴 성과 이름이 있지만 그게 당신의 전부일 수는 없다.

당신은 71퍼센트의 물과 18퍼센트의 탄소, 4퍼센트의 질소, 2퍼센트의 칼슘, 2퍼센트의 인, 1퍼센트의 칼륨, 0.5퍼센트의 황, 0.5퍼센트의 나트륨, 0.4퍼센트의 염소로 이루어져 있다. 거기에다 큰 숟가락 한 술 분량의 여러 가지 희유원소, 즉 마그네슘, 아연, 망가니즈, 구리, 아이오딘, 니켈, 브로민, 플루오린, 규소를 함유하고 있다. 또 소량의 코발트, 알루미늄, 몰리브데넘, 바나듐, 납, 주석, 타이타늄, 붕소도 가지고 있다.

이상이 당신의 생명을 구성하고 있는 물질들이다.

이 모든 물질들은 별들이 연소하면서 생겨나는 것으로 당신 몸 안이 아닌 다른 곳에서도 얼마든지 찾아볼 수 있는 것들이다. 당신의 물은 흔하디흔한 바닷물과 다를 바 없고, 당신의 인은 성냥개비의 인과 한가지이며, 당신의 염소는 수영장 물을 소독하는 데 쓰이는 염소와 같은 것이다.

그러나 당신은 단순히 그런 물질들을 합쳐 놓은 존재가 아니다.

당신은 하나의 화학적 구조물이며 훌륭한 건축물이다. 구성 물질들이 적질히 배합되고 안정되게 평형을 이루면서 완벽하게 기능하고 있다. 그 복잡함은 이루 말할 수가 없다. 당신을 이루는 분자들은 다시 원자, 미립자, 쿼크, 진공으로 이루어져 있고, 그 모든 것들은 전자기적인 힘과 인력과 전자의 힘에 의해 결합되어 있다. 그 절묘함은 우리의 상상을 초월한다.

각설하고, 당신이 이 두 번째 권을 찾아냈다는 것은 당신이 꾀바른 사람임을 말해 주는 것이고 당신이 벌써 나의 세계에 대해서 많은 것을 알고 있음을 말해 주는 것이다. 첫 번째 권에서 당신이 얻은 지식을 어떻게 활용했는지 궁금하다. 혁명이 일어났는가? 개혁이 일어났는가? 물론 아무것도 달라진 게 없을 것이다.

그러면 이제 이 책을 더 잘 읽기 위해서 편안한 자세를 취하기 바란다. 등을 곧게 펴고 호흡을 잔잔하게 고른 다음 입의 긴장을 풀고 내 말에 귀를 기울여 주기 바란다.

당신을 둘러싸고 있는 시공간의 모든 것 중에서 쓸모없는 것이라고는 아무것도 없다. 당신도 물론 쓸모없는 존재가 아니다. 하루살이 같은 당신의 삶에도 어떤 의미가 있다. 당신의 삶은 막다른 골목으로 통하지 않는다. 모든 것은 저마다 의미를 지니고 있다.

당신이 내 글을 읽고 있을 때쯤이면, 이 말을 하고 있는 나는 구더기들의 밥이 되어 있을 것이다. 아니, 풀의 새싹을 무성하게 키워 줄 비료가 되어 있을지도 모르겠다. 내 세대의 사람들은 내가 이루고자 했던 것이 무엇인지 이해하지 못했다.

나에겐 시간이 너무 부족하고 내가 남길 수 있는 것은 보잘것없는 자취인 이 책뿐이다.

나에겐 시간이 너무 부족하지만 당신에겐 시간이 있다. 편하게 자리를 잡았으면 근육의 긴장을 풀고 오로지 우주만 생각하라. 그 속에서 당신은 그저 하나의 티끌일 뿐이다.

시간이 아주 빠르게 흘러간다고 상상해 보라. 응애, 하고 당신이 태어난다. 흔해 빠진 하나의 버찌 씨처럼 어머니 몸에서 빠져나온 것이다. 쩝쩝거리면서 당신은 수천 끼의 갖가지 음식을 먹어 치운다. 수천 톤의 식물과 동물이 이내 똥으로 변한다. 억, 하고 당신이 죽는다.

당신의 삶이 그런 것이라면 그 삶은 얼마나 덧없는 것이랴.

물론 당신은 그런 삶을 바라지 않을 것이다.

행동하라! 무엇인가를 행하라! 하찮은 것이라도 상관없다. 죽음이 찾아오기 전에 당신의 생명을 의미 있는 뭔가로 만들라. 당신은 쓸데없이 태어난 것이 아니다. 당신이 무엇을 위하여 태어났는지를 발견하라. 당신의 최소한의 임무는 무엇인가?

당신은 우연히 태어난 것이 아니다.

명심하라.

에드몽 웰스, 『상대적이며 절대적인 지식의 백과사전』 제2권

7. 탈바꿈

그 애벌레는 누가 이래라저래라 간섭하는 것을 달가워하지 않는다.

개미들을 조심하라는 잠자리의 충고를 아랑곳하지 않고 통통한 나비 애벌레가 잠자리 곁을 떠나 물푸레나무 가지 끝

으로 간다. 풀빛과 검정과 하양이 어우러져 있고 털이 나 있는 애벌레다.

그 애벌레는 물결이 굽이치듯 기어간다. 먼저 앞다리 여섯 개를 앞으로 내민다. 그다음 몸을 고리처럼 둥글게 만들면서 뒷다리 열 개를 앞다리가 있는 자리로 옮긴다.

나뭇가지 끝에 다다르자 애벌레는 끈끈한 침을 뱉어 꽁무니를 붙인 다음 머리를 아래쪽으로 두고 대롱대롱 매달린다.

애벌레는 아주 지쳐 있다. 애벌레의 삶이 끝나 간다. 허물 벗기의 고통을 마감하고 이제 고치를 지으려는 것이다. 그것은 탈바꿈이기도 하고 하나의 죽음이기도 하다.

침묵이 흐른다.

애벌레는 수정같이 맑고 단단한 실로 된 고치로 몸을 감싼다. 애벌레의 몸뚱이가 마법의 냄비로 변한다.

애벌레는 이날을 오래오래 기다려 왔다. 너무나 오랜 기다림이었다.

고치가 단단해지고 뽀얘진다. 산들바람이 그 이상하게 생긴 하얀 열매를 가만가만 흔든다.

며칠 후 고치는 크게 부풀어 오른다. 금방이라도 긴 숨을 한바탕 내쉴 기세다. 호흡이 점점 고르게 되어 간다. 고치가 바르르 떤다. 고치 안에서 바야흐로 연금술처럼 신비로운 일이 벌어진다. 여러 가지 색과 희유원소, 옅고 진한 갖가지 냄새, 체액과 호르몬, 래커 같은 진, 지방, 산, 살과 껍질이 뒤섞인다.

하나의 새로운 생명을 만들기 위하여 더할 나위 없이 정확하게 모든 것이 조절되고 배합된다. 그러고 나자 고치 꼭대기가 갈라지면서 나선 모양으로 감겨 있던 더듬이 하나가 풀어지며 은색 껍질을 뚫고 쭈뼛쭈뼛 나온다.

　요람이기도 하고 관이기도 한 고치를 뚫고 나오는 그 곤충의 모습은 예전의 애벌레와 전혀 닮은 구석이 없다.

　근처를 지나던 개미 한 마리가 그 놀라운 장면을 목격했다. 그 황홀한 탈바꿈 장면에 매료되어 있던 개미는 이내 정신을 가다듬고 그게 하나의 사냥감에 불과하다는 사실을 상기한다. 개미는 그 곤충이 도망가기 전에 죽이려고 가지 위로 달려 올라간다.

　박각시나방이 촉촉한 몸뚱이를 완전히 고치에서 빼내고, 날개를 편다. 화려한 빛깔이다. 가볍고 연약하고 뾰족한 날개가 아롱아롱 반짝인다. 톱니 모양을 한 날개 가장자리의 거뭇한 색조에 대비되어 번쩍이는 노란색, 광택 없는 검정색, 광택 있는 오렌지색, 진홍색, 주홍색, 자갯빛이 도는 석탄색이 뒤섞인 묘한 색조가 더욱 도드라져 보인다.

　병정개미가 배를 가슴 아래로 움직이면서 사격 자세를 취한다. 시각과 후각을 사용하는 그의 조준점 안에 박각시나방이 들어온다.

　박각시나방이 개미를 발견한다. 자기를 겨누고 있는 개미의 뾰족한 배 끝에 잠시 넋을 잃고 있던 나방이 그 배 끝에서 치명적인 무기가 발사될 수도 있다는 사실을 깨닫는다. 그러나 나방은 죽음을 맞이할 마음의 준비가 전혀 되어 있지 않다. 지금은 안 된다. 지금 죽는 건 너무나 허망한 노릇이다.

　두 곤충이 서로를 응시한다. 개미는 나방을 찬찬히 살펴보면서 정말 매력적이라고 생각한다. 그러나 애벌레들에게 싱싱한 살코기를 먹이기 위해선 어쩔 수 없다. 개미들은 풀만 먹고는 살 수가 없다. 개미는 나방이 곧 날아오르리라는 것을 알아채고 나방의 움직임을 감안하면서 배 끝을 들어 올린다. 나방은 그 순간을 놓칠세라 얼른 날아오른다. 발사된 개미산이 나방의 몸뚱이를 맞추지 못하고 빗나가면서 날개를 뚫고 나간다. 날개에 아주 동그란 작은 구멍이 생겼다.

나방이 조금 가라앉는다. 오른쪽 날개에 뚫린 구멍으로 바람이 빠져나가는 소리가 들린다. 노련한 사수인 그 개미는 나방이 자기가 쏜 개미산에 맞았다고 확신한다. 그런데도 여전히 나방은 날갯짓을 계속하고 있다. 날갯짓을 한 번 할 때마다 축축하던 날개가 점점 건조해진다. 나방은 다시 고도를 높이면서 아래에 있는 자기 고치를 바라본다. 서운한 감회가 한 가닥 스치고 지나간다.

병정개미는 여전히 나방의 목숨을 노리면서 개미산을 다시 쏜다. 하늘이 돕느라고 그러는지 산들바람에 밀린 나뭇잎 하나가 그 치명적인 발사물을 막아 준다. 나방은 방향을 틀어 경쾌하게 날개를 저으며 멀어져 간다.

벨로캉의 병정개미 103683호가 사냥감을 놓친 것이다. 그의 사냥감은 이제 사정권 밖에 있다. 103683호는 날아가는 나방을 멍하니 바라보며 한순간 나방을 부러워한다. 어디로 가는 걸까? 동쪽으로 사라지는 것으로 보아 세계의 끝을 향해 가는 듯하다.

박각시나방은 몇 시간 동안을 내처 날아가다가, 하늘이 어둑어둑해질 무렵 먼 곳에 불빛이 있음을 발견하자 그쪽으로 서둘러 날아간다.

불빛에 홀린 박각시나방은 그 황홀한 빛에 다가가야겠다는 일념으로 진동한동 나아간다. 불빛이 가까워지자 나방은 한시라도 빨리 황홀경을 맛보려고 더욱 속도를 낸다.

이제 불빛이 바로 눈앞에 있다. 날개 끝에 불이 붙으려는 순간이다. 그러거나 말거나 나방은 불 속으로 뛰어들어 그 뜨거운 힘을 즐기려 한다. 태양과도 같은 그 불 속에서 녹아 버리고 싶은 것이다. 그 박각시나방은 그렇게 불 속에서 자기 몸을 불사르고 말게 될 것인가?

8. 멜리에스 경정, 살타 형제 살인 사건의 수수께끼를 풀다

「안 되겠지요?」

그는 주머니에서 껌을 꺼내어 깨물면서 대답했다.

「안 돼. 몇 번 말해야 알아듣겠나. 기자들은 들여보내지 말게. 내가 시체를 차분하게 조사하고 난 다음에 보자고. 그리고 저 촛대에 꽂힌 촛불들 좀 꺼주게. 그런데 촛불은 왜 켜놓은 거지? 아, 이 집 전기가 나갔었군. 하지만 이제 전기가 다시 들어왔지 않는가, 안 그래? 그러니 촛불을 끄게. 화재가 발생할 염려도 있고 하니 말일세.」

누군가가 촛불을 불어 껐다. 날개 끝에 이미 불이 붙어 있던 나방 한 마리가 아슬아슬하게 불에 타 죽는 것을 면했다.

멜리에스 경정은 껌을 요란하게 씹으면서 프장드리가의 그 집을 조사하고 있었다.

21세기 초가 되었는데도 지난 세기에 비해 별로 달라진 게 없었다. 그래도 범죄 수사 기술에는 약간의 진보가 있었다. 살해당한 시체를 처리하는 방법이 개선된 것도 그중의 하나였다. 이제는 시체를 사망하던 순간과 똑같은 모습으로 보존하기 위해 포르말린과 투명한 밀랍을 입힐 수 있게 되었다. 그럼으로써 경찰은 여유를 갖고 마음껏 범죄 현장을 조사할 수 있게 되었다. 그 방법은 옛날에 분필로 시체가 있던 자리를 표시하는 방식보다 훨씬 더 효율적이었다.

시체의 끔찍한 모습을 생생하게 보게 된다는 점이 약간 곤혹스럽기는 했지만 수사관들은 이내 그런 것에 익숙해져서, 죽을 당시의 모습 그대로 눈을 뜬 채 살갗이며 의복에 온통 투명한 밀랍을 뒤집어쓰고 있는 피살자들을 아무렇지 않게 대할 수 있게 되었다.

「여기에 가장 먼저 온 사람이 누구지?」

「카위자크 형사입니다.」

「에밀 카위자크 말인가? 에밀 형사 어디 있지? 아, 아래 있지. 좋아, 에밀 형사 좀 오라고 하게.」

한 젊은 경관이 머뭇거리며 말한다.

「저, 경정님…… 『일요 메아리』에서 한 여성 기자가 와서 이런 얘기를…….」

「누가 뭔 얘기를 한다는 거야? 안 돼! 나중엔 몰라도 지금은 기자들 사절이야. 가서 에밀 형사나 데려오라고.」

멜리에스는 거실 안을 이리저리 거닐다가 세바스티앵 살타의 시체 위로 몸을 구부렸다. 멜리에스는 자기 얼굴을 일그러진 시체의 안면에 거의 닿을 정도로 바싹 갖다 대고, 휘둥그레진 눈이며 치켜 올라간 눈썹, 벌름하게 벌어진 콧구멍, 딱 벌린 입과 늘어진 혀를 살펴보았다. 그는 피살자의 이가 틀니라는 것과 마지막 간식으로 먹은 것이 무엇인지를 알아냈다. 피살자는 땅콩과 건포도를 먹었음에 틀림없었다.

멜리에스가 이번엔 다른 두 형제의 시체 쪽으로 몸을 돌렸다. 피에르 역시 눈을 회동그렇게 뜨고 입을 벌리고 있었다. 투명 밀랍이 그의 살갗에 돋은 닭살을 그대로 보존해 주고 있었다. 앙투안의 얼굴 역시 공포에 짓눌린 듯 험상궂게 일 그러져 있었다.

경정은 주머니에서 조명 돋보기를 꺼내 세바스티앵 살타 의 살갗을 살펴보았다. 털이 빳빳하게 일어서 있고 그에게도 역시 닭살이 돋아 있었다.

눈에 익은 윤곽이 멜리에스 앞에 나타났다. 에밀 카위자 크 형사다. 퐁텐블로 형사대에서 40년 동안을 충실하게 봉 직해 온 사람이다. 살쩍이 희끗희끗하고 콧수염을 뾰족하게 길렀으며 배가 두두룩하다. 카위자크는 분수를 지키며 사는 조용한 사람이었다. 그의 유일한 소망은 퇴직할 때까지 별다 른 풍파 없이 평온하게 지내는 것이었다.

「여기에 가장 먼저 온 사람이 에밀 형사요?」

「그렇습니다.」

「뭐 본 거 있어요?」

「경정님이 본 것과 똑같은 걸 보았습니다. 오자마자 시체 에 밀랍을 입히라고 지시했습니다.」

「잘했어요. 이 사건에 대해 어떻게 생각하세요?」

「상처도 없고, 지문도 없고, 흉기도 없고, 들어오고 나간 흔적도 없고…… 한마디로 골치 아픈 사건 같은데요.」

「의견 잘 들었어요. 고마워요.」

자크 멜리에스 경정은 젊은 사람이었다. 이제 겨우 서른 두 살이었다. 그러나 벌써 명민한 수사관이라는 명성을 얻고 있었다. 그는 틀에 박힌 수사 방법을 경멸하면서 아주 복잡 한 사건도 독창적인 방법으로 해결해 내곤 했다.

자크 멜리에스는 자연 과학 공부에 충실했던 사람인데, 그 공부를 마치고 나서는 과학자로서 남부럽지 않게 사는 길을 포기하고 자기가 줄곧 관심을 가져 왔던 범죄 연구에 몰두하게 되었다. 맨 처음 멜리에스가 의문 부호투성이의 그 세계에 발을 들여 놓게 된 것은 소설을 통해서였다. 그는 티 판사에서 매그레, 에르퀼 푸아로, 뒤팽, 릭 데커드를 거쳐, 셜록 홈스 등에 이르기까지 갖가지 명탐정이 등장하는 추리 소설을 탐독했다. 그리고 3천 년에 걸친 범죄 수사의 기록을 섭렵했다.

그가 특히 관심을 가졌던 것은 완전 범죄였다. 언제나 이루어질 뻔하다가 한 번도 실현된 적이 없는 것이 그 완전 범죄였다. 그는 범죄학에 대한 조예를 더 깊이 하기 위하여 파리 범죄학 연구소에 등록했다. 거기에서 그는 처음으로 시체 해부를 경험했다(그 과정에서 처음으로 졸도를 경험하기도 했다). 그는 또 거기에서 머리핀으로 자물쇠 따는 법과 사제 폭탄을 만들거나 그 뇌관을 제거하는 법을 배웠다. 그리고 수없이 많은 인간 고유의 사망 원인을 탐구했다.

그러나 교육을 받는 과정에서 그를 실망시키는 것이 있었다. 1차적인 연구 소재가 적절치 않다는 점이었다. 거기에서는 체포된 범인들만 연구하고 있었다. 그러니까 바보들만 연구하고 있는 셈이었다. 다른 자들, 즉 영리한 자들은 잡힌 적이 없기 때문에 그들에 대해서는 전혀 아는 게 없었다. 벌받지 않은 자들 가운데 어떤 자들은 완전 범죄를 실행하는 방법을 찾아냈을지도 모르는 일이었다.

그런 것을 알 수 있는 방법은 경찰에 투신해서 스스로 범인들을 추적해 보는 것밖에 없었다. 그래서 멜리에스는 경찰에 몸을 담았다. 그는 순조롭게 승진을 거듭했다. 그가 처음으로 개가를 올린 것은, 테러 집단의 두목임을 감쪽같이 속이고 범죄학 연구소에서 폭발물 제거법을 가르치던 자기 교수를 체포하게 한 일이었다.

멜리에스 경정은 거실 구석구석을 샅샅이 살피기 시작했다. 이윽고 그의 눈길이 천장에 머물렀다.

「이봐요, 에밀 형사. 당신이 여기 왔을 때 파리가 있던가요?」

에밀 형사는 거기까지는 신경을 못 썼다고 대답했다. 그가 와서 닫혀 있던 문이며 창문을 열었으니까, 파리들이 있었더라도 그동안에 열린 창문으로 날아가 버렸을 가능성은 충분히 있었다.

「그게 중요한가요?」

에밀 형사가 걱정스러워하며 물었다.

「중요하지요. 하지만 이제 와선 별 의미가 없게 되었어요. 그건 그렇고 피살자들에 관한 서류 가지고 있지요?」

카위자크는 어깨에 둘러메고 있는 가방에서 판지로 된 서류철을 꺼냈다. 경정은 서류철에 담긴 서류 몇 장을 들여다보았다.

「이거 어떻게 생각해요?」

「뭔가 흥미로운 구석이 있습니다……. 형제가 모두 화학자인데, 셋 중의 한 사람 세바스티앵은 언뜻 생각하기와는 달리 좀 특이한 인물입니다. 그는 이중적인 삶을 살았더군요.」

「아 그래요……?」

「이 세바스티앵이라는 친구, 도박에 홀딱 빠져 있었어요. 특히 포커를 잘해서 〈포커의 거인〉이라는 별명을 가지고 있었어요. 키가 크기 때문이기도 하지만 무엇보다도 돈을 어마어마하게 걸기 때문에 생긴 별명입니다. 최근에 그는 큰돈을 잃고 빚에 쪼들리고 있었어요. 그런 상황을 타개하기 위해서 점점 더 많은 돈을 걸 수밖에 없게 되었던 거고요.」

「그런 사실을 다 어떻게 아셨어요?」

「조금 전에 도박장에서 조사를 하고 오는 길입니다. 그 친구 빚더미에서 헤어나질 못하고 있었어요. 빨리 돈을 갚지 않으면 죽여 버리겠다고 누군가가 위협한 적도 있었던 모양입니다.」

멜리에스는 껌 씹기를 멈추고 생각에 잠겼다.

「그렇다면 세바스티앵에게는 죽을 만한 충분한 이유가 있었던 셈이군…….」

카위자크가 머리를 끄덕였다.

「그 친구 지레 겁먹고 자살해 버린 걸까요?」

경정은 그 질문을 못 들은 체하고 다시 문 쪽으로 몸을 돌렸다.

「여기에 처음 왔을 때 문이 안쪽에서 잠겨 있었지요. 안 그래요?」

「맞습니다.」

「창문도요?」

「창문도 전부 다요.」

멜리에스는 다시 껌을 요란하게 씹기 시작했다.

「뭔가 집히는 게 있으신가요?」

「자살 가능성을 생각하고 있어요. 물론 너무 단순하게 생각하는 것처럼 보일 수도 있지만, 자살이라고 가정하면 모든 것의 아귀가 맞아요. 밖에서 침입하지 않았기 때문에 외부인의 자취가 없는 거지요. 모든 게 내부에서 이루어졌어요. 세바스티앵이 두 형제를 죽이고 자기도 죽은 겁니다.」

「그렇다면 어떤 흉기를 사용했을까요?」

멜리에스는 영감을 더욱 잘 떠올리려고 눈을 감고 있다가 이윽고 입을 열었다.

「독입니다. 효과가 늦게 나타나는 강력한 독이지요. 캐러멜을 입힌 시안화물 같은 것입니다. 위 속에서 캐러멜이 녹으면 내용물이 흘러나오면서 목숨을 앗아가는 것이지요. 화학적인 시한폭탄이라고나 할까요. 그 친구가 화학자라고 하지 않았던가요?」

「맞습니다. 종합 화학 회사 즉, CCG에서 일했습니다.」

「그렇다면 세바스티앵 살타가 자기 무기를 만들기는 식은 죽 먹기였겠군요.」

카위자크는 아직 미심쩍어하는 눈치였다.

「그런데 피살자들의 얼굴이 왜 저렇게 공포에 짓눌려 있는 걸까요?」

「고통 때문이지요. 시안화물이 위벽을 뚫으면 고통이 엄청나지요. 위궤양 정도는 새 발의 피라고요.」

「세바스티앵 살타가 자살했다는 건 이해가 갑니다. 그러나 그가 왜 애먼 형제들을 죽였을까요?」

여전히 의혹을 떨치지 못한 카위자크가 물었다.

「형제들이 알거지로 전락하도록 내버려 둘 수가 없었던 거겠지요. 죽으면서 자기 가족들을 함께 죽음에 끌어들이는 인간의 반사적 행위는 오랜 역사를 가지고 있어요. 고대 이집트에서는 파라오가 죽으면 아내와 시종, 동물, 가구 들을 매장하지 않았습니까! 혼자 저승으로 가기가 무서워서 가까운 사람들을 데려가는 거지요……」

에밀 형사는 그제야 경정의 확신에 동조하는 빛을 보였다.

살타 형제들이 자살했을 거라는 가정은 너무 단순하고 천박해 보이는 점이 없지 않았지만 그래도 외부에서 침입한 흔적이 전혀 없다는 사실을 설명할 수 있는 유일한 가설이었다. 멜리에스가 말을 이었다.

「요약하면 이렇습니다. 문이며 창문이 왜 모두 잠겨 있었는가! 모든 일이 안에서 일어났기 때문이다. 누가 죽었는가? 세바스티앵 살타가 죽었다. 사용된 무기는 무엇인가? 그가 만든 시한 독약이다. 동기는 무엇인가? 바로 도박 때문에 걸머진 거대한 부채를 감당할 수 없었기 때문이다.」

에밀 카워자크는 수수께끼가 너무 쉽게 풀려 나가는 바람에 어리둥절했다. 이렇게 간단히 해결될 걸 가지고 신문에서는 〈납량 스릴러〉 운운하며 호들갑을 떨었던 것이다. 물론 가설을 입증하고 증인을 찾고 증거를 수집하는 일이 남아 있기는 했다. 그러나 그런 것들은 한마디로 직업상의 자질구레한 절차에 불과한 것이었다. 멜리에스 경정의 명성이 거저 생긴 것은 아니었다. 여하튼 그의 추리가 논리적으로 유일한 가능성이었다.

경찰관 하나가 다가와서 말했다.

「『일요 메아리』의 그 기자가 또 왔습니다. 인터뷰를 하고 싶다는데요. 한 시간 넘게 기다리고 있습니다. 한사코…….」

「예뻐?」

경찰관은 고개를 끄덕이며 말했다.

「예. 그냥 예쁜 게 아니라 아주 예쁩니다. 유럽인과 아시아인의 혼혈인 것 같습니다.」

「그래? 이름이 뭐야?」

「레티시아 우엘인가 뭔가 하는 이름입니다.」

자크 멜리에스는 어쩔까 망설이다가 손목시계를 흘끗 들여다보고 나서 결정을 내렸다.

「그 기자한테 시간이 없어서 미안하게 됐다고 전해 주게. 내가 가장 좋아하는 텔레비전 프로, 〈알쏭알쏭 함정 퀴즈〉가 나올 시간이야. 에밀 형사 그 프로 알아요?」

「얘기는 들었지만 한 번도 본 적은 없습니다.」

「저런, 그런 걸 안 보다니요! 두뇌 훈련을 위해서 형사들이 꼭 봐야 되는 건데.」

「이 나이에 뭐 새삼스럽게.」

경관이 헛기침을 하며 끼어들었다.

「『일요 메아리』의 기자에게 더 하실 말씀은 없으신가요?」

「통신사를 통해 수사 결과를 발표할 거라고 해. 그 기자는 그걸 받아서 그대로 기사를 쓰면 될 거야.」

경관은 의아한 생각이 들어서 한 가지 더 물었다.

「그럼 벌써 이 사건을 종결하신 건가요?」

자크 멜리에스가 피식 웃었다. 너무 쉬운 수수께끼에 실망한 전문가의 웃음이었다.

「둘은 타살이고 하나는 자살이야. 모두 독극물 때문에 죽은 거지. 세바스티앵 살타가 빚더미에 깔려 미쳐 버렸어. 그래서 모두를 위해 일거에 끝내 버린 거지.」

말을 마치고 경정은 모두 현장에서 나가라고 지시한 다음 전등을 끄고 문을 닫았다.

범죄 현장이 다시 텅 비었다.

거리의 빨갛고 파란 네온 불빛이 밀랍을 입혀 번들거리는 시체에 반사되고 있었다. 멜리에스 경정의 뛰어난 활약으로 시체들이 풍기던 비극적인 분위기가 사라져 버렸다. 그저 독

41

극물 때문에 죽은 세 구의 시체일 뿐이었다.

멜리에스가 가는 곳에 불가사의란 없었다. 그저 하나의 사건이 있을 뿐이었다.

오색 불빛에 번쩍이는 시체들은 하이퍼리얼리즘 기법으로 그린 형상 같았다. 폼페이 대재난[1]의 희생자들처럼 미라가 되어 버린 세 형상. 그러나 어마어마한 공포로 일그러진 그 얼굴들은 베수비오 화산 폭발보다 더 무시무시한 어떤 것을 보았음을 말해 주고 있는 듯했다.

9. 쓰레기터에 버려진 개미 머리

사냥감이 나타나기를 기다리면서 잠복하고 있던 103683호가 긴장을 푼다. 아름다운 박각시나방은 다시 돌아오지 않았다. 103683호는 털 달린 다리로 배 끝을 닦고 가죽 끝으로 나아간다. 나방이 버리고 간 고치라도 주우려는 것이다. 그런 것도 개미 둥지에서는 쓸모가 있다. 꿀단지개미처럼 분비꿀을 담는 단지로 활용할 수가 있는 것이다.

103683호는 더듬이를 닦고 주위에 뭐 쓸 만한 다른 것이 없는지 알아보려고 더듬이를 초당 진동수 1만 2천 회로 떤다. 사냥감이 움직이는 낌새가 없다. 하는 수 없다.

103683호는 벨로캉의 불개미로서 나이는 한 살 반인데, 그 나이는 인간 세계의 나이로는 마흔 살에 해당한다. 그의 계급은 비생식 병정개미 중에서도 탐험 개미이다. 새의 도가머리 같은 더듬이가 높이 솟아 있고 목과 가슴의 생김새가

---

1 이탈리아의 남부 도시 폼페이에서 서기 79년에 베수비오 화산이 폭발하여 2만의 인구 중에 2천 명이 죽었다. 이하 모든 주는 옮긴이 주이다.

갈수록 늠름해지고 있다. 솔처럼 털이 나 있고 박차 같은 톱니가 달려 있는 종아리 마디 가운데 하나가 부러지기는 했지만 몸 전체가 아직 하나의 완벽한 기계처럼 작동하고 있다. 여러 전투를 겪으면서 생겨난 딱지의 줄무늬도 흠이 되지 않는다.

103683호는 다리 끝에 달린 부착반을 사용해서 관목에서 내려온다. 작은 섬유질 덩어리인 그 부착반에서 끈끈한 물질이 나오기 때문에 아주 미끈미끈한 표면도 수직으로 오르내릴 수 있다.

103683호는 자취 페로몬이 뿌려진 길을 따라 자기 도시 쪽으로 간다. 주위에 풀들이 울창하게 솟아 있다. 똑같은 냄새길을 따라 달려오는 많은 벨로캉 일개미들과 마주친다. 길 닦는 일개미들이 곳곳에서 땅속으로 길을 내고 있다. 길을 이용하는 개미들이 햇빛에 방해를 받지 않게 하려는 것이다.

민달팽이 한 마리가 경솔하게 개미들이 다니는 길로 지나간다. 병정개미들이 뾰족한 위턱 끝으로 민달팽이를 찔러 곧바로 잡아 버린다. 그런 다음 길에 남아 있는 민달팽이의 끈끈물을 닦아 낸다.

103683호가 이상하게 생긴 곤충과 마주쳤다. 날개가 하나뿐이고 땅바닥에 닿을 듯이 기어가고 있다. 가까이 가서 보니 다름이 아니라 개미 하나가 잠자리 날개를 옮기고 있는 것이다. 두 개미가 인사를 나눈다. 그 사냥 개미는 103683호보다 운이 좋았다. 사실 나방 고치 하나를 가지고 들어가는 것은 허탕치고 들어가는 것이나 크게 다를 게 없다.

도시의 그늘이 펼쳐지더니 하늘이 사라지고 나뭇가지로 이은 지붕만이 보인다. 벨로캉이다.

길 잃은 여왕개미가 세웠다고 해서 벨로캉이라 이름 지어진 도시다. 개미들끼리의 전쟁과 회오리바람, 흰개미, 말벌, 새의 위협을 받으면서 벨로캉은 5천 년 이상을 꿋꿋하게 버텨 왔다.

벨로캉, 퐁텐블로 불개미들의 중심 도시로서 이 지역에서 가장 강력한 정치력을 가진 도시.

벨로캉, 개미들의 혁신적인 운동이 꽃핀 도시.

위협이 있을 때마다 벨로캉은 더욱 공고해진다. 전쟁을 겪을 때마다 벨로캉은 더욱 사기가 높아진다. 패배할 때마다 벨로캉은 더욱 슬기로워진다.

벨로캉, 3천6백만 개의 눈과 1억 8백만 개의 다리와 1천 8백만 개의 뇌를 가진 도시. 활기가 넘치고 찬란히 빛나는 도시.

103683호는 벨로캉의 모든 교차로와 모든 다리를 알고 있다. 그는 어렸을 때 하얀 팡이들을 재배하는 방들과 진딧물 떼를 사육하는 방들, 꿀단지개미들이 천장에 붙어서 꼼짝 않고 있는 방들을 둘러보았다. 옛날에 흰개미들이 소나무 그루터기 속에 파놓았다는 금단 구역의 통로들을 달려 보기도 했다. 그는 새 여왕 클리푸니와 모험을 함께 했던 옛 동료로서 클리푸니가 행한 모든 개혁의 증인이었다.

〈혁신 운동〉을 일으킨 것이 바로 클리푸니다. 클리푸니는 자신의 왕조를 세우기 위해 신(新)벨로키우키우니라는 호칭을 버렸다. 클리푸니는 공간을 재는 단위를 머리(3밀리미터)에서 걸음(1센티미터)으로 바꾸었다. 벨로캉 개미들의 활동 영역이 넓어짐에 따라 더 큰 단위가 필요했던 것이다.

혁신 운동의 일환으로 클리푸니는 화학 정보실을 만들었

고 특히 동물학 정보를 풍부하게 하기 위하여 개미와 공생하는 갖가지 동물들을 모아 연구하였다. 날아다니는 곤충과 수영하는 곤충을 길들이려는 시도가 특히 주목할 만하다. 풍뎅이와 물방개 등이 그 예이다.

103683호와 클리푸니가 서로 만나지 못한 지도 오래되었다. 알 낳고 도시 개혁하느라고 너무나 바쁜 젊은 여왕에게 다가가기가 쉽지 않았다. 그래도 병정개미는 도시 지하에서 그들이 함께 했던 모험, 즉 비밀 무기를 찾으려고 함께 조사했던 일, 그들을 마약으로 중독시키려고 했던 로메쿠사, 바위 냄새를 풍기는 병정개미들과의 싸움 등을 잊지 않았다.

103683호는 동쪽으로 대탐험을 떠났던 일이며, 세계의 끝에 다다랐던 일, 살아 있는 모든 것을 죽여 버리는 손가락들의 나라도 잊지 않고 있다.

병정개미는 새로운 탐험대를 구성하자고 몇 차례 제안을 했으나 그때마다 다른 개미들은 여기에 할 일이 너무 많아서 세계의 끝에 자살 행위나 다름없는 탐험대를 보낼 수 없다고 대답했다.

모든 게 과거지사가 되어 버렸다.

개미는 대개 과거를 생각하는 일이 없다. 미래도 생각하지 않는다. 개미는 개체로서의 자기 존재도 생각하지 않는다. 〈나〉라는 개념도 〈내 것〉 〈네 것〉이라는 개념도 없이, 공동체를 통해서만 그리고 공동체를 위해서만 자아를 실현한다. 자아에 대한 의식이 없기에 자기 죽음에 대한 두려움도 없다. 개미는 실존적인 고뇌를 모른다.

그런데 103683호에게 한 가지 변화가 일어났다. 세계의 끝을 다녀오고 난 뒤에 그의 내부에 희미하나마 〈나〉에 대한 의식이 생겨난 것이다. 물론 아직 맹아에 불과하지만 수용하기에 너무나 고통스러운 의식이다. 자아를 생각하기 시작하면 〈추상적인〉 문제가 생겨난다. 개미 세계에서는 그것을 〈마음의 병〉이라고 부른다. 그 병은 대개 생식 개미들에게 생긴다. 〈내가 마음의 병에 걸린 게 아닐까?〉라고 자문하는 것 자체가 벌써 심각한 병에 걸렸음을 의미하는 것이라고 개미 사회의 격언이 가르치고 있다.

그래서 103683호는 스스로에게 그런 질문을 던지지 않으려고 애쓴다. 그러나 쉽지 않은 일이다……

그의 주위에 있는 길들이 이제 넓어졌다. 교통이 상당히 번잡하다. 그는 군중 속에서 부대끼며 자기가 커다란 집단 속의 자그마한 티끌에 불과하다는 사실을 일깨우려고 노력한다. 다른 개미들이 있다는 것, 다른 개미들과 더불어 산다는 것, 자기를 둘러싸고 있는 다른 개미들 때문에 자기 발걸음이 느려지고 있음을 깨닫는 것, 그런 것보다 더 기분 좋은 일이 무엇이 있겠는가?

그는 개미들이 북적거리는 넓은 길로 경쾌하게 나아간다. 도시의 네 번째 문이 나타난다. 여느 때처럼 개미들이 혼잡을 이루고 있다. 개미들이 너무 많아서 헤쳐 나갈 수가 없다. 4번 출입구를 넓히고 통행 규칙을 만들어야 할 듯하다. 예를 들면 부피가 작은 사냥감을 운반하는 자가 길을 비켜야 한다든가, 들어가는 자가 나오는 자보다 통행에 우선권이 있다는 식의 규칙 말이다. 그런 게 없으니까 모든 대도시들이 교통 체증으로 골치를 앓는 것이 아닌가?

초라하게 텅 빈 고치 하나를 운반하고 있는 103683호로서는 그렇게 서둘 계제가 아니다. 통행이 원활해지기를 기다리다가 그는 쓰레기터를 한 바퀴 돌아보기로 작정한다. 그는 어렸을 때 쓰레기 속에서 놀기를 아주 좋아했다. 같은 병정 개미 계급의 동료들과 함께 그는 쓰레기터에 있는 개미 머리를 공중에 던져서 개미산을 쏴 맞히는 놀이를 하곤 했다. 그것을 하려면 개미산 주머니에 압력을 넣는 속도가 빨라야 했다. 103683호가 명사수가 된 것도 어쩌면 그 덕분인지도 모른다. 쓰레기터에서 그는 위턱 다루는 법도 배웠다.

아, 쓰레기터다……. 개미들은 언제나 도시 앞에 쓰레기터를 만든다. 한번은 다른 도시에서 처음으로 벨로캉에 온 어떤 용병 개미가 〈쓰레기터는 보이는데 도시는 안 보이니 이거 어떻게 된 거요?〉라고 페로몬을 발한 적이 있었다. 시체와 곡물 껍질과 갖가지 배설물이 쌓여 높은 둔덕을 이루고 있는 바람에 도시 입구가 가려져 버렸던 것이다. 몇몇 입구는 완전히 쓰레기에 막혀 버려서 그것을 치우느니 차라리 새로 통로를 하나 파는 게 나을 정도가 되었다.

《살려줘요!》

103683호가 몸을 돌린다. 방금 누군가가 어떤 냄새를 토해 낸 듯했다.

《살려줘요!》

틀림없다. 오물 더미에서 분명히 대화 페로몬이 날아오고 있다. 뭔가를 이야기하고 싶어 하는 냄새다. 103683호는 냄새가 날아온 쪽으로 다가가 더듬이 끝으로 시체 더미를 뒤진다.

《살려줘요!》

세 개의 머리 중에서 하나가 페로몬을 발하고 있다. 무당벌레 머리, 메뚜기 머리, 불개미 머리가 나란히 놓여 있다.

103683호는 세 머리를 더듬어 보다가 불개미 더듬이에 미미한 생명의 냄새가 있음을 감지한다. 그러자 103683호는 앞의 두 다리 사이에 그 머리통을 끼우고 자기 머리 정면으로 들어 올린다.

《꼭 알아야 할 게 있소.》

하나 남은 왼쪽 더듬이로 때가 덕지덕지한 불개미 머리가 페로몬을 발한다.

별 해괴한 일이 다 있다! 몸뚱이에서 잘려 나온 머리가 아직도 페로몬을 발하고 싶어 하다니! 그렇다면 이 개미는 구차스럽게도 죽음의 휴식을 받아들이지 못하고 있는 것이다. 103683호 한순간 옛날에 즐겨 했던 것처럼 그 머리를 공중에 던져서 개미산으로 박살 내고 싶은 충동이 일었으나 그것을 억누른다. 단지 호기심 때문이 아니라 〈페로몬을 발하고 싶어 하는 자들의 메시지를 거부해선 안 된다〉는 것이 개미 사회의 오랜 가르침이기 때문이었다.

103683호는 그 가르침에 따라 더듬이를 움직여 정체를 알 수 없는 그 불개미 머리가 발하고 싶어 하는 페로몬을 모두 수용하겠다는 뜻을 나타낸다.

머리뿐인 그 개미는 생각하는 데 점점 더 어려움을 느끼면서 자기가 알아낸 중요한 정보를 기억해 내려고 한다. 몸뚱이가 붙어 있던 한 개미로서의 자기 삶이 헛되지 않게 하기 위해서 하나 남은 더듬이에 자기의 생각을 모아야 한다는 것을 알고 있는 것이다.

그러나 몸뚱이가 붙어 있지 않기 때문에 그 머리에는 이제 혈액이 공급되지 않아 뇌의 주름이 약간 건조해져 있다. 그래도 전기적인 작용은 여전히 일어날 수가 있다. 뇌수 속에 아직 신경 전달 물질이 남아 있다. 그 미미한 습기를 이용해서 신경 세포들이 서로 연결되고 소량의 전기가 흐른다. 두 개미의 생각이 교환될 수 있음을 보여 주는 것이다.

본격적으로 대화가 시작된다.

우리는 셋이었다. 어떤 종의 개미인가? 불개미. 반체제 불개미. 어느 도시에서 왔는가? 벨로캉. 우리는 〈화학 정보실〉에 잠입했었다. 거기에서 아주 놀라운 기억 페로몬을 해독했다. 무엇에 관한 페로몬인가? 아주 중요한 것이다. 그래서 경비 개미들이 우리를 잡으려고 쫓아왔다. 나의 두 동료는 병정개미들에게 죽임을 당했다. 머리의 습기가 말라 가고 있다. 기억이 소실되면 세 개미의 죽음이 부질없게 된다. 정보를 다시 모아야 하는데, 다시 모아야 하는데…….

103683호는 전달하려는 게 뭐냐고 여러 번 되묻는다.

머리만 남은 개미의 뇌 속에 다시 피가 조금 모인다. 그걸 사용해서 좀 더 생각을 계속해야 한다.

뇌 속의 기억 장치와 더듬이의 송수신 체계가 전기적으로 화학적으로 결합된다. 전두엽을 이루고 있는 단백질과 당분으로 에너지를 공급받은 뇌가 마침내 정보를 전달한다.

《클리푸니가 그들을 모두 죽이기 위해 원정군을 보내고 싶어 한다. 한시라도 빨리 다른 반체제 개미들에게 알려야 한다.》

103683호는 그 개미, 아니 개미 머리가 발하는 페로몬을 이해하지 못한다. 〈원정군〉은 무엇이고 〈반체제 개미들〉은 또 무엇인가? 도시 내에 반체제 개미들이 있단 말인가? 그런 건 금시초문이다. 그러나 한가로운 질문으로 냄새 분자를 허비해서는 안 된다. 그 개미 머리는 오랫동안 대화를 나눌 수 있는 형편이 못 된다. 그렇게 황당한 페로몬 정보를 접하고 보니 뭘 물어보아야 할지 갈피를 잡을 수가 없다. 103683호의 더듬이에서 저절로 페로몬이 튀어 나간다.

《그 반체제 개미들에게 알려 주려면 어디 가서 그들을 만날 수 있는가?》

개미 머리가 다시 힘을 내어 바르르 떤다.

《새로 지은 뿔풍뎅이 축사 위에 천장처럼 교묘하게 위장해 놓은 곳이 있다……》

103683호가 마지막 질문을 던진다.

《그 원정군은 누구를 상대로 싸우려는 것인가?》

개미 머리가 진저리를 치고 103683호도 더듬이를 떤다. 개미 머리가 마지막 페로몬을 발할 듯 말 듯 하며 조바심을 갖게 한다.

더듬이로 겨우 감지할 만한 옅은 냄새가 풍긴다. 거기에는 단 하나의 페로몬 단어만 담겨 있다. 103683호가 더듬이의 끝 마디로 그것을 받아 냄새를 맡는다. 그가 알고 있는 단어다. 그것도 너무나 잘 알고 있는 단어다.

《손가락들.》

머리만 남은 개미의 더듬이가 이제 완전히 말라 버렸다.

머리가 경련을 일으킨다. 이제 그 검은 머리 안에는 정보 페로몬이 조금도 남아 있지 않다. 103683호는 그저 놀라울 뿐이다. 손가락들을 전멸시키기 위한 원정대라니.

10. 돌아온 박각시나방

왜 갑자기 불빛이 꺼진 걸까? 나방은 불길이 자기 날개를 갉아 먹고 있음을 분명히 느꼈다. 그럼에도 나방은 빛의 황홀경을 맛보기 위해서라면 무엇이든지 할 각오가 되어 있었다. 그 뜨거운 기운이 막 몸에 스며들던 찰나였는데…….

실망한 박각시나방은 퐁텐블로 숲으로 돌아갈 생각을 하고 하늘 높이 올라간다. 한참을 날아서 자기가 탈바꿈을 끝냈던 장소에 다다른다.

수천 개의 낱눈이 있는 덕분에, 나방은 공중에서 그 지역의 지리를 훤히 분별할 수 있다. 가운데 있는 것이 개미 도시 벨로캉이다. 그 주위에 불개미 여왕들이 분가해서 세운 작은 도시들과 마을들이 있다. 그 전체를 개미들은 〈벨로캉 연방〉이라고 부른다. 연방은 하나의 제국이라고 할 만한 정치적 영향력을 행사하고 있다. 이 숲에서 누가 감히 불개미들의 헤게모니에 이의를 제기할 수 있으랴.

불개미들은 가장 영리하고 가장 잘 조직되어 있다. 그들은 도구를 사용할 줄 알며 흰개미들과 난쟁이개미들을 정복한 바 있고, 자기들보다 1백 배나 더 큰 동물들과도 싸웠다. 이 숲속에서 그들만이 세계의 주인임을 부정할 자는 아무도 없다.

벨로캉 서쪽에는 거미와 사마귀가 우글거리는 위험한 영토들이 펼쳐져 있다. 나방들이 몸조심을 해야 할 지역이다.

남서쪽은 거기보다 조금 덜 살벌한 고장이긴 하지만 말벌과 뱀과 거북이 득실거리기 때문에 위험하긴 마찬가지다.

동쪽에는 다리가 넷이나 여섯 또는 여덟 개이고 그만한 수의 입과 이빨과 독침을 가진 갖가지 괴물들이 독을 뿜고, 으깨고, 부수고 녹여 버린다.

북동쪽에는 갓 건설된 꿀벌 도시 아스콜레인이 있다. 사나운 꿀벌들이 거기에 살고 있는데, 꿀과 꽃가루를 채집하는 지역을 넓힌다는 구실 아래 벌써 말벌 둥지 여러 개를 파괴한 바 있다.

훨씬 더 동쪽에는 〈아귀〉라 불리는 강이 있다. 그 수면에 닿는 족족 뭐든지 먹어 치우기 때문에 그런 이름이 붙어 있다. 조심해야 할 곳이다.

그 강둑에 새로운 도시 하나가 생겨났다. 박각시나방이 그 도시로 접근한다.

흰개미들이 아주 최근에 그 도시를 세운 모양이다. 아주 높이 솟은 망루 위에 자리 잡은 포수 흰개미들이 침입자인 박각시나방을 공격하려고 한다. 그러나 나방이 너무 높이 날아가고 있어서 흰개미들의 공격은 전혀 힘을 발휘하지 못한다.

박각시나방은 방향을 틀어 커다란 떡갈나무를 에워싸고 있는 북쪽의 가파른 둔덕 위를 날아 남쪽으로 내려온다. 대벌레와 빨간 버섯이 많은 지역이다.

문득 그 높이까지 강렬한 성 페로몬을 발하는 암나방 하나가 눈에 들어온다. 박각시나방은 암나방을 더 가까이에서 보려고 다가간다. 암나방의 빛깔은 그의 것보다 훨씬 더 현란하다. 아름다운지고! 그런데 이상하게도 암나방이 꼼짝을 안 하고 있다. 기이하다. 분명히 냄새며 생김새는 암나방과 비슷한데⋯⋯. 이런 낭패가 있나! 이건 나방이 아니라 꽃이다. 꽃이 아닌 것처럼 보이려고 짐짓 나방을 흉내 내고 있던 것이다. 이 나비난초의 꽃이 가지고 있는 것은 모든 게 거짓이다. 냄새도 빛깔도. 식물의 감쪽같은 속임수다. 애석하게도 박각시나방은 너무 늦게 그 사실을 깨달았다. 그의 다리가 *끈끈물*에 붙어 버렸다. 이제 거기에서 빠져나올 수 없다. 박각시나방이 너무 세게 날갯짓을 하는 바람에 근처에 있던 민들레 꽃씨가 떨어져 나온다. 박각시나방이 대야처럼 생긴 꽃부리 가장자리로 미끄러진다. 그 꽃부리는 하나의 위(胃)가 쩍 벌어져 있는 거나 다름이 없다. 그 밑바닥에 소화 작용을 하는 산이 감추어져 있어서 꽃이 나방을 잡아먹을 수 있게 한다.

이렇게 끝나고 마는 것인가? 아니다. 죽으라는 법은 없다. 집게처럼 휘어진 손가락 두 개가 나타나서 박각시나방의 날개를 잡고 위험에서 구출하여 투명한 단지 안에 던져 넣는다.

단지가 먼 거리를 이동하여 노란 박각시나방을 불빛이 환한 지역으로 데려간다. 손가락들은 단지에서 나방을 꺼내더니 냄새가 아주 독한 노란 물질을 발라 나방의 날개를 단단하게 만든다. 더 이상 날아오를 수가 없다. 그런데 손가락들이 크로뮴을 입힌 거대한 말뚝을 잡더니 빨간 공으로 위를 감싸고 심장에 잽싸게 찔러 넣는다. 그러더니 묘비명 대신에 〈파필리오 불가리스〉[2]라는 학명이 적힌 꼬리표를 나방의 머리 위쪽에 붙인다.

11. 백과사전

문명의 충돌

두 문명이 만나는 순간은 언제나 미묘하다. 중앙아메리카에 유럽인들이 처음 왔을 때 아즈텍인들은 유럽인들을 아주 엉뚱하게 오해했다. 당

2 Papilio vulgaris. 〈속된 나방〉이라는 뜻의 가짜 학명.

시 아즈텍인들은 깃털 달린 뱀의 형상을 가졌다는 케찰코아틀이라는 신을 숭배하고 있었는데, 아즈텍 신앙은 장차 그 신의 사자들이 지상에 도래할 것이라고 가르치고 있었다. 그 사자들의 살갗은 깨끗할 것이고 네발 달린 커다란 동물들을 타고 올 것이며 우레를 통하여 경건하지 못한 자들을 벌할 것이라고 믿고 있었다.

그래서 1519년 스페인의 기병대가 멕시코 해안에 상륙했다는 소식이 전해졌을 때 아즈텍인들은 〈툴(중미 원주민들의 언어인 나우아틀 말로 신을 뜻함)〉이 재림한 것으로 생각했다.

그런데 그 일이 있기 몇 년 전인 1511년에, 그런 일이 있을 것을 미리 일깨워 준 사람이 있었다. 게레로라는 스페인 선원이 그 사람이었다. 그는 코르테스[3]의 군대가 아직 산토도밍고섬과 쿠바섬에 주둔하고 있던 때에 유카탄 해안에서 난파를 당하여 멕시코에 상륙하게 되었다.

게레로는 멕시코 원주민들과 쉽게 친해졌고 원주민 여자와 혼인하였다. 그는 스페인의 정복자들이 곧 상륙할 것임을 알리는 한편 그들은 신도 아니고 신의 사자들도 아님을 역설하면서 원주민들에게 그들을 믿어선 안 된다고 일러 주었다. 또 원주민들이 스스로를 방어할 수 있도록 쇠뇌 만드는 법을 가르쳤다(그때까지 원주민들은 화살과 흑요석 날이 달린 손도끼만을 사용하고 있었다. 그러나 코르테스 군대의 갑옷을 뚫을 수 있는 무기는 쇠뇌밖에 없었다).

게레로는 스페인 사람들이 타고 올 말들을 두려워해선 안 된다고 신신당부했고 특히 불을 뿜는 무기에 겁먹지 말라고 충고했다. 그것은 마법의 무기도 아니고 우레도 아니라고 일깨웠다. 그는 〈스페인 사람들도 당신들과 똑같이 피와 살을 가진 사람이다〉라고 거듭거듭 말하곤 했

---

3 Hernán Cortés(1485~1547). 스페인의 모험가. 디에고 벨라스케스와 함께 쿠바 정복에 참여했으며, 1519년에 멕시코의 유카탄반도에 상륙하여 아즈텍인들과 싸웠다.

다. 그리고 그 사실을 증명해 보이기 위해서 그는 스스로 자기 몸에 상처를 내어 모든 원주민들과 똑같은 빨간 피가 흐르는 것을 보여 주었다. 게레로가 자기 마을의 원주민들을 지성으로 가르친 덕분에 코르테스 군대의 정복자들이 그 마을을 공격했을 때 정복자들은 아메리카 대륙에서 처음으로 군대다운 원주민 군대와 맞닥뜨리고 크게 놀랐다. 마을 원주민들은 몇 주 동안 스페인 군대에 저항했다.

그러나 게레로의 가르침이 그 마을 이외의 곳까지 널리 퍼져 있는 상황은 아니었다. 1519년 9월 아즈텍 왕 목테수마는 공물로 보석을 가득 실은 수레들을 이끌고 스페인 군대를 맞으러 떠났다. 바로 그날 저녁에 왕은 스페인 사람들에게 살해당했다. 1년 후에 코르테스는 대포로 아즈텍의 수도 테노치티틀란을 파괴했다. 3개월 동안 그 도시를 포위하여 주민들을 기아 상태에 빠뜨린 다음의 일이었다. 게레로는 스페인의 어떤 요새에 대한 야간 공격을 준비하던 중에 죽었다.

에드몽 웰스, 『상대적이며 절대적인 지식의 백과사전』 제2권

12. 레티시아는 아직 나타나지 않는다

살타 형제 사건을 신속하게 해결하고 나서 자크 멜리에스 경정은 샤를 뒤페롱 경찰국장의 호출을 받았다. 경찰 책임자는 친히 그를 치하하고 싶어 했다.

화려하게 장식된 거실 안에 들어서자 국장은 대뜸 그 〈살타 형제 사건〉이 〈윗분들〉에게 강렬한 인상을 심어 주었다고 털어놓았다. 저명한 정치인들 가운데 몇몇은 그의 수사를 〈프랑스식의 신속성과 효율성의 전형〉으로 평가했다는 것이다.

그리고 나서 국장은 멜리에스에게 결혼했느냐고 물었다.

멜리에스는 어리둥절해하면서 독신이라고 대답했다가, 국장이 계속 물어 오는 바람에, 자기도 보통 사람들이 하는 것처럼 성병에 걸리지 않도록 조심하면서 상대를 계속 바꾸어 가는 성생활을 즐기고 있다고 실토했다.

샤를 뒤페롱은 장가들 생각을 하라고 권하면서 이야기를 늘어놓았다. 사회적인 이미지를 잘 가꾸어 놓아야 정계에 입문할 수 있으며, 정계에 들어갈 생각이 있으면 먼저 의원이나 시장부터 시작해 보라는 얘기였다. 국장은 어떤 나라든 복잡한 문제를 해결할 줄 아는 사람들을 필요로 하고 있다고 역설하면서, 폐쇄된 공간에서 세 사람이 어떻게 죽었는지를 알아낼 수 있는 자크 멜리에스 같은 사람이라면, 다른 까다로운 문제들도 잘 해결해 낼 수 있을 거라고 말했다. 예컨대, 실업을 해소하고, 변두리의 우범 지대를 다스리며, 사회 보장 예산의 적자를 줄이고, 정부 예산의 수지를 맞추는 문제, 즉 한 나라의 지도자들이 매일 맞닥뜨리는 갖가지 문제들을 쉽게 해결할 수 있으리라는 거였다.

「우리에겐 두뇌를 잘 사용할 줄 아는 사람이 필요해. 요즈음엔 그런 사람들이 점점 드물어져 가고 있어.」

국장은 한탄을 하면서 말을 이었다.

「자네가 정치라고 하는 이 새로운 모험에 뛰어든다면, 내가 제일 먼저 자네를 지지하겠네.」

자크 멜리에스는 자기가 수수께끼에 흥미를 느끼는 것은 그것이 추상적이고 보상이 없기 때문이라면서, 권력의 획득을 목적으로 하는 세계에 뛰어들고 싶은 생각은 추호도 없다고 대답했다.

멜리에스는 남을 지배하는 일은 너무나 피곤하며, 국장이 문제 삼고 있는 자기의 애정 생활이 그렇게 나쁜 편도 아니고, 애정 생활을 사생활의 영역 밖으로 끌어내는 것을 원치 않는다고 덧붙였다.

뒤페롱 국장은 기꺼운 마음으로 웃고 나서, 멜리에스의 어깨 위에 손을 얹고 자기도 멜리에스만 한 나이 때는 그와 똑같은 생각을 가졌었는데, 나중에 생각을 바꾸어 남을 지배하기 위해서가 아니라 남에게 지배당하지 않기 위해서 권력을 추구하게 되었다고 말했다.

「돈을 경멸하려면 부자가 되어야 하고, 권력을 경멸하려면 권력을 쥐어야 하는 걸세.」

그런 생각에서 뒤페롱은 젊은 시절 기꺼이 위계의 사다리를 한 단계 한 단계 밟아 올라왔다. 그리하여 이제 그는 그 어떤 것으로부터도 자기를 지킬 수 있게 되었다고 믿고 있었다. 그는 이제 미래가 잘못될까 걱정할 필요가 없었다. 그는 두 자녀를 그 도시에서 가장 학비가 비싼 사립 학교에 집어넣었고, 고급 승용차를 소유하고 있었으며, 여가를 충분히 즐기고 있었고, 자기를 떠받드는 수백 명의 부하들을 거느리고 있었다. 그 이상 뭘 더 바라겠는가?

〈추리 소설에 푹 빠질 수 있는 어린아이로 남아 있기를 바라지요〉라는 말을 머릿속에 떠올리면서 멜리에스는 자기 생각을 지켜 나가리라 다짐했다.

면담을 끝내고 경찰국을 떠나려다가 경정은 철책문 가까이에 있는 커다란 게시판에 선거 포스터가 잔뜩 붙어 있는 것을 보았다. 선거 구호가 가지각색이었다.

〈참된 가치에 뿌리박은 민주주의를 위해 사회 민주주의자에게 한 표를!〉, 〈위기 타파! 헛약속은 이제 그만! 급진 공화

파 운동과 함께하십시오!〉, 〈범국민 녹색 혁신당을 지지하여 지구를 살립시다!〉, 〈불의에 맞서 일어서십시오! 독립 인민 전선에 동참하십시오!〉 운운.

어디를 보나 그 얼굴이 그 얼굴이고, 한결같이 기름기가 번드르르하고 정부(情婦)를 비서로 두고 스스로를 거물이라고 생각하고 있는 그런 얼굴들이었다.

멜리에스는 명예 따위엔 관심이 없었다. 정치가의 삶보다는 자유로운 자기의 애정 생활과 텔레비전과 범죄 수사가 더 나아 보였다. 〈근심을 갖고 싶지 않거든 야망을 버려라〉라고 그의 아버지가 충고하곤 했었다. 욕망이 없으면 고통도 없다. 오늘 같은 날이면 아버지는 아마 이렇게 덧붙일 것이다. 〈그런 바보들과 똑같은 야망을 갖지 마라. 추구할 만한 가치가 있는 너만의 어떤 것을 찾아내어 진부한 삶을 뛰어넘어라.〉

자크 멜리에스는 벌써 두 번 결혼했고 두 번 이혼했다. 그는 환희를 맛보며 50여 건의 어려운 사건을 해결했고, 아파트 한 채와 서재와 한 무리의 친구를 가지고 있었다. 그는 그런 것에 만족하고 있었고 누가 뭐래도 자기 자신을 흡족하게 여기고 있었다.

그는 푸아들뤼일 광장과 라트르 르 타시니 원수 대로와 라뷔토카유가를 거쳐 걸어서 집으로 돌아왔다.

주위의 어느 곳에서나 사람들이 사방으로 달리고 있었고 자동차들은 지나치게 경적을 울리고 있었으며, 여자들은 창가에서 융단을 요란하게 털어 대고 있었다. 사내아이들이 물총을 서로 쏘며 쫓고 쫓기는 장난을 하고 있었다. 〈빵, 빵, 빵, 너희 셋 다 죽었어!〉 그중 한 아이가 소리쳤다. 도둑잡기 놀이를 하는 그 사내아이들이 자크 멜리에스의 신경을 긁었다.

아파트 건물 앞에 이르렀다. 높이 150미터에 너비 150미터로 거대한 사각형 모양을 이루고 있는 건물이었다. 텔레비전 안테나 주위로 까마귀들이 선회하고 있었다. 사람들의 출입을 살피고 있던 경비 아주머니가 경비실 창문 밖으로 얼굴을 내밀고 말을 걸어왔다.

「안녕하세요, 멜리에스 씨! 신문에서 멜리에스 씨에 대해 써놓은 걸 봤어요. 그 사람들 멜리에스 씨를 시기하느라고 그러는 거니까 너무 언짢아하지 말아요.」

멜리에스는 그 말에 깜짝 놀랐다.

「무슨 말씀이세요?」

「나는 어쨌든 멜리에스 씨가 옳다고 확신하고 있어요.」

멜리에스는 계단을 성큼성큼 올라갔다. 집에는 여느 때처럼 마리 샤를로트가 신문을 찾아다 놓고 그를 기다리고 있었다. 마리 샤를로트는 그를 아주 열렬히 사랑하고 있었다. 그가 아파트 문을 열었을 때도 마리 샤를로트는 여전히 이빨 사이에 신문을 물고 있었다. 그가 명령을 내렸다.

「이거 봐! 마리 샤를로트.」

마리 샤를로트는 다소곳이 그의 말에 따랐다. 멜리에스는 조바심을 내며 신문을 펼쳐 들었다. 그는 이내 자기의 사진과 그를 압도해 오는 커다란 기사 제목을 찾아냈다.

경찰 수사, 갈피를 못 잡고 있다
―레티시아 웰스의 논평

민주주의는 우리에게 많은 권리를 부여하고 있다. 그 권리 중에는 죽은 자의 권리도 포함되어 있다. 어떤 사람이 시체 상태로 전락했을 때조차도 우리는 그의 인격을 존중해야 한다. 그런데 고(故) 살타 형제에게는 그 권리가 부정되고 있다. 그 삼 형제의 죽음에 얽힌 의혹이 풀리지 않았을 뿐만 아니라 한술 더 떠서 고(故) 세바스티앵 살타 씨는 이제 자기 자신을 변호할 수 없는 상황에서 두 형제를 살해하고 자기의 죄과 때문에 자살했다는 혐의를 받고 있다.

변호사의 도움을 받을 수 없는 시체라서 죄를 뒤집어씌우기는 쉽겠지만, 그게 과연 온당한 일인가! 라 프장드리가의 살인 사건이 그나마 의미를 갖는 것은 그것이 자크 멜리에스 경정의 사람 됨됨이를 여실하게 보여 주었다는 점에 있다. 우리는 그 사건을 통해서 명성에 들뜬 어떤 사람이 파렴치한 졸속 수사를 감행하는 모습을 보았다. 멜리에스 경정은 중앙 통신사를 통해 살타 형제가 모두 독극물 때문에 죽었다고 발표했는데, 그것은 보기보다 훨씬 더 복잡한 사건에 대해 선부른 판단을 한 것일 뿐만 아니라 망자(亡者)들을 모욕한 것이기도 하다.

자살이라니! 세바스티앵 살타의 시신을 얼핏 본 것만으로도 필자는 그가 엄청난 공포를 느끼게 하는 어떤 것에 희생되었다고 단언할 수 있다. 그의 얼굴은 무시무시한 공포에 짓눌려 있었다.

두 형제를 살해하고 난 뒤 너무나 심한 회한을 느낀 나머지 그런 표정이 생긴 것이라고 생각할 수도 있을 것이다. 그러나 인간의 심리를 조금이라도 아는 사람이라면, 멜리에스 씨의 주장에 동조하기가 어려울 것이다. 자기 형제들과 함께 나누어 먹을 음식에 독을 넣은 사람이라면 이미 회한 따위는 초월한 사람이 아니겠는가. 그런 사람의 얼굴에는 공포가 아니라 마침내 되찾은 차분한 표정만이 어려 있을 것이다.

그럼 고통 때문인가? 독극물이 일으키는 고통은 그토록 격심한 것이 아니다. 그리고 독극물에 의한 사망이라는 것을 입증하려면 그 독극물이 어떤 종류의 것인지 알아야 한다. 필자는 경찰이 살인 현장에 대한 조사를 허용하지 않았기 때문에 법의학 센터를 찾아가서 법의학자에게 살타 삼 형제의 시체를 부검한 사실이 있는지를 물어보았다. 그 법의학자는 시체를 부검한 사실이 전혀 없다고 밝혔다. 따라서 살타 형제 사건은 정확한 사망 원인이 밝혀지지 않은 채 결말이 지어진 것이다. 그토록 훌륭한 명성을 지닌 범죄학자 멜리에스 경정이 아주 중대한 실수를 범한 것이다.

살타 형제 사건을 그렇게 신속하게 매듭짓는 것이 과연 온당한지 곰곰이 따져 보아야 한다. 우리는 경찰의 졸속한 처사에 불안감마저 느끼고 있다. 우리는 날로 교묘해져 가는 신종 범죄에 대응할 수 있을 만한 연구 수준을 우리 국립 경찰 간부들이 갖추고 있는지 묻지 않을 수 없다.

멜리에스는 신문지를 구겨 돌돌 뭉치면서 상소리를 내뱉었다.

13. 103683호가 고민에 빠진다

〈손가락들을 상대로 한 원정이라니!〉
손가락들! 막연한 두려움이 103683호를 엄습한다.
개미들은 두려움을 모르는 것이 정상이다. 그런데 여전히 〈정상적인〉 103683호에게 찾아온 이 두려움은 무엇인가?

쓰레기터의 개미 머리가 〈손가락〉이라는 냄새 단어를 발함으로써 103683호의 뇌 한 부분이 잠에서 깨어났다. 아주 오랜 조상 때부터 사용하지 않은 탓에 잠들어 있던 부분, 즉 공포를 지각하는 부분이다.

이제껏 103683호는 세계의 끝에 다시 생각이 미칠 때마다 옛날의 경험을 되새기는 것을 억제해 왔다. 그는 손가락들과 만났던 일을 되새기지 않았다. 손가락들과 그들의 어마어마한 힘, 파악할 수 없는 그들의 형체, 그들의 맹목적인 살생 충동에 대해서 말이다.

그런데 그 머리, 아니 몸뚱이가 잘려 나간 시체 조각이 공포를 지각하는 부분을 자극한 것이다. 103683호는 예전에 불요불굴의 기상을 지닌 병정개미였다. 그는 난쟁이개미들과 대전투를 벌이던 시절 언제나 부대의 선두에 서곤 했다. 그는 자발적으로 나서서 위험한 서쪽으로 탐험을 떠나기도 했고 바위 냄새를 풍기는 개미들과 싸우기도 했다. 머리가 너무 높아서 쳐다볼 수도 없는 동물들을 사냥한 적도 있다. 그런 그가 손가락들을 만나고 나서는 완전히 기가 꺾여 버렸다.

103683호는 그 대재앙의 괴물들을 어렴풋하게 기억하고 있다. 엄청나게 빠른 검은 구름 같은 것에 풀잎처럼 깔려 죽은 늙은 병정개미 4000호의 모습도 떠오른다.

어떤 개미들은 손가락들을 〈세계의 끝을 지키는 자들〉, 〈무한대의 동물〉, 〈무자비한 유령〉, 〈나뭇개비에 불을 붙이는 자〉, 〈죽음의 냄새를 풍기는 자〉 등으로도 불렀다.

그러나 얼마 전에 일대의 모든 개미 도시들은 그 괴물들을 가리키는 이름을 통일하기로 합의하였다. 그것이 바로 〈손가락들)이었다.

손가락들, 그들은 어디에서나 튀어나와 죽음을 뿌리는 자이며, 지나는 길 위에 있는 모든 것을 죽이는 동물이고, 독물을 뿌려 숲을 오염시키고 생명을 독살하는 유령들이다. 생각만 해도 혐오감이 치민다.

103683호는 두려움과 호기심이라는 두 가지 감정 사이에서 동요하고 있다. 두려움은 개미들에게 낯선 감정이긴 하지만 호기심은 개미의 주요한 특성을 이루는 감정이다.

1억 년 전부터 개미들은 줄기차게 진보해 왔다. 클리푸니가 일으킨 혁신 운동도 따지고 보면 끊임없이 더 멀리, 더 높이, 더 강하게를 지향하는 개미 사회의 전형적인 욕구가 표출된 것에 지나지 않는다.

103683호는 손가락들의 문제를 회피하지 않으리라 다짐한다. 호기심이 두려움을 누른 것이다. 어쨌든 반체제 개미들이 있다는 것이며 손가락들을 상대로 한 원정군이 준비되고 있다는 것은 예삿일이 아니다.

103683호가 더듬이를 닦는다. 이제 자기가 해야 할 일이 무엇인지를 분명히 하고 싶다는 표시이다. 103683호는 더듬이를 미심쩍은 하늘 쪽으로 세운다. 공기가 무겁다. 어딘가에 적이 숨어서 도시에 쳐들어오려고 기회를 엿보고 있는 것만 같다. 홀연 한 줄기 미풍이 불어와 주위의 나뭇가지들을 흔든다. 나무들이 그에게 조심하라고 이르는 듯하다. 그러나 나무들의 흔들림에 뜻이 담겨 있을 리가 없다. 103683호는 될 대로 되라 하며 움직일 줄 모르는 나무들의 기질을 별로 좋게 여기지 않는다. 그들은 마치 자기들을 정복할 수 있는 자는 아무도 없다는 듯한 태도를 취하고 있다. 그러나 나무들도 폭풍에 쓰러지고 부러지며, 번개에 타버리거나 흰개미들에게 파먹히는 일이 있다. 나무들이 그렇게 무너질 때면 개미들은 무관심한 태도를 보인다.

난쟁이개미들의 격언에 나무들이 무너지는 그런 현상을 잘 설명한 것이 있다. 즉 〈커다란 것은 작은 것보다 더 부서지기 쉽다〉는 격언이 그것이다. 손가락들은 어쩌면 움직이는 나무와 같은 자들일지도 모른다.

103683호는 그 문제로 더 이상 시간을 허비하지 않고 쓰레기터의 개미 머리가 전해 준 정보를 확인하러 떠난다. 그는 쓰레기터 옆의 좁은 통로로 들어가 외곽 순환 도로에 들어선다. 금단 구역으로 통하는 대로들이 거기에서 시작된다. 103683호가 가려는 길은 그쪽이 아니다. 그는 아주 가파른 통풍구로 들어간다. 거기에서는 발톱을 사용해서 내려가야 한다. 가파른 통로를 미끄러져 내려오자 얼키설키한 통로들이 나온다. 여느 때와는 달리 그리 혼잡한 편은 아니었다.

먹이와 나뭇가지를 운반하던 일개미들이 103683호에게 인사를 건넨다. 개미 세계에 사적인 영예가 있을 리 없겠지만 벨로캉에서는 많은 개미들이 103683호가 손가락들의 나라에 가서 세계의 끝을 보고 왔다는 사실을 알고 있다.

103683호는 더듬이를 세워 풍뎅이 축사가 있는 곳을 탐문한다. 어떤 일개미가 지하 20층, 남남서쪽 구역 왼쪽, 흑버섯 재배실 뒤에 있다고 일러 준다.

103683호가 빠른 걸음으로 나아간다.

지난해 화재가 있은 뒤에 많은 공사가 이루어졌다. 옛날의 벨로캉은 지상 50층 지하 50층으로 되어 있었는데, 클리푸니가 새로 설계한 신도시는 지상 80층의 위용을 자랑하고 있다. 지하의 바닥에는 화강암이 버티고 있어서 더 밑으로 파 내려갈 수가 없었다. 내려가는 길에 도시를 둘러보면서 103683호는 나날이 새로워지는 도시의 모습에 감탄한다.

지상 75층. 여기에는 알을 모아 둔 방과 번데기를 모아 둔 방이 있다. 전자는 부식토의 열기로 따뜻한 상태를 유지하고 있고, 후자는 습기를 빨아들이는 고운 모래를 깔아 건조한 상태를 유지하고 있다. 완만한 비탈을 이룬 운송용 활주로가 설치되어 있어서 알들을 쉽게 유모 개미들이 있는 아래층으로 내려보낼 수 있다. 거기에서는 배가 묵직한 유모 개미들이 쉬지 않고 알들을 핥아 주고 있다. 그럼으로써 알들이 완전하게 성숙하는 데 필요한 단백질과 항생 물질을 투명한 막을 통해 전해 주는 것이다.

지상 20층. 여기에는 마른 고기와 열매 조각과 버섯 가루를 모아 둔 방들이 있다. 부패를 막기 위해서 모든 식량에 개미산을 적절하게 뿌려 놓았다.

지상 18층. 두툼한 나뭇잎으로 만든 커다란 통에 군사적인 목적에 사용되는 실험용 산(酸)이 들어 있는데, 거기에서 김이 모락거린다. 화학 개미들이 기다란 위턱 끝으로 산들이 가지고 있는 용해력을 시험하고 있다. 사과산처럼 열매에서 추출한 산도 있지만, 좀 희귀한 것에서 추출한 산도 있다. 즉, 참소리쟁이에서 뽑은 옥살산과 노란 돌에서 뽑은 황산이 그것이다. 사냥하기에 가장 이상적인 것은 최근에 개발된 농도 60퍼센트의 개미산이다. 개미산 주머니에 담고 있으면 좀 뜨겁기는 하지만, 그것의 파괴력은 타의 추종을 불허한다. 103683호는 이미 그것을 사용해 본 적이 있다.

지상 15층. 전투 연습실이 증축되었다. 여기에서는 병정개미들이 몸과 몸을 맞부딪치며 전투 훈련을 한다. 새로 계발된 전투 기술은 기억 페로몬에 꼼꼼하게 저장되어 화학 정보실에 보내진다. 요즈음의 경향은 예전처럼 적의 머리를 공격하는 것이 아니라 다리를 하나하나 잘라서 적을 움직이지 못하게 하는 쪽으로 가고 있다. 한쪽에서는 포수 개미들이 열 걸음 떨어진 곳에 씨앗들을 놓고 개미산을 정확하게 쏘아 녹여 버리는 연습을 하고 있다.

지하 9층. 여기에는 진딧물 축사가 있다. 클리푸니 여왕은 사나운 무당벌레들이 진딧물 떼를 공격해 오지 못하도록 진딧물 축사를 모두 도시 안에 세우도록 고집했다. 일개미들이 진딧물들에게 호랑가시나뭇조각을 던져 주고 분비꿀을 짜낸다.

진딧물들의 번식률이 증가되었다. 이제는 초당 열 마리의 비율로 태어난다. 지나가는 길에 103683호는 보기 드문 광경을 목격했다. 진딧물 한 마리가 새끼를 낳자 이번에는 그 작은 진딧물이 새끼 칠 준비를 하더니, 그보다 더 작은 진딧물을 낳았다. 그런 식으로 진딧물들은 순식간에 어미가 되고 할미가 되기도 하는 것이다.

지하 14층. 버섯 재배장이 끝이 가물거릴 만큼 펼쳐져 있다. 개미들이 와서 쏟아 놓고 간 배설물이 버섯의 양분이 된다. 버섯재배개미들은 웃자란 팡이실을 자르기도 하고 기생 팡이를 막아 주는 미르미카신을 뿌리기도 한다.

그때 돌연 풀빛 곤충 한 마리가 103683호 앞으로 튀어 오른다. 그 곤충을 또 다른 풀빛 곤충이 추격하고 있다. 둘이서 싸움을 하고 있는 듯하다. 103683호는 주위의 개미들에게 그 이상한 곤충들이 뭐냐고 물어본다. 어떤 개미가 설명하기를, 굴속에 살기를 즐기며 냄새가 고약한 빈대들이란다. 그 곤충들은 끊임없이 교미를 한다. 상상할 수 있는 온갖 방식으로, 장소와 상대를 가리지 않고 한다. 지구상의 모든 생물 중에서 가장 경이로운 성적 능력을 타고난 곤충임에 틀림없다. 클리푸니는 특별한 관심을 갖고 그 곤충들을 연구하고 있다.

예로부터 모든 개미 둥지에는 공생 생물들이 번창해 왔다. 개미들의 묵인 아래 개미 둥지 안에 눌러살고 있는 곤충과 다족류와 거미류의 종이 2천 이상을 헤아린다. 어떤 종들은 탈바꿈을 하는 곳으로 개미집을 이용하고 어떤 종들은 쓰레기를 먹어 치움으로써 방들을 청소해 준다.

그러나 그런 동물들을 〈과학적으로〉 연구한 도시는 벨로캉이 처음이었다. 클리푸니 여왕은 어떤 곤충이든 길들일 수 있고 강력한 군대로 만들 수 있다고 주장한다. 모든 개체와 의사소통을 이루기만 하면 그 쓸모가 현실로 나타난다는 것이 여왕의 생각이다. 그다음에는 그것을 잘 감시하기만 하면 된다는 것이다.

현재 여왕은 어느 정도의 성공을 거두고 있다. 딱정벌레 속에 딸린 몇몇 곤충들에게, 진딧물에게 하는 것처럼, 먹이를 주고 쉴 곳을 마련해 주고 병을 치료해 줌으로써 그들을 길들이기에 이르렀다. 그중에서도 뿔풍뎅이를 길들이는 데 성공한 것이 단연 돋보인다.

지하 20층. 남남서쪽 구역 왼쪽, 흑버섯 재배장 뒤, 일러 준 데로 가 보니 과연 통로 안쪽에 풍뎅이들이 있다.

14. 백과사전

두려움

개미에게 두려움이 없다는 사실을 이해하려면 개미집 전체가 하나의 유기체처럼 살아 있다는 점을 감안해야 한다. 각각의 개미는 인체의 세포와 똑같은 역할을 수행한다.

손톱을 깎을 때 우리의 손톱 끝이 그것을 두려워할까? 면도를 할 때 우리의 턱수염이 면도기가 접근해 오는 것에 전율할까? 뜨거운 욕탕 물의 온도를 가늠하려고 발을 집어넣을 때 우리의 엄지발가락이 두려움에 떨까?

그것들은 자율적인 단위로 존재하지 않기 때문에 두려움을 느끼지 않는다. 마찬가지로 우리의 왼손이 오른손을 꼬집어도 오른손은 왼손에 대해 아무런 원한을 품지 않는다. 오른손에 왼손보다 더 많은 반지가 끼어져 있다고 해서 시샘 따위가 있을 리 없다. 자기를 잊고 유기체와도 같은 공동체 전체만을 생각한다면 번뇌가 사라진다. 그것이 어쩌면 개미 세계의 모듬살이가 성공한 비결 가운데 하나일지도 모른다.

에드몽 웰스, 『상대적이며 절대적인 지식의 백과사전』 제2권

15. 레티시아는 여전히 나타나지 않는다

분노를 삭이고 나서 자크 멜리에스는 작은 트렁크를 열고 살타 형제에 관한 서류를 꺼냈다. 그런 다음 모든 서류들과 사진들을 꼼꼼하게 검토하기 시작했다. 그는 입을 벌리고 있는 세바스티앵 살타의 사진을 한참 들여다보았다. 세바스티앵의 입술에서 어떤 비명이 새어 나오는 듯했다. 공포의 비명일까? 불가항력적인 죽음을 앞둔 저항의 절규일까? 살인

범은 어떤 자일까? 사진을 보면 볼수록 그는 수치심 때문에 낯이 화끈거려 견딜 수가 없었다.

그는 마침내 벌떡 일어나 분을 참지 못하고 주먹으로 벽을 쳤다. 『일요 메아리』의 기자가 옳았다. 그가 멍청한 짓을 했던 것이다.

그는 사건을 과소평가했다. 매사에 겸손해야 한다는 뼈아픈 교훈을 얻은 셈이었다. 상황이나 사람을 과소평가하는 것보다 더한 잘못은 없다. 고맙소, 웰스 씨!

그런데 어쩌다가 이 사건에서 그렇게 터무니없는 실수를 저질렀던 것일까? 타성 때문이다. 실패를 모르고 일을 해온 탓에 터무니없는 자만심이 생긴 것이다. 그래서 자신도 모르게 날림 수사를 했던 것이다. 그런 짓은 어떤 경찰관도 하지 않는다. 경찰에 갓 들어온 풋내기도 그러지는 않을 것이다. 그의 명성이 워낙 쟁쟁하다 보니 그 기자를 빼고 아무도 그가 잘못을 저질렀으리라고 생각하지 않았다.

모든 걸 다시 시작해야 한다. 고통스럽지만 수사를 다시 해야 한다. 그래도 계속 잘못된 채로 놔두지 않고 이제서나마 실수를 깨달은 것이 천만다행이었다.

그가 맞닥뜨린 사건은 자살 같은 단순한 것이 아니라 아주 까다로운 것이었다. 범인은 어떻게 흔적을 남기지 않고 닫힌 공간을 드나들었을까? 어떻게 상처도 내지 않고 흉기도 사용하지 않고 사람들을 죽일 수 있었을까? 그런 수수께끼는 멜리에스가 이제껏 읽은 어떤 추리 소설에도 나와 있지 않던 것이다.

새로운 흥분이 그를 사로잡았다. 혹시 〈그토록 만나고 싶어 하던〉 완전 범죄라는 것과 맞닥뜨린 것이 아닐까?

멜리에스는 에드거 앨런 포의 소설에 나오는 모르그가의 살인 사건에 대해서 생각했다. 실제의 사건을 토대로 쓰인 그 소설에서는 한 모녀가 폐쇄된 집에서 시체로 발견된다. 여인은 면도칼에 찔렸고 딸은 구타를 당했다. 도난의 흔적은 없었지만 심하게 맞은 흔적이 있었다. 수사 결과 범인이 드러났는데, 그것은 곡마단에서 도망친 오랑우탄이었다.

오랑우탄은 지붕을 통해 집 안으로 들어갔던 것이고, 그 짐승을 보자마자 모녀가 비명을 질러 댐으로써 오랑우탄이 미쳐 버린 것이다. 오랑우탄은 소리를 못 지르게 하려고 모녀를 죽인 다음 들어왔던 길로 도망쳤다. 그때 오랑우탄의 등이 내리닫이 창문의 창틀에 부딪히면서 창문이 닫혀 버렸다. 창문을 안에서 잠가 놓은 것처럼 보였던 것이 그 때문이었다.

살타 형제 사건에서도 상황은 비슷했다. 차이가 있다면 창문이 내리닫이가 아니라서 등으로 쳐서는 닫을 수 없다는 점이었다.

하지만 그것을 확신할 수는 없었다. 멜리에스는 사건 현장을 조사하려고 다시 집을 나섰다.

전기는 끊겨 있었지만 조명 돋보기를 가져왔기 때문에 조사에는 지장이 없었다. 멜리에스는 거실을 조사했다. 거리의 번쩍이는 네온 불빛이 간간이 방 안을 비추었다. 살타 형제는 거기에 그대로 누워 있었다. 아수라장 같은 도시에서 튀어 들어온 어떤 끔찍한 것을 목격하고 그 자리에 쓰러져 버린 듯한 모습이었다.

멜리에스 경정은 문과 창문을 살펴보았다. 빗장을 질러 놓은 문으로 범인이 드나들었을 가능성은 없었다. 창문에는

에스파냐 자물쇠[4]가 설치되어 있어서, 창문으로 빠져나간 뒤 밖에서 다시 잠글 수는 없게 되어 있었다. 그런 일은 우연하게라도 일어날 수 없었다.

멜리에스는 어떤 비밀 통로라도 있을까 싶어 밤색 장식 융단이 걸려 있는 칸막이벽들을 두드려 보았다. 또 벽에 걸린 그림 밑에 금고 같은 것이 감추어져 있지 않을까 해서 액자들을 들춰 보기도 했다. 거실 안에는 값진 물건들이 여러 가지 있었다. 즉, 금촛대, 은조상(彫象), 하이파이 콤팩트 음향 기기 등이 그것들이었다. 도둑이 들었다면 그런 것들을 챙겨 가지 않았을 리가 없었다.

의자 위에 옷들이 놓여 있었다. 멜리에스는 반사적으로 그것들을 뒤적거렸다. 손끝에 뭔가 이상한 것이 느껴졌다. 웃옷에 작은 구멍이 나 있었다. 좀이 쏠아 놓은 구멍인 듯도 했지만 테두리가 네모반듯했다. 멜리에스는 옷을 내려놓고 구멍에 대해서는 더 이상 생각하지 않았다. 그는 늘 가지고 다니는 껌 통에서 껌을 하나 꺼냈다. 그 바람에 주머니에 있던 신문 쪼가리가 바닥에 떨어졌다. 그가 『일요 메아리』에서 오려 낸 기사였다.

그는 레티시아 웰스의 기사를 다시 읽고 깊은 생각에 잠겼다.

웰스 기자는 공포에 짓눌린 표정에 대해서 이야기하고 있었다. 그건 사실이었다. 살타 형제는 공포 때문에 죽었을 수도 있었다. 그렇다면 겁에 질려 죽게 할 만큼 무서운 게 도대체 무엇일까?

멜리에스는 자기가 겪었던 공포의 기억을 더듬어 보았다.

4 손잡이를 돌려 창틀을 열고 닫게 되어 있는 잠금장치.

어렸을 때 딸꾹질이 그치지 않고 계속되었던 적이 있었다. 그의 어머니는 늑대 가면을 쓰고 불쑥 나타나서 딸꾹질을 멎게 했다. 그때 그는 비명을 질렀고 한순간 심장이 멎는 듯한 느낌을 가졌다. 어머니는 이내 가면을 벗고 딸꾹질이 멎은 것을 기뻐하면서 키스를 퍼부었다.

한마디로 자크 멜리에스는 끊임없는 공포 속에서 자라 왔다고 할 수 있었다. 병에 대한 두려움, 교통사고에 대한 두려움, 사탕을 주며 자기를 납치하려는 남자에 대한 두려움, 경찰에 대한 두려움 등과 같은 사소한 것들이 있었는가 하면, 낙제에 대한 두려움, 하교할 때 공갈범들에게 돈을 갈취당할 일에 대한 두려움, 개에 대한 두려움 등 심각한 것들도 있었다.

그것 말고도 어린 시절에 공포의 경험은 많이 있었다. 자크 멜리에스는 그중에서도 가장 고통스러웠던 두려움의 기억을 떠올렸다. 그건 정말이지 어마어마한 두려움이었다.

그가 아주 어렸을 적의 일이었다. 어느 날 밤 그는 침대 속에 뭔가가 꿈틀거리는 것을 느꼈다. 가장 안전하다고 믿고 있던 침대 속에 괴물이 숨어 있었던 것이다! 그는 한동안 이불 밑으로 발을 들이밀 엄두를 못 내고 있다가 마음을 가다듬고 조금씩조금씩 이불 속으로 다리를 디밀었다.

그때 갑자기 발가락에 미지근한 입김이 닿는 느낌이 들었다. 오싹 소름이 돋았다. 침대 발치에 괴물이 있음에 틀림없었다! 괴물은 그의 발가락을 떼어 먹으려고 아가리를 벌린 채 발가락이 다가오기를 기다리고 있었다. 다행히 발가락이 침대 발치까지 이르지 않았다. 아직 그럴 만큼 키가 크지 않았던 것이다. 그러나 그가 매일 자라기 때문에 그의 발은 발가락을 잡아먹는 그 괴물이 숨어 있는 시트 자락 쪽으로 자꾸 다가갈 게 분명했다.

어린 멜리에스는 며칠 밤을 방바닥이나 이불 위에서 잤는데, 몸이 저려서 계속 그럴 수가 없었다. 그건 해결책이 되지 못했다. 그래서 이불 속으로 들어가기로 마음을 고쳐먹었다. 그 대신 몸이 침대 발치에 닿지 않도록 자기의 근육과 뼈에게 너무 많이 자라지 말라고 부탁했다. 멜리에스가 그의 부모들만큼 키가 크지 않은 것도 어쩌면 그것 때문일 것이다.

매일 밤이 시련의 연속이었다. 그러던 그가 하나의 해결책을 찾아냈다. 그는 플러시 천으로 된 장난감 곰을 꼭 껴안고 잤다. 장난감 곰을 품고 있으면 침대 발치에 숨어 있는 괴물과 당당히 맞설 수 있을 것 같은 느낌이 들었다. 장난감 곰을 껴안고 이불 속에 들어가서 그는 팔이나 머리카락이나 귀가 밖으로 빠져나가지 않도록 이불잇을 단단히 여몄다. 밤이 이슥해져서 괴물이 집 주위를 한 바퀴 돌려고 밖으로 나갈 때 그의 머리를 공격할지도 모른다고 생각했기 때문이었다.

그의 어머니는 아침마다 침대 위에 이불과 시트가 둘둘 뭉쳐져 있고 그 안에 멜리에스와 장난감 곰이 파묻혀 있는 것을 발견하곤 했다. 그의 어머니는 그 이상한 짓을 전혀 이해하려 하지 않았다. 자크는 자기와 장난감 곰이 힘을 합쳐 한 괴물을 상대로 밤새도록 어떻게 싸우고 있는지 굳이 이야기하지 않았다.

괴물과의 싸움은 승부가 나지 않았다. 그가 이긴 적도 없었고 괴물이 이긴 적도 없었다. 그에게 남은 것은 두려움뿐이었다. 성장하는 것에 대한 두려움과 눈이 빨갛고 입술이 치켜 올라가고 송곳니에 침이 끈적거리는 무시무시한 어떤 것과 맞서는 일에 대한 두려움이었다.

경정은 다시 정신을 가다듬은 다음, 조명 돋보기를 들고 처음 할 때보다 더 진지하게 범죄 현장을 조사했다. 상하 좌우 가리지 않고 구석구석을 다 뒤졌다.

융단 위에는 흙 묻은 신발 자국 하나 보이지 않았고, 살타 형제 것과 다른 머리카락 하나 보이지 않았으며, 유리창에는 단 하나의 지문도 남아 있지 않았다. 유리잔에도 외부인의 지문은 전혀 없었다. 멜리에스는 부엌으로 가서 손전등으로 붓질을 하듯 비추어 보았다.

멜리에스는 흩어져 있는 음식들의 냄새를 맡고 맛을 보았다. 에밀 형사가 이미 음식을 보존하기 위해 투명한 피막을 씌워 놓았다. 거기에까지 신경을 써준 에밀 형사가 미덥게 느껴졌다. 멜리에스는 물병에 코를 들이대고 냄새를 맡아 보았다. 독극물의 냄새는 전혀 느껴지지 않았다. 과일 주스와 탄산수에서도 전혀 이상한 점이 발견되지 않았다.

살타 형제의 얼굴에는 공포의 빛이 서려 있었다. 그들이 느낀 공포는 모르그의 살인 사건에 나오는 두 여자가 거실 창문으로 뒤뚱거리며 들어오는 오랑우탄을 보았을 때의 두려움과 비슷한 것이었을지도 모른다. 멜리에스는 다시 그 사건을 생각했다. 겁을 먹기는 오랑우탄도 마찬가지였으리라. 오랑우탄이 두 여자를 죽인 것은 그 여자들의 울부짖음을 멈추게 하려는 이유에서였다. 오랑우탄은 그 여자들의 비명을 무서워했다.

그 사건 역시 서로를 이해하지 못했기 때문에 빚어진 비극이다. 누구나 자기가 이해하지 못하는 것을 두려워하기 마련이다.

그런 생각을 하고 있는데, 문득 커튼 뒤에서 뭔가가 움직이고 있다는 느낌이 들었다. 심장이 얼어붙는 듯했다. 살인범이 돌아왔다! 경정이 조명 돋보기를 떨어뜨리는 바람에 불빛이 꺼져 버렸다. 거리에서 흘러 들어오는 네온 불빛만이 방을 비추고 있었다. 〈무진장 바〉라는 술집의 네온사인이 점멸하면서 무-진-장-바-라는 글자들이 차례로 번쩍거렸다.

자크 멜리에스는 몸을 감추고 꼼짝 않고 있으려다가, 용기를 내어 조명 돋보기를 집어 들고 수상쩍은 커튼 쪽을 비춰 보았다. 아무것도 보이지 않았다. 투명 인간 같은 것이 있었던 걸까?

「거기 누구요?」

아무 소리도 들리지 않았다. 한 줄기 바람이었나 보다. 그는 그곳에 더 이상 머물 필요가 없겠다 싶어 이웃 사람들을 만나러 가기로 했다.

「실례합니다. 경찰입니다.」

기품 있게 생긴 한 남자가 문을 열어 주었다.

「경찰입니다. 들어갈 것까지는 없고 여기서 한두 가지만 여쭤 보고 가겠습니다.」

자크 멜리에스는 그렇게 말하면서 수첩을 꺼냈다.

「살인 사건이 있던 날 밤 댁에 계셨습니까?」

「예.」

「무슨 소리 못 들으셨습니까?」

「다른 소리는 못 들었고 그 사람들이 느닷없이 비명 지르는 소리를 들었습니다.」

「비명을 질렀다고요?」

「예, 아주 새된 비명이었습니다. 소름이 오싹 끼쳤어요.

30초 정도 계속되더니 그다음에는 잠잠하더군요.」

「세 사람이 동시에 비명을 지르는 것 같았습니까? 아니면 차례차례 소리를 지르는 것 같았습니까?」

「동시에 소리를 질렀습니다. 사람 소리 같지가 않았고 무슨 짐승이 울부짖는 것 같았어요. 무척 고통스러웠던 모양입니다. 내 생각엔 세 사람이 동시에 살해당한 것 같습니다. 끔찍한 일이지요. 그 사건이 일어난 다음부터 잠이 잘 안 와요. 그래서 이사 갈 생각까지 하고 있습니다.」

「뭣 때문에 그들이 비명을 질렀다고 생각하세요?」

「벌써 다른 형사들이 다녀갔어요. 아마 어떤 경찰 간부는 자살이라고 단정하고 있는 것 같은데……. 나는 그렇게 생각하지 않아요. 그 사람들은 어떤 아주 무시무시한 것을 보았을 겁니다. 그러나 그게 뭔지는 알 수 없지요. 어쨌든 범인의 기척은 전혀 없었습니다.」

「잘 들었습니다. 고맙습니다.」

어떤 고정 관념이 멜리에스의 뇌리를 스치고 지나갔다. 미친 늑대 같은 것이 아주 조용히 나타나서 흔적 하나 남기지 않고 살인을 저지른 것이 아닐까?

그러나 그런 일은 절대로 일어날 수 없었다는 것을 그는 알고 있었다. 그런 게 아니라면, 지붕을 통해 들어와 면도칼을 휘두른 오랑우탄보다 더 끔찍한 일을 저지를 수 있는 게 뭐가 있을까? 머리가 좋은 어떤 광인이 완전 범죄의 방법을 찾아낸 것이 아닐까?

16. 백과사전

광기

우리 모두는 매일 조금씩 미쳐 가고 있다. 무엇에 미치느냐는 사람마다 다르다. 우리가 서로서로를 제대로 이해하지 못하는 것은 그 때문이다. 나 자신도 편집증과 정신 분열에 사로잡혀 있다는 느낌이 든다. 게다가 나는 너무나 민감해서 현실을 잘못 이해할 때가 많다. 나는 그 점을 알고 있기에 그 광기를 어쩔 수 없는 것으로 받아들이기보다는 그것을 적극적으로 활용하여 내가 하는 모든 일의 동력으로 삼으려고 노력한다. 그래서 나는 미치면 미칠수록 내가 설정한 목표를 더 잘 달성하게 된다. 광기는 각자의 머릿속에 숨어 있는 사나운 사자이다. 그 사자를 죽이려고 해서는 안 된다. 그것의 정체를 알고 그것을 길들이면 아무런 문제가 없다. 순치된 당신의 사자는 어떤 선생, 어떤 학교, 어떤 마약, 어떤 종교보다도 당신의 삶을 훨씬 더 높이 끌어올릴 것이다. 그러나 광기가 힘의 원천이 된다고 해서 그것을 과도하게 사용하면 위험하다. 때때로 사자는 극도로 흥분하여 자기를 길들이고 싶어 하는 사람에게 덤벼드는 경우도 있기 때문이다.

에드몽 웰스, 『상대적이며 절대적인 지식의 백과사전』 제2권

17. 발자국

103683호는 뿔풍뎅이 축사를 발견했다. 거대한 체구의 뿔풍뎅이들이 커다란 방에 모여 있다. 도톰하고 오톨도톨한 검은 딱지들이 서로 맞물린 채 그들의 몸을 덮고 있다. 몸의 뒷부분은 둥글고 매끈매끈하며, 앞부분은 키틴질로 된 두건을 쓴 모습인데 거기에 기다랗게 뾰족한 뿔이 달려 있다. 그

뿔은 장미 가시보다 열 배 정도나 크다.

103683호가 아는 바로는, 그 비행 곤충은 길이가 여섯 걸음에 너비가 세 걸음이다. 그들은 어슴푸레한 곳에 살기를 좋아하는데 엉뚱하게도 빛이라면 사족을 못 쓰고 쫓아가는 약점을 가지고 있다. 곤충의 세계에서 빛은 커다란 매력을 가지고 있다. 그것에 이끌리지 않을 수 있는 곤충은 그리 많지 않다.

뿔풍뎅이들은 나무를 가루로 만들어 먹거나 썩은 싹을 뜯어 먹는다. 그들은 아무 데서나 배설을 한다. 축사의 천장이 너무 낮고 그들이 사용할 수 있는 공간이 그리 넓지 않은 탓에 배설물의 고약한 냄새가 진동을 한다. 축사를 청소하는 개미들이 있는데, 그들이 다녀간 지가 꽤 된 모양이다. 뿔풍뎅이 같은 딱정벌레목의 곤충들을 길들이기란 결코 쉬운 일이 아니다. 클리푸니 여왕은 딱정벌레 덕분에 거미그물에서 구출된 뒤에 그들과 동맹을 맺을 생각을 했다. 여왕이 되자마자 클리푸니는 뿔풍뎅이들을 모아서 비행 군단을 만들었다. 그러나 아직 그들을 전투에 투입할 기회는 오지 않았다. 따라서 그들은 아직 개미산 세례를 받아 본 적이 없으며, 전투 상황에서 성난 병정개미들이 몰려올 때 전쟁을 모르고 살아 온 그 초식 동물들이 어떠한 반응을 보일지는 아무도 모른다.

103683호는 날개 달린 그 거구들의 다리 사이로 헤치고 들어간다. 방 한가운데에 그들에게 물통 구실을 하는 나뭇잎이 하나 놓여 있는데, 그 모습이 아주 인상적이다. 뿔풍뎅이가 갈증을 풀러 오면 나뭇잎 위에 놓여 있던 커다란 물방울이 옆으로 길게 늘어난다.

클리푸니는 뿔풍뎅이들을 냄새 언어로 설득하여 벨로캉에 머물게 했다. 클리푸니는 곤충들을 설득하는 자기의 능력에 긍지를 갖고 있다. 〈의사소통의 방법을 찾아내기만 하면 서로 다른 두 개의 사고 체계를 결합시킬 수 있다.〉 클리푸니는 혁신 운동의 일환으로 그렇게 가르치고 있다. 의사소통을 이루어 내기 위해서 클리푸니는 할 수 있는 일은 뭐든지 다 했다. 먹이를 주고 통행 허가 페로몬을 주었으며, 설득력 있는 페로몬으로 그들에게 믿음을 주었다. 클리푸니의 주장에 따르면 의사소통을 이룬 두 동물은 서로를 죽일 수 없게 된다는 것이다.

벨로캉 연방 여왕개미들의 최근 모임에서, 몇몇 참석자들은 클리푸니의 견해에 이의를 제기했다. 자기 종과 다른 것들을 무조건 제거하는 것이 모든 종에 가장 널리 퍼져 있는 행동 양식이라는 것이다. 즉, 한쪽은 대화를 하고 싶어 하고 다른 쪽은 죽이고 싶어 한다면, 전자가 언제나 패배하게 되리라는 거였다. 그것에 대해 클리푸니는 대화 중에서 가장 초보적인 형태이기는 하지만 죽이는 것도 따지고 보면 대화의 한 형태라고 교묘하게 반박했다.

즉, 상대를 죽이기 위해서는, 상대를 향해 나아가고 상대를 바라보고 연구하고 상대의 반응을 예견해야 하는데, 그게 바로 상대에 대한 관심이고 대화의 출발이라는 것이다.

클리푸니의 혁신 운동은 역설이 아주 풍부하다.

103683호는 뿔풍뎅이 구경을 중단하고 반체제 개미들에게로 갈 수 있는 비밀 통로를 찾기 시작한다.

축사 천장에 발자국들이 어지러이 찍혀 있다. 발자국의 방향을 흩뜨리려고 한 듯 사방팔방으로 발자국이 나 있다.

그러나 병정개미 103683호는 뛰어난 척후 개미이기도 하다. 그는 가장 나중에 찍힌 발자국들을 식별하여 그것들을 따라간다.

발자국들이 이끄는 대로 따라가 보니 작은 돌기 하나가 나타난다. 알고 보니 그것은 입구를 감추기 위한 위장물이다. 저기가 틀림없다. 그는 거추장스럽기 짝이 없는 나방 고치를 팽개치고 비밀 통로 안으로 머리를 디밀고 들어간 다음 약간의 불안을 느끼며 앞으로 나아간다.

개미들의 냄새가 풍겨 온다.

반체제 개미들이다……. 벨로캉 같은 동질적인 도시에 어떻게 반체제 개미들이 존재할 수 있을까? 어찌 보면 그것은 내장의 한 귀퉁이에서 세포들이 몸 전체의 기능에 동조하지 않겠다고 반기를 드는 것과 같다. 말하자면 충수염과 같은 것이다. 그러니까 103683호는 지금 살아 있는 도시에 충수염의 위기를 불러일으키려는 집단을 만나러 가고 있는 셈이다.

그 집단에 속해 있는 개미가 얼마나 될까? 그들의 동기는 무엇일까? 앞으로 나아갈수록 그들의 진의를 알고 싶은 생각이 간절해진다. 반체제 운동이 존재한다는 사실을 알게 된 터라 그들의 정체를 알고 그들의 활동 방식과 목적을 이해하고 싶은 욕구가 절실해지는 것이다.

103683호는 좁은 통로를 계속 나아간다. 방금 지나간 개미들의 냄새가 끼쳐 온다. 그때 돌연 네 개의 발톱이 달린 다리 두 개가 그의 앞가슴을 그러쥐더니 앞으로 사정없이 잡아당긴다. 그는 빨려 가듯 통로 속으로 끌려가 어떤 방에 다다른다. 위턱 두 개가 집게처럼 그의 목을 잡고 조르기 시작한다.

103683호는 발버둥을 치면서 자기 몸에 부딪쳐 오는 등딱지 너머로 방 안을 살핀다. 그 방은 천장이 아주 낮고 널찍한 편이다. 더듬이의 어림짐작으로 길이가 30걸음에 너비가 20걸음은 될 듯하다. 그러니까 이 방은 천장으로 위장된 채 뿔풍뎅이의 축사를 덮고 있는 것이다. 1백 마리쯤 되는 개미가 그를 둘러싸고 있다. 몇몇 개미들이 의혹을 가득 품고 잠입자의 정체를 탐색한다.

18. 백과사전

개미를 제거하는 방법

부엌에 출몰하는 개미를 몰아내는 방법이 없느냐고 나에게 묻는 사람이 있다면, 나는 이렇게 대답하고 싶다. 당신은 무슨 권리로 당신의 부엌이 개미 것이 아니고 당신 것이라고 주장하는가? 당신이 그것을 샀기 때문인가? 좋다. 당신은 시멘트로 부엌을 만든 사람에게서 그것을 샀고 거기에 자연에서 나온 음식물을 채워 놓았기 때문에 부엌이 당신 것이라고 주장한다. 당신과 다른 사람들 사이에 어떤 약속이 맺어졌기 때문에 가공된 자연의 일부가 당신 소유물이 되었다고 생각할 것이다. 그러나 그것은 인간끼리의 약속일 뿐이다. 당신 찬장 속에 있는 토마토 소스가 개미 것이 아니고 꼭 당신 것이라고 말할 수 있는가? 토마토는 땅에서 난 것이고 시멘트도 땅에서 난 것이다. 당신 포크의 재료가 된 금속도 당신 잼의 원료가 된 과일도 당신의 벽을 이루고 있는 벽돌도 모두 땅에서 나온 것이다. 인간은 그저 그것들에 이름과 상표와 가격을 붙였을 뿐이다. 그것만으로 인간이 〈소유주〉가 되는 것은 아니다. 지구와 지구의 자원은 세입자 모두에게 무료로 제공된 것이다…….

그러나 그런 얘기는 너무 생경해서 당신을 설득하기가 어려울 것이다. 당신이 기어코 그 미미한 경쟁자들을 제거하기로 마음을 먹었다면, 내가 추천할 수 있는 〈가장 덜 나쁜〉 방법은 박하를 이용하는 것이다. 개미의 출몰을 막고 싶은 곳에 박하 한 포기를 키우면 된다. 개미는 박하 냄새를 싫어하기 때문에 십중팔구는 당신의 이웃집을 찾아가게 될 것이다.

에드몽 웰스, 『상대적이며 절대적인 지식의 백과사전』 제2권

19. 반체제 개미들

103683호는 더듬이를 빠르게 움직여 반체제 개미들에게 자기를 소개한다.

《나는 병정개미다. 쓰레기터에서 어떤 개미의 머리를 발견했는데, 그 개미 머리가 부탁하기를 당신들에게 가서 손가락들과 싸우기 위한 원정군이 곧 파견될 것임을 알려 주라고 했다.》

그 정보가 전해지자 금방 효과가 나타난다. 개미들은 거짓 냄새를 발할 줄 모른다. 거짓의 유용성을 아직 깨닫지 못하고 있기 때문이다.

그의 목을 조르고 있던 위턱이 느슨해진다. 둘러선 개미들이 더듬이를 떨면서 저희들끼리 의견을 나눈다.

《화학 정보실에 특공대가 파견되었는데, 오랫동안 아무 소식이 없었다.》

《그 특공대원 가운데 하나와 저 병정개미가 대화를 나누었을 가능성이 있다.》

겨우 몇 마디의 대화를 들었을 뿐이지만, 그것만으로도

103683호는 자기가 진짜 비밀 운동 조직과 만나게 되었음을 깨닫는다. 이들은 비밀을 유지하기 위해서 무슨 짓이라도 할 것이다.

반체제 개미들은 103683호가 전해 준 정보를 놓고 토론을 계속한다. 〈손가락들과 싸우기 위한 원정군〉이라는 표현이 특히 그들을 괴롭히는 모양이다. 그들은 커다란 충격을 받은 듯하다. 그런데 그때 몇몇 개미들이 달갑지 않은 외래자(外來者)를 어떻게 처분할 것이냐고 묻는다. 반체제 개미도 아닌 자가 자기들의 본거지를 알았기 때문에 그냥 놔두는 것은 위험하다는 것이다.

《당신은 누구인가?》

103683호는 자기를 규정하는 모든 특성들을 밝힌다. 계급, 산란 번호, 출생 도시……. 그러자 반체세 개미들은 깜짝 놀란다. 자기들 앞에 있는 개미가 바로 세계의 끝에 갔다가 살아 돌아온 그 병정개미 103683호인 것이다. 개미들은 103683호를 풀어 주고 뒤로 물러선다. 다시 대화가 시작된다.

개미 세계에서는 냄새를 이용해서 대화한다. 더듬이를 이루는 열한 개의 마디에서 페로몬을 발하여 의사소통을 하는 것이다. 페로몬이란 몸 밖으로 나가서 공중을 떠돌다가 몸으로 들어가는 일종의 호르몬이다. 한 개미가 어떤 감정을 느껴 그것을 몸 밖으로 발산하면 주위의 다른 모든 개미들이 그 개미와 동시에 그 감정을 느낀다. 어떤 고통스러운 자극을 받은 개미는 즉시 자기 고통을 주위에 전달한다. 그러면 주위의 개미들은 그 개미를 도울 방법을 찾기에 골몰한다.

더듬이의 열한 마디는 각각 다른 냄새를 발한다. 그것은 마치 저마다 고유의 파장을 지니고 열한 개의 입이 동시에 말하는 것과 같다. 어떤 마디는 저음으로 중요한 정보들을 발하고 어떤 마디는 고음으로 사소한 정보를 보낸다.

더듬이의 열한 마디는 또 귀의 구실도 한다. 그러니까 개미들이 대화할 때는 양쪽이 열한 개의 입으로 말하고 열한 개의 귀로 듣고 있는 셈이다. 그것도 동시에 말이다. 그래서 개미들의 대화는 뉘앙스가 아주 풍부하다. 개미들의 대화는 사람들의 대화보다 열한 배나 내용이 풍부하고 열한 배나 속도가 빠르다고 볼 수 있다. 두 개미가 만나는 장면을 관찰할 때 더듬이의 끝을 맞대기가 무섭게 각자 자기의 일을 찾아 다시 떠나는 것을 보게 되는 것도 그 때문이다. 그 미미한 접촉을 통해서도 모든 게 다 전해지는 것이다.

병정개미 하나가 다리를 절룩거리면서(그는 다리가 다섯 개뿐이다) 103683호 앞으로 다가와 묻는다. 옛날에 수개미 327호, 암개미 56호와 함께 활동했던 그 병정개미가 맞느냐고…… 103683호는 맞는다고 대답한다.

절름발이 개미는 그를 죽이려고 오랫동안 찾아 다녔던 일이 있음을 털어놓는다. 그러나 이제는 상황이 달라졌다. 절름발이 개미가 씁쓸한 느낌이 섞인 냄새를 발한다.

《이제는 우리가 비정상이고 당신이 정상이다. 세월이 바뀐 것이다.》

절름발이 개미가 영양 교환을 제안한다. 103683호가 그 제안을 받아들여 두 개미는 입과 입을 맞대고 더듬이로 서로를 어루만진다. 마침내 영양 제공자의 갈무리 주머니에 들어 있던 먹이가 103683호 위 속으로 흘러 들어간다. 영양 교환은 연통관 속의 액체가 흘러 통하는 것과 같다. 한마디로, 소화 기관끼리의 대화라고 할 수 있다.

절름발이 개미는 자기 몸에서 에너지를 빼내고 103683호는 그것을 자기 몸에 채운다. 103683호는 마흔네 번째 천 년 기의 개미 격언을 떠올린다. 〈남에게 줌으로써 풍요로워지고 받음으로써 가난해진다.〉 그러나 어찌 주는 것을 마다할 수 있겠는가.

반체제 개미들은 103683호에게 자기들의 본거지를 구경시킨다. 씨앗과 꿀이 저장되어 있고 기억 페로몬으로 가득 찬 알들이 보관되어 있다.

까닭은 알 수 없지만, 비밀 운동에 가담하고 있는 그 모든 병정개미들이 103683호에게는 별로 무섭게 느껴지지 않는다. 그들은 정치권력에 굶주린 반역자들이라기보다는 어떤 비밀을 유지하기 위해 전전긍긍하는 자들로 보인다.

절름발이 개미가 다가와서 솔직히 털어놓는다.

《반체제 개미들은 예전에 다른 이름으로 알려져 있었다. 현 여왕 클리푸니의 어머니인 벨로키우키우니의 명령에 따라 조직된 일종의 비밀 경찰로서, 〈바위 냄새를 풍기는 병정개미들〉이라 불렸다. 당시 우리는 아주 강력했다. 벨로캉의 화강암 바닥 아래에 비밀 도시, 즉 제2의 벨로캉을 마련하기까지 했다.

수개미 327호와 암개미 56호와 당신을 제거하려고 갖은 짓을 다한 것도 바로 바위 냄새를 풍기는 병정개미들이었다. 당시에는 손가락들이 정말로 존재한다는 사실을 다른 개미들은 전혀 모르고 있었다. 벨로키우키우니 여왕은 하나의 강박 관념을 가지고 있었다. 즉, 거대한 동물들이 불개미들과 거의 대등한 지능을 지니고 있다는 사실을 알게 되면 벨로캉 개미들이 엄청난 불안에 휩싸이게 될 것으로 믿었던 것이다.

그래서 벨로키우키우니는 손가락들의 사절과 협정을 맺었다. 벨로키우키우니는 손가락들의 존재에 관한 모든 정보를 차단하기로 했고, 그 손가락들도 개미의 지능에 대해서 이미 안 것과 장차 알게 될 것을 다른 손가락들에게 알리지 않기로 했다. 양쪽이 만나고 있다는 사실을 각자 자기 사회의 구성원들에게 비밀로 부치기로 했던 것이다.

벨로키우키우니 여왕은 두 문명이 서로를 이해할 준비가 되어 있지 않다고 판단했다. 그래서 바위 냄새를 풍기는 병정개미들에게 손가락들의 존재를 알게 된 개미들을 모두 제거하는 임무를 맡겼다. 그 집념이 많은 희생자를 낳았다.》

절름발이 개미는 손가락들의 존재를 알게 된 수천의 다른 개미들을 죽인 것처럼 자기들이 수개미 327호를 죽였다고 실토했다.

103683호가 잔뜩 호기심을 느끼며 묻는다.

《불개미들과 손가락들 사이에 대화가 있었단 말인가?》

《도시 밑의 동굴에 몇몇 손가락들이 머물고 있다. 그들은 어떤 기계와 개미 사절 하나를 만들었다. 그것을 통해서 그들도 페로몬을 발산하고 감지할 수 있다. 그 기계는 〈로제타석〉이라 하고 그 사절은 〈리빙스턴 박사〉라 한다. 손가락들이 지은 이름이다. 그들을 매개로 해서 손가락들과 개미들이 중요한 정보를 주고받았다. 크기가 다르고 종이 다르지만 이 지구 위에 각자의 문명을 건설했다는 것을 알게 된 것이다.

첫 번째 접촉을 통해 얻은 게 그것이었고 이후에도 많은 접촉이 있었다. 그 손가락들은 벨로캉 밑의 동굴에 갇혀 있다. 그래서 벨로키우키우니는 그들에게 먹이를 제공하고 그들이 살아남도록 보살펴 주었다. 한 철 내내 대화가 정기적으로 계속되었다. 손가락들 덕분에 벨로키우키우니는 바퀴의 원리를 알게 되었다. 그러나 그것을 써먹을 새도 없이 도시의 화재 때문에 죽었다.

새로 여왕에 즉위한 클리푸니는 더 이상 손가락들에 대한 이야기를 꺼내지 못하게 했다. 여왕은 그들에게 식량 공급하는 일을 중단하게 하고, 제2의 벨로캉으로 내려가는 통로를 진흙으로 막아 버리라고 명령했다. 그 통로가 막히면 손가락들의 동굴로 가는 길도 막히는 것이므로 결국 클리푸니는 그들에게 굶어 죽는 형벌을 내린 셈이다.

때를 같이하여 클리푸니의 경비대가 바위 냄새 풍기는 병정개미들을 추격하기 시작했다. 새 여왕은 개미들이 손가락들과 협력했던 수치스러운 사건의 흔적을 일체 남기지 않으려 했다. 종과 종 사이의 접촉에 그 누구보다도 관심이 많은 클리푸니가 손가락들에 대해서는 이상하게도 무자비한 일면을 드러냈다.

단 하루 만에 제2벨로캉 병정개미들의 거의 반이 죽임을 당했다. 목숨을 부지한 병정개미들은 벽 속으로 천장 속으로 몸을 숨겼다. 우리는 살아남기 위해서 우리를 식별해 주는 냄새를 버리기로 결정하고 새로운 이름으로 결집했다. 즉 우리는 〈손가락들을 지지하는 반체제 개미들〉이 되었다.》

103683호는 반체제 개미임을 자처하는 그들을 바라본다. 대부분이 절름발이다. 여왕의 경비대에 쫓기는 피곤한 삶의 모습이 역력하다. 그러나 생기가 넘치는 젊은 개미들도 있다. 그 병정개미들은 손가락 문명과의 접촉에 매료된 순진한 자들일 것이다.

그런데 모든 벨로캉 개미들을 동족상잔 속으로 끌어들이

는 것은 미친 짓이 아닌가? 도대체 무엇을 위해서 그러는 것인가? 손가락들을 위해서인가? 결국 우리는 그들에 대해서 별로 아는 것도 없지 않는가?

절름발이 개미는 반체제 개미들이 이제 일사불란하게 자기들의 운동을 전개하기로 했다면서 뿔풍뎅이 축사 위의 천장으로 위장되어 있는 그곳을 본거지로 삼고 있다고 말한다. 그리고 그들은 벨로캉의 다른 개미들이 아직 식별할 수 없는 자기들만의 냄새를 발산할 수 있다고 털어놓는다.

《그러나 이 비밀 운동이 무슨 쓸모가 있는가?》

절름발이 개미는 한참 동안 침묵을 지키며 긴장감이 감돌게 한다. 그러더니 단도직입적으로 바위 밑에 있는 손가락들은 아직 죽지 않았고, 반체제 개미들이 화강암 속의 통로를 다시 열었으며 식량 공급도 다시 시작되었다고 알려 준다.

《당신도 우리 일에 동참할 생각이 없는가?》

103683호는 주저한다. 그러나 언제나 그랬듯이 호기심이 모든 걸 눌러 버린다. 103683호는 동의의 뜻으로 더듬이를 뒤로 젖힌다. 모든 개미들이 환호한다. 비밀 운동은 이제부터 세계의 끝을 다녀온 한 병정개미를 포함하게 된 것이다.

많은 개미들이 한꺼번에 영양 교환을 제안해 오는 바람에, 103683호는 자기 입을 어디에 갖다 대야 할지 모른다. 영양을 공급하는 그 모든 입맞춤이 그의 몸에 열기를 더해 준다.

절름발이 개미는 손가락들에게 먹이를 제공하기 위하여 자기들이 곧 꿀단지개미들을 훔쳐서 바위 밑으로 데려갈 특공대를 파견할 것이라고 귀띔한다. 103683호가 리빙스턴 박사를 만나고 싶다면 이번이 좋은 기회가 되리라는 것이다.

103683호는 대뜸 그 제안을 받아들인다. 그는 도시 밑에 숨겨진 손가락들의 둥지를 보게 된다는 기대에 부푼다. 한시라도 빨리 그들과 대화를 나누고 싶은 것이다. 너무나 오랫동안 그는 손가락들에 대한 강박 관념을 지니고 살아왔다. 이제 자기의 호기심을 만족시키면서 그 〈마음의 병〉으로부터 벗어나게 될 것이다.

30마리의 용감한 반체제 병정개미들이 모여 특공대를 이룬다. 그들은 힘을 얻기 위하여 분비꿀을 한껏 먹고 꿀단지 개미들의 방으로 향한다. 103683호도 그 속에 끼어 있다.

순찰 개미들에게 발각되지 말아야 할 텐데.

20. 텔레비전

경비 아주머니는 반쯤 열린 창문 뒤의 자기 자리를 충실히 지키면서 드나드는 사람들을 살피고 있었다.

멜리에스 경정이 그 곁으로 다가갔다.

「저 말이에요. 아주머니, 뭐 한 가지 물어봐도 될까요?」

여자는 엘리베이터 거울이 너무 지저분하다 어떻다 하면서 핀잔이라도 한마디 하려는 게 아닌가 하고 생각했다.

「이제껏 살아오시면서 가장 무서웠던 게 뭐예요?」

엉뚱한 질문이었다. 여인은 바보 같은 소리나 지껄이지 않을까 두려워하면서 또 가장 이름이 나 있는 세입자를 실망시키지 않으려고 고심하면서 대답했다.

「외국인들이라고 생각해요. 그래요, 외국인들이 제일 무서워요. 이제 어디에서나 그들이 활개를 쳐요. 우리 나라 사람들의 일거리를 가로채고 저녁마다 길모퉁이에서 사람들을 습격하잖아요. 그들은 우리하고 달라요. 그들의 머릿속엔 뭐가 들었는지 모르겠어요.」

멜리에스는 턱을 주억거리며 여인에게 고맙다고 말했다. 그는 벌써 계단을 올라가고 있는데, 여전히 생각에 잠겨 있던 여인이 뒤늦게 소리쳤다.

「좋은 밤 보내세요. 멜리에스 씨.」

집에 들어오자마자 멜리에스는 신발을 벗고 텔레비전 앞에 앉았다. 수사를 하고 온 날 저녁에 그의 머릿속에서 돌아가고 있는 기계 장치를 멈추게 하는 것으로는 텔레비전보다 더 효과적인 게 없었다. 잠자고 꿈꾸는 시간에도 기계는 여지없이 돌아간다. 그러나 텔레비전은 머리를 비워 준다. 신경 세포가 휴식에 들어가고 뇌 속의 모든 불빛들이 깜박거림을 멈춘다. 황홀경이다!

그는 텔레비전의 리모트 컨트롤을 손에 들었다.

채널 1675번, 미국 텔레비전 영화.

─그러니까 빌, 너는 별 볼 일 없는 거야. 안 그래? 너는 네가 가장 훌륭한 사람이라고 생각했겠지만 이제 남들과 다름 없는 가난뱅이라는 걸 알아야 돼…….

멜리에스는 채널을 바꾸었다.

채널 877번, 광고.

─〈크락크락〉으로 한 번에 모든…….

그는 다시 채널을 바꾸었다. 그가 시청할 수 있는 채널은 모두 1825개였지만 저녁 8시 정각에 그의 관심을 끄는 것은 「알쏭알쏭 함정 퀴즈」가 나오는 622번 채널뿐이었다.

타이틀과 음악이 나온 다음 사회자가 나타나고 박수 소리가 터진다. 만면에 웃음을 머금은 사회자가 입을 연다.

─우리 622번 채널을 사랑해 주시는 시청자 여러분, 그

리고 방청객 여러분, 다시 뵙게 되어 대단히 반갑습니다. 백 네 번째 우리 프로그램에 참여하신 것을 환영하면서, 자 이 제 출발하겠습니다. 여러분의 「알쏭알쏭……」.

— 「……함정 퀴즈!」

방청객들이 일제히 소리친다.

마리 샤를로트가 다가와서 그의 무릎에 기대어 웅크리며 쓰다듬어 달라고 졸랐다. 멜리에스는 마리 샤를로트에게 참 치 파이를 조금 떼어 주었다. 마리 샤를로트는 애무보다 참 치 파이를 더 좋아했다.

— 우리 프로그램에 처음 참여하신 분들을 위하여 먼저 규칙을 다시 말씀드리겠습니다.

그런 한심한 사람들을 격려라도 하려는 듯 방청석에서 함 성이 터진다.

— 감사합니다. 규칙은 간단합니다. 저희가 수수께끼를 하나 제시하면, 출연하신 도전자가 그 해답을 찾아내는 것입 니다. 그것이 바로 「알쏭알쏭……」.

— 「……함정 퀴즈!」

방청객들이 신나게 소리친다.

여전히 웃음을 가득 머금고 사회자가 말을 잇는다.

— 정답을 찾아낼 때마다 1만 프랑짜리 수표 한 장과 조커 하나를 드립니다. 조커를 사용하시면 한 번의 실수가 허용되 어 다음 1만 프랑에 계속 도전하실 수 있습니다.

현재 우리의 도전자는 벌써 몇 달 전부터 계속 도전자 자 리를 고수하고 계신 쥘리에트…… 라미레 씨이십니다. 라미 레 씨께서 계속 도전에 성공하기를 바라면서 이제 다시 라미 레 씨를 모시겠습니다. 어서 오십시오. 늘 하던 질문이지만 또 하겠습니다. 직업이 무엇인가요?

—우체부입니다.

—결혼하셨습니까?

— 예, 남편이 틀림없이 집에서 저를 지켜보고 있을 거예요.

— 그러면 인사를 드려야겠군요. 안녕하세요. 라미레 씨! 그럼 아이는 있으신가요?

—아니요.

—취미는 무엇인가요?

—음…… 십자말풀이…… 요리…….

박수 소리.

— 더 힘차게, 훨씬 더 힘차게 박수를 쳐주십시오. 라미레 씨는 마땅히 박수를 받을 만한 분입니다.

더 힘찬 박수 소리.

— 자, 이제, 라미레 씨, 새로운 수수께끼를 맞을 준비가 되셨습니까?

—예, 준비됐어요.

— 그럼, 문제가 담긴 봉투를 열고 오늘의 수수께끼를 읽어 드리겠습니다.

빠른 속도로 둥둥거리는 북소리.

— 자, 문제를 읽겠습니다. 다음에 지시된 여섯 줄의 수는 어떤 규칙에 따라 배열된 것입니다. 그 규칙에 따라 만들어질 일곱 번째 줄의 수는 무엇일까요?

하얀 판 위에 사회자가 매직펜으로 숫자를 적는다.

1

11

12

1121

122111

112213

의아해하는 표정이 담긴 도전자의 얼굴이 클로즈업된다.

— 음…… 쉽지 않은데요!

— 천천히 생각하십시오. 라미레 씨, 내일까지 시간이 있으니까요. 그리고 여기 해답을 찾는 데 길잡이가 되어 줄 힌트가 있습니다. 자, 잘 들으세요. 〈영리한 사람일수록 답을 찾기가 더 어렵다.〉

무슨 뜻인지 이해도 못 하면서 방청석에서 박수가 터진다.

사회자가 인사를 한다.

— 시청자 여러분, 여러분께서도 펜을 들고 함께 풀어 보십시오. 그럼 내일 뵙겠습니다. 내일도 변함없이 저희와 함께해 주실 것을 부탁드립니다.

자크 멜리에스는 지역 뉴스 방송으로 채널을 바꾸었다. 머리 모양은 나무랄 데가 없는데 화장을 너무 진하게 한 여자 아나운서가 프롬프터에 스쳐 가는 기사 원고를 앵무새처럼 지껄여 대고 있었다.

— 뒤페롱 경찰국장은 오늘 살타 형제 사건에서 빛나는 개가를 올린 바 있는 자크 멜리에스 경정을 레지옹 도뇌르 훈장 수훈자로 추천했습니다. 정통한 소식통에 따르면 레지옹 도뇌르 사무국에서는 그 추천을 호의적으로 검토하고 있

다고 합니다.

자크 멜리에스는 분통을 참지 못하고 텔레비전을 꺼버렸다. 이제 어쩐다지? 그 사건을 묻어 버리고 스타 행세를 계속할 것인가, 아니면 실패를 모르는 수사관이라는 명성에 흠집이 나더라도 진실을 밝혀낼 것인가?

결국 다른 선택의 여지가 없다는 것을 그는 알고 있었다. 완전 범죄라는 미끼를 당할 것은 아무것도 없었다. 그는 전화기를 들었다.

「여보세요. 법의학 센터죠? 부검 의사 좀 바꿔 주세요······. (귀에 거슬리는 짧은 음악) ······여보세요, 박사님? 살타 형제의 시체를 세심하게 부검해 보아야겠는데요. ······예, 급해요!」

그는 전화를 끊고 다른 전화번호를 눌렀다.

「여보세요, 에밀 형사?『일요 메아리』기자에 관한 서류 좀 챙겨다 주겠어요? 그래요, 그 레티시아 뭐라는 사람 말이에요. 한 시간 후에 법의학 센터에서 만납시다. 아 참, 그리고 에밀 형사, 질문이 하나 있는데요, 이제껏 살아오면서 가장 무서웠던 게 뭐예요? ······아, 그래요? 그것참 유별나군요. 그런 게 사람들에게 겁을 줄 수 있을 거라고는 전혀 생각지 못했군요. 좋아요. 자, 법의학 센터에서 만납시다.」

21. 백과사전

원주민의 덫

캐나다의 원주민들은 아주 원시적인 형태의 곰덫을 사용한다. 그것은 커다란 돌덩이에 꿀을 바르고 나뭇가지에 밧줄로 매달아 놓는 것이다.

그것을 발견한 곰은 먹음직스러운 먹이로 생각하고 다가와 발길질을 하면서 돌덩이를 잡으려고 한다. 그러면 돌덩이가 진자 운동을 시작한다. 앞으로 밀려갔던 돌덩이가 뒤로 되돌아올 때마다 곰을 때린다. 곰은 화가 나서 점점 더 세게 돌덩이를 때린다. 곰이 돌덩이를 더 세게 치면 칠수록 돌덩이는 더 큰 반동으로 곰을 후려친다. 마침내 곰이 나가떨어진다.

곰은 〈이 폭력의 악순환을 중단시킬 수 있는 방법이 없을까?〉라는 생각을 할 줄 모른다. 그저 욕구를 충족하지 못해 더욱 안달을 할 뿐이다. 〈저놈이 나를 때렸겠다. 그렇다면 본때를 보여 줘야지!〉라고 곰은 생각한다. 그러면서 곰의 분노는 점점 증폭되는 것이다.

그러나 만일 곰이 돌덩이 때리기를 중단하면 돌덩이도 움직임을 멈출 것이다. 곰은 돌덩이가 일단 멈추고 나면 그게 밧줄에 걸려 있을 뿐 움직이지 않는 물체라는 것을 깨닫게 될 것이다. 그러면 이제 이빨로 밧줄을 잘라서 돌덩이를 떨어뜨린 다음 거기에 묻은 꿀을 핥는 일만이 남아 있게 될 것이다.

에드몽 웰스, 『상대적이며 절대적인 지식의 백과사전』 제2권

22. 꿀단지개미 방에 파견된 특공대

지하 40층. 많은 개미들이 움직이고 있다. 8월의 더위가 한창 기승을 부리고 있는 탓에 모든 개미들이 짜증을 내고 있다. 밤중까지 땅속 깊은 곳에서도 열기가 가시지 않는다.

벨로캉의 흥분한 병정개미들이 아무 이유 없이 지나가는 개미들을 물어뜯는다. 일개미들이 알들을 보살피는 유모 개미들의 방과 분비꿀을 저장해 둔 방 사이로 달려간다. 개미 둥지 벨로캉이 더위에 시달리고 있다. 한 무리의 개미들이

미지근한 림프처럼 개미 둥지 안을 흐르고 있다.

서른 마리의 반체제 개미들이 조심스럽게 꿀단지개미들의 방으로 들어간다.

그들은 경탄하는 마음으로 그들의 당분 저장고를 바라본다. 꿀단지개미들의 모습은 일종의 열매와 같다. 살이 많고 금빛으로 반짝거리며 불투명한 빨간 띠를 두르고 있는 과일이다. 꿀단지개미들이 열매처럼 보이는 것은 배를 늘어뜨리고 천장에 매달려 있느라고 키틴질이 지나치게 늘어나 버렸기 때문이다.

일개미들이 비어 있는 갈무리 주머니에 꿀을 채우려고 분주히 움직인다.

클리푸니 여왕도 가끔 몸소 꿀단지개미들의 방에 와서 꿀을 먹는다. 여왕이 와도 꿀단지개미들은 데면데면하게 대한다. 오랜 세월 동안 움직이지 않고 살아오면서 그들은 관성(寬性)의 철학을 터득했다. 어떤 개미들은 그들의 뇌가 아주 작아졌을 것이라고 주장한다. 기능은 기관을 낳고 기능이 사라지면 기관이 쇠퇴한다는 것이다. 꿀단지개미들은 채우고 비우는 일만을 하기 때문에 조금씩조금씩 두 가지 동작만 하는 기계로 변형되어 왔다.

이 방을 벗어나면 그들은 아무것도 느끼지 못하고 아무것도 이해하지 못한다. 그들은 꿀단지개미 아계급으로 태어났고 꿀단지개미로 죽을 것이다.

그래도 그들이 아직 살아 있을 때 그들을 천장에서 떼어 내는 일은 가능하다. 〈이동〉이라는 뜻이 담긴 페로몬을 발하기만 하면 그들을 떼어 낼 수가 있다. 꿀단지개미들이 저장고인 것은 확실하지만 그래도 이동이 필요할 때 자기가 운반

되는 것을 받아들일 준비가 되어 있는 살아 있는 저장고이다.

반체제 개미들은 덩치가 좋은 꿀단지개미들을 몇 마리 고른 다음, 그들의 더듬이로 다가가 〈이동〉이라는 뜻이 담긴 틀에 박힌 페로몬을 발한다. 그러자 거대한 꿀단지개미가 서서히 움직이면서 천장에서 다리를 하나씩 떼고 아래로 내려온다. 몇몇 개미들이 달려들어 꿀단지개미가 바닥에 부딪혀 깨지지 않도록 붙잡아 준다.

《어디로 가는가?》

꿀단지개미들 가운데 하나가 묻는다.

《남쪽으로 간다.》

꿀단지개미들은 더 이상 묻지 않고 반체제 개미들이 이끄는 대로 몸을 맡긴다. 꿀단지개미 한 마리를 옮기는 데 개미 여섯 마리가 달라붙어야 한다. 그만큼 그들은 무겁다. 손가락들을 위해 이토록 반체제 개미들이 노력을 아끼지 않고 있다.

《그들이 이런 사실을 알기나 할까?》

103683호가 묻는다.

《그들은 우리가 너무 적게 가져온다고 불평을 한다네.》

어떤 반체제 개미가 대답한다.

은혜를 모르는 자들이다!

특공대는 신중하게 아래층으로 내려간다. 이윽고 화강암 바닥에 뚫린 작은 구멍이 나타난다. 저 구멍을 지나면 리빙스턴 박사가 있는 방이 있고 거기에서 그들은 리빙스턴 박사와 대화를 나누게 될 것이다.

103683호는 전율을 느낀다. 그 무시무시한 손가락들과 대화를 나누게 되다니, 그게 이처럼 쉬운 일이었더란 말인가?

그러나 그들의 대화는 당분간 이루어질 수 없을 것 같다. 그 구역에서 순찰을 돌던 경비 개미들이 돌연 반체제 개미들을 추격하기 시작했던 것이다. 빨리! 반체제 개미들은 좀 더 빨리 도망가려고 일껏 확보한 꿀단지개미들을 포기한다.

《반역자들이다!》

다른 개미들이 아직 식별하지 못할 거라고 믿고 있던 반체제 개미들만의 냄새를 어떤 병정개미가 맡았다. 경보 페로몬이 사방으로 퍼져 나가고 추격전이 펼쳐진다.

경비 개미들도 빠르긴 하지만 반체제 개미들을 따라잡지는 못한다. 그러자 그들은 바리케이드를 쳐서 몇몇 통로를 차단한다. 마치 반체제 개미들을 모두 어떤 곳으로 몰아가려는 느낌이 든다.

병정개미들은 특공대원들이 아주 빠른 속도로 위층을 향해 올라가도록 압박한다. 지하 40층, 30층, 16층, 14층. 병정개미들은 틀림없이 사냥감들을 미리 정해 둔 어떤 곳으로 몰아가고 있다. 103683호는 빠져나갈 구멍이 없는 함정으로 내몰리고 있음을 깨닫는다. 그러나 이제 다른 출구가 없다. 병정개미들이 그들을 잡지 않고 내버려 둔 데는 필시 곡절이 있을 것이다. 그럼에도 이제 꼼짝없이 그들이 내모는 대로 갈 수밖에 없다.

반체제 개미들은 풀노린재[5]들이 가득한 끔찍한 방으로 들

5 노린잿과의 곤충으로 몸길이는 1.3센티미터 안팎. 몸빛은 녹색이며, 전흉배는 회백색이고, 오이나 참외 등의 채소를 해치는 곤충으로 고약한 냄새가 난다.

어간다. 무시무시한 광경 앞에서 그들의 더듬이가 곤두선다.

등딱지에 작은 구멍들이 송송 뚫린 노린재 암컷들이 사방으로 뛰어다니고 수컷들은 송곳처럼 뾰족한 생식기를 흔들면서 암컷들을 쫓아다닌다. 좀 떨어진 곳에서는 동성 교미하는 수컷들이 서로 껴안고 있는데, 그 모습이 기다란 풀빛 송이들 같다. 노린재가 지천으로 우글거린다. 수컷들은 송곳 같은 생식기를 바짝 세우고 딱지를 뚫으려고 벼른다.

반체제 개미들이 미처 정신을 차릴 사이도 없이 그 끔찍한 곤충들이 덤벼들기 시작한다. 발정 난 노린재들의 넓적하고 두툼한 몸뚱이에 눌린 개미 하나가 풀썩 무너진다. 아무도 개미산을 쏘아 그들을 막아 낼 겨를이 없다. 수컷들의 송곳 생식기가 반체제 개미들의 등딱지를 뚫는다.

103683호는 미친 듯이 저항한다.

23. 백과사전

빈대[6]

동물들이 교미를 하는 방식은 천태만상이지만, 그중에서도 가장 놀라운 것은 빈대(학명은 키멕스 렉툴라리우스Cimex lectularius)의 교미 방식이다. 빈대들의 교미 방식은 인간이 도저히 상상할 수 없는 난잡함의 극치를 보인다.

첫 번째 특성 지속 발기증. 빈대는 끊임없이 교미를 한다. 어떤 빈대는 하루에 2백 번 이상 교미를 한다.

두 번째 특성 동성 및 다른 종과의 교미. 빈대는 자기의 교미 상대를 잘 구별하지 못한다. 게다가 제 무리들 속에서 암컷과 수컷을 구별하는

6 빈대와 노린재는 모두 노린재아목에 딸린 곤충이다.

데는 더더욱 어려움을 느낀다. 빈대 수컷들이 행하는 교미 중에서 50퍼센트는 동성 교미이고 20퍼센트는 다른 곤충들과의 교미이며 나머지 30퍼센트만이 암컷과 이루어진다.

세 번째 특성 송곳 음경. 빈대는 끝이 뾰족한 기다란 생식기를 갖추고 있다. 이 주사기 같은 생식기를 이용해서 수컷들은 딱지를 뚫고 아무데나 정액을 사출한다. 머리, 배, 다리, 등 심지어 암컷의 심장에까지 정액을 쏟아 넣는다. 그 방식이 암컷의 건강에는 별로 영향을 끼치지 않겠지만 그런 상태에서 어느 세월에 수정이 이루어지겠는가? 그런 이유로 네 번째 특성이 나타난다.

네 번째 특성 질 접촉이 없는 수정. 겉으로 보기에 빈대 암컷의 질은 수컷의 생식기가 닿지 않은 채 그대로 있고 등에만 구멍이 뚫렸을 뿐인데, 정받이[受精]가 이루어지는 경우가 있다. 그렇다면 정자들이 혈액 속에서 살아남는다는 이야기인가? 사실 대부분의 정자는 면역 체계 때문에 외부에서 들어온 다른 미생물들처럼 파괴되어 버린다. 수컷들의 정자가 정받이에 성공할 가능성을 높이기 위해서 사출되는 정액의 양은 엄청나다. 알기 쉽게 비교하기 위해서 빈대 수컷들의 크기가 사람만 하다고 가정한다면, 수컷들은 한 번 사정할 때마다 30리터의 정액을 쏟아 내는 셈이다. 그 어마어마한 양에 비해서 살아남는 정자는 아주 적다. 정자들은 동맥 귀퉁이에 숨어서 또는 정맥에 붙어서 자기들의 때가 오기를 기다린다. 그 불법 입주자들을 몸 안에 간직한 채 암컷들은 겨울을 보낸다. 마침내 봄이 되면 머리, 다리, 배, 등에 숨어 있던 정자들은 본능에 이끌려 난소 주위로 모여든 다음, 난소의 막을 뚫고 안으로 들어간다. 그다음부터는 모든 일이 순조롭게 이루어진다.

다섯 번째 특성 복수 생식기를 가진 암컷. 칠칠치 못한 수컷들이 아무데나 마구 찔러 대는 바람에 빈대 암컷들의 몸뚱이는 상처 자국으로 뒤덮인다. 밝은색 바탕에 갈색 구멍들이 과녁처럼 도드라져 보인다. 그럼으로써 암컷이 교미를 몇 번이나 했는지를 정확히 알 수 있게 된다.

자연의 섭리는 빈대들에게 기이한 적응력을 부여하여 난잡한 교미질을 더욱 부채질하였다. 몇 세대를 거치는 동안 여러 차례의 돌연변이가 이루어진 끝에 믿을 수 없는 결과를 낳았다. 빈대 암컷들이 아예 등 위에 갈색 반점을 지닌 채 태어나기 시작한 것이다. 밝은색 바탕에 아주 도드라져 보이는 그 갈색 반점 하나하나가 〈보조적인 생식기〉에 해당한다. 그것들은 주 생식기에 직접 연결되어 있다. 암컷들이 복수 생식기를 가진다는 특성은 실제로 진화의 모든 단계에서 존재해 왔다. 반점이 없던 단계, 몇 개의 반점 겸 생식기를 갖추고 태어나던 단계, 등에 진짜 보조 생식기를 갖춘 단계를 거치면서 그 특성이 강화되었을 뿐이다.

여섯 번째 특성 자동으로 오쟁이 지기. 한 수컷이 다른 수컷의 몸에 구멍을 뚫으면 어떤 일이 벌어질까? 살아남은 정자들은 본능을 따라 난소가 있는 부위로 움직인다. 난소를 찾아내지 못한 정자들은 체내의 여러 가지 관으로 흘러 들어가 원래 그 몸에 있던 정자들과 섞인다. 그 결과 다른 수컷에게 당했던 그 수컷이 어떤 암컷의 딱지를 뚫게 되면, 그 수컷은 자기의 정자들뿐만 아니라 동성 교미로 관계를 맺었던 수컷의 정자까지도 주입하게 된다.

일곱 번째 특성 암수한몸. 빈대라는 실험동물을 상대로 한 자연의 교미 실험은 계속되었다. 빈대의 수컷들 역시 돌연변이를 일으켰다. 아프리카에서는 아프로키멕스 콘스트릭투스Afrocimex constrictus라는 빈대가 있는데, 그 수컷은 등에 보조적인 작은 질을 가지고 태어난다. 그러나 거기에서 정받이가 이루어지지는 않는다. 그 질들은 장식으로 거기에 있는 것이거나 아니면 동성 교미를 고무하기 위해 있는 것일 게다.

여덟 번째 특성 원거리에서 정액을 사출하는 대포 생식기. 열대 지방의 어떤 빈대들 즉, 안토코리데스 스콜로펠리엔스 Antochorides scolopelliens는 그러한 생식기를 갖추고 있다. 커다랗고 도톰한 대롱 모양으로 생긴 정관이 둘둘 감겨 있는데, 그 안에 정액이 압축되어 있다. 정액을 몸 밖으로 분출하는 특별한 근육이 붙어 있어서 빠른 속도로 정액을 쏘아 보낼 수 있다. 몇 센티미터 떨어진 거리에서 암컷을 발견하면, 수컷은 암컷의 등에 있는 질을 과녁으로 삼아 음경을 겨눈다. 발사물이 공기를 가른다. 쏘는 힘이 아주 강하기 때문에 정액은 질 부위의 가장 얇은 딱지를 뚫고 들어간다.

에드몽 웰스, 『상대적이며 절대적인 지식의 백과사전』 제2권

24. 땅속의 추격전

죽음을 눈앞에 둔 한 반체제 개미가 강렬한 냄새로 외친다. 날카롭고 이해하기 어려운 페로몬이다.

《손가락들은 우리의 신이다.》

그 페로몬을 발하고 나서 그 개미는 다리를 쭉 뻗는다. 그의 쭉 뻗은 몸이 마치 여섯 개의 가지가 달린 십자가 같다.

다른 동료들도 하나씩 하나씩 쓰러지며 103683호가 이해할 수 없는 이상한 문장들을 똑같이 되풀이한다.

《손가락들은 우리의 신이다.》

흥분한 노린재들은 반체제 개미들을 사정없이 찔러 댄다. 뒤쫓아 온 병정개미들은 더 이상 반체제 개미들에게 형벌을 내릴 필요가 없어졌다는 듯 덤덤하게 바라본다.

103683호는 이렇게 허망하게 죽을 수는 없다고 생각한다. 죽을 때 죽더라도 〈신〉이라는 단어가 무엇을 뜻하는지는 알고 죽어야겠다는 생각이 든다. 격렬한 분노에 휩싸인 그는

더듬이를 휘둘러 가슴에 달라붙는 열 마리쯤 되는 노린재를 후려치고 머리를 낮춘 다음 병정개미들의 무리 속으로 돌진한다. 급습의 효과는 성공적이었다. 유혈이 낭자한 그 장면에 넋을 잃고 있던 병정개미들은 돌진하는 103683호를 잡지 못했다. 그러나 그들은 제정신을 차리고 그를 추격하기 시작했다.

그러나 103683호는 추격전이라면 이골이 난 개미다. 그는 천장으로 달려 올라가 더듬이 끝을 넓게 벌리고 천장을 긁기 시작한다. 천장에서 흙덩이가 뿌옇게 쏟아진다. 103683호는 그 흙을 이용해서 자기와 추격자들 사이에 하나의 흙벽을 만든다. 그는 사격 자세를 취하고 기어이 그 벽을 넘어오는 경비 개미들에게 개미산을 쏘아 쓰러뜨린다. 그러나 여러 경비 개미들이 함께 장애물을 넘어오자 103683호는 한꺼번에 그들을 쏘아 댈 수 없음을 깨닫는다. 게다가 개미산 주머니도 이제 거의 비었다.

그는 있는 힘을 다하여 달아난다.

《반역자다! 저놈을 붙잡아라!》

103683호는 통로를 진동한동 내닫다가 문득 발씨가 익은 통로임을 알아차린다. 그럴 수밖에 없는 것이 그는 아까 왔던 길을 되돌아 달려온 것이다. 이제 그는 다시 꿀단지개미의 방에 들어와 있다. 반대 방향으로 방금 거쳐 갔던 길이라 기억이 그만큼 잘 되어 있었던 것이고, 그의 다리들은 자연스럽게 그 길을 따라 그를 이끌고 온 것이다.

다리에서 피가 흐른다. 어디로든 숨어야 한다. 천장이 안전할 것이다. 그는 천장으로 올라가 꿀단지개미의 다리 사이로 비집고 들어간다. 꿀단지개미는 덩치가 크기 때문에 완전

하게 몸을 숨길 수 있다. 경비 개미들이 방 안으로 밀려들어
온다.

그들은 더듬이로 구석구석을 살핀다.

103683호는 꿀단지개미의 다리 하나를 천장에서 떼어 자
기 몸을 가린다.

《무슨 일인가?》

그 꿀단지개미가 힘없이 묻는다.

《이동이야.》

103683호가 짐짓 위엄을 부리며 대답하고 두 번째, 세 번
째 다리를 떼어 낸다. 그러나 이번엔 꿀단지개미가 호락호락
넘어가지 않는다,

《이거 왜 이래……. 당장 그만두라고!》

아래에 있던 경비 개미들이 한 곳에 투명한 피가 고여 있
음을 발견하고 두리번거린다. 한 경비 개미의 머리 위에 피
한 방울이 떨어진다. 그는 더듬이로 닦고 소리친다.

《옳지, 그자를 찾았다!》

당황한 103683호는 꿀단지개미의 다리 두 개를 또 떼낸
다. 꿀단지개미는 이제 다리 하나에 달린 발톱 두 개로 천장
에 붙어 있다. 그가 겁에 질려 소리친다.

《나를 당장 제자리로 돌려놔!》

103683호를 처음 발견한 경비 개미가 몸을 뒤집고 배의
자세를 조절하여 천장을 겨눈다.

103683호는 꿀단지개미의 마지막 다리를 위턱으로 쳐서
떼어 낸다. 경비 개미가 사격을 하려는 찰나 오렌지색 꿀단
지개미가 그의 위로 떨어진다. 꿀단지개미와 경비 개미의 배
가 터지면서 파편이 온 방에 튀어 오른다.

다른 병정개미들이 나타난다. 103683호는 머뭇거리면서 개미산이 얼마나 남았는지 확인한다. 세 차례 쏠 수 있는 양이 남아 있다. 그는 그것을 꿀단지개미를 천장에서 떨어뜨리는 데 사용하기로 한다. 천장에 꼼짝 않고 붙어 있던 꿀단지개미 세 마리가 느닷없는 개미산 공격을 받고 떨어지면서 추격자들의 몸뚱이 위에서 터져 버린다. 그 와중에서도 경비개미 한 마리가 분비꿀을 뒤집어쓴 채 빠져나온다.

103683호의 개미산 주머니는 이제 텅 비어 있다. 그래도 그는 상대를 겁줄 생각으로 사격 자세를 취하고 자기 삶을 마감해 줄 뜨거운 개미산이 날아오기를 의연하게 기다린다.

아무것도 날아오지 않는다. 저자도 개미산이 다 말라 버린 것일까? 몸과 몸이 맞부딪친다. 위턱들이 뒤엉키고 서로 상대의 몸뚱이를 자르려고 안간힘을 쓴다.

세계의 끝을 다녀온 백전노장이 아무래도 한 수 위다. 그는 상대의 몸을 뒤집고 머리를 뒤로 당긴다. 그런데 그가 마지막 일격을 가하려는데, 다리 하나가 마치 그에게 영양 교환을 청하기라도 하듯 그를 톡톡 건드린다.

《자네 그자를 왜 죽이려 하는가?》

이미 알고 있는 친근한 냄새가 풍긴다. 103683호는 냄새의 주인이 누구인지를 확인하려고 더듬이를 회전시킨다.

여왕이 몸소 그곳에 왕림했다. 그의 옛 전우이며 그의 첫 모임을 권유했던 그 여왕이……

주위의 병정개미들이 싸울 태세를 하고 덤벼든다. 그러나 여왕은 옅은 냄새를 발하여 그 개미가 자기의 보호 아래 있음을 알린다.

《따라오게.》

클리푸니 여왕이 권한다.

25. 일이 복잡해진다

목소리가 완강해진다.

「따라오게.」

강렬한 네온 불빛 아래 시체들이 두 줄로 늘어서 있었다. 시체들은 각자 엄지발가락에 꼬리표를 하나씩 매달고 있었다. 에테르 냄새와 영원과도 같은 죽음의 냄새가 방 안에 가득했다.

퐁텐블로 법의학 센터.

「경정. 이쪽으로 오게.」

부검의가 말했다.

그들은 시체들 사이로 나아갔다. 플라스틱 덮개를 씌워 놓은 시체도 있고 하얀 시트로 덮어 놓은 시체도 있다. 각각의 꼬리표에는 성명과 사망 날짜와 사망 시의 정황을 알려 주는 주석이 적혀 있었다. 3월 15일: 노상에서 칼에 찔려 사망. 4월 3일: 버스에 깔려 사망. 5월 5일: 창문에서 투신 자살……

그들은 꼬리표가 걸려 있는 세 개의 엄지발가락 앞에 멈추었다. 꼬리표는 그 엄지발가락들이 각각 세바스티앵, 피에르, 앙투안 살타의 것임을 알려 주고 있었다.

멜리에스는 조바심이 나서 더 이상 견딜 수가 없었다.

「사망 원인이 뭔지 알아냈어요?」

「어느 정도는……. 강한 정신적 충격이 원인이 된 것 같아. 그것도 아주 강력한 충격 말일세.」

「공포인가요?」

「그럴지도 모르지. 아니면 뭐에 크게 놀란 것일 수도 있지. 어쨌든 심장이 멎을 만큼 강렬한 자극이었던 것은 틀림없어. 여기에 적힌 소견을 보게. 세 사람 다 아드레날린의 혈중 농도가 정상치의 열 배야.」

멜리에스는 그 기자가 옳았다고 생각했다.

「두려움 때문에 죽은 거군요…….」

「꼭 그런 건 아니야. 정신적인 충격이 유일한 사망 원인은 아닐세. 이리 와보게.」

부검의는 불이 들어와 있는 판독기 위에 엑스선 사진 하나를 올려놓고 말했다.

「그들의 몸에 헐어서 난 작은 상처가 가득해.」

「그런 상처가 어떻게 생긴 거죠?」

「독극물 때문이지. 틀림없이 독일 거야. 그러나 아주 새로운 형태의 독일세. 시안화물 같은 독극물이라면 커다란 상처하나만 생겼을 텐데, 보다시피 여기엔 상처가 아주 많거든.」

「그렇다면 사망 원인을 어떻게 진단하고 계신 겁니까?」

「좀 이상해 보일지 모르겠지만, 내가 보기엔 먼저 정신적인 충격을 받아 죽고 난 다음 위와 장의 손상이 일어난 것 같네. 물론 위와 장의 손상도 치명적인 것이긴 하지.」

하얀 가운을 걸친 부검의는 서류를 정돈한 다음 그에게 손을 내밀었다.

「질문이 하나 더 있습니다. 박사님은 무엇을 가장 두려워하십니까?」

의사는 한숨을 내쉬며 대답했다.

「난 말일세, 끔찍한 걸 하도 많이 보고 살아서 그런지, 이제 어떤 걸 봐도 눈도 꿈쩍 안 한다네.」

멜리에스 경정은 작별 인사를 하고 껌을 씹으며 법의학 센터를 떠났다. 들어올 때보다 그의 마음은 훨씬 더 복잡해져 있었다. 그는 이제야말로 자기가 강적을 만났음을 깨닫고 있었다.

26. 백과사전

개미의 성공

지구를 대표하는 모든 생물들 가운데 가장 성공한 것이 개미이다. 개미들은 아주 기록적인 생태적 지위[7]를 차지하고 있다. 우리는 도처에서 개미들을 발견할 수 있다. 열대의 밀림이나 극권의 사막성 초원에서도 개미를 발견할 수 있고, 유럽의 숲이나 대서양 해변, 화산 주변, 수렁, 심지어 인간의 주거에서도 찾아볼 수 있다. 개미의 적응력이 얼마나 뛰어난지를 보여 주는 예가 하나 있다. 사하라 사막에 사는 카타글리피스라는 개미는 섭씨 60도까지 올라가는 사막의 폭염에 적응하기 위해서 독특한 생존 방법을 개발해 냈다. 그 개미는 뜨거운 모래에 데지 않으려고 여섯 다리 중에서 두 다리만을 사용하여 앙감질하듯 걷는다. 그리고 습기가 빠져나가 탈수 상태에 빠지는 것을 막으려고 호흡을 억제한다.

1킬로미터 거리의 육지를 걸어가다 보면 반드시 개미를 만나게 된다. 개미는 지구의 표면 위에 가장 많은 도시와 촌락을 건설한 생물종이다. 개미는 모든 포식자를 이겨 냈고, 비, 눈, 더위, 추위, 가뭄, 장마 등 모든 기후 조건에 적응해 왔다. 최근의 연구에 따르면 아마존 삼림의 총 동

---

7 생물종이 차지하는 먹이사슬망의 위치인 먹이 지위와 공간상의 지위인 공간 지위를 합친 것.

물량 가운데 3분의 1이 개미와 흰개미로 이루어져 있다고 한다. 그중에서 개미와 흰개미의 비율은 8 대 1이다.

에드몽 웰스, 『상대적이며 절대적인 지식의 백과사전』 제2권

27. 여왕과의 재회

머리가 납작한 문지기 개미들은 그들이 지나갈 수 있도록 길을 비켜 준다. 그들은 금단 구역의 나무 통로 속을 나란히 걸어가고 있다.

병정개미 103683호와 클리푸니 여왕은 아주 오랜만에 만났다. 클리푸니는 분가해 있던 시절 벨로캉에 대한 공격을 감행했었다. 처음이자 마지막이었던 그 공격에 103683호가 참가했던 것은 물론이다. 그 일이 있은 지도 1년이 넘었다. 그 후로 여왕과 103683호 사이에 연락이 두절되었다. 여왕은 그들이 옛날에 함께 했던 일들을 잊은 것일까?

그들은 여왕의 산란실로 들어간다. 클리푸니는 자기 방 안에 어머니의 처소를 따로 마련하고 껍데기뿐인 시신을 밤[栗]의 보늬로 덮어 놓고 있다. 103683호는 방 한가운데에 자기의 어머니이기도 한 벨로키우키우니의 시신이 놓여 있는 것을 보고 어리둥절해한다.

개미 역사에서 여왕이 자기를 낳아 준 선대(先代) 여왕의 시신을 곁에 두고 사는 일은 유례가 없었다. 더군다나 클리푸니는 선대 여왕을 상대로 전쟁을 도발하고 정복하기까지 하지 않았던가.

클리푸니와 103683호는 알을 꼭 닮은 둥그런 방 한가운데에 자리를 잡고 더듬이를 접근시킨다.

《우리가 만난 건 우연이 아닐세. 백전노장인 자네를 오랫동안 찾았네. 자네가 필요해. 손가락들을 상대로 대규모 원정군을 파견하여 세계의 동쪽 끝에 세워 놓은 그들의 모든 둥지를 파괴할 생각이라네. 자네가 원정군을 이끌 적임자일세.》

반체제 개미들의 말이 사실이었다. 클리푸니는 실제로 손가락들과 전쟁을 벌이려 하고 있다.

103683호는 머뭇거린다. 동쪽으로 다시 떠나고 싶은 마음은 간절하나 내부에 도사리고 있는 두려움도 만만치 않다. 손가락들에 대한 엄청난 두려움이다.

세계의 끝을 다녀온 뒤 겨울잠을 자는 동안 103683호는 줄곧 손가락들과 거대한 빨간 공들의 꿈만 꾸었다. 그들은 자그마한 먹이들을 해치우듯이 개미 도시들을 유린하고 있었다. 겨울잠에서 가까스로 깨어났을 때 103683호는 더듬이가 젖어 있음을 알았다.

《왜 그러는가?》

여왕이 묻는다.

《세계의 끝 너머에 사는 손가락들에게 두려움을 느끼고 있습니다.》

《두려움이라는 게 뭐지?》

《자기가 제어할 수 없는 상황에 놓이고 싶어 하지 않는 마음입니다.》

그러자 클리푸니는 어머니의 말씀이 담긴 기억 페로몬을 읽으면서 어머니가 그 〈두려움〉이라는 단어에 대해서 어떤 페로몬을 남겼는지 들려준다.

《설명에 따르면, 개체들이 서로를 이해하지 못할 때 서로에 대해서 두려움을 갖게 된다고 한다. 그러나 두려움을 극복하고 나면 불가능하다고 믿었던 많은 일들을 완벽하게 이루어 낼 수 있다고 한다.》

103683호는 선대의 여왕이 남긴 그 가르침이 값진 것임을 인정한다. 오른쪽 더듬이를 살며시 떨면서 클리푸니가 묻는다.

《두려움 때문에 원정군을 이끌 수 없단 말인가?》

《아닙니다. 호기심이 두려움을 이겨 냈습니다.》

클리푸니는 마음을 놓는다. 옛 전우 103683호의 도움 없이는 자기의 원정군을 안심하고 파견할 수 없을 것 같아 걱정하던 터이다.

《지구에 있는 손가락들을 모두 죽이려면 병력이 얼마나 필요할까?》

《지구의 손가락들을 모두 죽이고 싶으십니까?》

《그러고 싶다. 손가락들은 이 세계에서 사라져야 한다. 그들은 어리석은 기생충 같은 자들이다.》

클리푸니는 분을 참지 못하고 더듬이를 접었다 폈다 한다.

《손가락들은 개미들에게뿐만 아니라 다른 모든 동물들, 모든 식물들, 모든 광물들에게도 위험한 존재이다. 나는 그 사실을 알고 있고 그걸 느끼고 있다. 나는 내가 일으키는 전쟁의 정당성을 확신하고 있다.》

클리푸니의 어조가 사뭇 완강하다.

103683호는 필요한 병력이 얼마나 되겠느냐는 여왕의 질문에 답하려고 재빨리 계산을 한다. 손가락 하나를 없애는 데는 적어도 잘 훈련된 5백만의 병정개미가 필요하다. 그리고 지구 위에는 적어도 네 개의 무리, 즉 20개의 손가락들이 존재할 것이다.

《병정개미 1억 마리는 있어야겠는데요.》

103683호는 아무것도 자라지 않는 거대한 검은 띠를 다시 떠올린다. 그리고 원정에 나선 모든 병정개미들이 어마어마한 소음과 탄화수소의 연기 속에서 단 한 번에 아주 얇은 나뭇잎처럼 납작해지는 광경을 상상한다. 세계의 동쪽 끝은 그런 곳이다.

클리푸니 여왕은 가타부타 대답이 없다. 여왕은 산란실 안을 이리저리 오가며 위턱의 끝으로 밀 알갱이들을 톡톡 건드린다. 그러더니 이윽고 더듬이를 낮추고 몸을 돌린다.

《그 원정에 필요한 병력이 얼마나 되는지를 알기 위해 많은 개미들과 토론을 했네. 알다시피 나는 내 마음대로 권력을 행사할 수가 없네. 나는 제안만 하고 결정은 공동체 전체가 하는 거지. 그런데 내가 이야기를 나눈 다른 여왕이나 벨로캉 백성들 중에는 나와 생각을 달리하는 자들이 있어. 그들은 난쟁이개미들과 흰개미들이 다시 쳐들어올 것을 염려하고 있다네. 그들은 원정군이 파견되면서 벨로캉이 무방비 상태가 되는 것을 바라지 않아.

나는 원정을 지지하고 다른 개미들은 선동하는 많은 개미들과 이야기를 나누었네. 그들은 애를 많이 썼고 나도 노력을 많이 했다네. 결국 우리가 확보해 낸 병력은 모두 합해서 8만이라네.》

《8만 군단요?》

《아니, 8만 마리. 자네가 참가한다면 그 병력으로도 해볼 수 있을 거야. 자네가 너무 적다고 생각한다면 추가로 모아 보겠네. 그러면 1백 마리에서 2백 마리의 병정개미를 더 차

출할 수 있을 거야. 그러나 그게 내가 확보할 수 있는 최대치라네.》

103683호는 깊은 생각에 잠긴다. 여왕은 그 일이 얼마나 엄청난 일인지를 깨닫지 못하고 있다. 지구의 모든 손가락들과 맞서는 데 8만의 병력을 이끌고 간다는 건 말도 안 된다!

그러나 변함없는 호기심이 그를 설레게 한다. 이렇게 좋은 기회를 흘려보낼 수는 없다. 그는 기운을 내려고 애쓴다. 어쩔 수 없이 8만 병력으로 능력껏 해보는 수밖에 없다. 좀 무모한 일이긴 하지만 그래도 얻을 것은 있다. 물론 모든 손가락들을 죽이지는 못하겠지만 그들이 누구인지 어떻게 살아가는지를 훨씬 더 잘 알게 될 것이다.

《좋습니다. 8만 병력으로 해보겠습니다. 그런데 두 가지만 물어보고 싶습니다. 원정군을 파견하려는 이유가 뭡니까? 그리고 어머니 벨로키우키우니는 손가락들에게 호의적이셨는데, 왜 그렇게 손가락들을 미워하십니까?》

여왕은 방의 안쪽으로 들어가는 통로 쪽으로 향한다.

《따라오게. 화학 정보실을 구경시켜 주겠네.》

28. 레티시아가 나타나다

사무실은 시끌시끌했고 담배 연기가 자욱했으며 책상과 의자와 커피 자동판매기 따위가 들어차 있었다.

전화벨이 울리고 있었고, 긴 의자 위에 엎드린 부랑자들은 지청구를 늘어놓고 있었으며, 유치장 철책에 매달린 자들은 이러면 재미없다는 둥 변호사와 전화를 하고 싶다는 둥 하며 악다구니를 쓰고 있었다.

게시판에는 흉악범들의 사진이 붙어 있었다. 범인들마다 현상금이 붙어 있는데, 금액은 1천 프랑에서 5천 프랑 사이로 다양했다. 그들의 몸속에 있는 장기와 체액을 사고팔 수 있는 상품으로 생각한다면 그 현상금은 싼 편이었다. 콩팥, 염통, 호르몬, 혈관, 그 밖의 체액을 상품으로 한다면 모두 합해 7만 5천 프랑에 육박할 것이었다.

레티시아 웰스가 경찰서에 나타나자 그녀에게 많은 눈길이 쏠렸다. 그런 일은 그녀가 사람들 속을 지날 때마다 늘 있는 일이었다.

「실례합니다. 멜리에스 경정이 계신 사무실이 어딘가요?」

정복 차림의 말단 경관 하나가 방문증을 확인하고 손가락으로 가리키며 말했다.

「저쪽 안으로 들어가서, 화장실 앞입니다.」

「감사합니다.」

그녀가 문을 밀고 들어서자 경정은 가슴이 옥죄는 듯한 느낌을 받았다.

「멜리에스 경정을 뵈러 왔는데요.」

그녀가 말했다.

「접니다.」

그는 말 대신 몸짓으로 그녀가 의자에 앉도록 권했다.

그는 마음을 제대로 추스르지 못하고 있었다. 이제껏 살아오면서 그토록 아름다운 여자를 본 적이 없는 탓이었다. 최근에 또는 옛날에 그와 사랑을 나눈 여자들 가운데 레티시아를 따라갈 만한 여자는 하나도 없었다.

가장 먼저 그의 마음을 사로잡은 것은 그녀의 연보랏빛 눈이었다. 그다음에 성모상같이 고운 얼굴과 가냘픈 몸매와 은

은하게 풍기는 체취가 그의 마음을 흔들었다. 화학자라면 아마 그녀의 몸에서 나는 냄새를 베르가모트[8] 향, 베티베르[9] 향, 귤 향, 갈락솔리드 향, 백단향에 피레네 야생 염소의 사향이 살짝 곁들여진 것이라고 분석했을 것이다. 그러나 자크 멜리에스는 그저 황홀한 기분으로 그 향기를 맡을 뿐이었다.

그는 그녀의 음성에 마음을 빼앗겨 잠시 뜸을 들인 후에야 말뜻을 이해했다. 그녀가 무슨 말을 했지? 그는 마음을 추스르려고 애를 썼다. 그녀가 던져 주는 시각적이고 후각적이며 청각적인 정보들이 너무 많아서 그의 뇌는 포화 상태가 될 정도였다.

「와주셔서 감사합니다.」

이윽고 그가 우물거리듯 입을 열었다.

「오히려 제가 감사를 드려야죠. 인터뷰는 별로 좋아하지 않으시는 줄 알고 있는데 이렇게 응해 주셔서 말이에요.」

「아닙니다. 제가 오히려 빚을 졌습니다. 내가 이 사건을 제대로 보게 된 건 웰스 기자 덕분입니다. 그런 분을 환영하지 않는다는 건 말이 안 되지요.」

「감사합니다. 제가 좋은 분을 알게 된 것 같군요. 우리의 대화를 녹음해도 되겠습니까?」

「좋으실 대로 하십시오.」

그는 몇 가지 의례적인 인사말을 주고받으면서도 최면에 걸린 사람처럼 여전히 그 젊은 여인의 하얀 얼굴과 앞머리를 늘어뜨리고 루이즈 브룩스 스타일로 깎은 아주 짙은 빛깔의 검은 머리와 오똑하게 볼가진 광대뼈 위로 길게 늘어진 연보

---

8 귤과 식물의 일종인 베르가모트나무의 열매.
9 포아풀과에 딸린 인도 원산의 식물로 그 뿌리가 향의 원료로 쓰인다.

랏빛 눈에 넋을 잃고 있었다. 레티시아 웰스는 도톰한 입술에 핑크빛 연지를 연하게 바르고 있었다. 그녀가 입고 있는 자줏빛 앙상블은 멋이 무엇인 줄 아는 디자이너의 작품이었고 그녀의 보석에서도 몸가짐에서도 일류의 향취가 물씬 풍겼다.

「담배 피워도 되겠습니까?」

그가 동의를 표시하며 재떨이를 내밀자 레티시아는 작은 궐련용 파이프를 꺼냈다. 레티시아는 담배에 불을 붙이고 아편 냄새가 섞인 푸르스름한 담배 연기를 한 모금 내뿜었다. 그런 다음 가방에서 수첩을 꺼내고 그에게 질문을 하기 시작했다.

「결국 멜리에스 씨는 부검을 요청한 것으로 알고 있는데, 맞습니까?」

그는 고개를 끄덕였다.

「부검 결과 무엇을 알아내셨나요?」

「공포 그리고 독입니다. 어떤 의미에서는 우리 둘 다 옳았다고 할 수 있겠군요. 그러나 부검이 모든 걸 다 해결해 주는 것은 아니라고 생각합니다. 부검으로도 밝힐 수 없는 게 많이 있지요.」

「혈액에서도 독이 검출되었나요?」

「아닙니다. 그러나 그건 아무런 의미가 없습니다. 검출이 불가능한 독도 있으니까요.」

「범죄 현장에서 증거가 될 만한 것을 찾으셨습니까?」

「아니요. 전혀.」

「침입의 흔적은요?」

「전혀 없습니다.」

「살타 형제를 살해할 만한 동기를 가진 사람이 있었나요?」

「보도 자료를 통해 이미 발표한 것처럼 세바스티앵 살타는 도박을 하다가 많은 돈을 잃었습니다.」

「이 사건에 대해서 내심 확신하고 계신 게 있습니까?」

「전엔 있었지만 이젠 없습니다……. 그런데 이번엔 내 쪽에서 물어보고 싶은 게 있는데요. 당신은 정신과 의사들을 찾아다니며 조사를 한 것 같더군요. 그렇지요?」

연보랏빛 눈동자에 놀라워하는 빛이 역력했다.

「대단하군요. 어떻게 아셨나요?」

「그게 내 직업인걸요. 그래 뭘 좀 찾아내셨습니까? 세 사람에게 겁을 주어 죽음으로 몰아간 게 무엇인가요?」

레티시아는 머뭇거리다가 입을 열었다.

「저는 기자예요. 제 직업은 경찰에게서 정보를 수집하는 것이지 정보를 제공하는 게 아니에요.」

「좋습니다. 그럼 간단한 거래를 하나 하기로 합시다. 그러나 꼭 응하지 않으셔도 상관없습니다.」

레티시아는 포개고 있던, 실크 스타킹에 싸인 가느다란 다리를 풀었다.

「멜리에스 씨에게 두려움을 주는 게 있다면 뭐가 있지요?」

레티시아는 재떨이에 재를 떨려고 몸을 구부리면서 멜리에스를 올려다보았다.

「아니에요. 대답하지 마세요. 그건 너무 사사로운 질문이군요. 제 질문이 좀 엉뚱했죠? 공포는 상당히 복잡한 감정이에요. 동굴 속의 원시인들이 가졌던 최초의 정서가 아마 공포였을 거예요. 두려움이란 아주 오랜 역사를 가지고 있고 아주 강력한 어떤 것이지요. 두려움은 우리의 상상력에 뿌리를 두고 있어요. 그래서 그것을 통제할 수가 없는 거예요.」

레티시아는 담배를 몇 모금 세게 빨고 재떨이에 비비댔다. 그러고는 다시 머리를 들고 멜리에스에게 미소를 지어 보였다.

「멜리에스 씨, 우리는 어떤 수수께끼에 맞닥뜨려 있어요. 그 수수께끼는 우리가 감당해 낼 만한 거라고 생각해요. 저는 멜리에스 씨가 그 수수께끼를 회피할까 봐 걱정이 돼서 그 기사를 썼어요.」

레티시아는 녹음기를 껐다.

「멜리에스 씨는 제가 이미 알고 있는 것 말고는 아무 얘기도 안 했어요. 그렇지만 저는 멜리에스 씨에게 알려 드릴 게 하나 있어요.」

레티시아는 벌써 몸을 일으키고 있었다.

「이 살타 형제 사건은 멜리에스 씨가 생각하시는 것보다 훨씬 더 흥미진진해요. 이 사건은 곧 새로운 국면을 맞게 될 거예요.」

멜리에스는 소스라치게 놀라며 물었다.

「이 사건에 대해서 뭐 아시는 거 있습니까?」

「다 아는 수가 있어요…….」

매력적인 입술을 늘여 뜻 모를 미소를 머금고 연보랏빛 눈의 가장자리에 주름을 잡으면서 그녀가 말했다.

29. 불을 찾아서

103683호가 화학 정보실에 들어와 본 것은 이번이 처음이다. 정말 인상적인 곳이다. 액체 상태의 생생한 정보가 담긴 알들이 까마득히 늘어서 있다. 알 하나하나에 증언과 서술과 독창적인 아이디어가 담겨 있다. 알이 늘어선 줄 사이로 나아가는 동안에 클리푸니가 그간에 있었던 이야기를 들려준다. 클리푸니는 벨로캉의 금단 구역을 차지하고 나서 어머니 벨로키우키우니가 지하 동굴의 손가락들과 교류하고 있었다는 사실을 알았다. 어머니는 손가락들 때문에 완전히 정신이 혼미해져 있었다. 어머니는 그들이 완전하게 하나의 문명을 건설했다고 믿고 있었다. 어머니는 그들에게 먹이를 공급했고, 그 대신에 그들은 어머니에게 신기한 것들을 가르쳐 주었다. 바퀴도 그런 것 가운데 하나다.

벨로키우키우니 여왕은 손가락들이 유익한 동물이라고 생각했다. 그러나 그것은 엄청난 착각이었다. 클리푸니는 그런 사실을 입증할 수 있는 증거를 가지고 있다. 모든 증언들이 일치하고 있다. 즉〈손가락들이 벨로캉에 불을 질러서 그들을 이해하려고 했던 유일한 여왕개미인 벨로키우키우니를 살해했다〉는 것이다.

손가락들의 문명이 불에 토대를 두고 있다는 것은 서글픈 사실이다. 바로 그것 때문에 클리푸니는 그들과 더 이상 대화하지 않으려 했고 식량 공급을 중단했다. 바로 그것 때문에 클리푸니는 화강암 바닥에 뚫린 통로를 봉쇄했고 지구상에서 그들을 제거하고 싶어 하는 것이다. 똑같은 정보를 강조하는 첩보 개미들의 정보가 점점 많아지고 있다. 즉〈손가락들은 불을 켜고 불을 가지고 놀며 불을 이용하여 물건을 만든다〉는 것이다. 개미들은 이 무분별한 동물들이 계속 그런 짓을 하도록 내버려 둘 수가 없다. 그것은 세계의 멸망으로 가는 지름길이다. 벨로캉이 겪은 시련이 그것을 웅변적으로 입증하고 있다.

불……! 103683호가 진저리를 친다. 그는 이제 클리푸니가 왜 손가락들을 혐오하는지 더 잘 알게 되있다. 개미들은 모두 불이 무엇인지를 알고 있다. 그들 역시 옛날에 그 원소를 발견한 바 있다. 사람들처럼 우연히 말이다. 번개가 어떤 관목을 후려치고 나서 불붙은 잔가지 하나가 풀 사이에 떨어졌다. 개미 하나가 거기로 다가가 자세히 살펴보니 그 불덩어리는 주위에 있는 모든 것을 시커멓게 만들고 있었다.

개미들은 신기한 것이 있으면 뭐든지 둥지 안으로 가져가려고 한다. 불을 처음으로 발견했던 그때는 그것을 옮기는 데 실패했다. 그 뒤로 몇 차례의 시도가 있었지만 역시 실패했다. 그런 뒤에 주도면밀한 척후 개미 하나가 마침내 불붙은 나뭇가지 하나를 그의 개미 둥지 근처까지 옮겨 오는 데 성공했다. 그는 처음에 짧은 나뭇가지를 가지고 시도하다가 점점 긴 나뭇가지를 잡아끌고 온 끝에 성공한 것이었다. 그럼으로써 그는 태양의 조각들을 운반할 수 있음을 보여 주었다. 동료들이 그의 노고를 치하하며 환대했다.

불이란 정말 신기한 것이었다. 불은 열과 빛과 힘을 가져다주었다. 게다가 그 빛깔은 너무나 아름다웠다. 빨강, 노랑, 하양, 파랑…….

불을 발견한 것은 겨우 5천만 년 전으로 그리 오래된 일은 아니었다. 모듬살이 곤충들의 세계에서는 여전히 그 일에 대한 기억이 남아 있다.

그런데 한 가지 문제가 있었다. 불꽃이 오래 지속되지 않는다는 점이었다. 그래서 다시 번개가 칠 때를 기다려야 했는데 유감스럽게도 번개에 뒤이어 비가 내리는 경우가 많아서 그 비가 불을 꺼뜨리고는 했다.

어떤 개미가 불붙은 보물을 보호하기 위하여 잔가지로 지어진 도시 안으로 그 불을 끌고 들어오자고 제안했다. 그 제안이 끔찍한 재난을 초래했다. 불이 더 오래 지속되었던 것은 사실이지만 금방 잔가지가 지붕을 태워 버리고 수천 개의 알과 일개미와 병정개미의 목숨을 앗아 갔다.

혁신적인 제안을 내놓았던 그 개미는 칭찬을 받지 못하였다. 그러나 그것으로 불에 대한 탐구를 중단할 수는 없었다. 개미들은 무슨 일에서든 쉽게 물러서는 법이 없다. 어떤 문제를 해결할 때 그들은 언제나 가장 나쁜 해결책으로 시작을 하지만, 몇 차례의 수정과 재수정을 거쳐 마침내는 가장 좋은 해결책을 찾아내고야 만다.

개미들은 오랫동안 그 문제를 해결하기 위해 골몰했다.

클리푸니는 그러한 그들의 노력을 기록한 기억 페로몬을 꺼낸다.

선조 개미들은 우선 불이 아주 파급력이 강하다는 것을 깨달았다. 자기 자신에게 불을 붙이고 싶으면 그저 불 가까이에 가기만 하면 되었다. 그런데 역설적으로 불은 부서지기도 아주 잘 부서졌다. 나방이 날개를 퍼덕거리기만 해도 까만 연기로 바뀐 뒤 공중으로 사라져 버렸다. 불을 끄고 싶을 때 개미들이 사용할 수 있는 가장 편리한 방법은 불 위에 농도가 아주 낮은 개미산을 발사하는 것이었다. 실험 정신이 강한 어떤 개미들은 잉걸불에 너무 강력한 개미산을 쏘다가 살아 있는 횃불이 되어 버리기도 했다.

그로부터 75만 년이 지나서 개미들은 닥치는 대로 모든 것을 시도하던 중에(개미의 과학은 그런 방식으로 이루어진다) 번개 칠 때를 기다리지 않고도 불을 〈만들 수 있다〉는 사실을 깨달았다. 어떤 일개미가 바짝 마른 나뭇잎 두 개를 서로 비비던 중 나뭇잎들이 연기를 일으키고 불이 붙는 것을 보았다. 다시 실험이 이루어지고 연구가 계속되었다. 그때부터 개미들은 불을 마음대로 피울 수 있게 되었다.

대발견의 뒤를 이어 환희의 시대가 도래했다. 둥지마다 거의 매일같이 새로운 응용 기술이 개발되었다. 불은 너무 거추장스러운 나무들을 없애 버렸고, 아무리 단단한 물질이라도 부서뜨렸으며, 겨울잠에서 깨어난 개미들에게 새로운 활력을 주었고, 병든 개미들에게 온기를 주었으며, 일반적으로 사물의 빛깔을 아름답게 만들어 주었다.

그러나 불을 군사용으로 사용하게 되면서 불에 대한 열광이 시들해지기 시작했다. 개미 네 마리가 불붙은 기다란 나뭇가지를 가지고 적의 도시로 뛰어들면 1백만의 개미를 가진 도시가 30분도 안 되어 사라져 버렸다.

산불이 일어나기도 했다. 개미들은 번져 나가는 불길을 제대로 다스리지 못했다. 어떤 것에 일단 불이 붙고 나면 바람만 한 줄기 불어도 크게 번졌다. 소방 개미들이 저농축 개미산을 쏘아 불길을 잡으려고 했지만 산불을 막기에는 역부족이었다.

관목 덤불에 불이 붙으면 금방 나무에서 나무로 번졌고, 단 하루 만에 30만 개미 정도가 아니라 3만 개의 둥지가 시커먼 잿더미로 변했다.

화재는 모든 것을 파괴했다. 아무리 커다란 나무나 곤충도 불길 속에서 살아남지 못했고 새들마저도 온전치 못했다. 그래서 불에 대한 열광이 저주로 바뀌었다. 불을 폐기하자는 제안에 개미들은 만장일치로 동의했다. 예전의 환희는 완전히 사라졌다. 불은 너무 위험했다. 모듬살이 곤충들은 모두 불을 저주하면서 다시는 사용하지 않기로 합의했다.

그 후로 아무도 불에 접근하지 않았다. 나무에 번개가 떨어지면 거기에서 멀리 달아나게 되었고, 마른 나뭇가지에 불이 붙었을 때는 누구나 불을 끄기에 힘써야 한다는 것이 의무가 되었다. 그 가르침은 대양을 건너 다른 대륙에도 전해졌다. 지구의 모든 개미와 모든 곤충은 곧 불을 피해야 한다는 것과 특히 불을 다스리려고 해선 안 된다는 것을 알게 되었다.

여전히 불길 속으로 달려드는 몇몇 종의 날파리와 나방이 남아 있었다. 그러나 그들이 그러는 것은 불빛이라는 마약에 중독되어 있기 때문이었다.

다른 곤충들은 불을 사용하지 않겠다는 약속을 엄격하게 지켰다. 만일 어떤 둥지나 어떤 개체가 전쟁에 이기기 위해 불을 사용하려고 들면, 크고 작은 다른 모든 곤충들이 즉시 동맹을 맺고 그자를 응징했다.

클리푸니는 기억 페로몬을 제자리에 올려놓았다.

《손가락들은 그들이 행하는 모든 일에서 금지된 무기를 사용했고 지금도 여전히 사용하고 있다. 손가락들의 문명은 불의 문명이다. 그러므로 그들이 숲 전체에 불을 놓기 전에 우리는 그 문명을 파괴해야 한다.》

여왕은 강렬한 확신이 밴 냄새를 발한다.

103683호에게는 의아하게 생각되는 것이 하나 있다. 클리푸니 자신의 주장에 따르면 손가락들의 존재는 지엽적인 문제이다. 즉, 손가락들은 지표면에 일시적으로 거주하는 세입자들이다. 그것도 아주 짧은 시간 동안 거주할 세입자들이다. 그들이 지구상에 거주하게 된 지는 겨우 3백만 년밖에 되지 않았으며, 앞으로도 그보다 더 오랫동안 머물지는 않을 것이다.

《그들에 대해서 관여할 거 없이 땅거죽 위에서 대를 이어 가며 살다가 죽게 내버려 두면 그만 아닙니까? 굳이 원정군을 보낼 이유가 있습니까?》

103683호가 더듬이를 닦고 묻는다. 그에 대한 클리푸니의 대답이 완강하다.

《그들은 너무 위험해. 그들이 스스로 사라질 때까지 기다릴 수가 없어.》

103683호는 여전히 궁금증이 가시지 않는다.

《도시 밑에 손가락들이 있는 줄로 알고 있습니다. 손가락들을 제거하고 싶다면 그들을 먼저 없애 버리는 것이 순서일 텐데요.》

여왕은 103683호가 그 비밀을 알고 있음에 놀라워하며 설명을 계속한다.

《도시 밑에 있는 손가락들은 위험이 되지 않아. 그들은 그 동굴에서 나올 수가 없어. 갇혀 있는 거지. 굶어 죽게 내버려 두면 모든 문제가 저절로 해결되지. 지금쯤이면 아마 그들은 시체가 되어 있을 거야.》

《안됐군요.》

여왕이 더듬이를 곤추세운다.

《뭐라고? 자네 손가락들을 좋아하나? 세계의 끝을 탐험하면서 그들과 대화라도 해본 적이 있다는 건가?》

병정개미도 더듬이를 마주 세운다.

《아닙니다. 하지만 굴속에 갇힌 손가락들이 죽는 것은 동물학의 발전을 위해서 별로 바람직한 일이 아닌 것 같습니다. 우리는 그 거대한 동물의 관습이며 생김새를 제대로 모르고 있지 않습니까? 그것은 원정을 위해서도 바람직하지 않습니다. 우리는 우리의 적이 어떤 자들인지도 제대로 모르면서 세계의 끝으로 떠나는 것이기 때문입니다.》

이치에 닿는 병정개미의 말이 여왕을 당황하게 만든다.

《도시 밑에 있는 손가락들은 아주 커다란 횡재나 다름없어요. 우리는 손가락들의 둥지 하나를 완전히 우리 마음대로 다룰 수 있는 겁니다. 그런데 왜 그들을 이용하려 하지 않습니까?》

클리푸니는 거기까지 생각을 하지 못했다. 103683호가 옳다. 사실 손가락들은 포로나 다름이 없다. 동물학 연구실에서 자기가 연구하는 진드기류와 똑같은 신세인 것이다. 개암 껍질 안에 갇혀 있는 진드기류가 무한소의 실험 대상이라면 동굴 속에 갇혀 있는 손가락들은 무한대의 실험 대상이다…….

여왕은 한순간 병정개미의 주장에 마음이 끌렸다. 그의 주장대로 손가락들의 둥지를 관리하고 아직 살아 있는 손가락들을 살려 대화를 재개하는 것도 과학의 발전을 위해서 나쁠 건 없을 것 같다.

그들을 길들여 거대한 탈것으로 바꾸어 버릴 수도 있지 않을까? 먹이를 주겠다는데 그들이 굴복하지 않을 리가 없을 것이다.

갑자기 뜻밖의 일이 벌어졌다.

어디선가 특공 개미 하나가 튀어나오더니 클리푸니에게 달려들어 목을 조르기 시작한다. 103683호는 뿔풍뎅이 축사에서 온 반체제 개미 하나가 여왕을 시해하려고 하는 것임을 깨닫는다. 103683호는 그 무모한 개미에게 달려들어 그가 범죄를 저지르기 전에 위턱으로 쓰러뜨린다.

여왕은 시종 태연함을 유지한다.

《이게 손가락들이 시킨 짓이라네. 손가락들은 바위 냄새 풍기는 병정개미들을 제 여왕도 기꺼이 죽이려는 광신자들로 만들어 버렸지. 보게, 103683호. 우리는 그들과 대화를 해선 안 돼. 손가락들은 다른 동물들과 달라. 그들은 너무 위험해. 그들은 말 한마디로도 우리를 죽일 수 있는 자들이야.》

클리푸니는 도시 내에 반역 운동이 벌어지고 있음을 알고 있다고 털어놓는다. 여왕은 그 운동에 참가하고 있는 자들이 도시 바닥 밑에서 고통받고 있는 손가락들과 계속 연락하고 있다는 것도 알고 있다. 게다가 여왕은 그들을 통해서 나름대로 손가락들을 연구하고 있다. 여왕에게 헌신하는 첩보 개미들이 반체제 운동에 잠입하여 손가락들이 둥지 내에 송신하는 모든 정보들을 알려 주고 있다. 클리푸니는 103683호가 반체제 개미들과 접촉한 사실을 알고 있다. 여왕은 그것을 오히려 잘된 일로 생각하고 있다. 103683호가 반체제 개미들과 접촉하면서 자기에게 도움을 줄 수 있으리라고 생각한 것이다.

바닥에 쓰러진 반체제 개미가 마지막 냄새를 발산하려고

힘을 모은다.

《손가락은 우리의 신이다.》

그다음엔 아무 냄새가 없었다. 그는 죽었다. 여왕이 시체의 냄새를 맡는다.

《〈신〉이라는 단어가 무슨 뜻이지?》

103683호 자신도 스스로에게 그 질문을 던진다. 여왕은 산란실을 오락가락하면서 한시바삐 손가락들을 죽여야 한다고 되뇐다. 〈그들을 쓸어버려야 돼. 한 마리도 남기지 말고.〉 여왕은 경험이 많은 그 병정개미가 그 중차대한 과업을 실현하리라고 믿고 있다.

103683호는 여왕의 제안을 기꺼이 받아들이고 군대를 모으기 위해 이틀의 말미를 달라고 한다.

이제 이틀 후면 진군이 시작된다. 세계에서 모든 손가락들을 몰아내기 위한 대장정이······.

30. 신의 계시

공물의 양을 늘리라.

목숨을 아끼지 말고 헌신하라.

손가락들은 여왕이나 알 모다기보다 중요하다.

명심할지어다.

손가락들은 무소부재(無所不在)하고 무소불위(無所不爲)하다.

손가락들은 무엇이든 할 수 있다. 신이기 때문이다.

손가락들은 무엇이든 할 수 있다. 위대하기 때문이다.

손가락들은 무엇이든 할 수 있다. 강하기 때문이다.

이는 진리의 말씀이니라.

누군가가 그런 계시를 만들어 보내고 다른 사람들에게 들키기 전에 얼른 기계 앞을 떠났다.

31. 두 번째 도전

카롤린 노가르는 가족과 한자리에 모여 식사하는 것을 좋아하지 않았다. 카롤린은 조용히 자기의 〈일〉을 다시 시작하려고 식사를 서둘렀다.

그녀 주위에서 식구들은 요란한 몸짓을 섞어 떠들어 대고 있었다. 음식을 서로 건네주기도 하고 우적우적 씹기도 하면서 갖가지 화제를 도마 위에 올리고 있었다. 한결같이 그녀가 경멸해 마지않는 화제들이었다.

「어째 이렇게 덥냐!」

어머니가 말했다.

「텔레비전에서 기상 통보관은 삼복더위가 이제 시작에 불과하다고 하던걸. 이게 다 지난 20세기 말의 환경 오염 때문이야.」

아버지가 거들었다.

「잘못은 할아버지들에게 있어요. 할아버지들은 지난 90년대에 마구 지구를 오염시켰어요. 할아버지 세대 전부를 법정 앞으로 끌어내야 할 판이에요.」

손아래 누이가 되바라진 소리를 했다.

식탁에 둘러앉은 사람은 카롤린 노가르 말고 세 명이 더 있을 뿐이었지만, 카롤린은 그 나머지 세 사람과 어울리는 것조차 버거워했다.

「우린 곧 영화관에 갈 건데, 너도 같이 가겠니? 카롤린?」

어머니가 제안했다.

「아뇨, 됐어요, 엄마. 집에서 할 일이 있어요.」

「밤 8신데?」

「예, 중요한 일이에요.」

「싫으면 그만두려무나. 우리하고 놀러 가는 것보다 남들 다 노는 시간에 혼자 집에서 일하는 게 더 좋다 이거지. 하여튼 못 말린다니까…….」

카롤린 노가르는 마침내 자기 방으로 들어와 문을 닫고 단단히 잠갔다. 더 이상 참을 수가 없어서 카롤린은 가방이 있는 곳으로 달려갔다. 그녀는 거기에서 작은 알약들이 가득 든 둥그런 유리그릇을 끄집어내더니, 안에 든 것을 넓직한 금속 그릇 안에 쏟아 넣고 그 금속 그릇을 분젠 버너 위에 올려놓고 열을 가했다.

그러자 갈색의 죽 같은 물질이 생겼다. 거기에서 한 줄기 기체가 피어오르더니, 이어 잿빛 연기가 솟아오르고 불꽃이 피어올랐다. 불꽃이 처음엔 연기에 가려 안 보이더니 이윽고 밝고 투명한 아름다운 모습을 드러냈다.

일을 하는 방식이 좀 구식이긴 했지만, 현재로서는 달리 도리가 없었다. 카롤린은 자기 작품을 만족스럽게 바라보았다. 그때 초인종이 울렸다.

문을 여니 거의 붉은색에 가까운 적갈색 턱수염을 기른 남자가 나타났다. 막시밀리앵 매커리어스는 은빛 줄에 매어 데리고 온 두 마리의 그레이하운드에게 잠자코 있으라고 명령을 내리고, 인사도 하기 전에 대뜸 물었다.

「다 됐어요?」

「예, 집에서 마지막 실험을 끝냈어요. 하지만 주된 작업은 실험실에서 했어요.」

「좋습니다. 별문제 없었지요?」

「예, 전혀요.」

「아무도 알고 있는 사람 없지요?」

「예, 아무도요.」

카롤린 노가르는 황토색으로 변한 뜨거운 물질을 두툼한 병에 쏟아붓고 병을 그에게 내밀었다.

「이제 내가 다 알아서 할 테니 노가르 씨는 쉬세요.」

그가 말했다.

「안녕히 가세요.」

자기들끼리 통하는 신호로 두 마리의 그레이하운드를 부른 다음, 그는 그 개들과 함께 엘리베이터 안으로 사라졌다.

다시 혼자가 된 카롤린 노가르는 무거운 짐에서 벗어난 느낌이 들었다. 이제 그들에게는 아무런 장애가 없을 것 같았다. 그토록 많은 사람들이 실패했던 일을 그들이 해내게 된 것이다.

카롤린은 시원한 맥주 한 잔을 천천히 음미하면서 마셨다. 그런 다음 작업복을 벗고 핑크빛 가운으로 갈아입었다. 카롤린은 가운의 한쪽 소매에 네모난 작은 구멍이 뚫려 있는 것을 발견하고, 실과 바늘을 챙겨 텔레비전 앞에 앉았다.

「알쏭알쏭 함정 퀴즈」가 나올 시간이었다. 카롤린 노가르는 수상기를 전원에 연결했다.

텔레비전.

도전자는 여전히 라미레 씨였다. 생김새는 프랑스 보통

여자들 모습 그대로이고, 해답이나 그 해답을 이끌어 내게 된 논리적 과정을 이야기할 때는 꾸밈없이 소심한 모습을 드러내는 여자였다.

사회자가 늘 하는 소리를 되풀이했다.

— 자, 어떠십니까, 답을 찾으셨습니까? 이 백색 판을 잘 보시고 시청자들께 답을 말씀해 주십시오. 다음 줄에 나올 숫자는 무엇인가요?

— 뭐랄까, 문제가 정말 특이해요. 간단한 단위에서 출발해 훨씬 더 복잡한 어떤 것을 향해 나아가는 삼각형 모양의 수열과 관계가 있어요.

— 훌륭하십니다! 라미레 씨. 그 길로 계속 가십시오. 그러면 답을 찾아내실 겁니다.

— 첫머리에 〈하나〉를 가리키는 숫자가 있습니다. 그건 마치…… 마치…….

— 시청자들께서 듣고 계십니다. 라미레 씨. 방청객들께서 부인을 격려해 주실 것입니다.

우레와 같은 박수갈채.

— 자, 라미레 씨, 말씀을 계속하시죠.

— 어떤 경전의 한 구절 같습니다. 1이 나뉘어 두 개의 숫자가 됩니다. 다시 그것은 네 개의 숫자가 됩니다. 그것은 어쩌면…….

— 어쩌면?

— 어떤 탄생의 전조 같은 것입니다. 원래의 알이 처음엔 둘로 나뉘었다가 다음엔 넷으로 나뉘고, 그다음엔 점점 복잡해집니다. 직감적으로 저는 저 삼각형 모형의 수열에서 하나의 탄생을 떠올립니다. 즉 하나의 존재가 출현하고 전개되는

모습으로 보여요. 이건 상당히 형이상학적인 문제인 것 같아요.

—맞습니다. 라미레 씨. 바로 그거예요. 저희가 아주 훌륭한 수수께끼를 드렸죠? 부인의 통찰력과 방청객 여러분의 갈채에 걸맞은 수수께끼입니다.

박수갈채.

사회자가 긴장을 고조시켰다.

—이 수열에 관통하는 규칙은 무엇일까요? 라미레 씨께서 말씀하신 그 탄생의 역학은 무엇이지요?

도전자의 안타까워하는 표정.

—모르겠어요……. 조커를 사용하겠어요.

방청석에서 실망한 듯 웅성거리는 소리가 들렸다. 라미레 씨가 실패한 것은 이번이 처음이었다.

—정말이십니까, 라미레 씨? 조커 하나를 쓰시겠습니까?

—달리 방법이 없잖아요?

—유감이군요, 라미레 씨. 지금까지 한 번의 실수도 없이 멋지게 해오셨는데…….

—이 수수께끼는 상당히 독특해요. 더 시간을 갖고 생각할 만한 가치가 있어요. 그래서 도움을 받기 위하여 조커를 쓴 거예요.

—좋습니다. 이미 첫 번째 힌트는 드렸습니다. 생각나시죠? 〈영리한 사람일수록 답을 찾기가 더 어렵다.〉 아시겠어요? 두 번째 힌트는 이렇습니다. 〈자기가 아는 것을 다 잊어버려야 한다.〉

도전자의 실망한 표정.

—그게 무슨 뜻이에요?

— 그건 라미레 씨가 찾아내셔야죠. 제가 정신 분석학자는 아니지만, 라미레 씨를 돕기 위해서 정신의 내면으로 되돌아가라는 말씀을 드리고 싶습니다. 마음을 비우십시오. 논리와 선입견이라는 고정된 틀을 버리고 그 자리에 공허를 채우십시오.

— 쉽지 않은데요. 생각으로 생각을 없애라는 말이 아닌가요?

— 당연히 어렵지요. 그래서 우리 프로그램의 이름이 바로「알쏭알쏭……」.

—「……함정 퀴즈!」

방청석에서 일제히 말을 받았다. 방청객들의 얼굴에 만족스러워하는 빛이 어려 있었다.

라미레 씨는 미간을 찡그리며 한숨을 쉬었다. 사회자는 기꺼이 돕고 싶다는 뜻의 몸짓을 했다.

— 조커를 쓰셨으니까 이 수열의 다음 줄 하나를 추가로 보실 권리가 있으십니다.

그는 매직펜을 들고,

1

11

12

1121

122111

112213

이라고 쓴 다음, 다음의 수를 덧붙였다.

라미레 씨의 낙담한 표정이 클로즈업되었다. 그녀는 눈을 깜박이며 〈1〉, 〈2〉, 〈3〉이라는 말들을 중얼거렸다. 그 수열은 마치 마른 자두가 든 카트르 카르 과자[10]의 제과법 같은 것을 부호로 나타낸 것 같았다. 〈3〉의 비율에 특히 신경 쓸 것. 〈1〉의 비율도 소홀히 하지 말 것.

—어떻습니까? 라미레 씨. 이제 감이 잡히십니까?

생각에 몰두하느라고 라미레 씨는 대답 대신에 〈음 —〉 소리를 냈다. 그 소리에는 〈이번엔 답을 찾아낼 것 같아요〉라는 뜻이 담겨 있는 듯했다.

사회자는 라미레 씨의 숙고할 권리를 존중해 주면서 마무리 인사를 했다.

—시청자 여러분, 오늘 보여 드린 일곱 번째 줄에 주목해 주십시오. 그럼 내일 뵙겠습니다. 변함없는 사랑 부탁드립니다.

박수갈채. 종료 타이틀. 음악. 환호성.

카롤린 노가르는 텔레비전을 껐다. 무슨 희미한 소리가 들린 듯했다. 카롤린은 바느질을 끝냈다. 작은 구멍의 흔적이 감쪽같이 사라졌다. 카롤린은 바느질 도구를 제자리에 갖다 놓았다. 종이를 구길 때 나는 것 같은 소리가 다시 들렸다.

욕실 쪽에서 나는 소리였다. 새앙쥐 소리 같지는 않았다. 새앙쥐가 타일 바닥을 달리면서 그런 소리를 낼 리가 없었다. 그러면 도둑일까? 욕실에서 볼일이 뭐가 있을까?

혹시나 해서 카롤린은 서랍장으로 가서 구경 6밀리미터

10 밀가루, 버터, 설탕, 계란을 똑같은 분량으로 섞어 만든 과자.

리볼버를 꺼냈다. 그녀의 아버지가 그런 사태에 대비해서 숨겨 둔 권총이었다. 침입자들에 대한 기습의 효과를 높이기 위해서 카롤린은 텔레비전을 다시 켜고 음량을 높인 다음, 발소리를 죽이고 욕실 쪽으로 다가갔다.

텔레비전에서는 랩을 부르는 어떤 그룹이 나와서 반항을 부추기며 악을 쓰고 있었다.

— 당신들의 집, 당신들의 가게, 모두, 모두, 불태울 거야, 모두, 모두, 모두.

카롤린 노가르는 두 손으로 권총을 꽉 잡고 문에 착 달라붙었다. 미국 영화에서 본 그대로를 흉내 낸 것이었다. 잠시 뜸을 들였다가 카롤린은 문을 홱 열어젖혔다.

아무도 없었다. 그러나 소리는 분명히 거기에서 나고 있었다. 샤워장 커튼 뒤에서 소리가 점점 더 크게 울리고 있었다. 카롤린은 날랜 동작으로 커튼을 젖혔다.

카롤린은 눈앞에 벌어진 일을 더 잘 이해하려고 앞으로 나섰다가, 겁에 질려 비명을 지르며, 결국은 탄창의 탄알을 다 허비했다. 그녀는 숨을 헐떡거리며 뒷걸음쳤다. 방으로 돌아온 카롤린은 문을 단단히 걸어 잠그고 기다렸다. 신경이 극도로 흥분되어 발작이 일어나기 일보 직전이었다.

그래도 〈그것들〉이 문을 통과하지는 못할 것이다.

그러나 〈그것들〉은 문을 통과했다.

카롤린은 비명을 지르며 뛰어다녔다. 그러면서 방 안의 자질구레한 물건들을 닥치는 대로 집어던지고, 주먹질과 발길질을 했다. 그러나 그녀에게는 그런 적에 맞서 싸울 수 있는 방법이 없었다.

32. 그를 곤혹스럽게 하는 것

103683호는 종아리 마디에 있는 털로 머리를 닦는다.

그는 자기가 지금 어느 편에 들어 있는지를 모르고 있다.

그는 손가락들을 무서워하고 있다……. 그런데 그들을 모두 죽이라는 사명을 띠고 있다. 한편으로 그는 반체제 개미들의 명분에도 일리가 있다고 생각하고 있다……. 그러나 이제 그들을 배신해야 한다. 그는 스무 마리의 탐험 개미들을 이끌고 세계의 끝에 간 적이 있었다. 그런데 이제는 8만의 병력을 이끌고 가라고 하는데도, 그 수가 터무니없이 적게만 느껴진다.

그러나 무엇보다도 마음에 걸리는 것은 바로 그 반체제 운동이다. 그는 처음에 그들이 사려 깊은 모험가들일 것으로 생각하고 그들과 관계를 맺었다. 그러나 그가 만난 자들은 반쯤 미친 자들이었고 걸핏하면 〈신〉이라는 뜻 모를 단어를 발산하는 자들이었다.

여왕의 태도도 이상하기는 마찬가지다. 여왕은 너무 개미의 입장만을 생각하고 있다. 그것도 정상은 아니다. 여왕은 모든 손가락들을 죽이고 싶어 하면서도 도시 밑에 사는 손가락들을 연구할 생각은 하지 않는다. 다른 생물종들을 연구해야 밝은 미래가 보장된다고 주장하면서 정작 도시 밑의 손가락 둥지를 활용할 생각은 안 한다. 그들을 통해서 가장 진기하고 가장 놀라운 실험을 할 수 있을 텐데도 말이다.

클리푸니는 그에게 모든 것을 다 털어놓지 않았다. 반체제 개미들도 마찬가지다. 다들 그를 무시하는 것이거나 그를 이용하려는 것이다. 그는 자기가 여왕이나 반체제 개미들의 꼭두각시라고 느낀다. 어쩌면 동시에 양쪽의 꼭두각시 노릇을 하고 있는 것인지도 모른다.

문득 벨로캉 전체에 어떤 심각한 변화가 일어나고 있는 것이 아닌가 하는 생각이 든다. 지구 위에 있는 어떤 개미 둥지에서도 일어난 적이 없는 일 말이다. 그렇다. 분명히 어떤 변화가 있다. 벨로캉에 있는 모든 개미들이 상식을 잃고 혼자만의 생각을 가지면서 마음의 병을 앓고 있는 것이다. 한마디로 이전보다 더 못난 개미들이 되어 가고 있다.

벨로캉 개미들에게 돌연변이가 일어난 것임에 틀림없다. 반체제 개미들은 돌연변이체다. 클리푸니도 돌연변이체다. 103683호 자신도 하나의 독립된 단위로 자신을 생각하기 일쑤이므로 이제 정상적인 개미가 아니라는 느낌이 든다. 벨로캉에서 지금 무슨 일이 벌어지고 있는 것일까?

그 질문에 대답하기 위해서는 먼저 기묘한 이 표현을 구사하고 있는 그 반체제 개미들을 움직이는 힘이 어디에서 오는 것인지를 알아야 한다.

〈신〉이란 무엇인가?

103683호는 뿔풍뎅이 축사를 향해 걸음을 옮긴다.

33. 백과사전

사자 숭배

어떤 문명이 지혜로운 문명인가 아닌가를 가름하는 첫 번째 요소는 〈죽음의 의식〉이다.

인간들이 시신을 쓰레기와 함께 버렸던 시절은 짐승이나 다름없었다.

인간들이 시신을 매장하거나 화장하기 시작한 것은 문명사의 획을 긋는 중요한 사건이었다. 사자(死者)를 돌보는 것은 눈에 보이는 세계 위에 놓인 눈에 보이지 않는 피안의 세계를 상정하는 것이다. 또 사자를 돌본다는 것은 인생을 이승에서 저승으로 옮겨 가는 과정으로 간주하고 있다는 것을 의미한다. 모든 종교적인 행동은 거기에서 유래한다.

지금까지 조사된 바에 따르면, 사자 숭배가 가장 먼저 행해진 것은 지금으로부터 7만 년 전인 구석기 시대 중기의 일이었다. 당시에 몇몇 부족들은 시신을 길이 1.4미터 너비 1미터 높이 0.3미터인 묘혈에 매장하기 시작했다. 부족의 구성원들은 시신 옆에 고깃덩어리와 부싯돌로 만든 무기들과 고인이 사냥한 동물의 머리를 놓아두었다. 장례를 치르면서 부족 전체가 함께 모여 식사를 했다.

개미 세계에서도, 그와 비슷한 일을 발견할 수 있다. 인도네시아에 있는 어떤 개미들은 여왕개미가 죽은 뒤 며칠이 지나도록 계속 먹이를 갖다준다. 개미들의 시체에서는 올레인산이 발산되기 때문에 여왕개미가 죽었다는 것을 분명히 알 텐데도 그런 행동을 한다는 것은 놀라운 일이 아닐 수 없다.

에드몽 웰스, 『상대적이며 절대적인 지식의 백과사전』 제2권

34. 투명 인간

자크 멜리에스 경정은 카롤린 노가르의 시체 앞에 무릎을 꿇고 있었다. 시체의 얼굴을 살펴보니 눈은 뒤집혀 있고 입은 공포로 일그러져 있었다. 이미 본 적이 있는, 공포로 짓눌린 그런 표정이었다.

그는 카위자크 형사에게로 몸을 돌렸다.

「물론, 지문은 없겠지요. 에밀 형사?」

「유감스럽게도 없습니다. 똑같은 일이 또 벌어졌습니다.

상처도 흉기도 없고, 침입의 흔적이나 단서도 없습니다. 완전히 오리무중입니다.」

경정은 껌을 꺼냈다.

「문도 물론 잠겨 있었겠지요?」

그가 물었다.

「자물쇠 세 개는 잠겨 있었는데, 두 개는 따져 있었습니다. 죽던 순간에 피해자가 빗장을 풀려고 했던 것 같습니다.」

「잠그려고 했던 건지 풀려고 했던 건지는 아직 모르잖아요?」

멜리에스는 퉁명스럽게 말하면서 몸을 기울여 손의 위치를 조사하고 나서 소리쳤다.

「열려고 했던 거군요! 범인은 내부에 있었고 여자는 도망을 치려고 했군요. 여기에 가장 먼저 온 사람이 에밀 형사요?」

「그렇습니다. 언제나 그렇듯이.」

「파리가 없던가요?」

「파리요?」

「그래요, 파리. 초파리도 상관없고요.」

「살타 형제네 집에서도 파리에 신경을 쓰시던데. 그게 그렇게 중요한 겁니까?」

「아주 중요하지요. 파리는 탐정에게 아주 훌륭한 정보를 제공해 주지요. 내 교수 가운데 한 분은 파리를 제대로 조사하기만 하면 많은 사건을 해결할 수 있다고 주장하시곤 했어요.」

에밀 형사는 도무지 못 믿겠다는 듯 입을 비죽거렸다. 현대적인 경찰 학교에서 겨우 그렇게 시시껄렁한 수사 방법을 가르치고 있다니!

카위자크는 여전히 전통적인 수사 방법을 신뢰하고 있었다. 그래도 그는 경정이 조사하는 수사 방법에 차질이 없도록 조치를 취해 두었었다.

「살타 형제 사건이 생각나서 이번에는 창문을 닫힌 채로 그냥 두었습니다. 만일 파리가 있었다면 지금도 여전히 여기에 있을 겁니다. 그런데 그것에 집착하는 무슨 이유라도 있으십니까?」

「파리는 중요한 겁니다. 파리가 있으면 어딘가에 통로가 있는 것이고 그게 없으면 이 집이 밀폐되어 있는 것입니다.」

사방을 둘러보다가 경정은 마침내 하얀 천장의 한 모서리에서 파리 한 마리를 발견했다.

「저거 봐요, 에밀 형사. 저 위에 붙어 있는 거 보여요?」

사람들이 자기를 바라보고 있는 게 거북살스러워 못 견디겠다는 듯 파리는 다른 곳으로 날아갔다.

「파리가 있으면 공중 어딘가에 파리 통로가 있기 마련이지요. 저거 보세요. 에밀 형사. 창문 위쪽에 작은 틈새가 있지요? 아마 파리는 저기로 들어왔을 거예요.」

파리는 잠시 공중을 선회하다가 안락의자 위에 내려앉았다.

「여기서 보기에 저놈은 금파리인 것 같군요. 그러니까 제2군 파리지요.」

「그게 무슨 말입니까?」

멜리에스가 설명했다.

「사람이 죽으면 파리들이 몰려듭니다. 그러나 아무 파리나 오는 것은 아니고 아무 때나 오는 것도 아닙니다. 날아오는 순서가 정해져 있어요. 대개 청파리Calliphora가 제일 먼저 도착합니다. 그래서 제1군 파리라고 부르죠. 청파리들은 사람이 죽은 지 5분이 지나면 날아옵니다. 청파리들은 더운 피를 좋아하지요. 땅이 쉬를 슬기에 좋지 않다 싶으면 그놈들은 살 속에 쉬를 깔기고 시체에서 역한 냄새가 나자마자 날아가 버립니다. 청파리의 뒤를 이어 날아오는 것이 제2군 파리인 금파리Muscina입니다. 금파리들은 조금 썩은 고기를 더 좋아합니다. 그놈들이 고기를 먹고 알을 슬고 나면 다음엔 쉬파리Sarcophaga가 찾아오지요. 제3군 파리입니다. 쉬파리들은 더 많이 썩은 고기를 먹습니다. 마지막으로 치즈파리Piophila와 깜장파리Ophyra가 옵니다. 그런 식으로 다섯 무리의 파리가 우리의 시체를 차례차례 거쳐 가는 겁니다. 각자 자기 몫에 만족하고 다른 파리들 몫은 건드리지 않아요.」

「사람도 별거 아니군요.」

떨떠름한 표정을 지으며 에밀 형사가 한숨을 내쉬었다.

「관점에 따라 다르지요. 시체 하나면 파리 수백 마리가 포식을 하지요.」

「그건 그렇다 치고. 그게 우리 수사와 무슨 상관이 있다는 겁니까?」

자크 멜리에스는 조명 돋보기를 들고 카롤린 노가르의 귀를 조사했다.

「귓바퀴 안에 피가 있고 금파리의 쉬가 있어요. 아주 흥미로운데요. 정상적인 경우라면 청파리의 쉬도 발견할 수 있을 텐데 그게 보이질 않아요. 그렇다면 제1군 파리들이 오지 않았다는 얘기예요. 이건 아주 대단한 정보예요.」

에밀 형사는 그제야 파리의 관찰이 얼마나 훌륭한 정보를 제공하는지 깨닫기 시작했다.

「그럼 왜 청파리들이 오지 않았을까요?」

「이 여자가 죽은 후 5분 동안 뭔가가 아니면 누군가가 시체 곁에서 꾸물거리고 있었던 게 틀림없어요. 십중팔구는 살인범이 그랬겠지요. 그래서 청파리들이 감히 접근을 못 했을 거예요. 그런 다음 시체가 썩기 시작하니까 청파리들은 시체에 더 이상 관심이 없었겠지요. 그때 금파리들이 날아왔고, 그놈들은 아무런 거리낌 없이 시체에 달려들 수가 있었지요. 그러니까 범인은 5분 동안 머물렀습니다. 그 이상은 아닙니다. 그러고 나서 다시 떠난 겁니다.」

에밀 형사는 그 추리에 경탄을 느끼고 있었다. 그러나 멜리에스 자신은 그다지 만족스러워하는 낯빛이 아니었다. 그는 청파리가 접근하는 것을 막을 수 있었던 것이 무엇일까를 생각하고 있었다.

「마치 투명 인간하고 대결하고 있는 느낌이…….」

에밀 형사는 말을 중단했다. 멜리에스처럼 그도 욕실 쪽에서 나오는 무슨 소리를 들었다.

그들은 그곳으로 달려갔다. 샤워장의 커튼을 열어젖혔다. 아무것도 없었다.

「정말 투명 인간과 대결하는 느낌입니다. 그가 방 안에 있는 것만 같습니다.」

그 말을 하면서 에밀 형사는 오싹 소름이 돋는 것을 느꼈다.

멜리에스는 생각에 잠긴 채 껌을 질겅거렸다.

「투명 인간이 아니더라도 문이나 창문을 열지 않고 드나들 수는 있어요. 투명 인간만 상상하지 말고 이왕이면 벽을 뚫고 다니는 사람도 상상해 보지 그래요!」

멜리에스는 투명한 밀랍을 씌운 피살자에게로 몸을 돌렸다. 이 시체의 얼굴도 살타 형제의 시체와 마찬가지로 두려움 때문에 경직 경련이 일어나 있었다.

흉측한 모습이었다.

「카롤린 노가르라는 이 사람 직업이 뭐예요? 서류에 뭐 특별한 거 있어요?」

카워자크는 고인의 이름이 적힌 서류철에서 서류 몇 장을 들여다보았다.

「애인은 없고요. 사생활이 복잡하지도 않습니다. 죽임을 당할 만큼 원한을 사지도 않았습니다. 화학자로 일을 했습니다.」

「이 사람도요? 어디에서요?」

멜리에스가 놀라며 물었다.

「CCG요.」

두 사람은 멍하니 서로를 바라보았다. CCG. 종합 화학 회사, 세바스티앵 살타가 일했던 회사!

마침내 그들은 단지 우연의 산물로 치부하기에는 너무도 똑같은 두 사건의 공통점을 찾아냈다. 드디어 실마리 하나가 잡힌 것이었다.

35. 신이란 하나의 특별한 냄새다

저 냄새가 그들이 있는 곳의 냄새다.

103683호는 냄새를 따라 반체제 개미들의 방으로 다시 들어간다.

《당신들의 설명을 듣고 싶은 게 하나 있다.》

한 무리의 반체제 개미들이 103683호를 둘러싼다. 그들은 103683호를 쉽게 죽일 수도 있을 터인데 그를 공격하지 않는다.

《〈신〉이라는 게 무엇인가?》

절름발이 개미가 다시 대변인 구실을 자처한다.

절름발이 개미는 자기가 103683호에게 모든 걸 말해 준 것은 아니지만, 손가락들을 지지하는 반체제 운동이 존재한다는 것을 알려 주었다는 사실 하나만으로도 그를 전폭적으로 신뢰한다는 증거가 된다고 역설한다. 비밀 조직은 겨레의 경비 개미들에게 쫓기는 처지이기 때문에 누구에게도 그렇게 쉽게 털어놓고 이야기하지는 않는다는 것이다.

절름발이 개미는 솔직함을 나타내려고 더듬이를 꼿꼿이 세우며 설명한다.

《지금 벨로캉 안에서 뭔가 중요한 일이 벌어지고 있다. 그것은 우리 도시뿐만 아니라 연방의 도시, 나아가 모든 개미 종에게도 중요한 일이다. 반체제 운동의 성공 여부에 따라서 수천 년의 진보를 앞당길 수도 있고 수천 년 뒤로 퇴보할 수도 있다. 상황이 이러하기 때문에 하나의 목숨은 그리 중요하지 않다. 절대적인 비밀 유지와 아울러 각자의 희생이 필요하다. 그 점에서 103683호 자네의 역할이 중요하다. 자네에게 모든 걸 털어놓지 않는 건 미안하다. 하지만 이제 모든 걸 다 알려 줄 생각이다.》

두 개미는 방의 한 가운데서 더듬이를 결합하고 완전 소통의 의식에 들어간다. 완전 소통 덕분에 개미는 상대방의 정신에 담긴 모든 것을 즉각 보고 느끼고 이해한다. 그것은 이야기를 주고받는 것이라기보다는 두 개미가 똑같은 순간을 함께 사는 것이다.

103683호와 절름발이 개미는 자기들의 더듬이 마디를 서로 결합한다. 그럼으로써 열한 개의 입과 열한 개의 눈이 직접 결합되는 것이다. 머리가 둘 달린 단 하나의 곤충이 되는 셈이다.

절름발이 개미가 자기 이야기를 쏟아 낸다.

작년에 대화재가 발생하여 벨로캉이 잿더미가 되고 벨로키우키우니 여왕이 죽고 나자, 바위 냄새를 풍기는 개미들은 존재할 이유가 사라졌다. 그들은 새 여왕 클리푸니가 일으킨 대대적인 소탕 작전에 맞서지 않으면 안 되었다. 그래서 바위 냄새를 풍기는 개미들은 반체제 개미들이 되어 이 은신처로 숨어들었다. 그 후 그들은 화강암 바닥 속의 통로를 다시 열고 식량을 훔쳐서 손가락들에게 공급했다. 그들은 손가락들의 사절인 리빙스턴 박사와 대화를 계속했다.

처음에는 모든 일이 순조롭게 이루어졌다. 리빙스턴 박사는 〈우리는 배고프다〉, 〈왜 여왕은 우리와 대화하기를 거부하는가?〉와 같은 간단한 메시지를 전했다. 손가락들은 반체제 개미들의 활동에 관한 소식을 계속 전해 듣고 있었다. 그들은 반체제 개미들을 설득하여 되도록 은밀하게 식량을 훔치기 위하여 특공 작전을 감행하게 했다. 손가락들이 요구하는 먹이의 양은 어마어마했다. 다른 개미들에게 들키지 않고 그들에게 먹이를 공급하는 것이 반드시 쉬운 일만은 아니었다.

그래도 모든 일이 상궤를 벗어나지 않고 이루어졌다. 그러던 어느 날, 손가락들은 이전과는 사뭇 다른 표현이 담긴 메시지를 보내왔다. 페로몬의 냄새가 이상했다. 손가락들은 흔시 조의 냄새로, 개미들이 손가락들을 과소평가하고 있으며 이제껏 그런 사실을 감추어 왔지만 사실은 자기들이 개미들의 신이라고 주장했다.

개미들은 신이 무슨 뜻이냐고 물었다.

손가락들은 신이 무엇인지를 설명했다. 그들의 주장에 따르면, 신은 세계를 건설한 동물들이며 개미들은 모두 그들을 〈섬겨야 한다〉는 것이었다.

다른 개미 하나가 와서 103683호와 절름발이 개미 사이의 완전 소통을 방해한다. 그 개미가 열렬하게 자기주장을 펼치기 시작한다.

《신들은 모든 것을 만들었다. 신들은 무소불위하며 무소부재하다. 그들은 언제나 우리를 지켜보고 있다. 우리를 둘러싸고 있는 이 현실은 그들이 우리를 시험하기 위해 꾸며 놓은 무대에 불과하다.

비가 내리는 것은 신들이 물을 뿌리기 때문이고, 날씨가 더운 것은 신들이 태양의 열기를 높이기 때문이며, 날씨가 추운 것은 그들이 태양의 열기를 낮추기 때문이다. 손가락들은 신이다.》

절름발이 개미는 그날 손가락들이 리빙스턴 박사를 통해 전해 온 놀라운 이야기를 103683호에게 옮겨 준다.

《손가락 신들이 없다면 이 세계에는 아무것도 존재하지 않을 것이다. 개미들은 그들의 창조물이다. 개미들은 손가락들이 그저 즐기기 위해서 꾸며 놓은 가공의 세계에서 발버둥 치고 있는 것에 지나지 않는다.》

103683호는 당혹감에 빠진다. 그러한 능력을 가진 손가락들이 어째서 도시 바닥 밑에서 기아에 허덕이고 있는 것일까? 어째서 그들은 지하에 갇혀 있는 것일까? 어째서 그들은 개미 한 마리가 자기들을 상대로 원정군을 파견하려는 것을 그냥 내버려 두는 것일까?

절름발이 개미는 설명을 덧붙인다.

《물론 리빙스턴 박사의 주장에 몇 가지 허점이 있는 것은 사실이다. 하지만 우리가 어떻게 존재하게 되었는지, 세계가 어떻게 지금과 같은 모습이 되었는지를 잘 설명하고 있지 않은가? 우리는 누구인가? 어디에서 와서 어디로 가는가? 〈신〉이라는 개념이 그 모든 질문에 답하고 있다.》

어쨌든 씨앗은 이미 뿌려졌다. 리빙스턴 박사가 전해 준 그 최초의 신의 가르침은 한 무리의 반체제 개미들을 사로잡았고 다른 많은 개미들을 혼란에 빠뜨렸다. 그 뒤로 며칠간은 〈신〉에 대한 언급이 빠진 정상적인 메시지만 이어졌다. 그러나 반체제 개미들은 그런 정상적인 메시지에는 관심이 없었다. 그때 리빙스턴 박사의 더듬이에서 마음을 사로잡는 그 〈신〉의 계시가 다시 울렸다. 그 계시는 손가락들이 세계를 지배하고 있음을 다시 일깨우면서, 이 세상에 우연은 없으며 개미 세계에서 벌어지는 모든 일이 기록되고 있음을 분명히 했다. 그러면서 〈신들〉은 자신들을 떠받들지 않거나 공양하지 않는 자들은 온전치 못할 것이라고 경고했다.

103683호는 놀라움에 더듬이를 곧추세운다. 거대한 동물들이 세계의 거주자들을 하나하나 감시하면서 세계를 지배하고 있다는 생각은 너무나 터무니없어 보인다. 그도 곧잘 개미의 표준을 벗어난 상상을 하긴 하지만 그런 생각은 꿈에서도 떠올린 적이 없었다. 모든 거주자들을 감시하다니, 그렇게 손가락들은 할 일이 없다는 말인가.

그래도 103683호는 절름발이 개미의 이야기에 계속 더듬이를 기울인다.

반체제 개미들은 곧 리빙스턴 박사가 완전히 다른 정신이 담긴 두 종류의 메시지를 전하고 있음을 깨달았다. 그러자 리빙스턴 박사가 신에 대한 이야기를 할 때는 신을 믿는 개미들만 더듬이를 기울이고 다른 개미들은 뒤로 물러섰다. 또 리빙스턴 박사가 〈정상적인〉 화제를 들고 나올 때는 신을 믿는 개미들이 자리를 떴다. 그 결과 손가락들을 지지하는 반체제 개미들 내부에 조금씩 분열이 나타났다. 신을 믿는 자들이 있었고 신을 믿지 않는 자들이 있었다. 신을 믿지 않는 개미들이 생각하기에, 신을 믿는 자들은 개미 문화에 낯선, 완전히 비합리적인 행동을 하고 있다. 하지만 두 개미들 사이에 불화가 생기지는 않았다.

103683호는 절름발이 개미와 결합하고 있던 더듬이를 풀고, 그것을 닦은 뒤에 딱히 누구에게라고 할 것 없이 주위의 개미들에게 묻는다.

《당신들 중에 신을 믿는 개미가 누구인가?》

한 개미가 앞으로 나선다.

《나는 23호라고 한다. 나는 전능한 신의 존재를 믿는다.》

절름발이 개미가 방백을 하듯 103683호에게 넌지시 일러 준다.

《신을 믿는 자들은 저렇게 틀에 박힌 문구들을 되풀이한다. 대개는 그게 무슨 뜻인지도 모르면서 저러지. 하지만 알고 모르고가 저들에게는 별로 상관이 없는 것 같다. 리빙스

턴 박사가 전해 주는 메시지가 이해하기 어려우면 어려울수록, 저들은 더 열심히 그것을 되풀이한다.》

103683호는 그 리빙스턴 박사라는 손가락들의 사절이 어떻게 완전히 다른 두 가지 성격을 동시에 지닐 수 있는지 이해할 수 없다고 말한다. 그러자 절름발이 개미가 대답한다.

《그게 손가락들의 위대한 신비라는 것인지도 모른다. 그들은 이중성을 지니고 있다. 그들의 세계에서는 단순한 것이 복잡한 것과 나란히 있으며, 일상적인 페로몬이 추상적인 메시지와 나란히 있다.》

그러면서 절름발이 개미는 신을 믿는 자들이 지금은 소수이지만 그들 편이 점점 많아질 것이라고 덧붙인다.

그때 한 젊은 개미가 나방 고치 하나를 끌면서 다가온다. 103683호가 축사 입구에 묻어 놓았던 고치이다.

《이건 당신 겁니까?》

103683호는 그렇다는 뜻의 페로몬을 발하고 그 개미 쪽으로 더듬이를 내밀며 묻는다.

《그런데 자네는 어느 쪽인가? 신을 믿는 쪽인가? 안 믿는 쪽인가?》

젊은 개미는 머뭇거리며 머리를 숙인다. 그는 자기에게 페로몬을 발하고 있는 그 개미가 누구인지를 알고 있다. 산전수전을 다 겪은 그 유명한 병정개미가 아닌가. 젊은 개미는 신중하게 대답해야겠다고 생각한다. 그러나 그의 뇌 깊은 곳으로부터 느닷없는 말들이 튀어나온다.

《나는 24호라고 합니다. 나는 전능한 신의 존재를 믿고 있습니다.》

36. 백과사전

사고(思考)

인간의 사고는 무슨 일이든 이루어 낼 수 있는 힘을 가지고 있다.

1950년대에 있었던 일이다. 영국의 컨테이너 운반선 한 척이 화물을 양륙하기 위하여 스코틀랜드의 한 항구에 닻을 내렸다. 포르투갈산(産) 마데이라 포도주를 운반하는 배였다. 한 선원이 모든 짐이 다 부려졌는지를 확인하려고 냉동 컨테이너 안으로 들어갔다. 그때 그가 안에 있는 것을 모르는 다른 선원이 밖에서 냉동실 문을 닫아 버렸다. 안에 갇힌 선원은 있는 힘을 다해서 벽을 두드렸지만 아무도 그 소리를 듣지 못했고 배는 포르투갈을 향해 다시 떠났다.

냉동실 안에 식량은 충분히 있었다. 그러나 선원은 자기가 오래 버티지 못할 것임을 알고 있었다. 그래도 그는 힘을 내어 쇳조각 하나를 들고 냉동실 벽 위에 자기가 겪은 고난의 이야기를 시간별로 날짜별로 새겨 나갔다. 그는 죽음의 고통을 꼼꼼하게 기록했다. 냉기가 코와 손가락과 발가락을 꽁꽁 얼리고 몸을 마비시키는 과정을 적었고, 찬 공기에 언 부위가 견딜 수 없이 따끔거리는 상처로 변해 가는 과정을 묘사했으며, 자기의 온몸이 조금씩 굳어지면서 하나의 얼음 덩어리가 되는 과정을 기록했다.

배가 리스본에 닻을 내렸을 때, 냉동 컨테이너의 문을 연 선장은 죽어 있는 선원을 발견했다. 선장은 벽에 꼼꼼하게 새겨 놓은 고통의 일기를 읽었다. 그러나 정작 놀라운 것은 그게 아니었다. 선장은 컨테이너 안의 온도를 재보았다. 온도계는 섭씨 19도를 가리키고 있었다. 그곳은 화물이 들어 있지 않았기 때문에 스코틀랜드에서 돌아오는 항해 동안 냉동 장치가 내내 작동하고 있지 않았다. 그 선원은 단지 자기가 춥다고 생각했기 때문에 죽었다. 그는 자기 혼자만의 상상 때문에 죽은 것이다.

37. 메르쿠리우스[11] 임무

《리빙스턴 박사를 만나고 싶다.》

그러나 반체제 개미들은 103683호의 소원을 받아들일 수가 없다. 그들은 일제히 더듬이를 세우고 103683호의 의도를 탐색한다.

《우리가 자네를 필요로 하는 것은 다른 일 때문이다.》

절름발이 개미가 설명한다. 어제 103683호가 여왕개미를 만나고 있는 동안에 한 무리의 반체제 개미들이 화강암 속으로 내려가서 리빙스턴 박사를 만났다. 그들은 리빙스턴 박사에게 손가락들을 치기 위한 원정이 준비되고 있다고 알려 주었다.

《어느 쪽 말을 전하는 리빙스턴 박사였는가? 신과 관계된 쪽인가, 신과 관계가 없는 쪽인가?》

《신과 관계가 없는 쪽이다. 합리적이고 구체적이며, 모든 더듬이가 이해할 수 있는 단순하고 직접적인 메시지를 전하는 리빙스턴 박사였다. 어쨌든, 리빙스턴 박사와 그를 통해서 자기들 의사를 표시하는 손가락들은, 모든 손가락들을 없애기 위해 세계 끝으로 원정대가 파견된다는 사실을 알고서도 별로 두려워하지 않았다. 그들은 오히려 그것을 아주 좋은 소식으로 받아들였다. 심지어 놓칠 수 없는 절호의 기회라고 말하기까지 했다.

---

11 로마 신화에 나오는 신의 이름. 다른 신들의 심부름꾼 노릇을 한다. 그리스 신화의 헤르메스.

손가락들은 오랫동안 숙고하고 난 뒤에, 리빙스턴 박사를 통해서 어떤 임무를 수행하는 데 필요한 지시 사항들을 전달했다. 그 임무를 그들은 〈메르쿠리우스 임무〉라고 불렀다. 그 임무는 동방 원정과 연결되어 있다. 그 원정을 수행하면서 동시에 이룰 수 있는 일이다.》

　　《벨로캉 군대를 이끌고 가는 것이 자네이므로, 그 임무의 적임자도 자네일세.》

　　절름발이 개미는 103683호에게 그의 새로운 임무가 무엇인지를 설명하고 한마디를 덧붙인다.

　　《명심하게. 대단히 중요한 일이니 꼭 성사시켜야 하네. 메르쿠리우스 임무는 세계의 판도를 바꾸어 놓을 수도 있다네.》

38. 바위 밑 동굴에서

　　「그 개미가 메르쿠리우스 임무를 성공적으로 수행할 수 있을까요?」

　　오귀스타 할머니는 이제 막 개미들에게 자기의 계획을 제시하고 난 뒤였다. 할머니는 류머티즘 때문에 보기 흉해진 손으로 이마를 문지르며 한숨을 쉬었다.

　　「제발, 그 작은 불개미가 해내야 할 텐데!」

　　모두들 입을 다물고 할머니를 바라보았다. 빙그레 미소를 짓는 사람들도 있었다. 그들은 이제 그 반체제 개미들을 믿어야만 했다. 달리 방법이 없었다. 그들은 메르쿠리우스 임무를 맡은 개미의 이름을 모르고 있었지만, 그 개미가 죽음을 당하지 않기를 빌었다.

오귀스타 할머니는 눈을 감았다. 지하 수 미터의 이 동굴에 온 지도 벌써 1년이 되었다. 1백 살이 시작될 때 들어와서 이제 1백 하고도 한 살이 되었다.

할머니는 그간의 모든 일을 회상하기 시작했다.

맨 먼저 아들 에드몽이 퐁텐블로 숲 기슭의 시바리트가 3번지에 자리를 잡았다. 며느리가 죽은 뒤의 일이었다. 몇 년 후에 아들도 세상을 떠났다.

에드몽은 상속자인 조카 조나탕에게 편지 한 통을 남겼다. 〈특히 당부하건대, 지하실에는 어떤 일이 있어도 내려가지 말 것!〉이라는 단 한 문장의 충고가 적힌 이상한 편지였다.

나중에서야 오귀스타 할머니는 그것이 가장 효과적인 부추김이었다는 사실을 깨달았다. 결국 그것은 감자의 소비를 권장하기 위해 파르망티에[12]가 썼던 방법과 같은 것이었다. 파르망티에는 울타리를 친 밭에 감자를 심은 다음, 울타리에 〈절대로 들어가지 마시오〉라는 게시판들을 빙 둘러 가며 설치해 놓고, 사람들이 앞으로 감자를 많이 먹게 될 것이라고 장담했다. 게시판이 설치된 첫날 밤부터 서리꾼들이 그 귀한 덩이줄기들을 훔쳐 가기 시작했다. 그로부터 1세기가 흐른 뒤에 감자는 세계인의 주요한 식량의 하나가 되었다.

조나탕 웰스는 결국 금단의 지하실에 내려왔고 다시는 올라가지 않았다. 그의 아내 뤼시가 용감하게도 그를 찾으러 내려왔고 이어 그의 아들 니콜라도 내려왔다. 그 뒤를 이어 갈랭 형사의 지휘를 받으며 소방대원들이 내려왔고 빌셍 경

---

12 Antoine Augustin Parmentier(1737~1813). 프랑스의 약학자이자 농학자. 왕립 상이군인 병원의 주 약제사를 지냈으며 프랑스에 감자 재배를 확산시켰고, 감자에 대한 저작을 남기기도 했다.

정이 이끄는 경찰관들이 내려왔다. 마지막으로 오귀스타 할머니 자신이 자종 브라젤과 다니엘 로젠펠트를 데리고 내려왔다.

다 합해서 스물한 사람이 끝없이 이어진 나선 계단을 달려 내려왔다. 모두가 쥐들과 마주쳤고 성냥개비 여섯 개로 네 개의 정삼각형을 만드는 수수께끼를 풀었다. 또 어머니 자궁을 빠져나올 때처럼 몸을 압축시키는 통발을 지나왔다. 그다음부터 다시 나선 계단을 올라갔고 허방다리에 빠졌다. 사람들은 모두 소아적인 공포증과 무의식의 함정을 이겨 냈으며 탈진할 만큼의 힘겨움과 시체들에 대한 두려움을 극복했다.

멀고 험한 미로를 헤쳐 나와서 그들은 지하 사원을 발견했다. 그 사원은 거대한 화강암 밑에 만들어진 르네상스 시대의 건축물이었고 바로 위에는 개미 왕국이 하나 있었다. 조나탕은 그들에게 에드몽 웰스의 비밀 실험실과 에드몽 웰스의 천재성을 입증하는 발명품들을 보여 주었다. 그 가운데 〈로제타석〉이라고 명명된 기계가 있었다. 개미들의 냄새 언어를 이해하고 개미들과 대화를 할 수 있게 해주는 기계였다. 그 기계에서 대롱 하나가 나와 탐지기에 연결되어 있었다. 그 탐지기는 아주 정교하게 만들어진 플라스틱 개미로서 마이크와 스피커 구실을 겸하고 있었다. 그 개미 로봇이 개미 세계에 파견된 그들의 사절, 리빙스턴 박사였다.

그 통역자를 매개로 삼아 에드몽 웰스는 여왕개미 벨로키우키우니와 대화를 나누었다. 에드몽과 벨로키우키우니는 많은 이야기를 나눌 시간을 갖지는 못했지만, 대등한 수준을 가진 두 개의 대문명이 만나기에는 아직 이르다는 판단에 도달했다.

조나탕은 삼촌이 마무리하지 못한 일을 계승했고 지하에 내려온 모든 사람들을 자기의 열정에 끌어들였다. 그는 곧잘 그들이 외계인과 대화하려고 애쓰는 우주선 속의 우주 비행사들과 같다고 말하곤 했다. 〈우리가 하고 있는 실험은 우리 세대의 경험 중에서 가장 매혹적인 것이 될지도 몰라요. 개미와 대화하는 일에 도달하지 못한다면, 우리는 지구상에 있는 것이든 외계에 있는 것이든 지능을 가진 어떠한 생명체와도 대화할 수가 없을 거예요.〉 그는 단언했다.

조나탕의 생각이 틀린 것은 아니었다. 그러나 아무리 좋은 생각도 너무 이른 때에 나타나면 아무 소용이 없는 법이다. 그들의 이상주의적인 공동체는 얼마 안 가서 삐거덕거리기 시작했다. 그들은 아주 미묘한 문제들에 봉착했고, 아주 사소한 문제들 때문에 방해를 받았다.

어느 날 소방대원 한 사람이 조나탕에게 불쑥 지껄였다.

「우리가 우주선 속의 우주 비행사들과 같다는 자네 얘기에 어느 정도는 동감일세. 그러나 우주 비행사들이 우주선에 들어갈 때는 남자와 여자가 동수가 되도록 배려를 하지. 그런데 우리는 이게 뭔가. 한창나이의 남자가 열여덟 명인데 여자는 하나뿐이니. 할머니하고 어린애는 빼고 말이야.」

그 말에 조나탕은 대뜸 이렇게 대답했다.

「개미 세계에서도 수개미 열여덟 마리에 암개미는 한 마리뿐이라네!」

그들은 웃음으로 그 문제를 넘겨 버렸다.

그들은 벨로키우키우니 여왕이 죽었다는 것과 그 뒤를 계승한 여왕개미가 그들과 대화하고 싶어 하지 않는다는 것을 제외하고는 위에서 무슨 일이 벌어지고 있는지 별로 아는 게 없었다. 새 여왕개미는 급기야 식량 공급을 중단했다.

대화가 끊기고 식량 공급이 중단되자 그들이 실험하고 있던 공동체는 하나의 지옥이 되어 버렸다. 스물한 명의 사람이 땅속에 갇혀서 기아에 허덕이고 있었다. 결코 헤쳐 나가기 쉬운 상황이 아니었다.

어느 날 알랭 빌셍 경정은 개미들이 날라다 주는 식량통이 완전히 바닥난 것을 발견했다. 이제 그들에게 남은 식량은 버섯뿐이었다. 개미들에게서 재배하는 법을 배워 수확한 버섯이었다. 그들은 그것만으로 버틸 수밖에 없었다. 그래도 지하수가 있어서 신선한 물은 부족하지 않았고, 통풍 구멍이 있어서 공기도 충분했다.

그러나 물과 공기와 버섯만으로 버티기는 너무나 힘겨웠다. 절식도 이만저만한 절식이 아니었다.

참다 참다 못한 치안대원 하나가 기어이 이성을 잃고 말았다. 고기! 그는 살코기를 달라고 떼를 썼다. 그는 제비를 뽑아서 다른 사람들에게 싱싱한 고기가 되어 줄 사람을 결정하자고 제안했다. 그는 농담을 하고 있는 게 아니었다!

오귀스타 할머니는 그날 그 참담한 장면을 마치 어제 일처럼 생생하게 기억하고 있다.

「난 먹고 싶어!」

그 치안대원이 악을 썼다.

「그러나 먹을 게 없잖아.」

「왜 없다고 그래. 우리가 있잖아! 우리들 서로가 서로에게 먹거리가 될 수 있어. 제비로 몇 사람을 뽑아서 다른 사람들이 살아남을 수 있도록 희생시켜야 돼.」

조나탕 웰스가 벌떡 일어났다.

「우리는 짐승이 아니야. 짐승들이나 서로 잡아먹는 거야. 우린 인간이야, 인간이란 말이야!」

「자네보고 사람 고기를 먹으라고 강요할 사람은 아무도 없어. 조나탕, 먹고 안 먹고는 자네 마음이야. 그러나 다른 사람들에게 고기를 제공할 사람이 자네가 될 수도 있어.」

그렇게 말하고 나서 그 치안대원은 자기 동료 한 사람에게 몸짓으로 신호를 보냈다. 미리 짠 듯한 몸짓이었다. 그들은 함께 달려들어 조나탕을 껴안고 때리려고 했다. 조나탕은 주먹으로 후려치면서 그들의 손아귀를 빠져나왔다. 니콜라 웰스가 난투극에 끼어들었다.

난투극이 확대되었다. 사람 고기를 먹는 것에 찬성하는 사람들과 반대하는 사람들로 편이 갈렸다. 곧 모든 사람들이 뒤엉켜 싸웠고, 피가 흐르기 시작했다. 몇몇 주먹질과 발길질에는 상대를 죽여야겠다는 의지가 실려 있었다. 사람 고기를 먹겠다는 사람들은 자기들의 뜻을 효과적으로 이루려고, 깨진 병 조각과 칼과 나무 막대기를 움켜쥐었다.

오귀스타 할머니와 뤼시와 어린 니콜라까지도 화가 머리 끝까지 나서, 손톱으로 할퀴고 발로 차고 주먹을 휘둘렀다. 할머니는 입이 닿을 만한 간격으로 지나가는 어떤 팔뚝을 물기도 했다. 그러나 할머니의 틀니만 뚝 부러졌을 뿐 아무런 효과가 없었다. 사람 근육이 그렇게 단단한데, 그걸 먹으려 하다니.

지하 수미터 되는 곳에 고립된 사람들이 갇힌 짐승들처럼 으르렁거리며 싸웠다. 고양이 스물한 마리를 바닥 면적이 1제곱미터밖에 안 되는 상자 안에 한 달 동안 가두어 두면, 저희들끼리 맹렬하게 싸우는 것을 보게 될 것이다. 그날, 인간 사회를 진보시키겠다던 이상주의자 집단이 벌였던 난투극이 바로 그런 것이었다.

경찰도 없고 증인도 없는 상태에서 그들은 자제력을 완전히 상실했다.

사망자가 하나 생겼다. 소방대원 하나가 칼에 찔려 죽었던 것이다. 싸우던 사람들이 깜짝 놀라서 즉시 싸움을 중단하고 시체를 바라보았다. 죽은 사람을 먹으려는 사람은 아무도 없었다.

그들의 영혼에 고요가 찾아 들었다. 다니엘 로젠펠트 교수가 싸움에 종지부를 찍기 위해 다음과 같이 말했다.

「우리는 타락했어! 동굴 속에 살던 원시인의 속성이 여전히 우리 내부에 도사리고 있어. 교양과 예의의 너울을 뒤집어쓰고 있지만 그게 너무 얇아서 별로 깊이 긁지 않아도 그 원시인의 속성이 튀어나오는 거야. 5천 년 문명의 무게가 이 것밖에 안 되는 걸세. (그는 한숨을 쉬었다.) 먹을 것 때문에 지금 우리가 서로 죽이는 광경을 개미들이 본다면 우리를 얼마나 비웃을까!」

「하지만…….」

치안대원 하나가 끼어들려고 했다.

「입 다물게, 인간 버러지 같으니라고!」

교수는 버럭 고함을 지르고 말을 이었다.

「모듬살이 곤충이라면, 하다못해 바퀴벌레라도 방금 우리가 한 것 같은 그런 행동은 절대로 안 한다네. 우리는 스스로를 하느님이 지으신 것 중에서 가장 소중한 존재라고 생각하고 있지. 그런데 이게 뭔가, 코웃음이 절로 나오지 않나 말일세. 미래 인간의 선구적인 모습을 보일 책임이 있는 집단이 마치 쥐 떼들처럼 행동하고 있어. 보게. 우리의 인간성으로 우리가 무슨 짓을 했는지 보란 말일세.」

아무도 대꾸가 없었다. 모두가 소방대원의 시체에게로 다시 눈길을 떨구었다. 다른 말이 없었는데도 모두가 한마음이 되어 사원 한 귀퉁이에 그를 위한 무덤을 팠다. 그들은 간단한 기도문을 읊조리면서 그를 묻었다. 극단적인 폭력만이 폭력을 일거에 중단시킬 수 있었다. 그들은 자기들의 위(胃)가 존재한다는 사실을 잊고 자기들의 상처를 핥았다.

「선생님의 도덕군자 같은 말씀에 반대할 생각은 조금도 없습니다. 그러나 살아남기 위해서 우리가 장차 어떻게 해야 할지 도통 모르겠어요.」

제라르 갈랭 형사가 말했다. 서로를 잡아먹겠다는 생각은 확실히 사라졌지만, 그러나 살기 위해서 할 수 있는 다른 일이 무엇이 있는가? 그가 제안을 했다.

「우리 모두 동시에 자살을 해버리면 어떨까요? 그러면 우리는 고통에서도 벗어날 수 있을 것이고, 새 여왕개미 클리푸니가 안겨 준 모욕도 씻을 수 있을 거예요.」

사람들은 그 제안을 별로 달갑게 여기지 않았다. 갈랭 형사는 분통을 터뜨렸다.

「에이 빌어먹을. 개미들이 왜 우리에게 이렇게 못되게 구는 거지? 우리는 그들에게 말을 걸어 준 유일한 인간들이 아닌가, 그것도 저네들의 언어로 말이야. 그것에 대한 보답이 겨우 이렇게 우리를 죽게 내버려 두는 것이라니. 이거야 원.」

「그런 거라면 별로 놀라울 것도 없네. 인간 세계에서도 그런 일은 종종 있었지. 인질 잡기가 성행하던 시대에 레바논에서 납치자들은 아랍어 할 줄 아는 사람들을 먼저 죽였다네. 그들이 자기네들 말을 알아듣는 게 두려웠던 거지. 아마 클리푸니도 우리가 자기들 언어를 이해하고 있다는 사실을 무서워하는 것일 걸세.」

「우리가 서로 잡아먹거나 자살하는 일 없이 이곳을 빠져 나갈 수 있는 방법을 꼭 찾아야 돼요.」

조나탕이 소리쳤다.

그들은 침묵에 잠겨 생각에 생각을 거듭했다. 배 속이 비어 있어서인지 그들의 정신은 더욱 활발하게 움직였다.

이윽고 자종 브라젤이 입을 열었다.

「어떻게 해야 할지 알 것 같네……」

오귀스타 할머니는 그의 말을 떠올리며 미소를 짓는다. 자종 브라젤은 방법을 알고 있었다.

두 번째 비밀　　　　　지하의 신들

39. 원정 준비

《자네는 어떻게 해야 하는지 아나?》

질문을 받은 개미는 대답을 못 하고 있다가 되묻는다.

《자네는 손가락을 죽이려면 어떻게 해야 하는지 아나?》

《전혀 모르겠어.》

도시 곳곳에서 병정개미들이 무리를 지어 손가락들을 치러 가는 대원정을 준비하고 있다. 보병 개미들은 위턱을 갈고 포수 개미들은 주머니에 개미산을 채운다. 기병대라고 불러도 손색이 없을 만큼 발이 빠른 보병 개미들은 다리의 털을 자르고 있다. 적들에게 죽음과 폐허를 뿌리러 돌진해 갈 때 공기의 저항을 조금이라도 덜 받으려는 것이다.

모두가 손가락들과 세계의 끝과 그 괴물들을 박멸할 수 있게 해줄 새로운 전투 기술에 대한 이야기들만 하고 있었다.

개미들은 이 원정을 위험하긴 하지만 아주 흥미 있는 사냥이 될 것으로 기대하고 있다.

포수 개미 하나가 60도짜리 개미산을 채우고 있다. 독의 농도가 너무 진해서 그의 배 끝에서 김이 피어오른다.

《우리는 이것으로 손가락들을 해치울 것이다!》

그가 의기양양하게 페로몬을 발한다.

옛날에 뱀 한 마리를 죽인 적이 있다고 주장하는 한 병정개미가 더듬이를 닦으면서 자기 의견을 밝힌다.

《손가락들은 우리 생각처럼 그렇게 사납지는 않을 거야.》

사실 손가락들을 상대로 어떻게 싸워야 하는지를 아는 개미는 하나도 없다. 클리푸니가 원정군을 일으키지 않았더라면 대부분의 벨로캉 개미들은 손가락들에 대한 이야기를 계속 전설로만 여기고 손가락들이 존재하지 않는다고 생각하고 있었을 것이다.

몇몇 병정개미들은 세계의 끝을 다녀온 탐험 개미 103683호가 자기들을 이끌 것이라고 알려 준다. 그 경험 많은 개미가 함께 참가한다는 사실에 모든 병정개미들은 즐거워한다.

병정개미들이 작은 무리를 지어 꿀단지개미들의 방으로 간다. 당분을 가득 채워 힘을 얻으려는 것이다. 병정개미들은 언제 출발 신호가 내려질지 모르지만 모두 만반의 준비를 하고 있다. 반체제 개미 열 마리가 무장한 병정개미들의 무리 속에 조심스럽게 스며든다. 그들은 아무 페로몬을 발산하지 않으면서, 방 안에 떠도는 페로몬들을 주의 깊게 끌어 모으고 있다. 그들의 더듬이가 계속해서 바르르 떨린다.

40. 통째로 들려 간 개미 도시

페로몬: 탐험 보고

정보 출처: 비생식 병정개미 계급의 사냥 개미

주제: 중대한 사고

정보 제공자: 척후 개미 230호

그 재난은 오늘 아침 이른 시간에 일어났다. 하늘이 갑자기 컴컴해졌다. 손가락들이 연방의 한 도시인 지울리캉을 완전히 포위하고 있었다. 정예 군단들이 중무장한 포수 개미들의 부대와 함께 즉시 싸우러 나갔다.

할 수 있는 모든 것을 다 했지만 허사였다. 손가락들이 나타난 지 얼마 안 되어서 어마어마하게 큰 판판하고 단단한 물건이 땅을 가르더니 도시 바로 옆으로 쳐들어와서 방들을 토막 내고 알들을 으깨고 통로를 잘라 버렸다. 그러고 나서 그 판판한 물건은 온 도시를 흔들어 대다가 위로 들어 올렸다. 놀랍게도 도시 전체를 들어 올렸다. 그것도 단 한 번에!

모든 일은 순식간에 이루어졌다. 우리는 투명하고 질긴 커다란 껍질 같은 것의 안으로 부어졌다. 도시는 위아래가 거꾸로 뒤집혔다. 산란실들이 전복되었고 곡물 창고가 무너졌다. 알들은 사방으로 흩어졌다. 여왕이 포로가 되었고 상처를 입었다. 나는 그 커다랗고 투명한 껍질이 몇 차례 심하게 들썩거리는 바람에 때맞추어 밖으로 도망칠 수가 있었다.

도처에 손가락들의 냄새가 진동했다.

41. 에드몽폴리스

레티시아 웰스는 퐁텐블로 숲에서 방금 파 온 개미집을 커다란 어항 안에 집어넣었다. 레티시아는 얼굴을 미지근한 유리에 바싹 붙이고 안을 들여다보았다.

그녀가 관찰하고 있는 개미들에게는 그녀가 보이지 않는 것 같았다. 새로 파 온 그 불개미 Formica rufa 떼는 특별히 활기가 있어 보였다. 레티시아는 전에도 몇 차례 개미들을 집에다 가져다 놓은 적이 있었다. 그러나 그것들은 모두 별로 활기가 없는 개미였다. 흑개미Pheidole나 고동털개미Lasius niger 들은 왠지 모르게 주눅이 들어 있었다. 그 개미들은 먹이를 주어도 먹이가 낯선 탓인지 전혀 건드리지 않았다. 레티시아가 손을 내밀기가 무섭게 개미들은 달아나 버렸다. 그렇게 일주일이 지나고 나면 개미들은 쇠약해져 버렸다. 개미들이 모두 영리한 것 같지는 않았다. 그렇기는커녕 조금 우둔한 종도 적지 않았다. 보잘것없는 일상의 삶이 조금만 흐트러져도 그 개미들은 터무니없이 절망에 빠져 버렸다.

그러나 그 불개미들은 그녀에게 대단한 만족감을 느끼게 해주었다. 개미들은 끊임없이 일에 몰두했고, 잔가지들을 끌고 다녔으며, 서로 더듬이를 비비기도 하고 밀고 당기며 싸우기도 했다. 개미들은 그때까지 본 어떤 개미들보다도 훨씬 더 생기에 차 있었다. 레티시아가 새로운 먹이를 주자 개미들은 이내 그것을 먹었다. 그녀가 어항 안에 손가락을 들이밀면 개미들은 물려고 하거나 손가락 위로 기어 올라왔다.

레티시아는 습기를 보존하기 위해서 개미 상자의 바닥에 석고를 넣어 두었다. 개미들은 석고 위에 통로를 마련했다. 왼쪽에는 잔가지로 된 작은 지붕이 있었다. 가운데에는 모래밭이 있었으며 오른쪽에는 굴곡이 심한 이끼 숲이 정원 구실을 하고 있었다. 레티시아는 설탕물이 담긴 플라스틱 병을, 개미들이 거기에 입을 대고 물을 마실 수 있도록 솜 마개로 막아서 넣어 두었다. 모래밭 한가운데에는 원형 경기장처럼 생긴 재떨이를 놓고 그 안에 얇게 썬 사과 조각과 타라마[13]를 담아 놓았다. 그 개미들은 타라마를 무척 좋아하는 것 같

13 훈제 대구 알, 식용유, 생크림, 레몬 등으로 만드는 그리스 요리.

왔다…….

다른 사람들은 모두 개미들이 집 안에 들어오는 걸 싫어하는데, 레티시아 웰스는 개미들을 자기 집에 살게 하려고 무척 애를 쓰고 있었다. 거실의 개미집이 안겨 주는 가장 큰 문제는 개미 상자 안의 흙이 썩는다는 것이었다. 금붕어의 물을 정기적으로 갈아 주어야 하듯이, 개미의 흙도 2주에 한 번씩 갈아 주어야 했다. 그러나 금붕어의 물을 갈려면 무자위[揚水機]를 조작하는 것으로 족하지만 개미들의 흙을 갈아 주는 일은 여간 까다로운 것이 아니었다. 그 일을 하자면 어항이 두 개나 필요했다. 하나는 개미들이 살고 있는 어항으로 습기가 말라 버린 흙이 들어 있고, 다른 하나는 습기가 많은 흙이 들어 있는 새 어항이었다. 레티시아는 두 어항 사이에 대롱을 설치했다. 그러면 개미들은 습기가 많은 쪽으로 옮겨갔다. 개미들이 이동하는데 하루 낮이 꼬박 걸리는 때도 있었다.

레티시아는 이미 개미집들 때문에 여러 차례 속을 끓였다. 어느 날 아침 일어나 보니 어항—정확히 말하면 의항(蟻缸)—에 있는 모든 개미들이 배마디가 잘린 채 죽어 있었다. 유리를 통해 들여다보니 개미들의 시체가 을씨년스럽게 언덕을 이루고 있었다. 그 개미들은 마치 노예 상태에 있기보다는 죽기를 바란다는 것을 보여 주려는 것 같았다.

강제로 입주된 개미들 가운데 어떤 개미들은 도망가기 위해서 갖은 짓을 다 했다. 그녀는 얼굴에 기어오르는 개미 때문에 잠이 깬 게 한두 번이 아니었다. 개미 한 마리가 돌아다니고 있다는 사실은 1백 마리쯤 되는 개미가 아파트 안에서 활보하고 있다는 것을 말해 주는 것이었다. 그래서 레티시아는 개미 사냥에 나서야만 했고, 개미들을 작은 숟가락과 시험관으로 사로잡아 유리 감옥 안에 다시 집어넣었다.

개미들의 억류 상태를 개선하고 그들의 사기를 진작시키고 싶어서 레티시아는 어항 안에 분재 식물로 된 작은 정원을 만들어 주었다. 개미들이 보다 다채로운 풍경을 즐기며 산책할 수 있도록 레티시아는 자갈이 있는 구역과 잔가지가 있는 구역, 조약돌이 깔린 구역 등을 마련해 주었다. 또 그들이 사냥하는 기분을 다시 느낄 수 있도록, 자기가 〈에드몽폴리스〉라고 명명한 개미 상자 안에 살아 있는 작은 귀뚜라미를 넣어 주기도 했다. 병정개미들은 분재 식물 사이로 귀뚜라미들을 쫓아다니면서 즐거움을 느끼는 것 같았다.

불개미들은 그녀에게 아주 놀라운 것을 보여 주기도 했다. 그녀가 처음으로 그 개미 상자 뚜껑을 열었을 때, 모든 개미들이 그녀 쪽으로 배를 들이대고 일제히 개미산을 쏘았다. 레티사는 어쩌다가 노란 구름처럼 한바탕 뿜어지는 그 개미산을 들이마셨다. 그러자 시야가 흐릿해지면서 붉고 푸른 것이 보이는 환각 증세가 일어났다. 놀라운 발견이었다! 개미들이 뿜어 대는 증기가 마약과 같은 효과를 나타내다니!

레티시아는 즉시 그 현상을 연구 수첩에 기록해 두었다. 레티시아는 이미 개미집과 관련된 희귀한 병이 있다는 사실을 알고 있었다. 그 병에 걸린 사람들은 마치 자석에 끌리듯이 개미집을 정신없이 찾아다닌다고 했다. 몇 시간 걸려서 개미집을 찾아낸 다음 그 사람들은 개미들을 게걸스럽게 먹었다. 사람들은 그 이유가 피 속에 개미산이 부족하기 때문에 그것을 보충하기 위한 것이라고 생각했다. 레티시아는 이제 그 사람들이 사실은 개미산이 일으키는 환각 효과를 찾고 있다는 것을 알게 되었다.

레티시아는 제정신으로 돌아오자, 개미집을 돌보는 데 필요한 도구들(작은 대롱, 족집게, 시험관 등)을 정돈해 놓고 자기의 취미 활동을 일시 중단했다. 이제부터는 기자로서 자기 일에만 몰두해야 하기 때문이었다. 먼젓번 기사들과 마찬가지로 다음 기사도 그 의문투성이의 살타 형제 사건에 대한 것이었다. 그녀는 사건의 베일을 한시라도 빨리 벗기고 싶었다.

42. 백과사전

말의 힘

말의 힘은 아주 대단하다.

당신에게 이야기를 하고 있는 나는 죽은 지 오래되었지만, 한 권의 책을 구성하고 있는 이 글자들의 집합 덕분에 여전히 힘이 있다. 나는 언제까지라도 이 책을 떠나지 않으며 그 대신 이 책은 나의 힘을 빌린다. 당신은 그 사실을 증명해 보이기를 원하는가? 그렇다면 시체인 내가, 송장인 내가, 해골인 내가 살아 있는 독자인 당신에게 명령을 내릴 수 있다는 것을 보여 주고 싶다. 사실이다. 완전히 죽어 있는 내가 당신에게 영향력을 행사할 수 있다. 당신이 어디에 있든 어떤 대륙에 살고 있든, 어떤 시대에 살고 있든, 나는 당신이 나의 말을 따르도록 만들 수 있다. 바로 이 『상대적이며 절대적인 지식의 백과사전』을 매개로 해서 말이다. 그럼 내가 곧 당신에게 그것을 증명해 보이겠다. 자, 당신에게 나는 이렇게 명령한다.

페이지를 넘기시오!

169

어떤가? 보았다시피, 당신은 나의 말에 순종했다. 나는 죽은 사람이다. 그럼에도 당신은 나의 말에 따랐다. 나는 이 책 속에 있다. 나는 이 책 속에 살아 있다! 그러나 이 책은 자기 단어들의 힘을 남용하는 일이 없을 것이다. 이 책은 당신의 손아귀에 있기 때문이다. 이 책에 거듭거듭 질문을 하기 바란다. 당신은 이 책을 언제나 마음대로 활용할 수 있다. 당신의 모든 질문에 대한 답이 언제나 이 책의 행 속 또는 행 사이 어디엔가 적혀 있을 것이다.

에드몽 웰스, 『상대적이며 절대적인 지식의 백과사전』 제2권

43. 꼭 알아야 할 페로몬

클리푸니는 경비 개미들에게 103683호를 데려오라고 일렀다. 경비 개미들이 그를 찾아 여기저기 돌아다닌 끝에 마침내 뿔풍뎅이 축사가 있는 곳에서 그를 찾아냈다.

경비 개미들은 그를 화학 정보실로 데리고 간다.

여왕개미가 거의 앉은 자세로 그를 기다리고 있다. 여왕은 기억 페로몬에 더듬이를 담가 보았던 모양이다. 아직 더듬이 끝이 젖어 있다는 것이 그걸 말해 준다.

《우리가 나눈 대화에 대해서 많이 생각해 보았네.》

클리푸니는 먼저 지구의 손가락들을 모두 죽이기에는 8만의 병력으로 불충분할 수도 있다는 점을 인정하고 나서 아주 놀라운 사건을 전해 준다.

《방금 사고가 하나 생겼다. 아주 끔찍한 재난이다. 그 소식을 접하고 보니 그 괴물들의 힘과 관련해서 아주 불길한 예감이 든다. 손가락들이 연방 도시 지울리캉을 빼앗아 갔다. 그들은 도시 전체를 거대하고 투명한 껍질에 담아 갔다.》

103683호는 그런 어마어마한 일이 일어났다는 게 믿어지지 않는다. 어떻게 그런 일이 일어날 수 있으며, 또 왜 그런 일이 일어나야 한단 말인가?

그것은 여왕도 모른다. 사건은 아주 빠르게 전개되었고 유일한 생존자는 아직 그 대재난의 충격에서 헤어나지 못하고 있다. 그러나 지울리캉 사건만을 따로 놓고 생각해선 안 된다. 매일 손가락들과 관련된 새로운 사건들이 터지고 있다.

이 모든 사건들이 일어나는 양상을 보면 손가락들이 빠른 속도로 번식하고 있고 숲을 침범하기로 작정한 것처럼 느껴진다. 날이 갈수록 그들의 존재가 점점 분명해지고 있다.

목격자들의 진술이 엇갈리고 있다. 어떤 자들은 시커멓고 판판한 동물들을 보았다고 했고 어떤 자들은 둥글고 불그스름한 동물들을 보았다고 했다.

《우리는 자연이 낳은 하나의 이변이라고 할 만한 이상한 동물을 상대하고 있는 것 같다.》

103683호가 잠깐 동안 공상에 빠진다.

〈그들이 우리의 신이라면? 그렇다면 우리는 곧 우리의 신에게 정면으로 맞서게 되는 것이 아닌가?〉

클리푸니가 103683호에게 따라오라고 한다. 여왕은 그를 지붕 꼭대기로 데려간다. 그곳에 다다르니 몇몇 병정개미들이 그들에게 인사를 하고 여왕을 에워싼다. 유일한 산란 개미가 도시 밖으로 나가는 것은 위험한 일이다. 벨로캉의 화신으로서 없어서는 안 되는 생식 개미를 새가 나타나 낚아채 갈 수도 있기 때문이다.

포수 개미들은 이미 사격 자세를 취하고 무엇이든 시야에 들어오는 대로 겨냥할 준비를 하고 있다.

클리푸니는 지붕 꼭대기를 돌아 시야가 탁 트인 장소에 다다른다. 결혼 비행할 때 이륙용 활주로 같은 구실을 하는 곳이다. 뿔풍뎅이 몇 마리가 평화로이 싹을 뜯어먹으면서 거기에 머물고 있었다.

구릿빛을 살짝 띠고 있는 그들의 검은 등딱지가 반짝거린다. 여왕도 103683호에게 그 뿔풍뎅이들 가운데 하나를 골라 올라타 보라고 권한다.

《자, 이건 우리의 혁신 운동이 이룬 기적의 하나일세. 이 녀석들을 우리는 커다란 비행 곤충으로 길들이는 데 성공했네. 골라 시험해 보게.》

103683호는 뿔풍뎅이 조종하는 법을 모른다.

클리푸니가 그에게 몇 가지 페로몬을 발하여 조언한다.

《자네 더듬이를 언제나 뿔풍뎅이의 더듬이 가까이에 두고, 그에게 가고 싶은 곳을 지시하게. 자네 생각을 아주 분명하게 그의 더듬이에 전달해서 그를 이끌고 가는 것일세. 그 지시에 따라 뿔풍뎅이는 아주 신속하게 움직일 걸세. 이제 자네가 직접 그것을 확인해 보게. 회전할 때 균형을 잡겠다고 반대 방향으로 몸을 기울이는 일이 없도록 하게. 뿔풍뎅이가 움직이는 대로 따라가야 하네.》

44. CCG에서 알아낸 것

CCG의 상징은 머리가 셋 달린 흰 독수리였다.

세 머리 가운데 두 개는 위태롭게 축 늘어진 형상인데, 마지막 하나는 당당하게 곧추서서 은색 물줄기를 뿜어 대고 있었다.

굴뚝의 수와 거기에서 뿜어 대는 연기가 엄청나서, 마치 이 나라에서 사용하는 물건은 모두 그 공장에서 만들어 내고 있는 듯한 느낌을 주었다. 그 회사는 하나의 작은 도시라 해도 손색이 없을 정도였다. 회사 안에는 전기 자동차가 운행되고 있었다.

멜리에스 경정과 카위자크 형사가 Y동(棟)을 향해 차를 타고 가는 동안, 영업부 간부 하나가 그 회사에 대해서 설명을 해주었다. CCG는 화공 약품과 가정용품, 플라스틱 제품, 식료품 등의 주성분이 되는 화학 물질을 주로 생산하고 있었다.

시장에서 서로 각축전을 벌이는 225개의 세탁제와 세척제가 CCG에서 생산한 똑같은 세제용 분말을 원료로 삼고 있었다. 치즈를 원료로 만든 365개의 상품이 슈퍼마켓의 고객을 확보하려고 경쟁하고 있었다. 또 CCG의 합성수지가 장난감과 가구 등의 원료가 되고 있었다.

CCG는 스위스에 본부를 둔 다국적 기업으로서 치약, 왁스, 식료품 등 헤아릴 수 없이 많은 분야에서 세계 제일의 생산량을 자랑하고 있었다.

Y동에 다다른 두 경찰관은 살타 형제와 카롤린 노가르의 연구실까지 안내를 받았다. 살타 형제와 카롤린 노가르의 작업실이 서로 이웃에 있는 것을 알아내고 두 경찰관은 깜짝 놀랐다. 멜리에스가 물었다.

「그들은 서로 아는 사이였군요?」

하얀 작업복 차림으로 그들을 맞이한, 여드름투성이의 화학자가 소리쳤다.

「가끔 같이 일했어요.」

「최근에 어떤 연구 프로젝트에 공동으로 참여하고 있었나요?」

「예, 하지만 당분간 그것을 비밀에 부치기로 했었어요. 그들은 동료들에게 그 프로젝트에 대해서 이야기하지 않았습니다. 아직 너무 이르다고 그들은 주장했지요.」

「그들의 전문 분야가 뭐였지요?」

「이것저것 다 했어요. 그들은 우리의 많은 연구 개발 분야에 관계했습니다. 왁스, 연마용 분말, 접착제 등 화학이 응용되는 모든 분야에 관심을 가졌지요. 그들은 종종 자기들의 재능을 결합해서 좋은 성과를 거두곤 했어요. 하지만 최근의 프로젝트에 대해서는, 아까도 말씀드렸지만, 아무에게도 털어놓지 않았습니다.」

자기의 생각을 쫓고 있던 카위자크가 끼어들었다.

「그 사람들 혹시 사람을 투명하게 만들 수 있는 물질에 대해서 연구하지 않았나요?」

그 화학자가 코웃음을 치며 말했다.

「투명 인간을 만들 수 있는 물질이라뇨? 농담이시겠죠?」

「천만에요. 오히려 아주 진지하게 말하고 있는 겁니다.」

그 화학자는 어리둥절한 표정을 지으며 말했다.

「좋습니다. 설명을 드리지요. 우리 몸은 절대로 투명해질 수 없습니다. 우리 몸은 너무 복잡한 세포들로 이루어져 있습니다. 그래서 아무리 천재적인 과학자라도 그 세포들을 한꺼번에 물처럼 투명하게 만들 수는 없습니다.」

카위자크는 더 이상 할 말이 없었다. 과학은 그의 전문 분야가 아니었다. 그래도 뭔가 미흡하다는 느낌은 지울 수가 없었다.

멜리에스는 웬 헛소리들이냐는 듯 어깨를 으쓱 들어 올려 보이고는, 아주 직업적인 어투로 물었다.

「그들이 연구하고 있던 물질이 플라스크 같은 데 담겨 있지 않을까요? 그런 게 있으면 좀 보여 주시겠어요?」

「그게 저…….」

「무슨 문제가 있습니까?」

「예, 벌써 누군가가 와서 그것을 달라고 했습니다.」

멜리에스는 선반 위에서 머리카락 하나를 주워 들었다.

「그 사람은 여자군요.」

그가 말했다.

화학자는 깜짝 놀랐다.

「맞습니다. 여자였습니다. 그런데…….」

경정은 아주 자신만만하게 이야기를 이어 갔다.

「그 여자 나이는 스물다섯에서 서른 사이이고 건강 상태는 완벽하며 유럽인과 아시아인의 혼혈이고 혈관계는 아주 양호하군요.」

「지금 저한테 물어보고 계신 겁니까?」

「아니요. 깨끗한 선반 위에 떨어진 이 머리카락을 보고 그런 걸 알아냈다는 겁니다. 제가 알아낸 게 틀립니까?」

그 화학자는 무척 놀라워하는 눈치였다.

「말씀하신 대로입니다. 그런데 어떻게 그런 세세한 것까지 알아내셨습니까?」

멜리에스는 내친김에 그 화학자를 더 놀려 주기로 했다.

「머리카락이 매끈매끈합니다. 그러니까 이것은 감은 지 얼마 안 되는 머리카락입니다. 냄새를 맡아 보세요. 아직도 향기가 남아 있습니다. 터럭의 심이 굵습니다. 이건 젊은 사람 것입니다. 심을 둘러싸고 있는 막의 지름이 넓습니다. 그것은 동양인들의 특징이지요. 또 피막 안에 든 심의 빛깔이 아주 좋습니다. 그러므로 혈관계가 완벽한 상태에 있는 것입니다. 게다가 그 사람이 『일요 메아리』에 근무한다는 것도 알 수 있겠군요.」

「에이, 절 놀리시는군요. 머리카락 하나에서 그 모든 걸 알아냈다는 말입니까?」

멜리에스는 레티시아 웰스를 처음 만났을 때 그녀가 했던 말을 흉내 냈다.

「다 아는 수가 있습니다.」

카위자크 형사는 자기 역시 직관력이 부족하지 않다는 걸 입증하고 싶어 했다.

「그 사람이 여기서 뭘 훔쳐 갔지요?」

「아무것도 훔쳐 가지 않았는데요. 그 사람은 우리에게 그 플라스크들을 가져가도 되느냐고 물었습니다. 집에 가져가서 시간 날 때 조사해 보겠다는 거였지요. 우리는 뭐 굳이 마다할 이유가 없었어요.」

경정의 성난 얼굴을 보고 화학자가 변명을 덧붙였다.

「우리는 경찰이 오리라는 것도, 경찰이 그것에 관심을 갖고 있다는 것도 몰랐습니다. 알았다면 물론 경찰에서 원하는 대로 그것들을 보관해 두었겠지요.」

멜리에스는 카위자크를 이끌고 발길을 돌렸다.

「레티시아 웰스가 우리에게 많은 걸 가르쳐 줄 거예요.」

45. 뿔풍뎅이 시험 비행

103683호는 뿔풍뎅이의 앞가슴 등판에 올라탔다.

그 비행기는 길이 네 걸음에 너비가 두 걸음은 족히 된다. 조종석에서 바라보니 뿔풍뎅이 이마의 휘어진 뿔이 마치 뱃머리가 돌출한 것처럼 똑바로 솟아 있다. 그 뿔의 구실은 여러 가지다. 적의 배를 가르는 창인가 하면 개미산 사격을 위한 조준기이고, 군함으로 치면 충각(衝角)이요, 염소로 치면 뿔이기도 하다.

이제 103683호에게 닥친 문제는 뿔풍뎅이를 조종하는 것이다. 〈생각을 뿔풍뎅이의 더듬이에 전달해서 조종하는 것〉이라고 클리푸니가 조금 전에 일러 주었다.

당장 해보는 게 좋겠다.

103683호는 자기 더듬이를 뿔풍뎅이의 더듬이에 연결하고 이륙에 대해 생각을 모은다. 그런데 이 시커먼 딱정벌레목 곤충이 중력을 이겨 낼 수 있는지 의구심이 들기도 한다.

《나는 날고 싶다. 자, 날자.》

103683호가 정신을 차릴 사이도 없이 무겁고 둔해 보이던 뿔풍뎅이가 움직이기 시작한다. 103683호의 뒤에서 기계 장치가 원활하게 돌아가는 소리가 나면서 뭔가가 미끄러져 나온다. 갈색 딱지날개 두 개가 앞쪽으로 미끄러져 나왔다. 투명한 밤색의 커다란 두 날개가 회전하면서 비스듬하게 펼쳐지더니 짧고 힘찬 동작으로 한 번 퍼덕인다. 곧 시끄러운 소리가 사방에 퍼진다.

클리푸니는 103683호에게 뿔풍뎅이의 날갯짓 소리가 아주 요란하니 정신을 바짝 차려야 한다는 충고를 빠뜨렸다.

붕붕거리는 소리가 점점 심해진다. 모든 것이 덜덜 떨린다. 103683호는 다음에 일어날 일에 불안감을 느끼고 있다.

뿔풍뎅이가 일으키는 먼지와 나뭇가루의 소용돌이가 시야를 어지럽힌다. 뿔풍뎅이가 공중으로 올라가는데, 이상한 효과가 빚어진다. 뿔풍뎅이가 올라가는 게 아니라 도시가 땅 밑으로 가라앉는 듯한 느낌이 든다. 아래서 더듬이로 인사를 건네는 여왕이 점점 작아진다. 여왕의 모습을 전혀 구별할 수 없게 되자, 103683호는 수천 걸음(수천 센티미터)의 고도는 족히 올라와 있다고 생각한다.

《직진하고 싶다.》

그 생각을 전하자 뿔풍뎅이는 즉시 앞으로 몸을 기울이더니 날개 소리를 더욱 요란하게 하면서 앞으로 나아간다.

날고 있다! 103683호가 날고 있다!

날개 없는 비생식 개미들의 한결같은 소망을 오늘 이루고 있는 것이다. 결혼 비행을 하는 날 생식 개미들이 하는 것처럼 중력을 이겨 내고 공중의 차원을 정복한 것이다.

잠자리, 파리, 말벌 등이 103683호의 주위로 어지러이 스쳐 간다. 냄새를 맡아 보니 바로 앞에 새들의 둥지가 있다. 위험하다. 103683호는 급히 방향을 돌리라고 명령한다. 그러나 공중은 땅과는 다르다. 거기에서는 날개를 45도 이하로 내리지 않고서는 회전을 할 수 없다. 뿔풍뎅이가 103683호의 지시대로 따르자 모든 것이 흔들린다.

개미가 미끄러진다. 뿔풍뎅이의 딱지 속에 발톱을 박아 넣어 버티려고 했지만 아차 하는 사이에 발톱이 밀려난다. 검은 딱지 위에 긁힌 자국이 생기면서 얇은 거스러미가 일었을 뿐이다. 버팀대가 되어 줄 만한 것이 없어서 개미는 어쩔 수 없이 그 비행 곤충의 옆구리로 굴러떨어진다.

허공에 떨어진 개미가 추락하기 시작한다. 뿔풍뎅이는 그런 사실도 모른 채 선회를 마치고 새로운 창공을 향해 힘차게 날아가고 있다.

그동안 개미는 자꾸자꾸 떨어진다. 땅과 식물들과 흉측한 바위들이 그에게 덤벼들고 있다. 몸이 빙글빙글 돌고 더듬이가 걷잡을 수 없이 떨린다.

충돌이다!

그는 모든 충격을 다리로 받아 내면서 되튀었다가 더 먼 곳으로 다시 떨어지고 또다시 튀어 오른다. 마침 폭신한 이끼 무더기가 마지막 공중제비의 충격을 덜어 준다.

개미는 아주 가볍고 강인한 곤충이라서 자유 낙하 때문에 죽지는 않는다. 아주 높이 솟은 나무에서 떨어져도 개미는 아무 일도 없었던 것처럼 자기 일을 다시 시작한다.

103683호는 추락에 뒤따르는 현기증 때문에 약간 비틀거릴 뿐 아무런 탈이 없다. 그는 더듬이를 앞으로 내밀고 재빨리 닦은 다음, 자기 도시 쪽으로 가는 길로 접어든다.

클리푸니는 움직이지 않았다. 클리푸니는 103683호가 지붕 위에 다시 나타날 때까지 자리를 뜨지 않고 있었다.

《걱정 말게. 다시 해보세.》

여왕개미는 병정개미를 이륙용 활주로로 다시 데려간다.

《자네는 병정개미 8만에다 이 길들인 뿔풍뎅이 용병 67마리의 지원을 받을 수 있을 거야. 뿔풍뎅이들은 대단한 원군이 되어 줄 걸세. 그들을 조종하는 법을 배워야 하네.》

103683호는 다른 뿔풍뎅이에 올라타고 다시 이륙한다. 첫 번째 시험 비행은 실패했지만 이번 뿔풍뎅이와는 더 뜻이 잘 맞을 듯하다.

포수 개미 하나가 103683호의 오른쪽에서 동시에 이륙한다. 그들은 나란히 날아가면서 서로에게 신호를 보낸다. 날아가는 속도가 빠르기 때문에 더 이상 페로몬으로 소통하기가 어렵다. 그래도 아무런 문제가 없다. 조종사들은 즉시 더듬이의 움직임에 토대를 둔 몸짓 언어를 고안해 냈다. 더듬이를 세웠다 접었다 함으로써 멀리서도 이해할 수 있는 그들 나름의 모스 부호를 만들어 낸 것이다.

포수 개미는 뿔풍뎅이의 더듬이를 놓고 그의 등판 위에서 거닐 수 있다고 알려 온다. 발톱을 등딱지의 오톨도톨한 부분에 꽉 박고 있으면 떨어질 염려가 없다는 것이다. 그 포수 개미는 그 기술을 완벽하게 익힌 것처럼 보인다. 이어서 포수 개미는 뿔풍뎅이의 다리를 타고 내려올 수 있다는 것을 보여 준다. 그렇게 되면 아래쪽으로 배를 들이대고 밑으로 지나가는 모든 것을 향해 위에서 사격을 할 수 있다.

103683호는 그런 모든 곡예비행을 터득하는 데 약간 애를 먹었지만, 곧 자기가 2천 걸음의 높이로 날고 있다는 사실을 잊은 채 그 비행 곤충에 적응할 수 있게 된다. 뿔풍뎅이가 풀에 닿을 정도로 급강하할 때는 풀들을 잡아당기기도 하고 꽃줄기를 싹둑 자르기도 한다.

그렇게 해보고 나니 자신감이 생긴다. 뿔풍뎅이 예순일곱 마리가 있으면 그 신……. 아니 손가락 몇 마리는 해치울 수 있을 것도 같다.

《급상승, 그다음엔 급강하!》

103683호가 뿔풍뎅이에게 명령한다.

병정개미는 더듬이에 느껴지는 속도감을 즐기기 시작한

다. 참으로 훌륭한 비행 부대이다! 개미 문명에 아주 커다란 진보가 이루어졌다! 그는 뿔풍뎅이를 타고 비행하는 기적 같은 일을 경험한 첫 세대에 속하게 된다!

속도가 그를 황홀하게 만들고 있다. 방금 전의 추락은 그에게 별다른 영향을 끼치지 않았고 그는 이제 공중을 날아다니는 일은 별로 위험할 게 없다고 생각하기 시작한다. 그는 나선 비행, 공중회전 등과 같은 곡예비행까지도 지시한다. 103683호는 처음 맛보는 놀라운 느낌을 만끽한다. 공중에서의 위치에 민감하게 반응하는 그의 존스턴 기관이 작동을 멈춘다. 그는 이제 위아래, 앞뒤가 어딘지 구별하지 못한다. 그래도 나무가 바로 앞에 나타나면 충돌을 피하기 위해 재빨리 선회해야 한다는 것을 잊지 않고 있다.

항공기 타는 재미에 흠뻑 빠져서 103683호는 하늘이 불길하게 어두워지고 있음을 깨닫지 못한다. 한참이 지나서야 그는 자기가 타고 있는 뿔풍뎅이가 불안해하고 있음을 느낀다. 뿔풍뎅이는 이제 그의 지시에 바로 응하지 않고, 고도를 유지하라는 명령에도 따르지 않는다. 느끼지 못할 만큼 조금씩 뿔풍뎅이가 하강하고 있다.

46. 노래

기억 페로몬 번호: 85

주제: 혁신의 노래

페로몬 제공자: 클리푸니 여왕

나는 위대한 개혁자다.

나는 백성들을 틀에 박힌 일상에서 끌어내어 경이의 세계로 이끈다.

나는 역설이 가득 담긴 기묘한 진리를 일깨우고 미래를 알려 준다.

나는 체계를 무너뜨린다. 그러나 체계가 진보하려면 일단은 무너져야 한다.

나처럼 소심하고 어눌하고 자신감 없이 말하는 자는 아무도 없다.

나처럼 무한한 약점을 가지고 있는 자는 아무도 없다.

나처럼 유전 형질이 보잘것없는 자는 아무도 없다.

나에겐 지성 대신에 감성이 가득하기 때문이다.

나에겐 나를 무겁게 만드는 어떤 지식도 어떤 지혜도 없기 때문이다.

허공에 떠도는 직관만이 나의 발걸음을 이끈다.

그 직관이 어디에서 오는지 나는 모른다.

그것을 알고 싶지도 않다.

47. 자종 브라젤의 생각

오귀스타 할머니의 회상이 계속되고 있었다.

자종 브라젤은 손을 입에 갖다 대고 헛기침을 했다. 모두 그를 둘러싸고 그의 말이 떨어지기를 기다렸다. 위기를 벗어날 수 있는 방도를 전혀 찾지 못하던 터라 그들의 기대는 더욱 간절했다.

양식도 없고, 지하 동굴 밖으로 나갈 수 있는 일말의 가능성도 없고, 바깥 사람들에게 연락할 수 있는 가능성도 없는 상황에서, 1백 살 먹은 노인과 사내아이가 포함된 스무 명의 사람들이 어떻게 살아남기를 바란다는 말인가?

자종 브라젤은 자세를 똑바로 추스르면서 말했다.

「처음부터 다시 생각해 봅시다. 누가 우리를 여기로 이끌었습니까? 에드몽 웰스입니다. 그는 우리가 이 동굴 속에 살면서 그의 작업을 이어 주기를 바랐습니다. 그는 우리가 과감하게 위험한 상황 속에 뛰어들 것으로 내다보았습니다. 나는 그것을 확신합니다. 지하실로 내려오는 일은 개인적인 깨달음의 과정이었습니다. 지금 우리가 맞닥뜨리고 있는 문제는 집단적인 깨달음의 과정에서 나타난 하나의 중요한 시련입니다. 우리가 각자 홀로 이루어 낸 것을 이제 함께 이루어 내야 합니다. 우리는 모두 정삼각형 네 개의 수수께끼를 풀었습니다. 우리의 사고방식을 바꿀 줄 알았기 때문입니다. 우리는 우리의 정신 속에 있는 문을 열었던 것입니다. 우리는 끈기를 가지고 계속 나아가야 합니다. 그것을 위해서 역시 에드몽은 우리에게 열쇠를 마련해 놓았습니다. 두려움이 우리의 눈을 멀게 하기 때문에 그것을 못 보고 있을 뿐입니다.」

「어렵게 얘기하지 마시고 그 열쇠가 뭔지나 빨리 말씀하세요. 교수님이 제안하려는 해결책이 뭡니까?」

소방대원 하나가 퉁명스럽게 말했다.

그러거나 말거나 자종 브라젤은 자기 얘기를 계속했다.

「정삼각형 네 개의 수수께끼를 다시 생각해 보십시오. 그 수수께끼는 우리의 사고방식을 수정하라고 요구했습니다. 〈다른 식으로 생각해야 한다〉는 말을 에드몽은 되풀이했습니다. 〈다른 식으로 생각해야 한다…….〉」

치안대원 하나가 다시 소리쳤다.

「하지만 우리는 쥐들처럼 이곳에 갇혀 있습니다. 이것은 달리 생각해 볼 여지가 없는 엄연한 사실입니다. 이 상황을 어떻게 다른 식으로 생각할 수 있단 말입니까?」

「아닙니다. 여러 가지로 생각할 수 있습니다. 우리는 몸속에 갇혀 있는 것이지 정신 속에 갇혀 있는 것이 아닙니다.」

「말로는 뭘 못 하겠습니까? 말만 계속 그렇게 하지 마시고 제안할 게 있으면 후딱 제시하세요! 그렇지 않으면 입을 다무시고요.」

「어머니 몸 밖으로 나온 아기는 자기를 둘러싸고 있던 따뜻한 양수가 왜 사라졌는지를 이해하지 못합니다. 아기는 어머니의 자궁 속으로 다시 돌아가고 싶어 할지 모릅니다. 그러나 문은 이미 닫힌 뒤입니다. 아기는 다시 자유로운 바다 속으로 돌아갈 수 없는 물고기와 같습니다. 춥고 눈부시고 너무 시끄럽습니다. 모태 밖은 지옥이나 다름없습니다. 지금의 우리처럼 아기는 시련을 견디어 내기가 어려울 것처럼 보입니다. 낯선 세계에 신체적으로 적응이 되어 있지 않기 때문입니다. 우리는 모두 그런 순간을 겪었습니다. 그러나 우리는 죽지 않았으며 공기와 빛과 추위에 적응했습니다. 우리는 양수 속에 살던 태아에서 공기를 호흡하는 아기로 변했습니다. 물고기에서 포유동물로 변한 것입니다.」

「그래서요?」

「우리는 지금 아기와 똑같은 위기 상황을 맞고 있습니다. 다시 적응해 나가야 합니다. 이 새로운 상황에 우리를 맞추어 나가야 합니다.」

「이 양반 지금 헛소리를 하고 있어요. 계속 헛소리만 하고 있는 거라고요!」

제라르 갈랭 형사가 천장으로 눈을 올리며 소리쳤다.

「아니에요, 그분이 말씀하고자 하는 바를 알 것 같아요. 우리는 해결책을 찾아낼 거예요. 우리 모두가 찾으려고 하면 찾을 수 있을 거예요.」

「물론 해결책이야 언제든지 찾을 수 있지. 굶어 죽기를 기다리는 것도 해결책이 될 수 있으니까 말이야.」

「자종의 얘기를 더 들어 보기로 하세. 그 사람 얘기 아직 안 끝났어.」

오귀스타 할머니가 타일렀다.

자종 브라젤은 풍금 앞의 보면대 쪽으로 가서 『상대적이며 절대적인 지식의 백과사전』을 들어 올렸다.

「저는 간밤에 이것을 다시 읽었습니다. 이 사전 어딘가에 해답이 분명히 적혀 있을 것이라고 믿었던 것이지요. 한참 만에 저는 이런 구절을 찾아냈습니다. 그것을 낭독해 보겠습니다. 잘 들어 보십시오.」

48. 백과사전

항상성

모든 생명체는 항상성을 추구한다.

〈항상성(恒常性)〉이란 내부 환경과 외부 환경 사이의 평형을 뜻한다.

모든 생명체는 항상성을 유지하는 쪽으로 기능한다. 새는 날기 위해서 속이 빈 뼈를 가지고 있다. 낙타는 사막에서 살아남기 위하여 물주머니를 가지고 있다. 카멜레온은 포식자들의 눈에 띄지 않으려고 가죽의 색소 구성을 변화시킨다.

다른 많은 종(種)들과 마찬가지로 그 종들은 주위 환경의 모든 변화에 적응하면서 오늘날까지 이어져 왔다. 바깥 세계와 조화할 줄 몰랐던 종들은 소멸했다.

항상성은 외부의 제약과 관련해서 우리 기관들이 스스로를 조절하는 능력에서 생기는 것이다.

우리는 어떤 평범한 사람들이 아주 가혹한 시련을 견뎌 내면서 거기에 자기의 기관을 적응시켜 나가는 것을 보고 놀랄 때가 많다. 전쟁은 살아남기 위해서 스스로를 이겨 내야 하는 상황인데, 그 전쟁 중에는 여태껏 고생을 모르던 사람들도 아무런 불평 없이 물과 건빵에 길들여진다. 깊은 산속에서 길을 잃은 사람들은 며칠이 지나고 나면 식용 식물을 구별할 줄 알게 되고, 사냥을 할 줄 알게 되며, 언제나 혐오감만 주던 두더지, 거미, 쥐, 뱀 같은 동물들도 먹을 수 있게 된다.

대니얼 디포의 『로빈슨 크루소』나 쥘 베른의 『신비로운 섬』은 항상성을 유지하는 인간의 능력을 기리는 소설들이다.

우리는 모두 완벽한 항상성을 끊임없이 추구해 나간다. 우리의 세포들이 이미 악착같이 항상성을 추구하는 성질을 가지고 있기 때문이다. 세포들은 온도가 가장 알맞고 독성 물질이 섞이지 않은 최대한의 영양액을 끊임없이 갈망한다. 그러나 그것이 여의치 않을 때는 그 상황에 적응한다. 술꾼의 간세포는 술을 절제하는 사람들의 간세포보다 알코올을 분해하는 데 더 익숙해져 있다. 흡연자의 폐 세포는 니코틴에 저항하는 능력을 갖게 된다. 미트리다테스왕[14]은 자기의 몸을 비소에 견딜

14 Mithridates VI(B.C. 132~B.C. 63). 소아시아 북동쪽 흑해 연안에 있었던 고대 도시 폰토스의 왕. 전쟁에 패한 뒤 적들이 자기를 독살할 것을 염려하여 독을 조금씩 먹음으로써 스스로를 독에 면역이 되게 만들었다. 적들은 독으로 그를 죽일 수 없게 되자, 그의 병사들 가운데 하나를 매수해 그를 암살했다. 〈독물에 면역이 되게 하다〉는 뜻을 가진 프랑스어 mithridatiser와 영어 mithridatize는 이 왕의 이름에서 유래한 것이다.

수 있게 만들기까지 했다.

외부 환경이 적대적일수록 세포나 개체는 이제껏 잠자고 있던 능력들을 자꾸 개발해 나간다.

에드몽 웰스, 『상대적이며 절대적인 지식의 백과사전』 제2권

읽기를 마치자 긴 침묵이 이어졌다. 자종 브라젤이 침묵을 깨뜨리고 말을 덧붙였다.

「만일 우리가 죽는다면 그것은 우리가 이 극단적인 환경에 적응하지 못했기 때문일 것입니다.」

제라르 갈랭이 분통을 터뜨렸다.

「극단적인 환경이라고요, 말씀 잘 하셨습니다! 루이 11세[15] 때의 죄수들은 면적이 1제곱미터밖에 안 되는 〈피예트〉라는 감옥에 갇혀 있었는데, 그들이 감옥 쇠창살에 적응했던가요? 총살을 당한 사람들이 가슴의 살갗을 단단하게 만들어서 총알을 밀어 낼 수 있었던가요? 핵전쟁을 겪은 일본 사람들은 방사능에 대한 저항력을 더 많이 가질 수 있게 되었던가요? 말도 안 되는 소리 하지 마십시오. 아무리 적응하고 싶어도 적응할 수 없는 외부 환경이 있는 겁니다.」

알랭 빌셍이 보면대 쪽으로 다가가며 말했다.

「아주 흥미 있는 구절을 읽기는 하셨습니다만, 우리 문제와 관련해서는 구체적인 해답을 전혀 못 주고 있습니다.」

「하지만 에드몽이 우리에게 아주 분명하게 말하고 있습니다. 살아남고 싶으면 우리의 생존 방식을 바꾸어야 합니다.」

「바꾼다고요?」

15 Louis XI(1423~1483). 프랑스의 왕. 샤를 7세의 아들로서 부왕을 상대로 한 두 차례의 반역을 통해 왕이 되었다. 무자비하고 교활한 정치를 했다.

「예, 바꾸는 겁니다. 지하에서 거의 먹지 않고 살 수 있는 혈거(穴居) 동물이 되는 겁니다. 집단을 저항과 생존의 수단으로 활용하는 겁니다.」

「그게 무슨 말이죠?」

「개미들과의 의사소통이 단절되고 나서 우리의 육신은 고통을 겪고 있습니다. 우리의 생존 방식을 제대로 바꾸지 못했기 때문입니다. 우리는 여전히 인간으로 남아 있었습니다. 겁이 많으면서도 자만심에 빠져 있는 인간으로 말입니다.」

조나탕 웰스가 자종 브라젤의 말에 동의하고 나섰다.

「브라젤 교수님의 말씀이 옳아요. 우리는 우리를 이 지하실 밑바닥까지 육체적으로 이끌고 모든 길을 통과했어요. 그러나 그것은 우리가 가야 할 길의 반밖에 안 되는 것이었어요. 어쨌든 이 상황이 우리로 하여금 가던 길을 계속 가도록 강요하고 있어요.」

「지하실 너머에 또 지하실이 있다는 얘기예요? 사원 밑을 파서 사원의 지하실을 찾아보자는 거요? 우리를 어디로 이끌고 갈지도 모를 지하실을 또 찾자는 말이오?」

갈랭 형사가 말을 비비 꼬았다.

「아닙니다. 내 말을 잘 들어 보세요. 우리가 가야 할 길의 반은 육체적인 것이었습니다. 우리는 우리 몸으로 그것을 잘 통과했습니다. 다른 반은 우리의 정신과 관련된 것으로 이제 우리가 걸어가야 할 길로 남아 있습니다. 현재 우리에게 필요한 것은 우리의 정신을 바꾸는 것, 즉 우리의 머릿속에서 돌연변이와도 같은 혁신을 일으키는 것입니다. 이제 우리는 혈거 동물이 되었으니 혈거 동물로서 살아가는 것을 받아들여야 합니다. 우리 중에 누군가가 여자 하나에 남자 열여덟

로는 우리 집단이 제대로 굴러가기를 바랄 수가 없다고 말한 적이 있었습니다. 인간 사회라면 그 말이 맞습니다. 그러나 곤충의 사회라면 어떻겠습니까?」

뤼시 웰스는 그 말에 깜짝 놀랐다. 뤼시는 자기 남편이 주장하는 바가 무엇인지 알고 있었다. 지하에 갇힌 채 식량도 거의 없는 상태에서 살아남을 수 있는 유일한 방법은 자기 자신들을 무엇인가로 바꾸어 나가는 것이다.

모든 사람들이 거의 동시에 똑같은 단어를 입술에 올렸다.

「개미.」

49. 비

대기에 전기가 충만해 있다. 음전기를 띤 이온의 소용돌이에 번개가 불을 붙인다. 장중한 으르렁거림이 뒤따르고 또 한차례의 번개가 일면서 하늘을 산산조각 내고 나뭇잎들 위에 백색과 보라색을 띤 불길한 빛을 쏘아 댄다.

새들은 파리들보다 더 낮게 난다.

또 한차례의 벼락이 크르릉거린다. 쇳덩이 같은 구름들이 갈라진다. 뿔풍뎅이의 딱지가 번쩍인다. 103683호는 그 번쩍이는 표면 위에서 아래로 떨어질까 전전긍긍한다. 세계의 끝을 지키는 손가락들과 맞섰을 때와 똑같은 무기력함이 엄습한다.

《돌아가야 한다.》

그는 뿔풍뎅이에게 명령한다.

그러나 벌써 빗발이 촘촘해진다. 잘못하다간 그 빗방울에 맞아 죽을 수도 있다. 어마어마하게 긴 수정실 같던 빗줄기

대신에 굵은 점선 같은 빗방울이 떨어진다. 커다란 곤충도 날개에 그런 빗방울을 맞으면 치명상을 입을 수 있다.

뿔풍뎅이는 공포에 사로잡혀 빽빽하게 쏟아지는 빗발 한가운데를 진동한동 헤쳐 나간다. 빗방울 사이로 빠져나가려고 안간힘을 쓴다. 103683호는 더 이상 통제력을 발휘할 수가 없다. 그저 발톱과 부착반에 힘을 잔뜩 주고 웅크리고 있을 뿐이다. 빗방울도 뿔풍뎅이들도 너무 빠르다. 103683호는 차라리 자기의 겹눈을 감고 앞, 뒤, 위, 아래에서 동시에 나타나는 위험을 보지 말았으면 좋겠다고 생각한다. 그러나 개미들에겐 눈꺼풀이 없다! 아! 한시바삐 뭍에 닿을 수 있으면 좋으련만!

가는 빗방울 하나가 103683호를 힘껏 후려쳐서 그의 더듬이가 가슴에 붙어 버린다. 더듬이가 젖어 버리자 무슨 일이 벌어지고 있는지 느낄 수가 없다. 이제는 진동을 감지할 수가 없다. 이제 그에게 남아 있는 것은 시각뿐이다. 그 때문에 공포가 더욱 심해진다.

뿔풍뎅이는 이제 제정신이 아니다. 빗방울 사이를 요리조리 빠져나가기가 점점 더 어려워진다. 날개 끝에 물기가 닿을 때마다 몸뚱이가 점점 무거워진다.

묵직한 빗방울 하나를 가까스로 피했으나 더 커다란 빗방울이 덤벼든다. 그것을 피하려고 뿔풍뎅이는 45도로 몸을 비튼다. 아슬아슬하게 피하기는 했으나 그 물방울이 뿔풍뎅이의 다리로 떨어졌다가 더듬이로 튀어 오른다.

뿔풍뎅이가 한순간 외부 세계에 대한 지각을 잃는다. 깜박 정신을 잃었던 모양이다. 뿔풍뎅이가 다시 정신을 차려 비행을 계속하려 했지만 이미 때가 늦었다. 번개 불빛에 번쩍이는 투명한 물기둥이 그들의 정면을 막아선다.

뿔풍뎅이는 두 날개를 수직으로 세워 제동을 건다. 그러나 날던 속도가 너무 빨라서 제동이 걸리지 않는다. 그들은 앞으로 고꾸라지면서 몇 차례의 공중 돌기를 한다.

103683호가 뿔풍뎅이의 딱지를 너무 세게 그러쥐는 바람에 그의 발톱이 키틴질을 뚫어 버렸다. 103683호의 젖은 더듬이가 눈을 후려치더니 거기에 달라붙어 버린다. 물기둥과 부딪히고 나서 그들은 다시 다른 빗줄기와 부딪혔다. 흥건히 젖은 그들의 몸뚱이는 원래 무게보다 열 배나 무거워졌다. 그들은 익은 배가 떨어지듯이 도시의 잔가지 지붕 위로 떨어진다.

뿔풍뎅이는 박살이 나버렸다. 뿔은 부서지고 머리가 산산조각이 났다. 그의 딱지날개는 혼자서라도 비행을 계속하려는 듯 하늘을 향해 올라간다. 몸이 가벼운 103683호는 다친 데 없이 그 재난을 벗어났다. 그러나 비가 계속 내리고 있으니 쉴 틈이 없다. 그는 더듬이를 대충 닦고 도시의 입구로 향한다.

통풍 구멍 하나가 나타난다. 일개미들이 도시가 물에 잠기는 것을 막으려고 그 구멍을 막아 놓았다. 그러나 103683호는 그 둑을 뚫고 들어가지 않을 수 없다. 안으로 들어가니 경비 개미들이 그를 힐책한다. 도시가 위험에 빠지면 어떻게 하려고 그렇게 마구 뚫고 들어오느냐고. 아닌 게 아니라 가는 물줄기가 그의 뒤를 따라 흘러들고 있다. 건축 개미들이 달려들어 제방을 다시 틀어막는 걸 보면서 103683호는 마음을 놓고 빠른 걸음으로 나아간다.

그가 기진맥진한 채로 멍하니 발걸음을 멈추자, 동정심

많은 일개미 하나가 영양 교환을 제안한다. 그는 감사히 여기며 그 제안을 받아들인다.

두 개미가 얼굴과 얼굴을 맞대고 입을 맞춘 다음 갈무리 주머니 바닥에 있는 먹이를 되올린다. 도시 안의 다사로움, 먹이를 나누어 주는 동료, 그는 모든 것을 사랑한다.

영양 교환이 끝나자 103683호는 어떤 터널 안으로 들어간 다음 다시 몇 개의 통로를 지난다.

50. 미로

통로는 어두웠고 창자 속처럼 축축했다. 이상한 냄새들이 떠돌고 있었다. 바닥에는 썩은 먹거리 부스러기와 잡다한 쓰레기들이 널려 있었다. 바닥이 발에 눌어붙는 느낌이 들었고 벽에서는 습기가 배어 나오고 있었다. 사람들이 무리를 짓고 있었다. 부랑자, 거지, 가짜 악사, 진짜 인간쓰레기들이 역겨운 냄새를 피우며 떼 지어 모여들고 있었다.

그 사람들 가운데 아랫단이 잘록한 빨간 점퍼를 입은 남자 하나가 다가왔다.

「아니, 저 아가씨 지하철 안을 혼자 돌아다니잖아! 위험하다는 걸 모르는 모양이지? 보디가드 하나쯤은 필요하겠는걸.」

그는 빈정거리면서 그녀의 주위에서 춤을 추듯 배회했다.

레티시아 웰스는 그런 경우에 무뢰한들이 함부로 굴지 못하게 하는 법을 익혀 놓았다. 레티시아는 연보랏빛 눈동자가 거의 발갛게 변하도록 매섭게 쏘아보면서 일침을 놓았다.

「꺼져!」

192

사내는 투덜거리면서 멀어져 갔다.

「에이, 깐깐한데! 잘못했다간 잡아먹으려고 덤비겠는걸!」

이번에는 그 방법이 제대로 통했다. 그러나 언제나 그게 잘 통한다고는 말할 수 없었다. 어쨌든 지하철이 가장 정확한 교통수단이 된 것은 틀림없지만, 현대판 약탈자들의 소굴이 된 것도 부정할 수 없었다.

레티시아가 플랫폼에 내려섰을 때는 열차 하나가 막 지나가고 난 뒤였다. 반대편에서 전철 두 대가 지나가고, 이어서 세 대째가 지나갔다. 어느새 주위에 사람들이 모여들고 있었다.

지하철 노조가 기습 파업이라도 일으킨 것은 아닐까 하고 의아해하기도 하고, 앞의 어떤 정거장에서 어느 멍청이가 열차로 뛰어들려고 했던 것은 아닐까 하고 생각하기도 했다.

이윽고 두 개의 둥그런 불빛이 나타났다. 제동 장치의 날카로운 마찰음이 레티시아의 고막을 뚫고 고실 안으로 파고들었다. 기다란 튜브가 플랫폼을 따라 늘어섰다. 녹슨 철판으로 만든, 색을 칠해 놓은 튜브였다. 그 철판 위에는 광고들과 매직펜이나 칼로 써놓은 갖가지 낙서도 붙어 있었다. 〈얼간이들에게 죽음을!〉, 〈이것 읽는 자 엿 먹어라!〉, 〈바빌론아, 너의 최후가 가까이 왔다!〉, 〈미친놈들의 나라 X이다〉 운운.

휘갈긴 난잡한 그림들은 물론이고 문이 열렸을 때 레티시아는 객차 안이 벌써 터질 듯이 만원임을 알고 낭패감에 빠졌다. 사람들의 얼굴과 손이 유리창에 눌려 납작해질 정도였다. 열차 안이 이 지경인데도, 아무도 불평을 하거나 구조를 요청할 엄두도 못 내고 있는 듯했다.

사람들은 자진해서, 게다가 돈까지 내가면서 몇 세제곱미터의 뜨거운 양철 상자 안으로 5백 명이 넘게 몰려들었다. 레티시아는 이 많은 사람들을 매일같이 콩나물시루 같은 객차 안으로 꾸역꾸역 모여들게 하는 힘이 무엇인지 도무지 알 수가 없었다. 제 발로 그런 상황을 찾아 들어갈 만큼 어리석은 동물이 있을지 의심스러웠다.

객차 안으로 들어서자마자, 누더기를 걸친 노파가 내뿜는 시큼한 냄새와 싸구려 향수 냄새를 풍기는 어떤 부인의 팔에 안긴 병든 사내아이의 토악질 냄새, 그리고 어떤 건축공의 역겨운 땀 냄새가 훅 끼쳐 왔다. 레티시아의 주위에는 생긴 건 멀쩡해 가지고 레티시아의 엉덩이를 쓰다듬으려는 뻔뻔한 남자, 차표를 보여 달라고 요구하는 차장, 동전이나 식권을 구걸하는 실업자, 그 북새통에서도 기타를 치면서 노래를 부르는 사람도 있었다.

그랑제콜 준비반에 다니는 마흔다섯 명의 장난꾸러기들은 다들 무관심한 틈을 이용해서 볼펜 끝으로 자기들 좌석의 인조 가죽 천에 구멍을 내려고 했고, 한 무리의 군인들은 〈제대!〉라고 함성을 지르고 있었다. 차창은 수백 명의 사람들이 쉴 새 없이 뿜어 대는 날숨 때문에 부옇게 흐려져 있었다.

레티시아 웰스는 탁한 공기를 되도록 천천히 들이마시면서 이를 앙다물고 겨우겨우 참고 있었다. 그래도 레티시아는 불평할 처지가 아니었다. 그녀가 집에서 직장까지 가는 데는 30분 정도면 충분하지만, 러시아워에 지하철 안에서 매일 세 시간을 보내는 승객들도 있는 터였다.

SF를 쓴 어떤 작가도 이런 일이 벌어지리라고는 예상하지 못했다. 사람들이 철판 상자 안에서 수천 명씩 짓눌리는 것을 받아들이는 문명을 어떻게 상상할 수 있었겠는가?

열차가 움직이기 시작하더니 불꽃을 튀기며 레일 위를 미끄러져 갔다.

레티시아 웰스는 자기가 어디에 있는지도 잊은 채 평온을 찾으려고 눈을 감았다. 그녀의 아버지는 그녀에게 호흡을 조절해서 마음의 평정을 유지하는 법을 가르쳤다. 호흡을 마음대로 조절할 수 있게 되면 심장 박동을 다스려 그것을 늦출 수도 있을 것이라고 아버지는 생각했었다.

잡념이 생겨서 레티시아는 정신을 집중할 수가 없었다. 레티시아는 어머니를 생각하고 있었다. 안 돼, 그건 생각하지 말자…… 안 돼.

레티시아는 눈을 떴다. 심장 박동이 빨라지고 호흡이 가빠지고 있었다.

공간에 여유가 생겼다. 빈자리까지 있었다. 레티시아는 빈자리로 서둘러 달려가 앉은 다음 잠을 청했다. 종점에 내리기 때문에 잠이 들어도 걱정할 게 없었다. 지하철 안에 있다는 의식이 사라지면서 마음이 편해졌다.

51. 백과사전

연금술

연금술의 모든 공정은 세계의 탄생을 모방하거나 재연하는 것을 겨냥하고 있다. 연금술에는 여섯 가지의 공정이 필요하다. 즉, 배소(焙燒), 분해, 용해, 증류, 융합, 정련이 그것이다.

이 여섯 가지의 공정은 네 단계로 전개된다. 즉 굽는 단계인 흑색 작업, 증발의 단계인 백색 작업, 호흡의 단계인 적색 작업을 거쳐 마지막 정련의 단계에서 금분(金粉)이 나온다. 이렇게 해서 나온 금분은 〈원탁의 기사 전설)[16]에 나오는 요술사 멀린의 금가루와 비슷하다. 어떤 사람이나 물건을 완전하게 만들고 싶으면 그 금가루를 뿌려 주기만 하면 된다. 사실 많은 이야기와 신화들은 줄거리 속에 그와 같은 처방을 숨기고 있다. 백설 공주 이야기를 예로 들어보자. 백설 공주는 연금술의 공정을 거쳐 만들어진 최종 결과물이다. 그것은 어떻게 얻어진 것인가? 일곱 난쟁이를 통해서이다(난쟁이를 뜻하는 프랑스어 nain은 지식을 뜻하는 그리스어 gnomus 또는 gnosis에서 나온 것이다). 그 일곱 난쟁이들은 일곱 가지 금속, 즉 납, 주석, 철, 구리, 수은, 은, 금을 나타내며 그 일곱 가지 금속은 다시 일곱 개의 천체, 즉 토성, 목성, 화성, 금성, 수성, 달, 태양과 연결되어 있고, 그 일곱 개의 천체는 다시 까다로움, 우둔함, 몽상적임 등과 같은 인간의 일곱 가지 성격과 연결되어 있다.

에드몽 웰스, 『상대적이며 절대적인 지식의 백과사전』 제2권

52. 물과의 전쟁

번개가 여전히 줄무늬를 만들며 하늘을 뒤흔들고 있다. 거대한 구름들이 섬광을 발하며 쪼개지는 모습이 장관이건만 그것을 보고 감탄할 기분을 느끼는 개미는 하나도 없다. 우레는 한낱 재앙일 뿐이다.

빗방울들이 포탄처럼 도시 위로 떨어진다. 때늦게 사냥을 나간 탓에 밖에서 늑장을 부리고 있던 병정개미들은 빗방울 탄환에 맞아 죽었다.

벨로캉 내부라고 해서 재앙이 비껴가지는 않는다. 더구나 봄철에 클리푸니가 시도했던 여러 실험들 가운데 하나가 더

16 아서왕의 원탁을 중심으로 왕을 보필하는 열두 명의 기사들 이야기. 기사들의 무훈과 사랑을 찬미하고 있다.

큰 재앙을 불러들이는 결과를 빚고 말았다.

여왕은 구역과 구역 사이의 교통을 원활히 하기 위하여 운하를 파게 했었다. 그러나 빗물이 쏟아져 들어오면서 이 지하 운하에 물이 불기 시작하더니 급기야는 커다란 강물이 되어 경비 개미들이 성난 물결을 제어하려고 안간힘을 쓰지만 아무 소용이 없다.

지붕의 상황은 더욱 나쁘다. 빗방울들이 잔가지 지붕을 뚫어 버리자 몇몇 틈새로 물이 쏟아져 들어온다.

103683호는 그 틈새들 가운데 제일 크게 벌어진 것을 간신히 틀어막고 페로몬을 발한다.

《모두 햇빛방으로 가라. 알 모다기들을 구해야 한다.》

한 무리의 병정개미들이 쇄도하는 물결에 아랑곳하지 않고 그의 뒤를 따라 서둘러 달려간다.

가장 높은 곳에 자리 잡은 햇빛방은 평소와는 달리 어두웠다. 격렬한 불안감에 사로잡힌 일개미들이 천장에 붙어서 낙엽으로 구멍을 막으려고 전전긍긍한다. 그러나 어느새 물이 다시 나타나서 바닥에 줄지어 놓여 있는 알 모다기 속으로 흘러든다. 모든 것이 젖어 버린다. 모든 고치들을 구하기는 불가능하다. 고치들이 너무 많다. 유모 개미들은 올된 애벌레 몇 마리만 겨우 구해 낸다. 일개미들에게 부랴부랴 던져 준 알들이 바닥에 떨어져 깨진다.

그때 103683호는 반체제 개미들을 떠올렸다. 물이 자꾸 내려가서 뿔풍뎅이 축사를 덮치면, 반체제 개미들이 몰살할 지도 모른다.

1단계 경보 페로몬이 발산된다. 위험을 알리는 페로몬이 사방으로 퍼져 나간다. 많은 페로몬들이 수증기와 뒤섞인다.

2단계 경보 페로몬이 발산된다. 병정개미, 일개미, 유모 개미, 생식 개미 등 모두가 배 끝으로 격렬하게 벽을 두드린다. 전투 준비의 신호가 온 도시에 진동한다.

팡, 팡, 팡, 비상! 비상!

온 도시가 공포의 도가니로 변한다. 물웅덩이에 빠진 개미들마저 다른 개미들에게 위험을 알리려고 물속의 바닥을 두드린다. 마치 혈관 속의 피가 혈관 벽을 두드리듯이 요동치고 있다.

도시의 심장이 두근거린다.

커다란 빗방울들이 지붕을 뚫고 들어오는 소리가 널리 퍼진다. 폭, 폭, 폭.

뾰족하게 갈아 놓기까지 한 위턱들이 물방울 앞에서는 아무 소용이 없다.

3단계 경보 페로몬이 퍼져 나간다. 가장 위급한 상황이다. 흥분한 몇몇 일개미들이 사방으로 달려간다. 팽팽히 긴장된 그들의 더듬이에서 뜻 모를 울부짖음이 담긴 페로몬들이 쏟아져 나온다. 흥분을 억제하지 못하고 그들 중의 몇몇은 동료들에게 달려들어 상처를 내기도 한다.

불개미들에게 있어서 가장 강력한 경보 페로몬은 뒤푸르 샘에서 발산되는 물질이다. n-데칸이라 불리는, 휘발성이 강한 탄화수소의 하나로서 화학식은 $C_{10}H_{22}$이다. 그 페로몬의 냄새는 겨울잠을 자고 있는 유모 개미를 사나운 미치광이로 만들 수 있을 만큼 아주 진하다.

문지기 개미들의 희생이 없었더라면 사나운 물결이 금단 구역이라고 그냥 내버려 두지는 않았을 것이다. 그 영웅적인 문지기 개미들이 납작한 머리로 입구를 꽉 막고 있었기 때문에 물이 도시 한가운데의 그루터기 안으로는 스며들지 않았다. 클리푸니 여왕을 비롯한 금단 구역의 거주자들은 아무런 피해를 입지 않았다.

물은 이제 진딧물 축사로 쏟아져 내리고 있다. 풀빛 가축들이 냄새 언어로 신음을 내뱉고 있다. 물을 피해 도망을 치지 않을 수 없게 된 목축 개미들은 곧 알을 낳을 채비를 하고 있는 한 무리의 진딧물만 구해 가지고 달아난다.

개미들은 곳곳에 둑을 쌓아 보려고도 하고, 주요한 통로에 전략적으로 설치해 놓은 둑을 더욱 단단하게 만들면서 성난 급류를 막아 보려고 애면글면한다. 그러나 물의 힘엔 당할 수가 없다. 둑이 부서지고, 갈라지고, 쪼개진다. 막혀 있던 물이 터지면서 용감한 건축 개미들을 휩쓸어 간다.

익사자들을 실은 물이 통로 천장을 무너뜨리고 다리를 뽑아 버리고 지하의 지형을 온통 뒤죽박죽으로 만들고 나더니 이제 버섯 재배장으로 쏟아져 들어간다. 거기에서도 소중한 것들이 휩쓸려 간다. 농경 개미들은 겨우 약간의 팡이 홀씨만을 챙겨 가지고 달아난다.

물에 사는 딱정벌레, 즉 클리푸니가 그토록 길들이고 싶어 하던 그 물방개들은 제 세상을 만난 듯 환호작약하면서 물에 떠내려 오는 진딧물들과 개미들의 시체와 허우적거리는 애벌레들을 잡아먹는다.

물을 피해 돌고 또 돌아 103683호는 마침내 뿔풍뎅이들의 축사에 다다른다. 그 가련한 곤충들은 물에 빠져 죽지 않으려고 이리저리 날아오르고 있다. 그러나 천장이 너무 낮아서 뿔풍뎅이들은 이내 천장에 부딪히고 공포에 휩싸인다.

다른 곳과 마찬가지로 여기서도 엄청난 손실을 피할 수 없다. 부지런한 일개미들은 뿔풍뎅이 알 몇 개라도 구할 생각으로 알이 들어 있는 둥근 똥 덩어리를 정신없이 밀고 간다.

다리가 물에 젖자 뿔풍뎅이들은 격렬한 공포에 사로잡혀 뿔로 천장을 들이받는다. 103683호는 병정개미로서의 용맹성을 발휘하여 그들이 뿔질을 해대는 사이로 지나간다.

마침내 반체제 개미들의 은신처 입구가 나타난다. 신을 믿는 자들도 믿지 않는 자들도 모두 거기에 있다. 그런데 신을 믿지 않는 자들은 안절부절못하며 움직이고 있는데, 신을 믿는 자들은 이상하게도 잠잠하다. 그들은 재앙에도 별로 놀라지 않는 모양이다.

《우리는 신들을 제대로 봉양하지 못했다. 그래서 신들이 물로 벌을 내리시는 것이다.》

103683호는 단조롭게 되풀이되는 그들의 페로몬을 중단시키고 그들을 설득한다.

《조금 있으면 더 이상 빠져나갈 구멍이 없어진다. 반체제 운동을 계속하고 싶으면, 지체 없이 달아나야 한다.》

개미들이 마침내 그의 페로몬을 받아들이고 그의 뒤를 따른다. 그곳을 막 떠나려는데 24호라 불리는 개미가 나방 고치를 내민다. 103683호가 전에 거기를 찾아왔을 때 놓고 갔던 그 고치다.

《메르쿠리우스 임무를 위한 거야. 이걸 잘 챙겨야 해.》

더 이상 묻지 않고 103683호는 고치를 받아 몸에 지닌 다음, 반체제 개미들을 이끌고 나간다. 그러나 이제 뿔풍뎅이 축사를 통과하기가 어렵게 되었다. 방이 온통 물에 잠겨 있다. 뿔풍뎅이들도 개미들도 모두 물 위에 둥둥 떠 있다.

《한시바삐 새 터널을 파야 한다.》

103683호가 명령한다.

물이 점점 올라온다. 서두르지 않으면 안 된다.

여기저기 널려 있던 먹이들이 떠오른다.

물이 점점 빠르게 올라온다.

그래도 신을 믿는 개미들은 불평할 생각을 하지 않는다. 그들의 대부분은 하늘이 내리신 응분의 벌을 달게 받으리라며 체념한다. 그들은 도시를 휩쓸고 있는 그 비가 클리푸니의 원정을 막기 위해 온 것이라고 믿고 있다.

53. 가슴 저미는 추억

「미안해요, 아가씨.」

누군가가 레티시아 웰스에게 말했다.

다시 눈을 떠 보니 아직 종점에 다다르지 않았다. 어떤 여자가 그녀에게 말을 건네고 있었다.

「미안해요, 아가씨. 뜨개질바늘로 아가씨를 찌른 것 같아요.」

「괜찮아요.」

레티시아가 한숨을 쉬며 말했다.

여인은 분홍색 털실로 뜨개질을 하고 있었다. 그 여자는 자기가 뜨개질한 천을 펼쳐 놓느라고 자리를 많이 차지하고 있었다.

레티시아 웰스는 〈손가락들〉을 움직이며 거미처럼 실을 뽑는 여인을 바라보았다. 뜨개질바늘들이 귀에 거슬리는 쇳소리를 내면서 매듭을 자꾸 늘려 가고 있었다.

여인의 분홍색 작품은 배내옷 같다. 저 여자는 플란넬로 만든 저 굴레를 어떤 가련한 아이에게 씌우려는 것일까 하고 레티시아는 생각했다. 마치 그 질문을 듣기라도 한 것처럼 여인은 사기질로 된 멋진 틀니를 드러내며 자랑스럽게 말했다.

「우리 아들 주려고 그래요.」

바로 그 순간에 레티시아의 눈길은 한 포스터에 머물렀다. 〈우리 나라는 아이들을 필요로 합니다. 출산율 저하에 맞서 싸웁시다.〉

레티시아 웰스는 약간 씁쓸한 기분을 느꼈다. 아이들을 만든다는 것! 자기를 닮은 생명을 만들어 자기 생명을 확장하고 자기를 대량으로 퍼뜨린다는 것! 그것은 인류에게 주어진 가장 본원적인 질서이다. 먼저 양을 생각하고 그다음에 질을 생산하는 것이라고나 할까.

아이를 낳는 사람들은 그런 사실을 의식하지 못한다. 하지만 그들은 어떤 나라의 어떤 정책도 초월하는 영원한 선전에 충실히 따르는 것이다. 그 선전이란, 지구 위에 인간의 영향력을 확대하라는 것이다.

레티시아 웰스는 그 아기 엄마의 어깨를 붙잡고 눈을 똑바로 바라보면서 다음과 같이 외치고 싶은 충동이 일었다. 〈안 돼요. 더 이상 아이를 만들지 마세요. 참으세요. 좀 삼가세요. 도대체 이게 뭐예요? 피임약을 드시고 당신이 사랑하는 남자들에게 콘돔을 주세요. 내가 당신을 설득하려고 하는 것처럼 당신도 임신 가능성이 많은 당신 친구들을 설득하세요. 제대로 된 아이가 하나 생길 때 막돼먹은 애들은 1백 명이 생겨요. 그건 해볼 만한 일이 못 되잖아요. 마구잡이로 만들어진 그런 애들이 나중에 세상을 주름잡게 되는 거예요. 지금 그 결과를 우리가 보고 있잖아요? 당신 어머니가 좀 더 신중한 분이었다면 이 모든 고통을 피할 수 있었을 거예요. 당신 부모님들이 당신을 세상에 내보낸 것과 같은 못된 짓을 당신 자녀들에게 되풀이하지 마세요. 서로 사랑하는 걸 중단하세요. 당신 자신이 성장하는 것은 좋지만 당신을 닮은 생명을 늘리지는 마세요.〉

레티시아는 일종의 염세주의자였다. 염세주의적 증상 가운데서도 대인 공포증의 단계에 있었다. 대인 공포증의 발작이 일어날 때마다 레티시아의 입 안에 씁쓸한 뒷맛이 남곤 했다. 그러나 무엇보다도 놀라운 것은 그 씁쓸한 맛을 그녀 자신이 그다지 불쾌하게 여기지 않는다는 것이다.

레티시아는 마음을 가다듬고 그물을 만드는 거미에게 미소를 지어 보였다.

그녀와 마주 보고 있는 그 얼굴은 어미 된 자의 행복감으로 빛나고 있었다. 안 돼. 그걸 생각해선 안 돼. 그러나 기어이 그녀의 머리에 떠오르는 것이 있었다. 어머니였다. 그녀의 어머니 링미였다.

링미 웰스는 급성 백혈병에 걸려 있었다. 혈액암이라고도 할 수 있는 그 병은 누구도 용서하는 법이 없었다. 레티시아가 그녀의 다정한 어머니 링미에게 의사들이 뭐라고 하더냐고 물으면, 어머니는 이렇게 말하곤 했었다.

「걱정하지 마라. 곧 나을 게다. 의사들은 잘될 거라고 하고 약도 점점 효능이 좋아지고 있잖니?」

그러나 욕실 세면대에는 종종 피가 홍건했고 진통제병은 금방금방 바닥이 났다. 어머니는 의사가 지시한 분량을 초과해서 진통제를 복용했다. 이제 어머니의 고통을 누그러뜨릴 수 있는 것은 아무것도 없었다.

어느 날 구급차가 와서 어머니를 병원으로 데려갔다.

「걱정하지 마라. 거기 가면 필요한 기계가 다 있고 전문 의사들이 나를 돌보아 줄 거란다. 내가 없는 동안 집 잘 보고 아빠 말씀 잘 들어라. 그리고 매일 병원으로 나를 보러 오너라.」

어머니 말대로 병원에는 필요한 기계가 모두 갖추어져 있었다. 그래서 어머니는 죽음에 이르지 않았다. 어머니는 세 번 자살을 시도했는데, 그때마다 의사들이 죽음의 순간에서 어머니를 구해 냈다. 어머니가 몸부림을 치자 그들은 가죽띠로 어머니를 묶고 모르핀을 주사했다. 레티시아가 어머니를 찾아갔을 때 어머니의 팔은 약물 주사와 수혈 때문에 생긴 혈종으로 뒤덮여 있었다. 그렇게 한 달이 지나고 나니 링미 웰스는 쭈그렁 노파가 되어 버렸다.

「네 엄마는 돌아가시지 않을 거야. 걱정하지 마라. 우리가 네 엄마를 지켜 줄게.」

의사들은 그렇게 장담했지만 링미 웰스는 그들이 자기 목숨을 구해 주는 것은 바라지 않았다.

딸의 팔을 잡고 어머니는 이렇게 속삭였다.

「난 말이다…… 죽고 싶단다.」

그러나 어머니가 그런 부탁을 한들 열네 살짜리 여자아이가 할 수 있는 일은 아무것도 없었다. 어떤 사람이 죽도록 내버려 두는 것은 법으로 금지되어 있었다. 그 사람이 병실에서 간호를 받고 세 끼 식사를 하는 데 매일 1천 프랑씩 낼 수 있는 사람이라면 더더욱 그러했다.

아버지 에드몽 웰스도 어머니가 병원에 입원한 다음부터

눈에 띄게 늙어 갔다. 링미는 남편에게 임종을 지켜 달라고 부탁했었다. 에드몽은 아내가 더 이상 차도를 보이지 않자 체념을 하기에 이르렀다. 그는 아내에게 호흡을 조절해서 심장 박동을 늦추는 법을 가르쳤다.

그는 아내에게 최면을 걸었다. 물론 그 자리에는 아무도 없었지만, 레티시아는 어머니가 잠드는 것을 돕기 위하여 아버지가 어떻게 했는지를 알고 있었다.

「당신의 마음은 지금 고요해. 아주 고요해. 당신의 숨결은 앞뒤로 일렁거리는 물결과도 같아. 물결이 잔잔해. 앞으로, 뒤로, 당신의 숨결은 호수로 변해 가려는 바다야. 앞으로, 뒤로, 호흡이 점점 느려지고 점점 깊어지고 있어. 숨을 한 번 쉴 때마다 당신은 더 강해지고 더 유연해지고 있어. 당신은 이세 당신의 몸을 느끼고 있지 않아. 당신의 발도 느끼지 않고, 당신의 손도 느끼지 않아. 당신은 아무것도 느끼지 않는 가벼운 깃털이야. 자, 이제 바람 속에서 떠다니는 거야.」

어머니는 깃털이 되어 날아갔다. 어머니의 얼굴에는 고요한 미소가 깃들어 있었다. 어머니는 잠을 자고 있는 것처럼 죽어 있었다. 곧 소생 담당 의사들이 비상벨을 울렸다. 그들은 한 마리 해오라기가 하늘로 날아오르는 것을 막고 싶어 하는 족제비들처럼 어머니의 시신을 잡고 늘어졌다. 그러나 이번에는 어머니가 정말로 이겼다.

그 후로 레티시아는 꼭 풀어야 할 자기만의 수수께끼를 가지게 되었다. 그것은 암이라는 수수께끼였다. 거기다가 레티시아는 하나의 강박 관념도 갖게 되었다. 의사들을 비롯해서 인간의 운명을 쥐고 흔드는 다른 사람들에 대한 증오가 그것이었다. 아무도 암을 퇴치하는 데 성공하지 못하는 것은, 그 해결책을 찾는 데 진정으로 관심을 기울이는 사람이 없기 때문일 거라고 레티시아는 확신했다.

그러한 사실을 확인하기 위하여, 레티시아는 암 연구가가 되기도 했다. 레티시아는 암이 퇴치될 수 있다는 것을 증명하고 싶어 했고, 어머니를 구할 생각은 안 하고 고통만 가중시켰던 그 의사들이 무능했다는 것을 입증하고 싶어 했다. 그러나 레티시아는 아무것도 이루어 내지 못했다. 그러고 나서 그녀에게는 사람들에 대한 증오와 수수께끼에 대한 열정만이 남았다.

기자라는 직업은 추잡한 인간에 대한 그녀의 공격 욕구와 불가사의한 일에 대한 뿌리 깊은 열정을 동시에 충족시켜 주었다. 레티시아는 자기의 기사를 통해 불의를 폭로하고, 대중을 선동한 위선자들을 맹렬히 공격했다. 유감스러운 것은 위선자들이 그리 멀리 있지 않다는 것이었다. 레티시아는 곧 자기의 직장 동료들이 위선자 대열의 선두에 설 사람들이라는 것을 깨달았다. 그들은 말할 때는 용감한데 행동할 때는 초라하기 짝이 없었다. 논평을 할 때는 정의파임을 자처하는 사람들이 봉급을 인상해 주겠다는 약속을 받고 나면 비열한 행동도 서슴지 않았다. 언론계 사람들에 비하면 그래도 의료계는 멋진 사람들로 가득 차 있는 것처럼 보였다.

그러나 레티시아는 언론계 내에 자기의 생태적 지위, 즉 자기의 사냥터를 마련했다. 레티시아는 오리무중에 빠진 몇 건의 형사 사건을 해결해서 명성을 얻었다. 현재 그녀의 동료들은 그녀가 추락할 때를 기다리면서 거리를 두고 있었다. 그래서 레티시아는 추락하는 일이 없어야 한다고 마음을 다잡고 있었다.

다음의 전리품을 위해서 레티시아는 자기의 사냥 목록에 살타-노가르 사건을 올려놓고 있었다. 명민한 멜리에스 경정에게는 안된 일이지만 어쩔 수 없다!

드디어 종점이었다. 레티시아는 내릴 채비를 했다.

「잘 가요, 아가씨.」

지하철 문을 나서는 그녀에게 배내옷을 챙기면서 뜨개질하는 여자가 말했다.

54. 백과사전

어떻게

장애물이 앞에 나타났을 때, 사람이 보이는 최초의 반응은 〈왜 이런 문제가 생긴 거지? 이것은 누구의 잘못이지?〉라고 생각하는 것이다. 그는 잘못을 범한 사람을 찾고 다시는 그런 일이 생기지 않도록 그에게 부과해야 할 벌이 무엇인지를 찾는다.

똑같은 상황에서 개미는 먼저 〈어떻게, 누구의 도움을 받아서 이 문제를 해결할 수 있을까?〉라고 생각한다.

개미 세계에는 〈유죄〉라는 개념이 전혀 없다.

〈왜 일이 제대로 되지 않을까〉라고 자문하는 사람들과 〈어떻게 하면 일이 제대로 되게 할 수 있을까〉라고 자문하는 사람들 사이에 커다란 차이가 생기리라는 것은 자명하다.

현재 인간 세계는 〈왜〉라고 묻는 사람들이 지배하고 있다. 그러나 언젠가는 〈어떻게〉라고 묻는 사람들이 다스리는 날이 오게 될 것이다.

에드몽 웰스, 『상대적이며 절대적인 지식의 백과사전』 제2권

55. 바다, 엄청난 물바다

　개미들은 위턱과 발톱을 이용해 열심히 땅을 판다. 파고
또 파는 방법 이외에는 달리 구원의 길이 없다. 구조 터널을
파기에 골몰해 있는 반체제 개미들의 주위로 땅이 울리는 소
리가 번져 나간다.

　물이 완전히 도시를 휩쓸고 있다. 클리푸니의 멋진 계획
과 빛나는 성과물들이 물결에 씻겨 한낱 쓰레기가 되고 만
다. 헛된 꿈이었다. 정원도, 버섯 재배장도, 축사도, 꿀단지
개미들의 방도, 겨울용 곡식 창고도, 온도가 조절되는 영아
실도, 햇빛방도, 수로망도 한낱 부질없는 꿈이었다……. 그
모든 것들이 전혀 존재한 적이 없었던 것처럼 소용돌이 속으
로 덧없이 사라지고 있다.

　갑자기 구조 터널의 측벽이 터지면서 물기둥이 분출한다.
103683호와 그의 동료들은 흙을 삼키면서까지 되도록 빨리
파려고 애쓴다. 그러나 터널을 파는 일은 불가능하다. 급류
가 그들을 덮쳐 버린 것이다.

　103683호는 이제 그들 앞에 어떤 운명이 기다리고 있는
지 제대로 헤아릴 수가 없다. 그들은 벌써 배까지 흠뻑 젖었
다. 물은 빠른 속도로 계속 올라오고 있다.

56. 잠수

　잠수. 이제 몸이 완전히 물에 잠겼다.

　이제 더 이상 숨을 쉴 수 없었다. 레티시아는 아무것도 생
각하지 않고 한동안 물속에 머물렀다.

레티시아는 물을 좋아했다.

욕조의 수면 아래에 들어가 있으면 머리채가 부풀어 오르고 살갗이 판지처럼 되었다. 레티시아는 그것을 일상적인 목욕 의식이라고 불렀다.

미지근한 물과 침묵, 그것이 레티시아가 휴식을 취하는 방법이었다. 그러고 있으면 레티시아는 자신이 마치 호수의 공주라도 된 느낌이 들었다.

레티시아는 자기가 죽는다는 느낌이 들 때까지 수십 초 동안 호흡을 정지한 채 머물러 있었다. 물속에서 버티는 시간이 매일 조금씩 길어지고 있었다.

레티시아는 마치 양수 속에 있는 태아처럼 무릎을 구부려 턱 밑까지 당겨 올리고 천천히 몸을 흔들었다. 일종의 수중 무용인 셈인데 그 의미는 그녀만이 알고 있었다.

레티시아는 머릿속에서 모든 잡념을 지워 버리기 시작했다. 암 퇴장, 살타 퇴장, (딩동).『일요 메아리』편집국 퇴장, 자기의 아름다움 퇴장, (딩동). 지하철 퇴장, 애 낳는 여자 퇴장, 여름날 대대적인 벌채를 하듯 레티시아는 잡념을 지워 나갔다.

딩동.

레티시아는 물 밖으로 머리를 내밀었다. 모든 것이 메마른 느낌이다. 건조하다. 싫다. (딩! 동!)…… 시끄럽다

꿈을 꾸고 있는 것이 아니었다. 누군가가 초인종을 누르고 있었다.

레티시아는 공기 호흡법을 알아낸 양서류의 동물처럼 엉금엉금 기어서 욕조 밖으로 나왔다.

레티시아는 커다란 가운을 들어 몸을 감싼 다음 종종걸음

을 치며 거실로 나왔다.

「누구세요?」

문 너머로 그녀가 물었다.

「경찰입니다.」

레티시아는 문에 난 어안 렌즈 구멍을 들여다보고 멜리에스 경정을 알아보았다.

「이 시간에 무슨 일로 오셨나요?」

「수색 영장을 가지고 왔습니다.」

레티시아는 마지못해 문을 열었다. 멜리에스는 전혀 서두르는 기색을 보이지 않았다.

「CCG에 갔었는데 그 사람들 말이, 어떤 플라스크들을 당신이 챙겨 갔다는군요. 그런데 그 플라스크 안에 살타 형제와 카롤린 노가르가 연구하던 화학 약품이 들어 있다고 해서 그것을 찾으러 왔습니다.」

레티시아는 플라스크들을 가져와서 그에게 내밀었다. 그는 그것들을 바라보며 잠시 생각에 잠겼다가 입을 열었다.

「웰스 씨, 이 안에 뭐가 들었는지 물어봐도 되겠습니까?」

「일을 너무 쉽게 하려고 그러시는군요. 제가 멜리에스 씨 일을 도울 의무는 없잖아요? 화학적인 감정을 하느라고 우리 신문사 돈까지 썼는걸요. 감정 결과를 밝히는 문제는 우리 신문사 소관이지 저하곤 상관없어요.」

그는 후줄근한 옷차림으로 여전히 문턱에 선 채, 자기에게 도전적인 태도를 취하고 있는 이 어여쁜 여자를 앞에 두고 거의 주눅이 들어 있었다.

「웰스 씨, 좀 들어가도 될까요? 잠시 이야기를 나누고 싶습니다. 오래 걸리지는 않을 겁니다.」

멜리에스는 세찬 소나기를 만난 듯 흠뻑 젖어 있었다. 그가 딛고 있는 현관의 깔개가 벌써 흥건히 젖어 있었다. 레티시아는 한숨을 내쉬고 말했다.

「좋아요, 하지만 조금만 있다 가셔야 돼요. 당신에게 할애할 시간이 별로 없어요.」

멜리에스는 머리카락의 물기를 천천히 닦고 거실 안으로 들어왔다.

「고약한 날씨예요.」

「푹푹 찌고 나더니 소나기가 오는군요.」

「계절이 온통 뒤죽박죽이 되어 버렸어요. 더위에서 추위로, 건기에서 우기로 넘어가는 자연스러운 과정이 없어졌어요.」

「자, 들어오세요. 앉으세요. 뭐 좀 드실래요?」

「뭐가 있습니까?」

「꿀술 어때요?」

「그게 뭔데요?」

「꿀하고 물하고 효모를 섞은 다음 발효시킨 거예요. 올림포스의 신들과 켈트의 드루이드 승려들이 마시던 음료예요.」

「어디 그 올림포스 신들의 음료 좀 마셔 봅시다.」

「좀 기다려 주세요. 먼저 머리를 말려야겠어요.」

욕실에서 헤어드라이어가 윙윙거리는 소리가 들리자마자, 멜리에스는 벌떡 일어났다. 그 틈을 이용해서 집을 조사해야겠다는 생각을 한 것이다.

레티시아의 집은 고급 아파트였다. 모든 장식이 집 주인의 고상한 취향을 보여 주고 있었다. 쌍쌍이 얼싸안고 있는 사람들을 표현한 비취 장식물도 있었다. 할로겐 등이 벽에 걸린 동물 도판을 비추고 있었다.

그는 벽 쪽으로 다가가 그 도판 가운데 하나를 들여다보았다.

세계 전역에 사는 50여 종의 개미 목록이 적혀 있고 개미들이 정확하게 그려져 있었다.

헤어드라이어는 여전히 윙윙거리고 있었다.

개미의 종류가 갖가지였다. 오토바이 타는 순찰 대원을 닮은, 다리에 하얀 털이 달린 검은 개미Rhopalothrix orbis, 가슴 전체에 뿔이 돋아 있는 개미Acromyrmex versicolor, 끝에 집게가 달린 나팔 모양의 대롱을 머리에 달고 있는 개미Orectognathus antennatus, 히피족 같은 느낌을 주는 기다란 털 타래가 달린 개미Tingimyrmex mirabilis. 개미들이 그토록 다양한 모습을 가질 수 있다는 사실이 경정을 놀라게 했다.

그러나 그는 곤충학자의 일을 하고 있는 게 아니었다. 검은 래커를 칠한 문 하나를 발견하고 그는 그것을 열어 보려고 했다. 문도 잠겨 있었다. 주머니에서 머리핀 하나를 꺼내 자물쇠를 몰래 따려고 하는데, 헤어드라이어 돌아가는 소리가 갑자기 그쳤다.

그는 얼른 자기 자리로 돌아와 앉았다.

레티시아의 머리 모양은 이제 루이즈 브룩식으로 돌아와 있었다. 레티시아는 허리에 주름을 넣은 기다란 비단 드레스로 갈아입었다. 멜리에스는 그녀의 외모에 이끌리지 않으려고 정신을 가다듬었다.

「개미에 관심이 많으신가 보죠?」

그가 사교적인 어투로 물었다.

「별로예요. 저희 아버님이 관심이 많으셨지요. 아버님은 대단한 개미 전문가이셨어요. 이 도판들은 스무 살 때 생일 선물로 아버님이 주신 거예요.」

「웰스 씨 아버님이라면 에드몽 웰스 박사 말씀이군요.」

그 말에 레티시아가 깜짝 놀라며 물었다.

「저희 아버님을 아세요?」

「그분에 대해서 사람들이 이야기하는 걸 들었습니다. 우리 경찰에서 그분을 잘 알게 된 것은 그분이 시바리트가에 있는 그 저주받은 지하실의 소유자였기 때문이죠. 그 사건 기억하시죠? 스물한 명이나 되는 사람들이 끝없는 동굴 속으로 사라진 사건 말입니다.」

「물론이죠. 그 사람들 중에 제 사촌 오빠와 올케, 조카, 할머니가 들어 있는걸요.」

「이상한 사건이지요.」

「수수께끼를 그토록 좋아하시는 분이 어떻게 그 실종 사건에 대해서는 수사를 안 하셨어요?」

「저는 그 당시 다른 사건을 맡고 있었습니다. 그 지하실 사건을 맡았던 것은 알랭 빌셍 경정이었지요. 그런데 그 사람에게 운이 따르지 않았어요. 다른 사람들과 마찬가지로 그도 다시는 올라오지 못했습니다. 그건 그렇고, 불가사의한 일을 좋아하기는 웰스 씨도 마찬가지인 줄로 알고 있는데…….」

그 말에 레티시아는 씁쓸한 미소를 지었다.

「제가 좋아하는 건 불가사의를 없애는 거죠.」

「살타 형제와 카롤린 노가르의 살인범을 웰스 씨가 찾아낼 수 있을 것 같습니까?」

「어쨌든 해봐야죠. 저희 독자들에게 기쁨을 주는 일이니까요.」

「당신의 조사 작업이 어느 정도 진척되었는지 저한테 이야기해 주시지 않겠습니까?」

레티시아는 고개를 저었다.

「각자 자기 방식대로 찾아 보는 게 좋겠어요. 그래야 서로에게 방해가 안 될 테니까 말이죠.」

멜리에스는 껌 하나를 꺼내어 입에 물었다. 그것을 씹고 있으니 언제나 그렇듯이 마음이 훨씬 편해지는 느낌이 들었다. 그가 다시 물었다.

「저 검은 문 뒤에는 뭐가 있어요?」

레티시아 웰스는 그 난데없는 질문에 한순간 놀랐지만, 대답하기 거북하다는 표정을 얼른 감추고 별거 아니라는 듯이 어깨를 들어 올리며 말했다.

「제 서재예요. 그러나 보여 드리지는 않을 거예요. 말 그대로 난장판이 돼 있거든요.」

말을 끝내고 나서 레티시아는 담배 한 개비를 꺼내어 기다란 컬런 파이프에 끼운 다음 까마귀 모양으로 생긴 라이터로 불을 붙였다.

멜리에스는 자기가 몰두하고 있는 문제로 다시 돌아갔다.

「당신은 당신이 조사하신 것에 대해 비밀을 유지하고 싶은 모양입니다만, 저는 제 수사가 어느 정도 진척되었는지 말씀드릴 생각입니다.」

레티시아는 자갯빛 담배 연기를 한 모금 뿜어내고 말했다.

「좋으실 대로 하세요.」

「요약하면 이렇습니다. 네 명의 피해자는 모두 CCG에서

214

일했습니다. 사람들은 직업적인 경쟁의식 때문에 어떤 불순한 유혹에 이끌릴 수 있습니다. 대기업에서는 적대 관계가 흔히 나타납니다. 사람들은 승진 문제나 봉급 문제 때문에 서로 시기하고 중상합니다. 그리고 과학자들의 세계에도 이익에 급급한 사람들은 흔히 있습니다. 따라서 경쟁 관계에 있는 화학자의 소행일 거라는 가정이 자연스럽게 떠오르게 됩니다. 어떤 화학자가 동료들을 독살했을 가능성이 있습니다. 그가 사용한 독은 나중에 효과가 나타나는 맹독입니다. 그렇게 가정하면 부검을 통해 밝혀진 소화기 내의 그 헐어서 생긴 상처들을 완벽하게 설명할 수 있습니다.」

「여전히 너무 앞질러 가고 계시는군요, 멜리에스 씨. 당신은 독에 대한 생각에 사로잡혀서 줄곧 공포 쪽을 잊고 계시나 봐요. 아주 심한 정신적 충격을 받아도 위장이 헐 수 있어요. 그리고 네 명의 피살자들은 모두 아주 심한 공포를 느꼈어요. 공포가 이 사건의 열쇠예요. 멜리에스 씨도 저도 그들의 얼굴에 새겨진 그 공포를 일으킨 게 무엇인지를 아직 모르고 있어요.」

멜리에스가 반박했다.

「물론 나도 그 공포에 대해서 생각을 했습니다. 사람들에게 공포를 느끼게 할 수 있는 걸 모두 떠올려 봤는걸요.」

레티시아는 다시 담배 연기를 한 모금 내뿜었다.

「그럼 멜리에스 씨에게 두려움을 느끼게 하는 게 뭐예요?」

멜리에스는 자기가 먼저 그 질문을 하려고 생각하고 있다가, 거꾸로 질문을 받고 나자 완전히 허를 찔린 기분이 되었다.

「그건…… 음…….」

「다른 어떤 것보다 무서워하는 뭔가가 있지 않아요?」

「그것을 털어놓고 말씀 드릴 테니까, 그 대신 당신도 당신이 가장 두려워하는 게 뭔지 진지하게 말씀해 주셔야 됩니다.」

레티시아는 그를 똑바로 쳐다보면서 말했다.

「좋아요.」

멜리에스는 조금 머뭇거리다가 더듬거리며 말했다.

「저는…… 저는 늑대를…… 늑대를 무서워합니다.」

「늑대요?」

레티시아는 웃음을 터뜨리며 〈늑대〉라는 말을 되뇌었다. 레티시아는 몸을 일으켜 그에게 꿀술 한 잔을 더 갖다 주었다.

「저는 진실을 말했습니다. 이제 당신 차례입니다.」

레티시아는 다시 일어나 창문을 통해 밖을 내다보았다. 먼 곳에 그녀의 관심을 끄는 무엇인가가 있는 모양이었다.

「음…… 저는 말이에요…… 저는…… 당신을 무서워해요.」

「농담 그만하시고, 진지하게 말씀하시기로 약속했잖아요.」

레티시아는 몸을 돌려 다시 담배 연기의 소용돌이를 일으켰다. 터키옥 빛깔의 담배 연기 사이로 그녀의 연보랏빛 눈동자가 별처럼 빛나고 있었다.

「정말이에요. 전 당신을 두려워해요. 당신 너머에 있는 전 인류를 두려워해요. 남자, 여자, 노인, 아기 등 모든 사람들을 두려워해요. 우리는 어디에서나 야만인들처럼 행동하고 있어요. 저는 우리 인간의 육체가 흉측하다고 생각해요. 우리

216

가운데 누구도 오징어나 모기의 아름다움을 못 따라간다고 생각해요…….」

「정말입니까?」

레티시아의 태도에 어떤 변화가 일어났다. 그토록 잘 통제되던 그녀의 눈길은 유약함을 가장하고 있는 듯했다. 그녀의 두 눈에 광기가 어려 있었다. 어떤 유령이 그녀의 심성을 사로잡고 있었다. 레티시아는 기꺼이 그 광기의 힘에 자기를 내맡기고 있었다. 아무것도 거리낄 게 없었다. 레티시아는 자기가 이제 겨우 알게 된 한 경찰관과 이야기하고 있다는 사실도 잊고 있었다.

「저는 우리 인간들이 너무 오만하고 젠체하고, 거드름을 피우며, 스스로가 인간이라는 사실에 너무 자랑스러워하고 있다고 생각해요. 저는 농부와 신부와 병사를 두려워하고, 의사와 환자를 두려워하며, 저에게 해를 끼치는 사람들도, 저에게 이익을 주려는 사람들도 두려워해요. 우리는 우리 손에 닿는 모든 것들을 파괴하고 있어요. 우리는 우리가 파괴할 수 없는 것을 오염시켜요. 우리의 기막힌 오염 능력을 당해 낼 수 있는 것은 아무것도 없어요. 화성인들이 우리 지구에 오지 않은 것은 지구인들이 두렵기 때문일 거라고 저는 확신해요. 화성인들은 겁을 먹고 있어요. 그들은 우리가 우리를 둘러싸고 있는 동물들과 우리 자신에게 행하는 것과 똑같이 그들을 대할까 봐 두려워하는 거예요. 저는 제가 하나의 인간이라는 사실이 자랑스럽지 않아요. 저는 두려워요. 저는 저를 닮은 사람들이 너무 무서워요.」

「정말 그렇게 생각하세요?」

레티시아는 대답 대신 어깨를 으쓱하고 말을 이었다.

「늑대들 때문에 죽는 사람의 수와 사람들 때문에 죽는 사람의 수를 비교해 보세요. 나의 두려움이 당신의 두려움보다 더 온당하다고 생각하지 않으세요?」

「사람들을 무서워한단 말입니까? 그러나 당신 자신이 하나의 인간이잖습니까?」

「그건 저도 잘 알아요. 저 자신에게서 두려움을 느낄 때도 있는걸요.」

멜리에스는 놀란 눈으로 갑자기 증오의 빛이 서린 그녀의 얼굴을 바라보았다.

레티시아는 얼른 표정을 누그러뜨리며 말했다.

「아, 우리 다른 거 생각하기로 해요. 우린 둘 다 수수께끼를 좋아해요. 마침 전 국민의 성원을 받고 있는 우리의 퀴즈 프로그램이 나올 시간이군요. 당신에게 우리 시대의 가장 신명 나는 행동인 텔레비전 시청의 기회를 제공할까 하는데요.」

「고맙군요.」

레티시아는 리모트 컨트롤을 작동시켜 「알쏭알쏭 함정 퀴즈」를 찾았다.

57. 백과사전

역학 관계

쥐들을 상대로 하나의 실험이 이루어졌다. 낭시 대학 행동 생물학 연구소의 디디에 드조르라는 연구자는 쥐들이 수영에 어떻게 적응하는가를 알아보는 실험을 했다. 그는 쥐 여섯 마리를 한 우리 안에 넣었다. 그 우리의 문은 하나뿐인데, 그 문이 수영장으로 통하게 되어 있어서, 쥐들은 먹이를 나누어 주는 사료통에 도달하기 위해서 수영장을 건너

야만 했다. 여섯 마리의 쥐들은 일제히 헤엄을 쳐서 먹이를 구하러 가는 것이 아니라는 사실이 곧 확인되었다. 쥐들 사이에 역할 분담이 이루어졌는데 그것은 다음과 같이 나타났다. 즉 헤엄을 치고 먹이를 빼앗기는 쥐가 두 마리, 헤엄을 치지 않고 먹이를 빼앗아 먹는 쥐가 두 마리, 헤엄을 치고 먹이를 빼앗기거나 빼앗지 않는 독립적인 쥐가 한 마리, 헤엄도 안 치고 먹이를 빼앗지도 못하는 천덕꾸러기 쥐가 한 마리였다. 먹이를 빼앗기는 두 쥐는 물속으로 헤엄을 쳐서 먹이를 구하러 갔다. 그 쥐들이 우리 안으로 들어오자, 먹이를 빼앗아 먹는 두 쥐는 그 쥐들을 때리고 머리를 물속에 처박았다. 결국 애써 먹이를 가져온 두 쥐들은 자기들의 먹이를 내놓고 말았다. 두 착취자가 배불리 먹고 난 다음에야 굴복한 두 피착취자는 비로소 자기들의 크로켓을 먹을 수 있게 되었다. 착취자들은 헤엄을 치는 일이 없었다. 그 쥐들은 헤엄치는 쥐들을 때려서 먹이를 빼앗기만 하면 되는 것이었다. 독립적인 쥐는 아주 힘이 세기 때문에 착취자들에게 굴복하지 않았다. 마지막으로 천덕꾸러기 쥐는 헤엄을 칠 줄도 모르고 헤엄치는 쥐들에게 겁을 줄 수도 없었기 때문에, 다른 쥐들이 싸울 때 떨어진 부스러기를 주워 먹었다.

그 후에 다시 실험이 행해진 스무 개의 우리에서도 역시 똑같은 구조, 즉 피착취자 두 마리, 착취자 두 마리, 독립적인 쥐 한 마리, 천덕꾸러기 쥐 한 마리가 나타났다.

그러한 위계 구조가 만들어지는 과정을 좀 더 잘 이해하기 위해서 그 연구자는 착취자 여섯 마리를 함께 우리에 넣었다. 그 쥐들은 밤새도록 서로 싸웠다. 다음 날 아침이 되자, 그 쥐들 가운데 두 마리가 식사 당번이 되었고, 한 마리는 혼자 헤엄을 쳤으며, 나머지 한 마리는 어쩔 수 없이 모든 것을 참아 내고 있었다. 착취자들에게 굴복했던 쥐들을 상대로 역시 똑같은 실험을 했다. 다음 날 새벽이 되자, 그 쥐들 가운데 두 마리가 왕초 노릇을 하고 있었다.

그런데 그 실험에서 우리가 정작 음미해 보아야 할 대목은, 쥐들의 뇌를 연구하기 위해서 머리통을 열어 보았을 때 가장 스트레스를 많이 받은 쥐가 바로 착취자들이었다는 사실이다. 착취자들은 필시 피착취자들이 복종하지 않게 될까 봐 무척 두려워하고 있었던 것이리라.

에드몽 웰스, 『상대적이며 절대적인 지식의 백과사전』 제2권

58. 젖지 않은 방

물이 그들의 등을 훑는다. 103683호와 그의 동료들은 미친 듯이 천장을 파고 들어간다. 그들의 몸뚱이가 온통 급류에 뒤덮일 즈음, 기적 같은 일이 일어났다. 그들이 마침내 젖지 않은 방에 다다른 것이다.

살았다.

그들은 재빨리 자기들이 들어온 구멍을 막는다. 모래로 된 벽이 버틸 수 있을 것인가? 그랬다, 급류는 그 벽을 빙 돌아서 더 부서지기 쉬운 통로들 쪽으로 쏟아져 들어간다. 그 작은 방에서 서로 바싹 몸을 붙인 채 웅크리고 있는 그 개미들은 기분이 한결 나아짐을 느낀다.

반체제 개미들은 자기들의 수를 헤아려 보고 살아남은 자가 50마리밖에 안 된다는 사실을 깨닫는다. 신을 믿는 소수의 개미들은 여전히 중얼거리는 듯한 페로몬을 발하고 있다.

《우리는 손가락들을 제대로 공양하지 못했다. 그래서 그들이 하늘을 열어 버린 것이다.》

개미 세계의 우주 발생 이론에서는 지구가 정육면체로 되어 있고 그 위에 구름 천장이 있으며 그 구름 천장에 〈하늘의 바다〉가 담겨 있다고 보고 있다. 하늘의 바다가 너무 무거워

지면 천장이 갈라지면서 이른바 비라는 것이 쏟아져 내린다는 것이다.

신을 믿는 개미들은 그 구름 천장이 쪼개지는 것을 손가락들이 그곳을 발톱으로 찌르기 때문이라고 생각하고 있다. 그것이 어쨌든 간에, 개미들은 모두 날이 개기를 기다리면서 최선을 다해서 서로 돕고 있다. 몇몇 개미들은 입과 입을 맞대고 영양 교환을 한다. 어떤 개미들은 몸에 남아 있는 열기를 보호하려고 서로의 몸을 비벼 주고 있다.

103683호는 더듬이를 벽에 대고 물의 공격을 받고 있는 도시가 아직도 진동하고 있음을 느낀다.

벨로캉은 이제 움직이지 않는다. 물이라는 적에 완전히 박살이 난 것이다. 여러 가지 형태를 지닌 그 적은 투명한 다리를 이용하여 아무 구멍으로나 마구 쳐들어온다. 개미들보다 훨씬 더 유연하고 적응력이 강한 그 비라는 괴물에 화 있을진저! 순진한 병정개미들은 자기들에게 미끄러져 오는 물방울들을 위턱으로 쳐서 쪼갠다. 물방울 하나를 죽이면 곧 네 개가 나타난다. 떨어지는 비에 대고 다리를 휘두르면 빗물이 다리에 달라붙는다. 비에 대고 개미산을 쏘면 비는 부식제가 되어 버린다. 비를 떼밀면 비는 개미를 맞아들이고 개미들을 붙들어 둔다.

물결에 휩쓸려 희생된 자들이 헤아릴 수 없이 많다.

도시의 모든 문들이 뻥 뚫려 있다.

벨로캉 전체가 익사한 것이나 다름없는 몰골이다.

59. 텔레비전

라미레 씨의 곤혹스러워하는 얼굴이 화면에 나타났다. 그녀가 새로운 수수께끼인 그 수열 문제에서 헤매고 난 뒤부터 프로그램의 시청률이 두 배로 뛰었다. 이제껏 실패한 적이 없는 사람의 갈팡질팡하는 모습을 보면서 사람들은 가학적인 쾌감을 느끼는 모양이었다. 그게 아니라면 대중들은 승리자보다 패배자에게서 더 쉽게 친밀감을 느끼면서 패배자들을 더 좋아하기 때문일 수도 있었다.

평소와 다름없는 쾌활한 모습으로 사회자가 물었다.

— 자, 라미레 씨, 이 문제의 답을 찾으셨습니까?

— 아니요. 아직 못 찾았어요.

— 자, 정신을 집중해 보세요. 라미레 씨! 저희가 제시한 수열을 보시면서 뭐 생각나는 게 없으십니까?

카메라가 먼저 백색 판을 향했다가 이어 생각에 잠긴 채 설명하고 있는 라미레 씨에게로 쏠렸다.

— 이 수열을 들여다보면 볼수록 머리가 뒤죽박죽이 돼요. 어려워요. 너무 어려워요. 그렇지만 어떤 리듬 같은 것이 있는 것 같기는 해요……. 맨 앞에는 언제나 〈1〉이 나오고……. 〈2〉는 가운데 모여 있어요…….

라미레 씨는 글자가 적혀 있는 백색 판 앞으로 다가가서 마치 초등학교 선생님처럼 설명하기 시작했다.

— 언뜻 보면 지수적인 수열처럼 보이기도 합니다. 그러나 분명히 그건 아닙니다. 저는 〈1〉들과 〈2〉들 사이에 어떤 규칙이 있다고 생각했습니다. 그런데 이 〈3〉이라는 숫자가 튀어나오더니 역시 계속 늘어납니다……. 그래서 저는 전혀

규칙이 없을지도 모른다고 생각했습니다. 임의적인 방식에 따라 배열된 숫자들로 이루어진 어떤 혼돈의 세계와 관계가 있는 것이 아닐까 하고 생각한 것입니다. 그러나 여성으로서의 육감이 나에게 이렇게 속삭이고 있습니다. 〈그럴 리가 없어, 숫자들은 아무렇게나 놓인 게 아니야〉하고 말입니다.

—그러면 라미레 씨, 이 수열을 보시면서 무엇을 생각하셨나요?

라미레 씨의 얼굴이 환해졌다.

—우스갯소리 좀 할까요?

그녀가 말했다.

— 라미레 씨의 생각을 들어 보겠습니다. 부인께서 뭔가를 생각하고 계신 것 같습니다. 그럼, 라미레 씨, 생각하신 게 뭔가요?

—우주의 탄생에 관한 거예요.

그렇게 말하면서 라미레 씨는 이맛살을 찌푸렸다. 그녀의 말이 이어졌다.

—〈1〉은 신의 불꽃입니다. 그것이 커지고, 그다음에 나뉩니다. 저에게 우주를 지배하는 수학 방정식을 수수께끼로 내놓다니, 그게 어디 가당하기나 한 일입니까? 아인슈타인이 평생 동안 찾으려다가 못 찾은 것을 저보고 찾으란 말입니까? 세계의 모든 물리학자들이 오매불망 찾아 헤매는 그것을요?

사회자의 얼굴에 처음으로 그 방송의 주제에 걸맞은 수수께끼 같은 표정이 어렸다.

—그럴 수도 있지요, 라미레 씨. 그래서 저희 프로그램이 바로 「알쏭알쏭……」.

—「……함정 퀴즈!」

방청석에서 한목소리로 소리쳤다.

—그렇습니다.「알쏭알쏭 함정 퀴즈」는 한계를 모릅니다. 자, 라미레 씨, 대답을 하시겠습니까? 아니면 조커를 쓰시겠습니까?

—조커를 쓰겠습니다. 추가 정보가 필요합니다.

—백색 판을 보십시오.

사회자가 소리쳤다.

사회자는 다들 이미 알고 있는 수열을 되풀이해서 썼다.

1

11

12

1121

122111

112213

12221131

그런 다음, 여전히 자기의 메모지를 보지 않은 채, 일곱 번째 줄의 수를 덧붙였다.

1123123111

—힌트를 상기시켜 드리겠습니다. 첫 번째 힌트는 〈영리한 사람일수록 답을 찾기가 어렵다〉였습니다. 두 번째 것은 〈이미 알고 있는 것은 다 잊어버려야 한다〉였습니다. 자, 그

러면 세 번째 힌트를 드리겠습니다. 〈우주가 그렇듯이 이 수수께끼는 절대적인 단순성에 기원을 두고 있다〉입니다.

박수갈채.

—라미레 씨, 제가 한 가지 도움 말씀을 드릴까요?

사회자가 다시 쾌활한 낯빛으로 물었다.

—부탁합니다.

도전자가 말했다.

— 제가 보기엔 말이에요. 라미레 씨께선 별로 단순하지 않고 별로 어리석지도 않습니다. 한마디로 충분히 비어 있지 않습니다. 라미레 씨의 지능이 걸림돌이 되고 있습니다. 라미레 씨의 세포 속으로 후퇴해서 자기 내부에 아직 남아 있는 순진한 아이를 다시 만나십시오.

그럼, 시청자 여러분, 오늘은 여기서 직별 인사를 드려야겠습니다. 내일 뵙겠습니다. 변함없는 성원을 부탁드립니다.

레티시아 웰스는 텔레비전을 껐다.

「점점 재미있어져 가요?」

그녀가 말했다.

「당신은 그 수수께끼의 답을 찾으셨나요?」

「아니요, 당신은요?」

「저도 역시. 우리는 너무 영리한 모양입니다. 사회자 말이 맞을지도 몰라요.」

멜리에스가 떠나야 할 시간이었다. 그는 플라스크를 자기의 넓은 호주머니 안에 넣었다.

현관을 나서며 그가 다시 물었다.

「우리 서로 귀찮게 하지 않고 서로 도와 가며 일을 할 수도 있지 않습니까? 그게 안 되는 이유가 뭐죠?」

「첫째는 저에게 혼자서 일하는 습관이 있기 때문이고요, 둘째는 경찰과 언론은 결코 좋은 사이가 될 수 없기 때문이지요.」

「예외라는 것도 있지 않습니까?」

레티시아는 흑단 같은 짧은 머리채를 흔들었다.

「예외는 없어요. 자, 멜리에스 씨, 더 나은 쪽이 이기길 바라겠어요.」

「당신이 그걸 원하시니, 나도 더 나은 쪽이 이기길 바라겠습니다.」

그는 계단 속으로 사라졌다.

60. 원정군 출발하다

비가 탈진해서 후퇴한다. 모든 전선에서 후퇴하고 있다. 비에게도 포식자는 있다. 그 이름은 〈태양〉이다. 개미 문명의 오랜 동맹자인 태양은 좀 늑장을 부리긴 했어도 때가 되어 나타났다. 태양이 재빨리 하늘의 벌어진 틈을 메워 버리자, 〈하늘의 바다〉는 더 이상 〈세계〉로 흘러내리지 않는다.

재앙에서 살아남은 벨로캉 개미들은 몸을 말리고 덥히기 위해서 도시 밖으로 나온다. 비가 내리면 개미들은 겨울잠과도 같은 상태에 빠진다. 습기가 추위 대신에 몰려온다는 점만 다르다. 습기는 추위보다 더 나쁘다. 추위는 잠들게 할 뿐이나 습기는 개미들을 죽이기 때문이다.

밖에서 개미들은 비를 정복한 태양에게 찬사를 보낸다. 몇몇 개미들은 예부터 전해 오는 햇빛의 찬가를 읊조린다.

햇살이 우리의 텅 빈 몸 안으로 들어와
고통에 겨운 우리의 근육을 움직이고
갈라진 우리의 생각을 맺어 주도다.

도시 안 곳곳에서 개미들이 그 냄새 노래를 되풀이한다. 그러나 벨로캉이 참담한 패배를 겪었다는 사실을 부정할 수는 없다. 빗방울에 맞아 구멍이 숭숭 뚫린 채 조금밖에 남아 있지 않은 지붕에서 맑은 물줄기가 솟아나는데, 그 물줄기에 검은 덩어리가 섞여 나온다. 익사자들의 시체다.

다른 도시에서 전해 온 소식도 우울하긴 마찬가지다. 단한차례의 소나기가 위풍당당하던 불개미 연방을 이렇게 무참히 유린할 수 있단 말인가? 단 한차례의 비가 하나의 제국을 무너뜨릴 수 있단 말인가?

지붕이 폐허가 되면서 햇빛방이 드러나 있는데, 그 안에 있는 고치들은 이제 진흙탕 속의 축축한 알갱이에 지나지 않는다. 알들을 지키겠다고 다리 사이에 알 모다기를 싣고 가던 수많은 유모 개미들이 그것들을 물에 빠뜨려 죽음을 맞게했다. 앞다리 끝에 알 모다기를 얹고 머리 위로 올려서 옮긴 몇몇 유모 개미들은 알들을 구하는 데 성공했다.

금단 구역으로 들어가는 입구를 막고 있던 문지기 개미들 가운데 생존자는 별로 없다. 그 몇 안 되는 생존자들이 금단 구역의 입구를 빠져나온다. 그들은 두려움을 느끼면서 엄청난 재난이 휩쓸고 간 자리를 둘러본다. 클리푸니 자신도 피해가 막심한 것을 보고 놀라움을 금치 못한다.

물의 공격에도 버틸 수 있는 도시를 건설하려면 어떻게 해야 하나? 한바탕 쏟아져 들어오는 물줄기만으로도 세계가

227

개미 문명의 초기로 되돌아가 버린다면 지혜라고 하는 게 무슨 쓸모가 있겠는가?

103683호와 반체제 개미들도 그들의 은신처를 떠난다. 103683호는 곧 여왕개미를 만나러 간다.

61. 검은 액체

막시밀리앙 매커리어스 교수는 벨뷔 호텔의 자기 방에서 시험관의 내용물을 살펴보고 있었다. 카롤린 노가르가 그에게 전해 준 물질이 검은 액체로 변해 있었다.

초인종이 울렸다. 두 명의 방문객이 오기로 되어 있었다. 에티오피아의 학자인 질 오데르진과 쉬잔 오데르진 부부였다.

「잘되어 갑니까?」

남자가 다짜고짜 물었다.

「계획한 대로 완벽하게 되어 갑니다.」

매커리어스 교수는 차분하게 대답했다.

「그래요? 살타 형제네 집에 전화를 했더니 안 받던데요.」

「별일 아닐 겁니다. 휴가 여행이라도 떠난 게지요 뭐.」

「카롤린 노가르 집도 전화를 안 받던데요.」

「그 사람들 모두 열심히 일했습니다. 이제 좀 쉬고 싶어 하는 게 당연하잖아요?」

「좀 쉰다고요?」

쉬잔 오데르진이 비꼬듯 말했다.

쉬잔은 손가방을 열고 신문 스크랩 몇 장을 꺼냈다. 살타 형제와 카롤린 노가르의 죽음과 관련된 기사들이었다.

「당신은 신문도 안 봐요, 매커리어스 교수? 몇몇 신문들은 이미 그 사건들을 〈납량 스릴러〉라고 호들갑을 떨고 있단 말입니다! 그런데 뭐 계획한 대로 완벽하게 되어 간다고요?」

적갈색 머리의 매커리어스 교수는 그 소식을 접하고도 별로 걱정하는 기색이 없었다.

「그래서 어쨌다는 겁니까? 계란을 깨지 않고 오믈렛을 만들 수는 없는 거 아닙니까?」

두 에티오피아인의 얼굴에는 불안한 빛이 역력했다.

「계란이 다 깨지기 전에 〈오믈렛〉이 익기를 바랄 뿐이지요.」

매커리어스는 미소를 지으면서 두 사람에게 작업대 위에 있는 시험관을 가리켰다.

「저기 있습니다. 우리의 〈오믈렛〉입니다.」

세 사람은 다 같이 푸르스름한 빛을 띤 검은 액체를 감탄의 눈길로 바라보았다. 오데르진 교수는 검은 액체가 담긴 플라스크를 아주 조심스럽게 저고리 안쪽의 호주머니에 넣었다.

「무슨 일인지는 모르겠지만, 매커리어스 씨, 몸조심하십시오.」

「걱정 마십시오. 나의 두 그레이하운드가 나를 지켜 줄 겁니다.」

「그레이하운드요? 그 녀석들 우리가 왔는데 짖지도 않네요, 그런 개들을 믿을 수 있어요?」

쉬잔이 소리쳤다.

「오늘 밤엔 그 녀석들이 여기에 없기 때문입니다. 무슨 검사를 하느라고 수의사가 데리고 있어요. 그렇지만 내일부터는 여기에서 나를 지켜 줄 것입니다. 나의 충직한 경호원들 이지요.」

두 에티오피아인들이 떠났다. 매커리어스는 지친 몸으로 잠자리에 들었다.

62. 반체제 개미들

살아남은 반체제 개미들이 벨로캉 교외에 있는 딸기나무 아래에 모여 있다. 향긋한 딸기 냄새가 그들의 대화 페로몬 에 섞여 들기 때문에 누군가가 우연히 그쪽으로 지나가면서 더듬이 냄새를 맡더라도, 그들의 대화 내용을 알 수는 없을 것이다. 103683호가 그 무리 속에 끼어 있다. 그는 세력이 이 렇게 약해진 마당에 장차 어떻게 행동할 것인가 하고 그들에 게 묻는다.

그들 가운데 가장 연배가 높은, 신을 믿지 않는 개미가 대 답한다.

《우리의 힘은 미약하오. 하지만 우리는 손가락들이 죽도 록 내버려 두고 싶지는 않소. 우리는 그들을 먹여 살리기 위 해서 훨씬 더 열심히 일할 것이오.》

그들이 차례차례 더듬이를 세워 찬동의 뜻을 표시한다. 엄청난 대홍수를 겪은 뒤이지만 그들의 결심엔 변화가 없다.

신을 믿는 개미 하나가 103683호 쪽으로 몸을 돌려 나방 고치를 가리키며 페로몬을 발한다.

《당신은 떠나야 합니다. 이것을 위해서입니다. 원정군을 이끌고 세계 끝까지 가십시오. 메르쿠리우스 임무를 위해서 그래야만 합니다.》

《손가락들 한 쌍을 데려오도록 해보십시오. 그들을 돌보면서 그들이 노예 상태에서 번식할 수 있는지를 알아보게 말입니다.》

신을 믿지 않는 다른 개미가 요구한다.

그 무리에서 가장 나이가 어린 24호가 103683호와 함께 가겠다고 나선다. 그는 손가락들을 만나고, 냄새 맡고, 만져 보고 싶어 한다. 리빙스턴 박사만으로는 성에 차지 않는다. 리빙스턴 박사는 통역자일 뿐이다. 24호는 설사 그러다 죽는 한이 있더라도 손가락들과 직접적으로 접촉하기를 바란다. 24호가 계속 고집을 부린다. 그는 103683호에게 도움이 될 수 있다. 하다못해 전투 중에 고치를 대신 들고 있게 해도 된다.

다른 반체제 개미들은 당돌한 지원자에게서 놀라움을 느낀다.

《저 친구 왜 저러지? 무슨 특별한 이유가 있나?》

103683호가 다른 개미들에게 묻는다.

다른 개미들에게 대답할 틈을 주지 않고, 그 젊은 비생식 개미는 103683호의 새로운 모험에 동행하고 싶어서 그런다며 뜻을 굽히지 않는다.

103683호는 더 이상 캐묻지 않고 그를 보조자로 받아들인다. 그는 24호가 발하는 냄새에서 친근함마저 느끼고 있다. 그 냄새는 24호가 사악한 구석이 전혀 없는 순진한 개미라는 사실을 알려 주고 있다. 24호는 모험을 하는 과정에서 신을 믿는 개미들의 〈모순〉을 발견할 수 있는 기회를 갖게 될 것이다.

그때 또 다른 반체제 개미가 자기도 함께 모험을 떠나겠다고 나선다. 24호의 손위인 23호이다.

원정대는 내일 아침 해 뜰 무렵에 출발하기로 되어 있다. 두 지원자들은 그 시간이 어서 오기를 기다리고 있다.

63. 매커리어스의 죽음

침대 발치에서 분명히 무슨 소리가 들렸다. 막시밀리앵 매커리어스 교수는 그러한 사실을 확신했다. 뭔가가 그의 잠을 깨웠고 그것이 지금 저기에서 꼼짝 않고 머물러 있다. 그의 신경이 곤두섰다. 틀림없이 이불이 미미한 진동 때문에 흔들렸다.

그러나 위대한 과학자가 그런 것에 겁을 먹는다는 것은 말이 안 된다.

매커리어스는 무엇이 있는지 알아보려고 침대 발치를 향해서 이불 속으로 기어 들어갔다. 이불을 흔들었던 것이 무엇인지를 알아내고 처음에 그는 미소를 지었다. 재미있기도 하고 호기심이 생기기도 했다. 그러나 그것들이 그에게 덤벼들었을 때, 마치 천으로 된 동굴 속에 갇힌 것처럼 동작이 부자연스럽게 된 그는 얼굴로 달려드는 그것들을 미처 막을 겨를조차 없었다.

만일 누가 그 순간에 방 안에 있었다면, 마치 사랑의 밤을 보내느라고 침대가 들썩이는 것쯤으로 생각했을 것이다.

하지만 사랑의 밤이 아니라 죽음의 밤이었다.

64. 백과사전

변이(變異)

중국인들이 티베트를 합병했을 때, 그들은 그 고장에도 중국인들이 살고 있다는 것을 보여 주려고 중국인 가족들을 그곳에 정착시켰다. 그러나 티베트 지방의 기압을 중국인들은 견뎌 내기가 쉽지 않았다. 티베트 기압에 익숙지 않은 사람들은 어지럼증을 느꼈고 몸이 붓기도 했다. 그리고 어떤 생리적인 이유 때문인지는 알 수 없었지만 티베트로 이주한 중국 여인들은 아이를 낳을 수 없게 되었다. 그에 반해서 티베트 여인들은 가장 지대가 높은 마을에서도 매일같이 아이들을 쑥쑥 잘도 낳았다. 마치 그곳에 살기에 신체적으로 부적합한 침략자들을 티베트의 땅이 거부하기라도 하는 것처럼 그런 일들이 일어났다.

에드몽 웰스, 『상대적이며 절대적인 지식의 백과사전』 제2권

65. 머나먼 행군

새벽녘부터 병정개미들이 제2동문(東門) 근처로 모여들기 시작한다. 제2동문이라는 이름은 그럴듯하지만 이제는 그저 빗물에 파헤쳐진 축축한 잔가지 더미에 불과하다.

추위를 느끼는 개미들은 다리를 뻗는 운동으로 곱은 것을 풀고 몸에 열기를 불어넣는다. 다른 개미들은 위턱을 뾰족하게 갈기도 하고 전투 때의 자세와 위장 동작들을 흉내 내고 있다.

점점 불어나는 원정군 위로 이윽고 해가 솟아오른다. 그 햇빛을 받아 등딱지들이 반짝인다. 흥분이 고조되면서 모두 자기들이 위대한 순간에 살고 있다는 느낌을 맛본다.

103683호가 나타나자 많은 개미들이 그를 알아보고 인사를 한다. 그 병정개미의 좌우에서 두 반체제 개미가 호위를 하고 있다. 24호는 나방 고치를 몸에 지니고 있는데, 그 희끄무레한 형체가 다른 개미들의 눈에 띈다.

《이 고치는 뭐야?》

어떤 병정개미가 묻는다.

《별거 아니에요. 먹이예요.》

24호가 대답한다.

이번에는 뿔풍뎅이들이 다다른다. 30마리밖에 안 되지만 그들의 풍모는 당당하다. 개미들이 좀 더 가까이에서 그들을 보려고 서로 떠민다. 개미들은 그들의 나는 모습을 보고 싶어 하지만 뿔풍뎅이들은 자기들이 꼭 필요할 때만 하늘을 난다고 설명한다. 당분간 그들도 개미들처럼 걸어갈 것이다.

개미들은 자기들의 수를 헤아리고, 서로 격려하고 축하하고, 먹이를 나눈다. 분비꿀과 물이 휩쓸고 간 폐허 위에서 건져낸 진딧물의 다리 조각이 분배된다. 개미 세계에서는 뭐든지 그냥 버리는 법이 없다. 개미들은 죽은 알과 고치도 먹는다. 물먹은 스펀지 같은 고기 조각들이 행렬 속으로 건네지자 개미들은 물기를 뺀 다음 게걸스럽게 먹는다.

개미들이 그 차가운 고기를 거의 다 먹어 치우자 어디선가 신호가 날아와서 행군 대형으로 정렬할 것을 지시한다. 그런 다음, 손가락들을 치러 가는 대원정의 출발을 알리는 신호가 날아온다.

《앞으로 전진!》

출발이다.

개미들이 긴 행렬을 지으며 움직이기 시작한다. 벨로캉이 자기의 팔을 동쪽으로 뻗고 있는 것이다. 태양이 기분 좋은 열기를 뿌리기 시작한다. 병정개미들은 햇볕을 기리는 옛 노래를 부르기 시작했다. 더듬이로 부르는 냄새의 노래이다.

> 햇살이 우리의 텅 빈 몸 안으로 들어와
> 고통에 겨운 우리의 근육을 움직이고
> 갈라진 우리의 생각을 맺어 주도다.

개미들은 차례로 돌아가며 노래를 이어 부른다.

> 우리는 모두 태양의 티끌이라네.
> 빛의 거품이여, 우리의 영혼 속으로 들어오게나.
> 우리 영혼은 언젠가 빛의 거품이 될 것이니.
> 우리는 모두 햇볕의 산물이라네.

> 우리는 모두 태양의 티끌이라네.
> 지구여, 우리에게 생존의 길을 열어 주게나.
> 우리는 그 길을 따라 사방으로 달릴 것이고
> 마침내 더 이상 나아갈 필요가 없는 장소를 찾으려 하네.
> 우리는 모두 태양의 티끌이라네.

용병 개미들은 그 가사가 담긴 페로몬을 모른다. 그래서 그들은 배마디를 긁으면서 그 노래에 반주를 넣는다. 음악 소리를 잘 내기 위해서 그들은 가슴의 키틴질 끝을 배마디의 맨 아래쪽에 자리 잡은 가로 무늬의 띠로 이동시킨다. 그렇게 함으로써 그들은 귀뚜라미 울음 같은 소리를 낸다. 그러나 귀뚜라미 소리보다 더 날카롭고 울림이 적은 소리이다.

노래가 끝나자 개미들은 페로몬을 발하지 않고 걷는다. 걸음걸이는 자유분방하지만 심장 박동의 리듬은 누구나 똑같다.

개미들은 저마다 손가락들과 그 괴물들에 대한 무시무시한 전설들을 생각하고 있다. 그러나 그렇게 무리를 이루고 있으니 뭐든지 할 수 있을 것 같은 기분이 들어 발걸음이 경쾌하다. 바람마저도 그들의 일을 도우려는 듯 홀연히 일어나 그들의 발걸음을 재촉하고 있다.

행렬의 선두에서 103683호는 더듬이 위로 스쳐 가는 풀과 나뭇잎의 냄새를 맡는다.

103683호가 익히 알고 있는 냄새들이 주위에 가득하다. 겁을 먹고 달아나는 작은 동물들, 매혹적인 향기로 그들을 유혹하는 화려한 꽃들, 개미에게 적대적인 어떤 동물들이 숨어 있을 컴컴한 풀숲, 풀노린재가 우글거리는 고사리들……

그래, 모든 게 그대로야. 처음 모험을 나섰을 때도 이랬지. 모든 게 그대로야.

그 독특한 냄새가 배어 있다. 다시 시작하는 위대한 모험의 냄새!

66. 백과사전

파킨슨 법칙

파킨슨 법칙(같은 이름의 파킨슨병과는 아무런 연관이 없음)에 따르면, 어떤 기업이 성장하면 성장할수록, 점점 능력이 없는 사람들을 고용하면서도 급료는 과다하게 지급하게 된다고 한다. 그 이유는 아주 간단하다.

고위 간부들은 강력한 경쟁자들이 나타나는 것을 두려워하기 때문이다.

위험한 경쟁자들이 생기지 않게 하는 가장 좋은 방법은 무능한 사람들을 고용하는 것이다. 또 사람들이 반기를 들 생각을 못 하게 하는 가장 좋은 방법은 그들에게 지나치게 많은 급료를 주는 것이다. 그렇게 함으로써 지배 계급들은 영원한 평온에 대한 확신을 갖게 되는 것이다.

에드몽 웰스, 『상대적이며 절대적인 지식의 백과사전』 제2권

67. 새로운 범죄

「막시밀리앵 매커리어스 교수는 미국 아칸소 화공 대학의 최고 권위자였습니다. 그는 일주일 전부터 프랑스에 와서 이 호텔에 묵고 있었습니다.」

카위자크 형사가 서류를 뒤적이면서 말했다.

자크 멜리에스는 방 안을 왔다 갔다 하면서 카위자크 형사의 이야기를 듣고 있었다.

보초를 서고 있던 경관 하나가 문으로 얼굴을 내밀며 말했다.

「경정님, 『일요 메아리』의 어떤 기자가 뵙고 싶다고 하는데요. 들여보낼까요?」

「그래.」

레티시아 웰스가 나타났다. 여느 때처럼 멋진 검은색 비단 정장 가운데 하나를 입고 있었다.

「안녕하세요.」

「안녕하십니까, 웰스 씨. 무슨 바람이 불어서 예까지 행차하셨습니까? 더 나은 쪽이 이길 때까지 따로따로 일해야 하는 걸로 알고 있었는데요.」

「수수께끼 현장에 함께 있다고 해서 문제 될 건 없잖아요? 우리가 〈알쏭알쏭 함정 퀴즈〉를 함께 볼 때도 똑같은 문제를 각자 자기 방식대로 푸는 게 아니겠어요? 그건 그렇고, CCG에서 가져온 약병은 감정해 보셨어요?」

「예, 연구실에서 하는 얘기로는 독인 것 같다고 하더군요. 그 안에 뭔가가 많이 들어 있다고 하던데, 그 이름을 잊어버렸어요. 아주 독성이 강하답니다. 갖가지 살충제를 만드는 데 쓰이는 거라더군요.」

「그럼 이제 멜리에스 씨도 그 문제에 대해서는 저만큼 아시겠군요. 그런데 카롤린 노가르의 부검 결과는 어떤가요?」

「심장 마비예요. 내출혈의 흔적이 많아요. 여전히 똑같은 일이 되풀이되고 있어요.」

「음……. 이 사람은 어때요? 역시 엄청난 공포 때문이군요?」

적갈색 머리의 그 학자는 배를 깔고 엎드려 있었는데, 머리를 방문객들 쪽으로 돌리고 있었다. 마치 방문객들에게 놀랍고 무시무시한 일의 증인이 되어 달라고 부탁이라도 하는 모습이었다. 눈은 툭 불거져 나왔고 입에서 지저분한 점액이 흘러나와 풍성한 턱수염을 더럽혀 놓고 있었으며, 귀에서는, 역시 피가 흘러나와 있었다. 그리고 이마에 하얀 실 같은 것이 묻어 있는 것으로 보아 아마도 그는 죽기 전에 하얀 천으로 얼굴을 막았던 모양이다. 또 꽉 움켜진 손은 배 위에 올려놓고 있었다.

「이 사람이 누군지 아세요?」

멜리에스가 물었다.

「막시밀리앵 매커리어스 교수 아니에요? 세계적인 살충제 전문가라고 들었는데요.」

「그래요, 살충제 전문가이지요. 유명한 살충제 연구가를 죽이려는 사람이 누구일까요?」

그들은 함께 그 유명한 화학자의 눈이 뒤집힌 시체를 들여다보았다.

「어떤 자연 보호 운동 단체가 아닐까요?」

레티시아가 의견을 말했다.

「그럴 리가요, 아예 곤충들이 죽였다고 하지 그러세요?」

멜리에스가 코웃음을 쳤다.

레티시아는 검은색 앞머리를 흔들며 말했다.

「정말 그럴지도 모르죠. 하지만 신문을 읽을 줄 아는 건 사람들뿐이니까 이 신문 기사 좀 보세요.」

레티시아는 신문 기사 스크랩을 하나 내밀었다. 막시밀리앵 매커리어스 교수가 세계에 곤충이 창궐하는 문제를 다루는 세미나에 참석하기 위해 파리에 왔다는 것을 알리는 기사였다. 거기에는 그가 벨뷔 호텔에 머물 예정이라는 것도 밝혀 놓고 있었다.

자크 멜리에스는 기사를 읽고 카위자크에게 넘겼다. 카위자크는 그것을 받아 서류철 안에 넣었다. 멜리에스는 방 안을 샅샅이 뒤지기 시작했다. 레티시아가 곁에 있다는 것을 의식하면서, 그는 치밀한 전문가의 면모를 보이려고 애쓰고 있었다. 역시 흉기도, 불법 침입의 흔적도, 지문도, 육안으로 보이는 상처도 없었다. 살타 형제, 카롤린 노가르 사건에서

와 마찬가지로 실마리가 전혀 없었다.

이곳 역시 제1군 파리가 거쳐 가지 않았다. 그러니까 살인범은 피해자가 죽은 후에 사건 현장에서 5분 동안 머물렀다. 시체를 감시하기 위해서거나 모든 흔적을 지우기 위해서였을 것이다.

「뭘 좀 찾으셨어요?」

카위자크가 물었다.

「역시 파리들이 무서워서 접근조차 못 한, 무엇이 있었어.」

카위자크 형사가 놀라는 기색을 보였다.

레티시아가 물었다.

「파리라니요? 파리가 뭘 어쨌다는 거예요?」

자기가 역시 레티시아보다 한 수 위라는 생각에 기분이 좋아진 경정은 레티시아에게 파리에 대한 짤막한 강의를 늘어놓았다.

「살인 사건을 해결하는 데 파리를 이용하자는 생각을 제일 먼저 한 사람은 브루아렐이라는 교수였습니다. 1890년에 파리의 어느 집 굴뚝에서 새까맣게 그슬린 태아의 시체가 발견되었습니다. 그 집에는 몇 달 전부터 많은 세입자들이 거쳐 갔습니다. 그들 가운데 누가 그 어린 시체를 굴뚝에 숨겼을까 하는데 수사의 초점이 모아졌지요. 브루아렐이 그 수수께끼를 풀었어요. 그는 피살자의 입에서 파리 알을 채취했습니다. 그런 다음 그 알이 성숙한 정도를 고려하여 시간을 측정해서 그 태아가 굴뚝에 버려진 날짜를 알아냈습니다. 물론 일주일 정도의 시차가 있기는 했지만 범인을 체포하는 데는 아무런 문제가 없었습니다.」

혐오감 때문에 낯을 찡그리는 아름다운 기자를 보고, 멜리에스는 더욱 힘을 얻어 자기 얘기를 계속했다.

「저도 그 방법을 활용해서 사건을 해결한 적이 있습니다. 어떤 교사의 시체가 그의 학교에서 발견되었는데, 수사를 하고 보니 범인은 그 사람을 숲에서 살해한 다음, 학생들의 보복을 받은 것처럼 위장하려고 교실로 옮겨 놓은 것이었습니다. 파리들이 자기들 방식으로 증언을 해주었지요. 시체에서 채취한 애벌레들은 분명히 숲에 사는 파리의 애벌레들이었지요.」

언젠가 레티시아는 기회가 닿으면 그 이론을 주제로 해서 기사를 써야겠다고 생각하고 있었다.

멜리에스는 자기의 전문가다운 면모를 과시한 것에 흡족해하면서 침대 곁으로 가서 조사를 계속했다. 조명 돋보기를 이용해서 그는 마침내 시체의 파자마 바지 아래쪽에 뚫린 정삼각형 모양의 작은 구멍을 찾아냈다.

기자가 그의 곁으로 다가왔다. 멜리에스는 머뭇거리다가 결국 입을 열었다.

「이 작은 구멍이 보이죠? 이것과 똑같은 구멍이 살타 형제가운데 한 사람의 저고리에도 있었어요. 형태가 똑같아요. 정확하게…….」

츠스스스…….

독특한 그 소리가 멜리에스 경정의 귀에 들렸다. 그는 머리를 들고 천장을 바라보다가 파리 한 마리를 찾아냈다. 그 파리는 몇 걸음을 걸어가다가 휙 날아가더니 그들의 머리 위에서 빙빙 돌았다. 어떤 경관이 그 소리가 성가셔서 파리를 잡으려고 했으나 경정이 말렸다. 멜리에스는 파리가 가는 대로 따라가서 파리가 어디에 앉는지를 알고 싶었다.

「보세요!」

공중에서 몇 바퀴를 빙빙 돌며 모든 경찰관과 기자의 인내심을 시험하던 파리가 이윽고 시체의 목 위에 내려앉았다.

그런 다음 파리는 턱 아래로 미끄러져 내려가 매커리어스 교수의 시체 밑으로 사라졌다.

자크 멜리에스는 호기심을 느끼며 시체 곁으로 다가가 파리가 어디에 있는지를 확인하려고 시체를 뒤집었다.

그가 그 글자들을 발견한 것은 그때였다.

매커리어스 교수는 죽어 가면서 마지막으로 힘을 내어 집게손가락에 귀에서 흘러나오는 피를 묻혀 시트 위에다 한 단어를 써놓았다. 그런 다음에 다시 그 위에 엎어진 듯했다. 그 이유는 아마도 살인자가 그 메시지를 눈치채지 못하게 하려는 것이었거나 바로 그 순간에 죽었기 때문일 것이다……

현장에 있던 모든 사람들이 그 일곱 글자를 읽으려고 다가 갔다.

파리는 일곱 글자 중 첫 번째 글자에 남은 피를 주둥이로 빨고 있었다. 그 글자는 F였다. 오르되브르를 맛있게 먹는 파리는 자리를 옮겨 가며 O, U, R, M, I, S의 피를 차례로 빨아들였다.[17]

68. 레티시아에게 보내는 편지

사랑하는 딸 레티시아에게.

먼저 나의 죄를 묻지 말라는 부탁을 하고 싶다.

네 어머니가 돌아가신 후 나는 네 곁에 머무는 것을 견뎌

17 프랑스어 푸르미fourmis는〈개미들〉이라는 뜻.

낼 수가 없었다. 너를 볼 때마다 나는 네 어머니를 보았고, 그 것은 나의 뇌를 벌겋게 달군 칼로 찌르는 것과 같은 고통이 었다.

나는 어떤 것에도 상처를 입지 않고 폭풍이 불면 입을 꼭 다물고 견딜 줄 아는 강한 사람이 아니란다. 폭풍이 몰아쳐 오면 나는 차라리 모든 것을 포기하고 싶어 하는 사람이었고 낙엽처럼 바람에 몸을 내맡기는 그런 사람이었다.

나는 내가 일반적으로 가장 비열하다고 생각되는 행위, 즉 도피를 선택했다는 것을 알고 있다. 그러나 그 밖의 다른 어떤 것도 너와 나를 구할 수 없었을 것이다.

그럼으로써 너는 혼자 자랄 것이고 혼자 배울 것이며 네 안에 있는 힘과 방어 능력을 찾아 앞으로 나아가게 될 것이 다. 그것이 가장 나쁜 학교라고 말할 수는 없다. 오히려 그 반 대일 수도 있다. 인생에서 우리는 언제나 혼자이며 나중에 그것을 깨닫고 나면 더 잘 지낼 수 있게 될 것이다.

나는 네가 너의 길을 찾을 수 있기를 바란다.

우리 식구들 중에 너를 아는 사람은 아무도 없다. 나는 언 제나 나에게 가장 소중한 것을 은밀히 간직해 왔다. 네가 이 편지를 받을 때면 나는 틀림없이 이 세상 사람이 아닐 것이 다. 그러니 나를 다시 찾으려는 것은 부질없는 일이다. 나는 나의 집을 조카 조나탕에게 물려주었다. 그 집에는 가지 마 라. 그에게 이야기도 하지 말고 아무것도 요구하지 마라.

너에게는 완전히 성격이 다른 유산을 남겨 놓았다. 이 선 물은 보통 사람들의 눈에는 하찮은 것으로 보일 수도 있다. 그러나 호기심 많고 진취적인 사람에게는 더없이 소중한 것 이다. 그리고 그 점에 대해서는 나는 너를 믿고 있다.

내가 너에게 주는 선물은 어떤 기계의 설계도이다. 그 기계를 사용하면 개미들의 냄새 언어를 해독할 수 있을 것이다. 나는 그 기계에 〈로제타석〉이라는 이름을 붙였다. 그 이유는 나폴레옹의 원정군이 발견한 로제타석이 이집트 글자를 해독하는 열쇠가 되었듯이 이 기계가 인간과 개미라는 두 종, 각자 높은 수준으로 발전한 두 문명 사이에 다리를 놓아 줄 유일한 가능성을 지니고 있기 때문이다.

간단히 말하면 이 기계는 번역가다. 이 기계를 매개로 해서 우리는 개미의 언어를 이해할 수 있게 될 뿐만 아니라 개미들과 대화도 할 수 있게 될 것이다. 개미들과 대화하는 것! 이해할 수 있겠니?

나는 이제 겨우 이것들을 사용하기 시작했다. 그러나 벌써 이 기계는 나에게 경이로운 전망을 열어 주고 있다. 나에게 남아 있는 삶으로는 이 일을 충분히 감당해 낼 수 없을 것이다.

나는 네가 내 일을 계속해 주기를 바란다. 나의 뒤를 이어 다른, 그리고 훗날 다른 사람을 선택하여 이 일을 물려주기 바란다. 그래야만 이 일이 망각의 구렁텅이에 빠지지 않게 된다. 하지만 아주 신중하게 행동하여야 한다. 개미들의 문명을 인간들에게 백일하에 드러내 놓기에는 아직 너무 이르다. 이 일을 진전시키는 데 도움이 될 만한 사람이 아니면 절대 이야기하지 마라.

네가 이 편지를 받을 때쯤이면 네 사촌 조나탕이 내가 지하실에 남겨 놓은 이 기계의 원형을 사용하고 있을지도 모른다. 솔직히 말해서 그 가능성을 그리 높게 보지는 않는다만, 어쨌든 그건 별로 중요하지 않다.

네가 이 길에 관심을 갖고 따라온다면 아주 경이로운 일들이 너를 기다리고 있을 것이라 생각한다.

딸아, 사랑한다.

에드몽 웰스

추신 1. 로제타석 설계도를 동봉한다.

추신 2. 나의 『상대적이며 절대적인 지식의 백과사전』의 제2권도 동봉한다. 그것의 사본 한 부는 내 집, 지하실의 안쪽 끝에 있다. 이 책은 지식의 모든 분야를 담으려고 한 것인데, 곤충 분야에 많은 지면을 할애하고 있음은 물론이다. 『상대적이며 절대적인 지식의 백과사전』은 비유하자면 스페인의 여관과도 같다. 각자 그 안에 들어가서 자기가 찾으려는 것을 찾으면 된다. 매번 읽을 때마다 의미가 달라질 것이다. 왜냐하면 책을 읽는 행위는 독자의 삶과 공명하며 독자 자신의 세계관과 조화되기 때문이다.

이 책을 내가 너에게 보내는 안내자로 생각하려무나.

추신 3. 네가 어렸을 때 내가 수수께끼 하나를 낸 적이 있었는데, 그것을 기억하고 있는지 모르겠구나(너는 그때도 수수께끼를 좋아했었다). 나는 너에게 성냥개비 여섯 개를 사용해서 정삼각형 네 개를 어떻게 만드느냐고 물었다. 그리고 답을 찾는 걸 도와주려고 다음과 같은 문장을 힌트로 주었다. 즉, 〈다른 방식으로 생각해야 한다〉가 그것이었다. 시간이 좀 걸리긴 했지만 너는 답을 찾아냈지. 3차원을 여는 것, 보통 사람과는 다르게 생각하는 것, 입체적인 피라미드를 세우는 것, 그것은 첫걸음이었다.

나는 이제 너에게 다른 수수께끼를 주려고 한다. 두 번째 걸음을 내딛게 하는 수수께끼다. 역시 여섯 개의 성냥개비로 정삼각형을, 네 개가 아니라 여섯 개를 만들 수 있겠니? 다음 문장이 네가 답을 찾는 데 도움을 줄 것이다. 언뜻 보기에는 첫 번째 문장과 반대인 것처럼 보일지도 모르겠다. 그것은 〈남들과 똑같은 방식으로 생각해야 한다〉는 것이다.

69. 지상 2만 리

원정대가 나아간다. 숲이 달라진다. 석회암이 침식된 자리마다 젖니 같은 사암이 드러나 있다.

히스, 이끼, 고사리 정글이 이어진다.

8월의 폭염 때문에 흥분된 개미들이 아주 오랜 시간을 걸어서 마침내 연방의 동쪽 도시들, 즉 리뷰캉, 주비주비캉, 제디베이나캉 등에 이르렀다. 가는 곳마다 개미들은 원정군에게 분비꿀이 담긴 고치와 벼룩 햄과 곡물을 다져 넣은 귀뚜라미 머리를 대접했다. 주비주비캉에서는 행군 도중에 분비꿀을 짜 먹으라고 무려 160마리의 진딧물 떼를 주었다.

그런 다음 개미들은 손가락에 대해서 이야기를 나누었다. 모두가 손가락들을 화제로 대화를 했다. 손가락들과 관련된 사고를 모르는 개미는 하나도 없었다. 수차례의 원정대가 납작하게 눌려 죽은 채 발견되기도 했다.

그러나 주비주비캉은 손가락들과 직접 맞닥뜨린 경험이 없었다. 주비주비캉 개미들은 원정군에게 힘을 보탤 수 있기를 간절히 바란다면서도 곧 무당벌레 사냥이 시작될 것이고, 자기들의 방대한 진딧물 가축 떼를 보호하자면 모든 병정개미들이 필요하다고 했다.

그다음에 다다른 곳이 제디베이나캉이다. 너도밤나무 뿌리 속에 세워진 아름다운 도시이다. 제디베이나캉 개미들은 그다지 인색하게 굴지 않았다. 그들은 농도가 60퍼센트나 되는 새로운 고농축 개미산으로 무장한 포수 개미 1개 군단을 과감하게 떼어 주었다. 그리고 그에 곁들여 그 포수 개미들의 군량이 가득 담긴 고치 스무 개를 주었다.

제디베이나캉에서도 손가락들 때문에 피해를 입었다. 손가락들은 제디베이나캉의 나무껍질에 커다란 침으로 부호를 새겼다. 너도밤나무는 너무나 고통스러웠던 나머지 독성의 나뭇진을 분비하기 시작했다. 그 독 때문에 하마터면 제디베이나캉의 모든 개미들이 독살당할 뻔했다. 제디베이나캉 개미들은 너도밤나무 껍질의 상처가 아무는 동안 다른 곳으로 이사를 가야만 했다.

《손가락들이 유익한 존재일 수도 있잖아요? 우리가 그들의 행동을 제대로 이해하지 못하는 것일 수도 있어요.》

24호의 순진한 더듬이 참견에 모든 개미들이 어리둥절해한다. 손가락들을 치러 가는 마당에 그런 페로몬을 발하다니! 103683호는 재빨리 그 경솔한 24호를 두둔하러 간다. 《벨로캉에서는 예상되는 모든 경우를 다 따져 본다. 어떠한 역경이 닥치더라도 놀라지 않도록 사고를 훈련하려는 것이다.》

103683호는 그렇게 둥친다.

벨로캉 개미 하나가 제디베이나캉 개미들에게 클리푸니 여왕이 이 원정을 염두에 두고 만든 최신의 혁신 노래를 가르쳐 준다.

어떤 적을 선택하느냐가 그대의 가치를 결정한다.

도마뱀과 싸우는 자는 도마뱀이 된다.

새와 싸우는 자는 새가 된다.

진드기와 싸우는 자는 진드기가 된다.

그럼 신과 싸우는 자는 신이 되는 걸까 하고 103683호는 스스로에게 묻는다.

어쨌든 그 노래는 제디베이나캉 개미들의 마음을 사로잡는다. 많은 개미들이 원정군들에게 클리푸니 여왕이 이룬 혁신적인 기술에 대해서 묻는다. 벨로캉 개미들은 주저 없이 자기들의 도시가 어떻게 뿔풍뎅이를 길들여 개가를 올렸는지 이야기한다. 벨로캉 개미들은 도시 내부의 운하와 신병기, 새로운 농업 기술, 건축술의 변화에 대해서 이야기한다.

《우리는 혁신 운동이 그렇게 빛나는 성취를 올렸는지 몰랐다네.》

제디베이니키우니 여왕이 페로몬을 발한다.

물론, 벨로캉 개미 가운데 최근에 소나기 때문에 생긴 피해라든가 도시 내부에 손가락들을 지지하는 반체제 개미들에 대해서 더듬이를 놀리는 자는 아무도 없었다.

제디베이나캉 개미들은 대단히 감동을 받고 있다. 불과 1년 전만 해도 개미 세계의 가장 진보적인 기술이 진딧물 사육, 버섯 재배, 분비꿀 발효로 요약되고 있었는데 어느새 그런 혁신이 일어났단 말인가!

마침내 개미들의 화제가 원정에 관한 것으로 옮아간다.

103683호는 원정군이 강을 건너 세계의 끝을 지나면, 거기서부터 한 마리의 손가락도 놓치지 않기 위해서 되도록 넓은 지역을 수색할 것이라고 설명한다.

제디베이니키우니 여왕은 중심 도시의 3천 병력으로 세계의 모든 손가락들을 다 죽일 수 있느냐며 의아해한다. 103683호는 비행 부대의 지원이 있긴 하지만 자기도 그 문제에 대해서는 약간의 회의를 가지고 있다고 고백한다.

제디베이니키우니는 곰곰이 생각하다가 원정군에게 경기병 군단을 빌려 주기로 약속한다. 그 경기병들은 다리가 길고 아주 날쌔기 때문에 도망가는 손가락들을 추격하는 데 쓸모가 많을 것이다.

원정에 대한 이야기를 끝내고 여왕이 화제를 바꾼다. 어떤 새 도시에서 이상한 짓을 자행하고 있다는 얘기다. 그 도시는 개미 도시가 아니라 꿀벌 도시, 아스콜레인 벌집이다. 때로는 그 도시를 황금의 벌집이라고 부르기도 한다. 그 도시는 여기에서 아주 가까운 곳, 즉 잔털이 많은 커다란 떡갈나무에서 오른쪽으로 네 번째 되는 나무에 세워졌다. 거기를 본거지로 삼아 그들은 꿀과 꽃가루를 모은다. 그건 지극히 정상적인 일이다. 그런데 이상한 일은 그들이 개미들을 가차 없이 공격한다는 것이다. 말벌들이 그런 약탈 행위를 한다면 그런가 보다 하겠지만 꿀벌들이 그런다는 건 어딘가 좀 불안하다.

제디베이니키우니는 그 꿀벌들이 팽창주의적인 야심을 지닌 것으로 생각하고 있다. 그 꿀벌들은 점점 중심 도시 벨로캉으로 다가가면서 개미들을 공격하고 있다. 개미들은 그들을 물리치기가 쉽지 않다. 대개는 독침 공격을 당할까 두려워서 자기들의 사냥물을 포기하게 된다.

《꿀벌들이 독침을 쏘고 나면 죽는다는데 그게 사실인

가요?》

　뿔풍뎅이 한 마리가 묻는다.

　뿔풍뎅이가 그렇게 개미에게 직접 페로몬을 발한다는 사실에 제디베이나캉 개미들이 놀란다. 그러나 어쨌든 그들 역시 원정군에 참여하고 있기 때문에 더 이상 개의치 않고 제디베이나캉 개미 하나가 대답에 응한다.

　《아니. 항상 그렇지는 않다오. 꿀벌들이 죽는 경우는 너무 깊이 침을 박았을 때뿐입니다.》

　또 하나의 신화가 무너진다.

　개미들은 유용한 정보들을 아주 많이 교환했다. 그러나 벌써 밤이 찾아온다. 벨로캉 개미들은 아낌없는 지원에 대해서 제디베이나캉 개미들에게 감사한다. 두 도시의 개미들이 서로 어울려 영양 교환을 실행한다. 개미들은 밤이 그들을 강요된 수면으로 이끌기 전에 동료의 더듬이를 서로 닦아 준다.

70. 백과사전

질서

질서는 무질서를 낳고 무질서는 질서를 낳는다. 이론상으로는, 오믈렛을 만들기 위해 계란을 휘저으면 오믈렛이 다시 계란의 형태를 취할 수 있는 일말의 가능성이 존재한다. 그 오믈렛 안에 무질서를 많이 넣으면 넣을수록 최초의 알이 질서를 되찾을 기회는 점점 많아질 것이다.

결국 질서란 무질서의 결합에 지나지 않는다. 우리의 우주가 확장되면 될수록 점점 더 무질서한 상태로 빠져 든다. 무질서가 확장되면 새로운 질서들을 낳는다. 그 새로운 질서들 중에 최초의 질서와 똑같은 것이 생길 수 있는 가능성을 전혀 배제할 수는 없다. 바로 당신 앞에, 공간과 시간 속에, 혼돈에 가득 찬 우리 우주의 끝에 태초의 빅뱅들이 존재할지도 모르는 일이다.

에드몽 웰스, 『상대적이며 절대적인 지식의 백과사전』 제2권

71. 피리 부는 사나이

딩, 동!

레티시아는 재빨리 문을 열었다.

「안녕하세요, 멜리에스 씨. 또 텔레비전 보러 오셨나 보죠?」

「이야기를 나누고 싶어서 왔습니다. 내 생각을 털어놓고 얘기하고 싶어서요. 제 얘기를 들어 주시기만 하면 됩니다. 웰스 씨가 생각하고 계신 걸 들려 달라고 강권하지는 않겠습니다.」

레티시아는 그를 들어오게 했다.

「좋아요. 멜리에스 씨. 귀를 활짝 열고 있겠습니다.」

레티시아는 그에게 안락의자를 가리켜 보이고 그의 정면에 긴 다리를 꼬고 앉았다.

멜리에스는 먼저 드레스의 그리스식 주름과 가는 머리채 속의 비취 장식에 찬사를 보내고 이야기를 시작했다.

「요약하면 이렇습니다. 살인자는 폐쇄된 공간을 자유자재로 드나들 수 있는 자이고, 공포를 불러일으키는 자이며, 어떤 흔적도 남기지 않는 자이고, 살충제 전문의 화학자만 노리는 자입니다.」

「한 가지 더 있어요. 파리에게 공포감을 주는 자이기도 하

251

지요.」

꿀술 두 잔을 대접하고 커다란 연보랏빛 눈으로 그를 똑바로 쳐다보며 레티시아가 덧붙였다.

「그렇지요. 그런데 그 매커리어스라는 인물이 우리에게 새로운 요소를 하나 안겨 주었습니다. 바로 〈푸르미(개미)〉라는 단어입니다. 그러니까 우리는 지금 살충제 연구가들을 공격하는 개미들을 상대로 하고 있는 것일 수도 있다는 얘기지요. 그 생각은 확실히 재미있습니다. 그런데…….」

「그런데 너무 비현실적이죠.」

「바로 그겁니다.」

「개미들이 살인범이었다면 흔적을 남겼을 거예요. 예를 들어 볼까요? 개미들은 널려 있는 음식물들에 관심을 가졌을 거예요. 싱싱한 사과를 보고 그냥 지나칠 개미는 없어요. 그런데 매커리어스의 침대 머리맡 탁자 위에는 아무도 건드리지 않은 사과 하나가 있었어요.」

「훌륭한 관찰력이에요.」

레티시아가 말했다.

「그러니까 우리는 흔적도 흉기도 불법 침입도 없는 밀폐된 공간에서의 살인 사건에 머물러 있어요. 어쩌면 그것을 이해하기에 우리의 상상력이 빈곤한 건지도 모르죠.」

「젠장, 살인자가 되는 방법이 2천 가지나 되니 말이지요!」

레티시아 웰스는 묘한 미소를 지었다.

「범죄 수법이 날로 교묘해져 가고 있어요. 그에 따라 추리 소설도 진보하지요. 서기 5000년의 애거사 크리스티나 화성의 코넌 도일이 추리 소설을 쓴다면 어떻게 쓸지 상상해 보면 어떨까요? 그러면 멜리에스 씨 수사에 진전이 있을 거라고 생각해요.」

레티시아를 바라보는 자크 멜리에스의 눈은 그녀의 아름다움에 흠뻑 빠져 있었다.

그러자 레티시아는 쑥스러움을 느끼면서 궐련용 파이프를 가지러 갔다. 레티시아는 담배에 불을 붙이고 담배 연기로 막을 만들어 그의 시선을 가로막았다.

「웰스 씨는 제가 스스로 과신하고 남의 말을 듣지 않는다고 쓰신 적이 있어요. 웰스 씨가 옳았어요. 그러나 너무 늦어서 잘못을 고치지 못하는 법은 없어요. 코웃음을 치실지도 모르지만 웰스 씨를 만난 다음부터 저는 다른 방식으로, 더 넓게 생각하기 시작했지요……. 이런 얘기를 어떻게 들으실지 모르지만 저는 이제 개미들을 의심하기 시작했어요!」

「또 그 개미예요?」

짜증스럽다는 듯이 그녀가 말했다.

「잠깐만요? 우리는 개미에 대해서 모르는 게 많을 거예요. 개미들도 공범을 가질 수 있어요. 하멜른의 피리 부는 사나이 이야기를 아십니까?」

「기억이 잘 안 나는데요.」

「옛날에 하멜른이라는 도시에 쥐들이 습격해 왔습니다.」 멜리에스가 이야기의 서두를 꺼냈다.

「쥐들이 도시에 우글우글했습니다. 쥐들이 너무 많아서 사람들은 그것들을 처치할 방도를 못 찾고 있었지요. 죽이면 죽일수록 점점 더 많이 나타났어요. 쥐들이 식량을 다 거덜 내면서 엄청나게 빠른 속도로 번식해 갔어요. 도시 거주자들은 모든 걸 그대로 둔 채 도시를 떠날 생각을 하고 있었어요. 그런데 그때 한 젊은이가 나타나서 도시를 쥐들로부터 구해 줄 터이니 그에 상응하는 보상을 해달라는 것이었어요. 도시의 유지들은 더 이상 손해 볼 게 없겠다 싶어 군말 없이 그의 제안을 받아들였지요. 그러자 젊은이가 피리를 불기 시작했습니다. 피리 소리에 홀린 쥐들이 한데 모여들더니 그가 가는 곳을 따라서 멀리 사라졌어요. 피리 부는 사나이는 쥐들을 강 쪽으로 이끌고 가서 강물에 빠뜨렸습니다. 그런데 그 젊은이가 대가를 요구하자 쥐들에게서 해방되고 난 도시의 유지들은 마음이 달라져서 그 젊은이를 맞대 놓고 비웃었지요.」

「그런데 그 이야기를 왜 하시는 거죠?」

「이 이야기를 왜 하느냐 하면 말이죠. 한번 비슷한 상황을 상상해 보자는 겁니다. 즉, 개미들을 조종할 수 있는 〈피리 부는 사나이〉를 생각해 보자는 것이지요. 개미들의 가장 사악한 적인 살충제 발명가들에게 복수하고 싶어 하는 어떤 사람들 말이에요.」

멜리에스가 마침내 레티시아의 흥미를 끌어내는 데 성공했다. 레티시아는 연보랏빛 눈을 동그랗게 뜨고 그를 똑바로 쳐다보았다.

「계속하세요.」

그녀가 말했다.

레티시아는 흥분이 되는지 담배를 한 모금 길게 빨아들였다.

멜리에스는 새삼스럽게 들떠서 안절부절못하며, 뜸을 들였다. 그의 뇌 속 전기 회로에서 〈맞았음〉을 알리는 신호가 깜박였다.

「찾아낸 것 같습니다.」

레티시아 웰스는 미묘한 표정으로 그를 바라보았다.

「뭘 찾았다는 거예요?」

「개미들을 길들이는 사람이 범인이에요. 개미들이 피해자들의 몸 안으로 뚫고 들어가서 위턱으로 공격을 가한 것입니다……. 그래서 내출혈과 같은 결과가 나타난 거지요. 그러고 나서 개미들은 귀 같은 곳을 통해 밖으로 다시 나왔어요. 많은 시체들의 귀에서 피가 흘렀던 것은 그것으로 설명할 수 있습니다. 그 뒤에 개미들은 다시 모여서 다친 제 동료들을 데리고 사라진 것입니다. 그러느라고 5분이 걸린 겁니다. 그 시간 동안 제1군에 속하는 파리들이 접근을 못 했던 것이지요. 제 추리를 어떻게 생각하십니까?」

멜리에스가 설명을 시작할 때부터 레티시아 웰스는 사실상 그와 함께 이야기에 도취되고 있었다. 레티시아는 궐련 파이프에 다른 담배 한 개비를 끼우고 불을 붙였다. 레티시아는 그가 옳을 수도 있다고 인정하면서도, 자기가 알기로는 개미들을 길들여서 호텔 안으로 들여보내 방을 고르게 하고 어떤 사람을 죽인 다음 조용히 개미집으로 되돌아가게 할 수 있는 방법이 없는 것 같다고 의문을 제기했다.

「있을 겁니다. 그런 방법이 분명히 있을 겁니다. 제가 그 방법을 찾아낼 겁니다. 자신 있습니다.」

자크 멜리에스는 손바닥을 마주쳤다. 그는 대단히 자신감에 차 있었다.

「5000년대의 추리 소설을 상상할 필요까지는 없겠지요? 약간의 분별력과 상식만 있으면 충분한 겁니다.」

멜리에스가 잘라 말했다.

그러자 레티시아 웰스는 이맛살을 찡그리며 말했다.

「잘해 보세요, 멜리에스 씨. 당신이 제대로 맞힐 것 같군요.」

멜리에스는 자리에서 일어났다. 그는 당장 부검의에게 문의해서 피해자들의 몸 안에 있는 상처가 개미들의 위턱의 공격을 받아 생긴 것인지를 확인해 보고 싶었다.

혼자 남은 레티시아 웰스의 얼굴에 걱정스러워하는 기색이 어렸다. 레티시아는 열쇠를 꺼내 검은 래커를 칠한 방문을 연 다음, 사과를 얇게 썰어서 개미 상자 안에 있는 2만 5천 마리의 개미들에게 주었다.

72. 우리는 모두 개미다

조나탕 웰스는 『상대적이며 절대적인 지식의 백과사전』에서 수천 년 전 태평양의 한 섬에 개미 숭배자들이 살고 있었음을 일깨워 주는 구절을 찾아냈다. 에드몽 웰스의 설명에 따르면 그 사람들은 음식을 줄이고 명상을 수행하면서 특별한 정신적 능력을 개발하게 되었다고 했다.

그 사람들의 공동체는 알려지지 않은 어떤 이유 때문에 사라졌다. 그럼으로써 그들의 이야기는 불가사의한 비밀로만 남아 있었다.

지하 사원에 사는 스무 명의 사람들은 토론을 거친 후에 실제로 존재했던 것이든 아니든 간에 그 수행 방법을 모방하기로 했다.

영양 결핍이 점차 심해져 감에 따라 그들은 힘을 아끼지 않으면 안 되었다. 아주 작은 몸짓이라도 그들에겐 힘에 겨웠다.

그들은 점점 말을 적게 하게 되었다. 그런데 역설적이게도 그럴수록 서로를 더 잘 이해할 수 있게 되었다. 눈길 하나, 미소 하나, 턱짓 하나로도 의사소통을 하기에 충분했다. 주의를 집중하는 능력이 엄청나게 향상되었다. 걷고 있을 때 그들은 근육 하나하나 관절 하나하나의 움직임을 의식했다. 그들은 생각으로 숨이 들어오고 나가는 것을 뒤쫓을 수 있었다.

그들의 후각과 청각은 동물이나 원시인에 비할 만큼 예민해졌다. 만성적인 기아 상태가 그들의 미각을 더욱 예민하게 만들었다. 영양실조가 빚어 낸 집단적인 또는 개인적인 환각마저도 하나의 감각이 되었다.

뤼시 웰스는 자기가 다른 사람들의 생각을 직접 읽어 낼 수 있다는 것을 처음으로 깨달았을 때 두려움을 느꼈다. 그런 현상이 그녀에게는 왠지 난잡하게 느껴졌다. 그러나 그런 직접적인 의사소통이 자종 브라젤 같은 고결한 영혼과 이루어질 때는 즐거운 기분으로 그것에 임했다.

나날이 먹을 것이 희귀해져 감에 따라 정신 수련은 강도를 더해 갔다.

그러나 누구나 다 최선의 결과에 도달하는 것은 아니었다. 육체적인 활동과 밖에서 돌아다니는 일에 익숙해져 있는 소방대원들과 치안대원들은 때때로 분노와 밀실 공포증 때문에 비명이 터져 나오려는 것을 가까스로 억누르곤 했다.

뼈가 앙상하게 드러나고 더 맑아지고 더 깊어진 눈으로 서로를 뚫어지게 쳐다보면서 그들은 모두 누가 누군지 구별할 수 없을 정도로 닮아 갔다. 그들은 서로서로에게 영향을 미치면서 비슷해져 가는 듯했다. 니콜라 웰스만은 어리다는 이유로 영양을 제대로 공급받았기 때문에 다른 사람들과 아직 분명히 구별이 되었다.

그들은 되도록이면 서 있는 자세를 피했고(육체적인 힘이 없는 사람에게 그것은 너무 피곤한 일이었다), 가부좌를 틀고 앉아 있거나 사지로 기어 다니기를 좋아했다. 초기의 고통 뒤에 날이 갈수록 조금씩 일종의 평정이 찾아왔다.

그것은 정신 착란의 한 형태가 아니었을까?

그러던 어느 날 아침(그들끼리 정한 아침), 컴퓨터의 프린터에서 드르륵거리는 소리가 들렸다. 불개미 도시 벨로캉의 반체제파들이 전 여왕의 죽음 때문에 두절되었던 접촉을 재개하고 싶어 했다. 반체제 진영의 개미들은 그들이 파견한 탐지 로봇인 리빙스턴 박사를 매개로 해서 대화를 시도했다. 반체제 개미들은 인간들을 돕고 싶어 했는데, 실제로 그 개미들은 그들의 위에 놓인 화강암 속의 통로를 이용하여 식량을 보내오기 시작했다.

73. 변이

손가락들을 지지하는 반체제 개미들의 원조 덕분에 오귀스타 할머니와 그 동료들은 이제 오랫동안 살아남을 수 있다는 생각을 하게 되었다. 그들은 비록 낮은 수준이긴 했지만 영양을 규칙적이고 안정적으로 섭취했다. 그리고 나니 아주 미약하나마 힘이 생기기 시작했다.

마침내 그 지옥 속에서의 삶을 그럭저럭 영위할 수 있게 되었다.

뤼시 웰스의 제안에 따라 그들은 지상에서 사용하던 인간의 이름을 버리기로 했다. 이제 모두의 모습이 비슷해졌기 때문에 굳이 이름을 가질 필요 없이, 번호만 있어도 충분했다. 그것이 가져온 효과는 대단했다. 성을 잃는 것은 조상들의 역사가 지닌 무게를 포기하는 것이었다. 그것은 마치 그들에게 새 생명을 얻은 듯한 느낌을 주었다. 그들은 모두 이제 막, 함께 태어난 것이었다. 이름을 잃는다는 것은 구별이 되고 싶어 하는 마음을 포기하는 것이었다.

다니엘 로젠펠트(일명 12호)의 제안에 따라 그들은 새로운 공통의 언어를 찾기로 했다. 새로운 언어를 찾아낸 사람은 자종 브라젤(일명 14호)이었다.

「인간은 입으로 소리의 파동을 내보내서 의사소통을 합니다. 그러나 그 음파는 너무 복잡하고 혼미합니다. 단 하나의 순수한 음파를 발산하고 그 속에 모두가 진동을 내면서 들어가면 어떨까요?」

그 일은 힌두교의 어떤 종파에서 행하는 것과 같은 좀 우스꽝스러운 모습을 띠었다. 그러나 그들은 그런 것을 개의치 않았다. 어쨌든 그 일의 목표는 그들을 다른 차원으로, 다른 존재의 지평으로 올려놓으려는 것이기 때문이었다. 그들은 모두 함께 수행해야 했는데, 그들은 자신들이 행하는 수련에 열중했다.

그들은 가부좌를 틀거나 좀 더 유연한 반가부좌를 한 자세로 원을 그리고 앉아, 등을 곧게 펴고 서로 팔을 잡았다. 그들은 몸을 앞으로 기울여 머리를 원 한가운데에 모은 다음, 각자 돌아가면서 자기의 소리를 냈다. 각자 자기 자신의 진동을 내놓는 것이다. 마침내 그들은 하나의 똑같은 음에 자기의 음조를 조화시켰다. 수련을 쌓아 나아감에 따라 그들은 모두 자기 음역의 가장 낮은 소리로 노래를 했고, 그들의 음성은 배 안에서 올라오게 되었다.

그들은 〈옴〉이라는 음절을 선택했다. 그것은 근원의 소리, 땅과 무한한 우주의 노래로서 모든 것을 뚫고 들어갔다. 〈옴〉은 어떤 레스토랑의 웅성거리는 소음이면서 동시에 산이 침묵하는 소리였다.

그들의 눈은 감겨 있었고 그들의 호흡은 느리고 깊고 동시적이었다. 그들은 가벼워졌으며 모든 것을 잊고 소리 속에 녹아 들어갔다. 그들은 소리 그 자체였다. 〈옴〉은 모든 것이 시작하면서 모든 것이 끝나는 소리였다.

그 의식은 오랫동안 계속되었다. 의식이 끝나고 나면 그들은 조용히 흩어져서 자기의 자리로 돌아가기도 하고 이러저러한 자기의 일에 종사하기도 했다. 그 일이란 청소하기, 식량 관리하기, 반체제 개미들과 대화하기 등이었다.

니콜라만이 그 의식에 참여하지 않았다. 다른 사람들은 니콜라가 자유의사로 그 의식에 참여하기에는 너무 어리다고 판단했다. 마찬가지로 사람들은 모두 니콜라를 잘 먹여야 한다는 데 동의했다. 어쨌든 개미 세계에서 가장 중요한 것은 알이었다.

어느 날 그들은 개미들과의 텔레파시를 통한 의사소통을 시도했다. 아무런 성과가 없었다. 너무 많은 것을 기대한 모양이었다. 그들 사이에서조차 텔레파시로 의사소통을 할 수 있다는 기대는 버려야 했다. 텔레파시는 두 교신자 중 어느 쪽에서도 저항이 없다는 조건에서 두 번 중 한 번만 제대로 이루어졌다.

오귀스타 할머니는 여전히 회상에 잠겨 있었다.

그렇게 그들은 조금씩조금씩 개미들이 되어 갔다. 몸은 아닐지라도 머릿속에서는 분명히 그러했다.

74. 백과사전

벌거숭이두더지쥐

벌거숭이두더지쥐Heterocephalus glaber는 에티오피아와 케냐 북부 사이의 동아프리카에 산다. 그 동물은 앞을 보지 못하며 분홍색 살갗에는 털이 나 있고, 앞니를 이용해서 수 킬로미터에 걸친 땅굴을 팔 수 있다.

그러나 그 동물의 놀라운 점은 다른 데 있다. 벌거숭이두더지쥐는 곤충과 똑같은 방식으로 모듬살이를 하는 유일한 포유류로 알려져 있다. 벌거숭이두더지쥐의 한 군체에는 평균 5백 마리의 개체가 모여 산다. 그 개체들 사이에 역할 분담이 이루어지고 있는데, 그것이 개미 세계에서와 똑같이 주요한 세 계급, 즉 생식 계급, 노동 계급, 병정 계급으로 구성되어 있다.

개미 세계의 여왕개미에 해당하는 한 마리의 암컷은 한 배에 서른 마리까지 모든 계급의 새끼를 낳을 수 있다. 유일한 출산자로서의 자신의 지위를 유지하기 위해 그 암컷은 자기 오줌 속에 냄새나는 물질을 분비해서 굴속에 있는 다른 암컷들의 생식 호르몬이 분비되는 것을 억제한다. 벌거숭이두더지쥐가 거의 사막이나 다름없는 지역에서 살아간다는 사실을 통해서, 우리는 어떤 생물종이 군체를 이루며 살아가는 이유를 이해할 수 있게 된다.

벌거숭이두더지쥐는 덩이줄기와 뿌리를 먹고 산다. 이따금 덩치 큰 먹이가 걸리기도 하는데 대개 그 먹이는 아주 널리 산재되어 있다. 독립 생활을 하는 설치류 동물도 자기 앞으로 곧장 수 킬로미터의 땅굴을 팔

수는 있을 것이다. 그러나 모듬살이를 하게 되면 먹이를 찾을 기회가 훨씬 많아진다. 작은 덩이줄기 하나라도 발견되면 모두가 똑같이 나누어 먹을 것이기 때문이다.

벌거숭이두더지쥐가 개미와 다른 점이 하나 있다면 그것은 수컷이 교미를 하고 나서도 살아남는다는 것이다.

에드몽 웰스, 『상대적이며 절대적인 지식의 백과사전』 제2권

75. 아침

아주 묵직해 보이는 분홍빛 공이 다가온다. 그가 그 공에게 페로몬을 발한다.

《나는 당신 종족에 대해서 아무런 적대감을 가지고 있지 않소.》

그러나 그 공은 멈추지 않고 계속 다가와 그를 짓눌러 버린다.

103683호는 소스라치게 놀라며 잠에서 깨어난다. 늘 악몽에 시달리기 때문에 그는 수면 시간을 줄이고 기온이 조금만 변해도 깨어날 수 있도록 몸의 상태를 조절해 놓고 있었다.

그는 아직도 손가락들을 꿈에서 보고 있다. 그들에 대한 생각을 중단해야 한다. 손가락들을 무서워하면 때가 왔을 때 제대로 싸울 수가 없을 것이다. 두려움이 그를 움직이지 못하게 만들 것이기 때문이다.

103683호는 옛날에 어머니 벨로키우키우니가 자기와 자기 동료들에게 들려준 개미 전설 하나를 기억하고 있다. 그 전설이 담긴 페로몬은 아직 기억 장치 속에 들어 있다. 약간

의 습기를 제공하면 기억들이 온전히 되살아난다.

《옛날에 우리 왕조에 굼굼나라는 여왕이 있었는데, 그 여왕은 마음의 병에 걸린 채 산란실에서 괴로워하고 있었다. 그 여왕은 세 가지 문제 때문에 속을 끓이면서 생각에 골몰하고 있었다. 그 세 가지 문제란 이런 것이었다.

삶에서 가장 중요한 순간은 언제일까?

살아가면서 이루어야 할 가장 중요한 일은 무엇일까?

행복의 비결은 무엇일까?

여왕은 자기 자매들, 백성들과 그 문제를 가지고 토론했다.

풍부한 정신을 가졌다는 연방의 모든 개미들과 이야기를 나누어 보았지만 만족할 만한 해답이 없었다. 개미들은 여왕이 병이 났으며 여왕이 골몰해 있는 문제들은 결코 겨레의 생존에 중요한 문제가 아니라고 말했다.

아무도 자기 마음을 알아주지 않자 여왕은 점점 쇠약해 졌다. 온 겨레가 근심하기 시작했다. 유일한 산란자인 여왕을 잃는다면 큰일이었다. 그래서 온 도시의 개미들이 처음으로 진지하게 그 추상적인 문제들을 곰곰이 생각하게 되었다.

가장 중요한 순간은? 가장 중요한 일은? 행복의 비결은?

모든 개미들이 대답을 내놓았다.

가장 중요한 순간은 먹을 때이다. 왜냐하면 먹이를 먹으면 힘이 생기기 때문이다. 가장 중요한 일은 종족을 유지하고 도시를 방어할 병정개미들을 늘리기 위해서 번식을 하는 것이다. 행복의 비결은 열기다. 왜냐하면 열기는 화학적인 만족감의 원천이기 때문이다.

그 해답 중의 어느 것도 굼굼니 여왕의 마음에 들지 않았다. 그래서 여왕은 도시를 떠나 혼자서 위대한 바깥 세계로 나갔다. 바깥 세계에서 여왕은 살아남기 위해서 처절하게 싸워야만 했다. 사흘 후 여왕이 돌아와 보니 도시는 온통 슬픔에 젖어 있었다. 그러나 여왕은 자기의 해답을 가지고 돌아왔다. 깨달음은 야만적인 개미들을 상대로 무자비한 격투를 벌이던 와중에 왔다. 가장 중요한 순간은 지금이다. 왜냐하면 누구나 현재에서만 행동할 수 있기 때문이다. 그러나 현재에 몰두하지 않는 자는 미래도 놓치게 된다. 가장 중요한 일은 지금 우리 앞에 있는 것과 맞서는 것이다. 만일 여왕이 자기를 죽이려는 병정개미를 처치하지 못했다면 여왕이 죽었을 것이다.

행복의 비결은 전투가 끝난 다음에 발견되었는데, 그것은 살아서 땅 위를 걷는다는 것이다. 아주 단순한 것들이다.

현재의 순간을 즐기는 것.

지금 자기 앞에 있는 일에 몰두하는 것.

땅 위를 걷는 것.

그것이 굼굼니 여왕이 남긴 삶의 위대한 세 가지 비결이다.》

24호가 103683호에게로 다가온다.

그는 〈신들〉에 대한 자기의 믿음에 대해서 설명하고 싶어 한다.

103683호는 설명을 필요로 하지 않는다. 그는 더듬이를 움직여 24호의 설명을 제지하고는 그에게 도시 앞을 함께 산책을 하자고 권한다.

《아름답지, 안 그런가?》

24호는 대답하지 않는다. 103683호는 잔잔하게 페로몬을 발한다.

《우리가 손가락들을 만나고 죽이는 임무를 맡고 있는 건 사실이지만, 그것만이 중요한 것은 아니야. 지금 여기에 있는 것, 여행하는 것 등도 중요한 일이야. 결국 가장 중요한 순간은 메르쿠리우스 임무를 달성하거나 손가락들을 정복할 때가 아니라 아마 우리 둘이 아침 일찍 동료 개미들에 싸여 있는 지금 이 순간일 거야.》

103683호는 그에게 굼굼니 여왕의 이야기를 들려준다.

24호는 자기 생각엔 마음의 병에 걸린 여왕 이야기보다 그들의 임무가 더 중요해 보인다고 페로몬을 발한다. 24호는 손가락들에게 다가가 어쩌면 그들을 보고 만지게 될지도 모른다는 기대에 사로잡혀 있다.

그는 다른 개미의 페로몬에 더듬이를 기울이지 않는다. 24호가 103683호에게 손가락들을 보았느냐고 묻는다.

《그들을 보았던 것 같기는 해. 그러나 모르겠어. 앞으로도 모를 거야. 그들은 우리하고 아주 달라.》

24호가 의아해한다.

103683호는 그 문제를 가지고 페로몬 대화를 나누고 싶은 생각이 없다. 하지만 직감적으로 그는 신들이 손가락들은 아니라고 믿고 있다. 신들은 존재할지도 모른다. 그러나 그것은 손가락들과는 다른 것이다. 어쩌면 신은 이 빛나는 자연, 저 나무들, 이 숲, 우리를 둘러싸고 있는 이 어마어마하게 풍요로운 동식물일지도 모른다. 그렇다. 그에게는 바로 이 지구의 아름다운 장관에서 믿음을 구하기가 더 쉬울 듯하다.

바로 그때 불그스레한 한 줄기 빛이 지평선 위에 드리운다.

103683호는 더듬이 끝으로 그 빛을 가리키며 페로몬을 발한다.

《보게, 참 아름답지 않은가?》

24호는 그 감동을 함께 나누지 못한다. 그러자 103683호는 재담 삼아서 이렇게 페로몬을 발한다.

《나는 신이다. 왜냐하면 태양에게 떠오르라고 명령할 수 있기 때문이다.》

103683호는 네 개의 뒷다리로 평형을 유지하면서 몸을 세운 다음 더듬이로 하늘을 가리키며 강한 페로몬을 내뿜는다.

《태양아, 너에게 명령하노니, 솟아라!》

그러자 태양이 웃자란 풀 너머로 한 줄기 빛을 내쏜다. 하늘은 갖가지 빛깔의 축제를 벌이고 있다. 황톳빛, 보랏빛, 연보랏빛, 빨강, 오렌지빛, 금빛의 축제. 빛, 따사로움, 아름다움, 모든 것이 103683호가 지시한 순간에 나타났다.

《어쩌면 우리는 우리 자신의 능력을 과소평가하고 있는지도 몰라.》

103683호가 말한다.

24호는 〈손가락들은 우리의 신이다〉라는 페로몬을 되풀이 하고 싶다. 하지만 태양이 너무나 아름다워 그는 냄새를 발하지 못한다.

세 번째 비밀　　　　세계의 끝으로

76. 어떻게 매릴린 먼로가 메디치를 죽였는가?

그 에티오피아 과학자 두 사람은 똑같은 이상으로 하나가 된 아주 궁합이 잘 맞는 부부였다.

이미 아주 어렸을 때부터 질 오데르진은 개미집을 관찰하 느라고 시간을 보내곤 했다. 그는 비어 있는 잼 단지에 개미 를 담아 집에 들여놓기를 원했다. 단지를 빠져나와 집 안을 돌아다니는 개미를 보자마자, 그의 어머니는 역정을 내면서 개미들을 실내화로 밟아 죽였다.

그래도 그는 포기하지 않고 다른 개미들을 기르기 시작했 다. 그는 개미 단지를 더 잘 숨겨 놓고 꼭 막아 놓았다. 그러 나 개미들은 그가 도무지 이해할 수 없는 이유로 죽어 버 렸다.

오랫동안 그는 그 작은 곤충에 그토록 많은 관심을 갖는 사람은 자기뿐이라고 믿고 있었다. 그러던 중에 로테르담 대 학의 곤충학과에서 쉬잔을 만났다. 그들은 모두 개미에 대해 아주 강한 매력을 느끼고 있던 터라 금방 가까운 사이가 되 었다.

쉬잔이 어떤 의미에서는 그보다 훨씬 더 열성적이었다. 쉬잔은 개미 사육통을 집에 들여 놓고 많은 개미들을 기르고 있었는데, 개미들을 구별할 수 있도록 이름을 지어 주었고,

사육통 안에서 일어나는 아주 사소한 사건이라도 기록해 두었다. 두 사람은 토요일이면 늘 개미를 관찰하며 시간을 보냈다.

나중에 그들이 결혼을 해서 역시 유럽에 살고 있을 때였는데, 어느 날 아주 끔찍한 일이 일어났다.

쉬잔은 당시 자기의 개미집에 여섯 마리의 여왕개미를 키우고 있었다. 쉬잔은 짧은 더듬이를 갖고 있던 여왕개미에게는 클레오파트라라는 이름을, 위턱에 맞은 상처가 나 있는 것에는 메리 스튜어트라는 이름을 붙여 놓고 있었다. 그리고 다리에 곱슬곱슬한 털이 난 것을 퐁파두르, 끊임없이 더듬이를 움직이는 가장 〈수다스러운〉 쪽은 에바 페론이라 불렀다. 또 가장 요염한 쪽은 매릴린 먼로, 가장 공격적인 것은 카테리나 데 메디치라고 명명하였다.

카테리나 데 메디치는 성격에 걸맞게 한 무리의 암살 개미들을 모아 모든 경쟁자들을 차례차례 제거해 나가도록 지시했다. 오데르진 부부는 그 내전에 개입하지 않고, 메디치의 자객들이 다른 여왕개미를 체포해서 물통으로 끌고 가 물에 빠뜨려 죽인 다음 쓰레기터에 내다 버리는 모습을 관찰했다.

그런데 그 대학살에서 매릴린 먼로가 살아남았다. 매릴린 먼로는 쓰레기터에서 빠져나오자마자 서둘러 자기편의 암살 개미들을 조직한 다음 카테리나 데 메디치를 죽이게 했다.

개미 문명에 매력을 느끼고 있던 두 사람은 그 끔찍한 학살의 장면을 보고 두려움을 느꼈다. 그들은 경악을 금할 수 없었다. 알고 보니 개미 세계는 인간 세계보다 훨씬 더 잔인했다. 더 이상 참을 수가 없었다. 그날 밤을 계기로 해서 그들은 개미 세계를 혐오하기 시작했다. 열렬히 사랑했던 것만큼

이나 증오도 격렬했다.

에티오피아로 돌아가자마자 그들은 아프리카 대륙에서 곤충을 몰아내자는 대대적인 운동에 참가했다. 그들은 그 운동을 계기로 해서 세계의 주요한 지도자들이나 그 분야의 탁월한 전문가들과 친분을 맺게 되었다.

오데르진 교수가 시험관을 꺼내어 눈높이까지 들어 올렸다. 성체 성사를 집전하는 사제와도 같은 조심스러운 동작이었다. 그의 부인이 역시 조심스러운 동작으로 시험관에 분필 가루 같은 하얀 가루를 부었다. 그러고 나서 그 혼합물을 원심 분리기에 쏟아붓고 우윳빛 액체를 몇 방울 첨가한 다음 뚜껑을 닫고 스위치를 눌렀다. 5분이 지나자 전체가 은회색의 아름다운 색조를 띠었다.

그때 한 남자가 달려 들어와 위급한 일이 벌어졌음을 알려주었다. 역시 과학자로서 키가 후리후리하고 홀쭉하게 마른 남자였다. 그의 이름은 미귀엘 시녜리아즈.

「빨리 해야 돼요. 그들이 우리를 추적하고 있어요. 막시밀리앙 매커리어스도 죽었어요. 〈바벨〉 실험은 어느 정도나 진척되었습니까?」

「다 됐어요.」

질이 자신 있게 말하면서 은빛 액체가 든 시험관을 보여주었다.

「훌륭하군요. 이번에는 우리가 이긴 것 같군요. 그들은 이제 더 이상 우리 일을 방해하지 못할 거예요. 하지만 그들이 다시 공격해 오기 전에 떠나야지요.」

「우리 일을 방해하는 사람들이 누군지 아세요?」

「잘은 몰라도 과격한 사이비 환경 보호론자 집단일 겁니다. 그놈들은 자기들이 무슨 짓을 하고 있는지조차 모를 거예요.」

질 오데르진이 한숨을 내쉬며 말했다.

「어째서 무슨 일을 하려고만 하면 그것을 방해하는 집단이 나타나는지 모르겠어요.」

미귀엘 시녜리아즈가 자긴들 알겠느냐는 듯 어깨를 으쓱 올리며 말했다.

「늘 그 모양이죠. 그들이 방해하기 전에 우리가 먼저 일을 해치우는 수밖에 없어요.」

「그런데 정말 우리 적이 누구예요?」

그 질문에 미귀엘 시녜리아즈가 남들이 들으면 안 된다는 듯이 은밀한 태도로 말했다.

「그걸 꼭 알고 싶으십니까? 우리는…… 지옥의 군대와 싸우고 있으며, 그 군대는 도처에 널려 있습니다. 바로 우리 정신의 내밀한 곳에도 숨어 있습니다……. 내가 보기는 그것이 가장 사악한 적입니다.」

미귀엘 시녜리아즈 교수가 은빛 물질을 가지고 나간 뒤 정확하게 30분 후, 오데르진 부부가 죽었다.

77. 곤충들의 우상

아직 더 많은 공물이 필요하다.
너희가 너희의 신들을 섬기지 않으면,
우리는 너희를 흙과 불과 물로 벌할 것이다.
손가락들은 너희를 죽일 수 있다. 신이기 때문이다.
손가락들은 너희를 죽일 수 있다. 위대하기 때문이다.

손가락들은 무엇이든 할 수 있다. 강력하기 때문이다.

이는 진리의 말씀이니라.

이렇게 단호한 메시지를 막 두드리고 난 손가락들은 갑자기 두 개의 긴 터널처럼 생긴 구멍 쪽으로 올라갔다. 그러더니 그 가운데 두 개가 그 구멍을 샅샅이 후벼 댄다. 손가락들은 쇠똥구리를 뺨치는 능숙한 솜씨로 작은 공을 굴리다가 그 것을 멀리 던져 버린다.

그런 다음 손가락들은 더욱 높이 올라가서 이마를 만진다. 그리고 누군가가 일을 멋지게 해치웠다고 생각하고 있다. 아무도 눈치채지 못하게 해치운 것이다.

78. 원정군

두 개미 주위로 원정군의 다른 개미들이 모여든다.

103683호는 더듬이 하나를 세워서 솟아오르는 태양을 느껴 보려고 한다. 이제 햇살이 살갑게 그의 몸을 덥혀 주고 있다.

두 개미 주위에는 많은 개미들이 모여 있다. 벨로캉 개미들뿐만 아니라 구경하러 나온 제디베이나캉 개미들도 있다. 제디베이나캉 개미들은 자기들의 두 포병 부대와 경기병대를 위해 힘찬 격려의 페로몬을 내뿜고, 원정군 전체를 향해서도 힘찬 격려를 보내고 있다.

23호는 위턱을 날카롭게 갈고 있고 24호는 나비 고치를 지키고 있다. 103683호는 동작을 멈춘 채로 기온이 올라가기를 기다리고 있다. 이윽고 섭씨 20도가 되자 103683호는 몸을 움직여 출발을 알리는 페로몬을 발한다. 끈기가 있으면서도 가벼운 카프로산(C_6-H_{12}-O_2)으로 구성된 동원 페로몬이다.

신호가 떨어지자 병정개미들이 움직이기 시작한다. 첫 번째 대열이 길게 앞으로 나아가자 더듬이와 겹눈과 개미산을 가득 채운 배와 뿔풍뎅이의 뿔에 흥분이 일기 시작한다.

손가락들을 치러 가는 최초의 원정군이 그렇게 다시 출발했다. 원정군은 부스럭거리면서 갈라서는 풀잎 사이를 거침없이 헤쳐 나가면서 곧 순조로운 행군 리듬을 되찾는다.

원정군이 지나가는 길에 있는 곤충, 지렁이, 설치류, 파충류들은 맞서려 하기보다는 도망을 간다. 몸을 숨기고 원정군이 지나가는 것을 구경하던 드물게 용감한 동물들은 불개미와 나란히 걸어가는 뿔풍뎅이를 보고 어리둥절해한다.

대열의 선두에서는 척후 개미들이 왼쪽으로 갔다 오른쪽으로 갔다 하면서, 주력 부대를 가장 덜 구불구불하고 안전한 길로 이끌고 있다.

그렇게 척후 부대를 선두에 배치하는 것이 대개는 아주 효율적이고 위험을 사전에 방지하는 방법이지만, 그렇다고 해서 군대가 예기치 않은 장애물에 부딪히지 않는 것은 아니다.

척후 개미들이 지름이 1백 걸음은 족히 되는 거대한 구멍 가장자리에 모여서 북적거리고 있다. 척후 개미들은 곧 그 구멍이 무슨 구멍인지를 깨닫고 경악한다. 납치되어 가던 지울리캉에서 기적적으로 살아난 병정개미가 얘기했던 그 무시무시한 사건의 현장이다. 어떤 거대한 괴물이 도시 전체를 파내어 투명하고 거대한 껍질에 담아 갔다더니 이것이 바로 지울리캉의 잔해인 것이다……. 이게 바로 손가락들이 저지른 일이다! 그들이 이런 짓까지 할 수 있다니.

건장하게 생긴 개미 하나가 더듬이를 곤두세우며 동료들 쪽으로 몸을 돌린다. 9호 개미이다. 모두들 손가락들에 대한 9호의 증오심을 잘 안다. 9호가 위턱을 넓게 벌리면서 강력한 페로몬을 발한다.

《우리는 지울리캉 개미들의 원수를 갚아야 한다! 죽어 간 우리 동료 하나의 목숨값으로 우리는 손가락 두 마리를 죽여야 마땅하다!》

모든 원정군들은 지상에 있는 손가락이 1백 마리도 안 된다는 이야기를 여러 차례 들었다. 그래도 그들은 9호의 독한 페로몬에 담긴 뜻을 헤아리며 결의를 다진다. 손가락들에 대한 분노로 사기가 하늘을 찌를 듯한 원정군들이 구덩이를 빙 돌아서 다시 길을 떠난다.

그렇게 흥분해 있는 가운데서도 그들은 신중함을 잃지 않는다. 뜨거운 태양이 내리쬐는 사막이나 넓은 평원을 가로지를 때면 개미들은 포수 개미들에게 그늘을 만들어 주는 조치를 취한다. 개미산이 너무 뜨거워져서 폭발하면 자칫 운반하는 개미나 옆의 동료들을 죽일 수 있기 때문에, 폭발하지 않도록 방지하려는 것이다. 60퍼센트의 고농축 산이 터졌을 때 군대의 대열에 미칠 피해를 상상해 보라!

원정군이 어떤 도랑 앞에 다다른다. 최근의 홍수에 의해 생겨난 것 같다. 103683호는 그 도랑이 별로 길지 않으니 남쪽으로 돌아갈 수 있을 것이라고 생각한다. 다른 개미들은 그의 얘기를 듣지 않는다. 허비할 시간이 없다는 것이다! 척후 개미들이 물에 뛰어들어 다리를 서로 잡고 다른 개미들이

건널 수 있도록 교량을 만든다. 군대가 지나가고 나면 다리를 만들었던 그 개미들은 죽음을 맞게 될 것이다. 희생을 치르지 않고는 아무것도 이룰 수 없는 법이다.

두 번째 밤이 다가오고 있다. 원정군은 흰개미 도시나 적의 도시라도 들어가서 하룻밤을 보내야 한다. 지평선에는 아무것도 보이지 않는다. 그들이 있는 곳은 단풍나무만 자라는 척박한 땅이다.

한 나이 많은 병정개미의 제안에 따라 개미들은 한데 모여 공처럼 둥근 덩어리를 이룬다. 그렇게 모여서 밤을 지새우는 방식은 거기에서 아주 먼 곳에 사는 마냥개미들이 하는 방식이다. 그 나이 많은 병정개미는 그런 사실을 알 리가 없을 텐데도 그런 제안을 내놓은 것이다. 임시 둥지의 둘레에는 적이 오면 언제라도 물어뜯을 태세를 갖춘 위턱들이 깔쭉깔쭉한 레이스 모양을 이루고 있고, 안쪽에는 추위에 더 민감한 풍뎅이들과 병자들과 부상자들을 위해서 방이라고 해도 손색이 없는 공간이 마련되었다. 임시 둥지 전체는 10층으로 되어 있고 그 안에 통로들과 방들이 들어 있다.

어떤 동물이라도 그 적갈색 진지를 스치기만 하면 곧바로 개미들의 밥이 되어 버린다. 어린 피리새와 강하다고 자부하던 도마뱀이 호기심 때문에 비참한 죽음을 맞는다.

밖에 배치된 개미들이 경계를 하는 동안, 안에서는 개미들의 움직임이 점차 느려지고 잠잠해진다. 각자 자신에게 주어진 통로나 방의 한 부분에 틀어박혀 있다.

추위가 찾아오자 모두 잠이 든다.

276

79. 백과사전

공통분모

동물에 대한 경험으로 지구의 모든 사람들이 가장 많이 공유하고 있는 것은 개미와의 만남이다. 고양이나 개, 벌이나 뱀을 한 번도 본 적이 없는 사람들은 분명히 찾아볼 수 있다. 그러나 개미를 가지고 한두 번쯤 장난을 쳐보지 않은 사람들을 만나기란 쉽지 않을 것이다. 개미와의 만남은 가장 널리 퍼져 있는 우리들의 공통적인 경험이다.

그런데 우리의 손 위에서 걸어가는 개미를 관찰해 보면, 다음과 같은 기본적인 사실을 확인할 수 있다.

첫째, 개미는 자신에게 무슨 일이 일어나고 있는가를 알기 위해서 더듬이를 흔든다.

둘째, 개미는 자기가 갈 수 있는 곳이면 어디든 간다.

셋째, 개미가 가는 길을 손으로 막으면, 개미는 그 손으로 옮아간다.

넷째, 젖은 손으로 개미 앞에 선을 그으면 개미를 세울 수 있다. 개미는 눈에 보이지 않는, 뛰어넘을 수 없는 장벽이 있기라도 한 듯 머뭇거리다가 결국 빙 돌아간다.

이런 사실을 모르는 사람은 없다. 그렇지만 우리 조상들과 현대인들이 공유하고 있는, 초보적이고 유치한 이 지식이 활용되는 곳은 아무 데도 없다. 학교에서 가르쳐 주지도 않고 직업을 선택하는 데도 쓸모가 없기 때문이다(학교에서 우리가 개미를 공부하는 방식은 따분하기 이를 데 없다. 개미의 신체 부위 이름 따위나 외우라는데 솔직히 그런 것에 무슨 재미가 있겠는가?).

에드몽 웰스, 『상대적이며 절대적인 지식의 백과사전』 제2권

그는 자기 두 눈으로 분명히 보았다! 부검의가 그에게 그 사실을 확인시켜 주었다. 몸 안의 상처는 개미의 위턱 때문에 생긴 것이 확실했다. 자크 멜리에스는 아직 범인을 잡지 못했지만, 확실한 실마리를 잡았다고 믿고 있었다.

너무 흥분되어 잠을 이룰 수가 없었으므로 그는 텔레비전을 켰다. 마침 「알쏭알쏭 함정 퀴즈」의 심야 재방송이 나오고 있었다. 라미레 씨는 소심한 태도를 버리고 밝은 모습으로 나타났다.

─라미레 씨, 이번에는 답을 찾으셨나요?

라미레 씨는 자기의 기쁨을 숨기지 않았다.

─예, 그래요, 풀었습니다! 마침내 해결한 것 같아요.

우렁찬 박수 소리.

─정말입니까?

사회자가 깜짝 놀라며 물었다.

라미레 씨는 소녀처럼 손뼉을 치며 말했다.

─예, 그렇고말고요.

─그럼, 우리에게 그걸 설명해 주시죠.

─사회자께서 주신 힌트 덕분에 찾았어요. 〈영리한 사람일수록 답을 찾기가 더 어렵다.〉〈이미 알고 있는 것을 모두 잊어버려야 한다.〉〈우주가 그렇듯이 이 수수께끼는 절대적인 단순성 속에 기원을 두고 있다.〉……저는 문제를 풀기 위해서는 다시 어린애가 되어야 한다고 생각했어요. 원래의 자리로 돌아가야 한다, 본원으로 되돌아가야 한다고 말입니다. 팽창하는 우주가 원래의 빅뱅으로 되돌아가듯이 단순한 정

신으로 돌아가야 했고 어린아이 적의 내 영혼을 되찾아야만 했습니다.

—그건 너무 생각이 지나친데요. 라미레 씨.

몹시 들떠 있었기 때문에 라미레 씨는 사회자가 끼어들 틈을 주지 않고 말을 이었다.

— 우리 어른들은 항상 더 영리해지려고 노력합니다. 하지만 저는 반대로 해보면 어떨까 하고 생각했어요. 틀에 박힌 것을 깨뜨리고, 우리 습관과 정반대가 되는 것을 취해 본다는 것이지요.

—대단합니다. 라미레 씨.

박수갈채가 터져 나온다. 멜리에스와 마찬가지로 방청객들은 다음 말을 고대하고 있다.

— 그런데 이 수수께끼를 앞에 두고 영리한 사람은 어떻게 반응할까요? 수들이 나열되어 있는 것을 보고 그는 수학 문제로 생각할 것입니다. 그래서 그는 숫자들의 줄 사이에 어떤 공통점이 있는지 찾으려 할 것입니다. 그는 더하고 빼고 곱해서 모든 숫자를 뒤섞어 버립니다. 그러나 그는 머리를 쥐어짜며 답을 찾아내려고 하지만 결국 아무것도 얻지 못하고 이 문제는 수학과 아무런 상관이 없다는 생각에 도달합니다…… 이 수수께끼가 수학 문제가 아니라면, 그것은 문학적인 수수께끼가 될 겁니다.

—잘 생각하셨습니다, 라미레 씨.

방청객들이 박수를 친다. 도전자는 그 틈을 이용해 호흡을 가다듬는다.

—일련의 숫자 묶음에 문학적인 의미를 부여한단 말이지요? 어떻게 하는 건가요?

― 어린애들처럼 하면 됩니다. 눈에 보이는 대로 말하는 것입니다. 아주 어린아이들은 하나의 숫자를 보면 그 숫자의 이름을 말합니다. 아이들에게 〈6〉은 〈육〉이라는 소리에 대응합니다. 〈젖소〉가 젖퉁이가 달린 네발 동물에 대응하는 것과 마찬가지입니다. 세계 어느 곳에서나 사람들은 서로 다른 임의적인 소리로 사물을 지칭합니다.

― 라미레 씨, 오늘은 철학자 같은 말씀을 하시는군요. 그러나 우리 시청자들은 구체적인 해답을 요구합니다. 자, 그럼 답을 말씀해 주시겠습니까?

― 내가 〈1〉이라는 숫자를 쓰면 겨우 읽을 줄 아는 아이는 나에게 〈일이 하나예요〉라고 말합니다. 그러면 나는 〈1 1〉이라고 씁니다. 그런 다음 방금 쓴 것을 아이에게 다시 보여 주면, 아이는 〈일이 두 개예요〉라고 말할 것입니다. 즉 〈1 2〉가 되는 것입니다. 그런 식으로 계속 나가면 답이 나옵니다. 다음 줄에 들어갈 수를 알아내려면 윗줄에 있는 숫자들의 이름을 불러 보면 됩니다. 〈1 2〉를 아이는 〈일 하나, 이 하나〉라고 읽습니다. 즉 1121가 됩니다. 다시 〈1 1 2 1〉을 이루는 숫자를 열거하면 〈일 둘, 이 하나, 일 하나〉가 되어 〈1 2 2 1 1 1〉로 나타낼 수 있습니다. 그다음에는 〈1 1 2 2 1 3〉이 되고, 다음에 〈1 2 2 2 1 1 3 1〉, 다음에 〈1 1 2 3 1 2 3 1 1 1〉이 됩니다.[18] 따라서

---

18 사물의 수를 말하는 방식이 우리말과 프랑스어는 서로 다르다. 예컨대 우리는 〈사과 두 개〉라고 말하지만, 프랑스어로는 deux pommes, 즉 〈두 개의 사과〉라고 말한다. 즉, 우리말에서는 대개 명사를 먼저 말하고 수를 말하지만, 프랑스어에서는 수를 먼저 말하고 명사를 말한다. 그런 차이를 감안하여 원문의 수수께끼를 우리의 표현법에 맞게 고쳤더니, 당연한 결과지만, 원문의 수들이 거울에 비춘 것처럼 뒤집어졌다. 즉 원문의 수열 1, 11, 21, 1211, 111221, 312211, 13112221, 1113213211……이 위에서 보다시피 1, 11, 12, 1121, 122111……로 되었다.

정답은…… 굳이 말씀드리지 않아도 되겠지요? 아마 〈4〉라는 숫자가 나타나기는 쉽지 않을 것입니다.

— 훌륭합니다, 라미레 씨! 맞히셨습니다.

방청객들이 우레와 같은 박수갈채를 보낸다.

약간 멍해지는 기분을 느끼면서 멜리에스는 사람들이 자기에게 갈채를 보내고 있다는 느낌을 갖는다.

사회자는 방청객들에 조용히 할 것을 요구하고 말을 잇는다.

— 하지만 라미레 씨, 이번에 맞히셨다고 다음 문제가 기다리고 있다는 사실을 잊으신 것은 아니시겠지요?

그녀는 상기된 얼굴에 미소를 머금고 두 손을 발그레해진 뺨에 갖다 댄다. 두 손에는 아마 땀이 흠뻑 배어 있으리라.

— 그래도 숨 돌릴 시간은 주셔야 하는 거 아니에요?

— 그런가요? 라미레 씨. 방금 그 수수께끼는 정말 훌륭하게 해결하셨습니다. 고생 많으셨습니다. 하지만 벌써 우리 「알쏭알쏭……」.

— 「……함정 퀴즈!」

— ……에 새로운 문제가 기다리고 있습니다. 이 문제 역시 익명의 어느 시청자께서 보내 주신 것입니다. 자, 우리의 새 문제를 말씀드리겠습니다. 잘 들으세요. 성냥개비 여섯 개를 가지고…… 분명히 여섯 개라고 말씀드렸습니다……. 부러뜨리지 않고, 풀을 사용하지도 말고, 똑같은 크기의 정삼각형 여섯 개를 만드실 수 있겠습니까?

— 정삼각형 여섯 개라고 그러셨어요? 성냥개비 여섯 개로 네 개의 정삼각형을 만드는 게 아니고요?

— 성냥개비 여섯 개로 정삼각형 여섯 개를 만드는 것입

니다.

사회자가 단호한 어조로 반복한다.

— 그럼 성냥개비 하나로 삼각형 하나를 만든단 말이에요?

라미레 씨가 놀란다.

— 예, 바로 그것입니다. 라미레 씨. 이번에 드리는 첫 번째 힌트는 〈다른 사람들과 똑같은 방식으로 생각해야 한다〉는 것입니다. 시청자 여러분, 여러분들께서도 답을 생각해보시기 바랍니다. 그럼 오늘은 여기서 인사를 드려야겠습니다. 내일 뵙겠습니다. 저희 프로그램을 변함없이 사랑해 주시기를 부탁드립니다.

자크 멜리에스는 불을 끄고 잠자리에 누웠다.

마침내 어렴풋이 잠이 들었으나, 사건의 실마리를 푼 흥분이 꿈속까지 따라왔다. 레티시아 웰스, 연보랏빛 눈과 개미 도판, 세바스티앵 살타와 공포 영화에나 나올 법한 그 끔찍한 얼굴, 정치가의 길을 포기하고 경찰에 투신한 뒤페롱 경찰국장, 결코 함정에 걸려들지 않는 라미레 씨 등등이 어수선한 꿈속에서 뒤섞였다.

그는 깊이 잠들어 있었다. 그러다가 점점 잠이 옅어지더니 마침내 잠에서 빠져나왔다. 그는 벌떡 일어났다. 침대 발치에서 매트리스 위를 두드리는 듯한 미세한 진동이 느껴졌다. 어린 시절의 악몽이 되살아났다. 괴물이다. 증오에 찬 눈빛을 번득이는 성난 늑대다……. 그는 마음을 다잡았다. 그는 이제 어린애가 아니었다. 그는 잠결에서 완전히 벗어나 불을 켜고 침대 발치에서 작은 혹처럼 생긴 것이 움직이고 있는 것을 확인했다.

그는 침대 밖으로 튀어나갔다. 실제로 무언가가 혹처럼 튀어나와 있었다. 그가 주먹으로 그것을 내리치자 외마디 비명이 들렸다. 그런 뒤에 마리 샤를로트가 시트 아래에서 다리를 절며 빠져나오는 것을 보고 그는 소스라치게 놀랐다. 그 불쌍한 것이 울음소리를 내면서 그의 팔 안으로 들어왔다. 그는 고양이를 위로하기 위해 쓰다듬어 주고 자기가 아프게 했던 발을 만져 주었다. 그런 다음 고양이에게 포식을 시켜 주기로 마음먹고 마리 샤를로트를 부엌에 데려가 타라곤을 넣은 참치 파이 곁에 둔 다음 부엌문을 꼭 닫았다.

그는 냉장고에서 물 한 잔을 꺼내 마시고 화면에 질리도록 텔레비전을 보았다. 텔레비전을 오래 보다 보면 진정제를 먹은 것처럼 마음이 가라앉곤 했다. 몸이 나른해지면서 머리가 텅 비게 되고 자신과 관계없는 문제들에 눈길이 푹 빠져들어가곤 했다. 그에게는 그것이 커다란 즐거움이었다.

그는 다시 침대로 가서 누웠다. 이번에는 보통 사람들처럼 방금 텔레비전에서 본 것들을 꿈에서 보기 시작했다. 즉, 미국 영화, 광고, 일본 만화 영화, 테니스 경기, 뉴스에서 본 몇몇 학살 장면 등등.

그는 계속 잤다. 아주 깊이 잤다. 그러다가 잠이 점점 옅어지면서 잠에서 빠져나왔다.

어린 시절의 악몽이 그를 악착같이 따라다니고 있음이 분명했다. 또다시 그는 그의 침대 발치에서 붕긋 솟아오른 뭔가가 움직이는 것을 느꼈다. 그는 다시 불을 켰다. 마리 샤를로트가 또 장난을 하고 있나? 그럴 리는 없다. 고양이를 부엌에 가두고 문고리를 단단히 걸었던 것이다.

그는 얼른 일어섰다. 붕긋 솟아 있던 것이 둘, 넷, 여덟, 열

여섯, 서른둘로 갈라지더니 시트에 겨우 보일까 말까 한 1백여 개의 작은 물집 같은 것이 생겨났다. 그 작은 물집들이 시트의 앞자락으로 이동하고 있었다. 그는 한 걸음 물러서서 바라보다가 소스라치게 놀랐다. 개미들이 그의 베개 속으로 쳐들어가고 있었다.

그의 첫 번째 반응은 손바닥으로 그것들을 쓸어 내는 것이었다. 그러다가 그는 불현듯 어떤 사실을 떠올리고 곧 생각을 바꾸었다. 세바스티앵과 다른 모든 사람들도 틀림없이 손으로 개미를 쓸어 버리려 했을 것이었다. 적을 얕잡아 보는 것보다 더 큰 실수는 없다.

멜리에스는 그 작은 곤충들과 마주치자 단 한 순간도 그것들이 어떤 종의 곤충인지를 알아볼 생각을 못 하고 도망을 쳤다. 그는 개미들이 자기를 뒤쫓아 온다고 여겼다. 그러나 다행히도 출입문은 빗장이 하나만 채워져 있었고 개미들이 그를 따라잡기 전에 집에서 빠져나올 수 있었다. 계단에서 그는 그 사악한 곤충에 의해 죽어 가고 있는 마리 샤를로트의 끔찍한 비명을 들었다.

모든 일이 제정신이 아닌 상태에서 이루어졌다. 빠른 동작의 화면을 보고 난 느낌이었다. 그는 맨발에 잠옷 바람으로 거리에 나온 다음 가까스로 택시를 잡아 운전사에게 시경으로 가자고 부탁했다.

틀림없었다. 범인은 이제 살해된 화학자들의 수수께끼를 그가 해결했다는 걸 알고 있었다. 그래서 범인은 서둘러 자기의 작은 암살자들을 그에게 보냈을 것이었다.

그런데 그가 수수께끼를 해결했다는 사실을 알고 있는 사람은 오로지 한 사람뿐이었다. 오직 한 사람만이!

81. 백과사전

이원성(二元性)

성서 전체는 제1권, 즉 「창세기」로 요약할 수 있다. 「창세기」의 모든 내용은 제1장, 즉 천지 창조를 이야기하는 장으로 요약할 수 있다. 이 장의 모든 내용은 다시 그 장의 첫 번째 단어인 베레시트Bereshit로 요약할 수 있다. 베레시트는 〈태초에〉라는 뜻을 가지고 있다. 이 낱말의 모든 의미는 첫 음절인 베르로 요약할 수 있는데, 베르는 〈탄생된 것〉을 의미한다. 이 음절의 모든 글자들은 첫 번째 글자 B로 요약할 수 있다. B는 〈베트〉[19]로 발음되고 가운데에 점이 있는 열린 사각형으로 나타낸다. 이 사각형은 집을 상징하기도 하고, 태어나기로 되어 있는 알이나 태아를 담고 있는 모태를 상징하기도 한다. 후자의 경우 작은 점은 바로 알이나 태아를 상징한다.

왜 성서는 알파벳의 첫 번째 철자가 아니라 두 번째 철자로 시작되는 것일까? 그것은 A가 근원적인 통일성을 나타내는 반면, B는 세계의 이원성을 나타내기 때문이다. B는 그 통일성의 발산이며 투영이다. B는 제2의 것이다. 〈하나〉에서 나온 우리는 〈둘〉이다. A에서 나온 우리는 B 안에 있다. 우리는 이원성의 세계에 살면서 통일성, 즉 모든 것의 출발점인 알레프를 그리워하고 나아가 그것을 추구한다.

에드몽 웰스, 『상대적이며 절대적인 지식의 백과사전』 제2권

82. 앞으로 앞으로

야영지에 단풍나무의 날개 열매 하나가 떨어져 동요가 일

---

19 히브리어 자모의 첫 번째 글자는 알레프aleph이고 두 번째 글자는 베트beth이다.

어난다. 그 날개 열매는 자기들의 종자를 널리 퍼뜨리려고 식물이 제 씨앗에 프로펠러를 달아 놓은 것과 같다. 막으로 된 두 날개가 빙글빙글 돌면 그 씨앗들은 개미에게 위험한 존재가 된다. 밤을 보내느라고 공처럼 뭉쳐 있던 원정군들은 임시 둥지를 풀고 각자 땅바닥으로 흩어진 다음 행군을 계속한다.

행군 중에 그 날개 열매가 대화의 소재가 된다. 개미들은 식물들이 뿜어내는 여러 가지 물질들이 빚어내는 위험에 대해서 이야기한다. 어떤 개미들은 민들레의 갓털이 가장 위험하다고 한다. 그것이 더듬이에 붙으면 대화를 할 수 없기 때문이라는 것이다.

103683호는 그런 식물로는 봉숭아만 한 것이 없다고 생각한다. 봉숭아 열매를 살짝 건드리기만 해도 가는 실 같은 것이 씨앗을 휘감아 1백 걸음이 넘는 거리까지 날려 보내기 때문이다.

이렇게 이야기를 나누며 가더라도 행군이 지체되거나 하지는 않는다. 개미들은 뒤에 오는 동료들이 길을 잘 찾아올 수 있도록 자취 페로몬을 남기기 위해 이따금 배를 땅바닥에 문지른다.

공중에는 많은 새들이 날고 있다. 그들은 날개 열매와는 다른 위험을 지니고 있다. 남쪽 지방에서 올라온 푸르스름한 깃털의 꾀꼬리도 있고, 륄뤼라는 작은 종달새도 있지만, 특히 많은 것은 오색딱따구리, 검정딱따구리, 청딱따구리 등 딱따구리 종류다. 그것이 퐁텐블로 숲에서 가장 흔히 볼 수 있는 날짐승들이다.

그들 가운데 검정딱따구리가 가까이 오면서 겁을 주더니,

개미의 대열 앞을 비행하면서 부리로 개미들을 노린다. 갑자기 급강하로 달려들었다가 다시 솟구치고 다시 초저공비행으로 달려든다. 질겁한 개미들이 사방으로 흩어진다.

그러나 그 딱따구리의 목적은 낙오된 몇 마리 개미를 잡자는 게 아니다. 딱따구리는 어떤 부대의 위를 날다가 느닷없이 하얀 똥을 싸서 개미들에게 오물을 뒤집어씌운다. 그러기를 여러 차례 하고 나자 30여 마리의 개미가 똥 칠갑을 당한다. 그 똥의 위험성을 알리는 페로몬이 전 군대에 퍼져 나간다.

《그걸 먹지 마라! 그걸 먹지 마라!》

사실, 딱따구리 똥은 조충에 감염되어 있는 경우가 많다. 그것을 먹는 개미들은……

83. 백과사전

조충

조충은 딱따구리의 내장에 성충 상태로 살고 있는 단세포 기생충이다. 이 조충은 딱따구리의 똥과 함께 배설된다. 딱따구리가 그런 사실을 알고 있기라도 하듯 개미들의 도시 위로 똥을 뿌리는 일이 종종 일어난다. 개미들은 이 흰 배설물을 치워 내려고 하다가 그것을 먹고는 조충에 감염된다. 이 기생충은 개미들의 성장을 방해하고 딱지 색깔을 하얗게 변화시킨다. 감염된 개미는 무기력해지고 자극에 대한 반응이 느려지게 된다. 그래서 청딱따구리가 똥으로 개미 도시를 공격할 때 그 똥에 감염된 개미들이 가장 먼저 희생된다.

색소 결핍증에 걸린 흰 딱지의 개미는 행동이 느려질 뿐만 아니라 개미 도시의 어두운 통로 안에서도 몸 색깔 때문에 훨씬 눈에 잘 띄게 된다.

84. 첫 희생자들

딱따구리가 다시 오물 폭격을 하러 온다. 딱따구리는 온 건한 전술을 펼치고 있다. 즉, 우선 악취를 뿌리고 그것에 중 독되어 힘없이 비틀거리는 개미들은 다음 공습 때 잡아먹 는다.

그 공습 앞에서 병정개미들이 무력감을 느낀다. 9호는 하 늘에다 대고 자기들이 지금 손가락들을 죽이러 가는 길이며, 자기들을 공격하는 것은 어리석게도 손가락들 편을 들게 되 는 것이라고 울부짖듯 페로몬을 내뿜는다. 그러나 딱따구리 는 개미의 후각 언어를 이해하지 못한다. 오히려 딱따구리는 거꾸로 공중회전을 한 번 하고는 원정군의 행렬 위로 더 빠 르게 덤벼든다.

《모두 공습에 대비하라!》

어떤 늙은 병정개미가 페로몬을 발한다.

중무장한 포수 개미들이 재빨리 높다란 풀 줄기 위로 기어 올라간다. 새가 날아가는 자리에 개미산을 쏘아 보지만 새가 너무 빨라서 아무런 효과가 없다.

실패다! 더욱 운수 사나운 일은, 포수 개미 두 마리가 쏘아 올린 개미산이 서로 상대방을 거꾸러뜨린 것이다.

그러나 검정딱따구리가 다시 똥을 퍼부을 채비를 할 때 그 의 눈앞에 이상한 광경이 나타난다. 뿔풍뎅이 한 마리가 양 날개를 번갈아 퍼덕이면서 공중에 머물러 있는데, 그의 머리 에 난 뿔 위에서 개미 한 마리가 사격 자세를 취하고 있다. 그 개미는 103683호이다. 그의 항문에서 연기가 나온다. 60퍼센트의 고농축 개미산을 가득 채웠기 때문이다.

균형이 제대로 잡히지 않아서 개미가 전전긍긍하고 있다. 딱따구리가 곧 그 개미를 죽일 것 같다. 딱따구리는 그보다 엄청나게 더 크고 강하고 날쌔다. 개미의 배가 걷잡을 수 없이 떨린다. 더 이상 조준을 할 수가 없다.

그러자 개미는 손가락들을 생각한다. 손가락들에 대한 공포는 다른 모든 공포를 압도한다. 약해져서는 안 된다. 손가락들에게 다가갔던 때를 생각하면 새 정도는 아무것도 아니다.

개미는 다시 배를 세우고 독주머니의 내용물을 일거에 발사한다.

발사!

딱따구리는 미처 다시 올라갈 겨를이 없었다. 딱따구리는 앞이 보이지 않자 어디로 날아가야 할지 갈피를 못 잡고 헤매다가 나무줄기를 들이받고 다시 튀어나와 땅바닥에 곤두박질친다. 그러나 그의 살을 뜯어먹으려는 개미들이 오기 전에 딱따구리는 다시 날아오른다.

그 사건으로 인해 103683호는 상당한 명성을 얻게 되었다. 그렇지만 103683호가 훨씬 더 큰 두려움 때문에 자신의 두려움을 이겨 낼 수 있었다는 사실을 아는 개미는 하나도 없다.

이제 원정군 개미들은 103683호의 용기와 경험과 노련한 사격 솜씨를 본받으려고 노력할 것이다. 공중의 커다란 포식자를 완전히 제압할 수 있는 개미가 103683호 말고 누가 있겠는가?

그의 인기가 그렇게 높아 가면서 한 가지 다른 결과를 낳게 되었다. 개미들은 이제 103683호를 부를 때 애정이 듬뿍 담긴 친숙함의 표시로 103호로 줄여서 부르게 된 것이다.

다시 출발하기에 앞서서 딱따구리의 똥이 묻은 개미들에게 영양 교환을 삼가라고 충고한다. 다른 병정개미들이 조충에 감염되는 것을 막으려는 것이다.

행군 대열이 다시 갖추어졌을 때 23호가 103호에게 다가온다.

《무슨 일인가?》

《24호가 사라졌어요. 한참 찾아보았지만 보이질 않아요. 검정딱따구리한테 죽임을 당한 개미는 하나도 없는데 말이에요.》

24호가 사라진 것은 매우 낭패스러운 일이다. 그가 메르쿠리우스 임무를 수행하는 데 꼭 필요한 나비 고치를 가지고 사라졌기 때문이다.

그렇다고 다른 개미들에게 알릴 형편도 아니다. 그가 올 때까지 기다릴 수도 없다. 24호에게는 안된 일이지만, 개체보다는 전체가 더 중요하기 때문이다.

85. 수사

멜리에스는 혼자서 오데르진 부부의 아파트에 도착했다. 에티오피아의 여성 과학자는 물이 없는 욕조 안에 정장을 입고 앉아 있었다. 머리에 초록색 샴푸가 흥건하게 발라져 있었고 이미 앞선 사건들에서 익히 보았던 흔적들이 그대로 드러나 있었다. 살갗에 돋은 닭살이며, 공포에 짓눌린 얼굴, 귓가에 엉킨 피가 그러했다.

욕실 옆 화장실에 있는 남편의 모습도 마찬가지였다. 다만 변기에 앉은 채 상체가 앞으로 고꾸라져 있고 바지가 구두 위에 걸려 있다는 점이 달랐다.

사실 자크 멜리에스는 한 번 흘낏 보았을 뿐 두 시체를 그다지 찬찬하게 살피지 않았다. 그는 문득 자기가 어떤 상태에 있는지를 깨닫고 곧바로 에밀 카워자크의 집에 전화를 건 다음 그곳으로 향했다.

카워자크 형사는 자기 상관이 그렇게 이른 시간에 잠옷 위에 트렌치코트를 걸친 채 나타난 걸 보고 매우 놀랐다. 멜리에스는 좋지 않은 때에 찾아온 것이었다. 카워자크는 자기의 취미 생활을 즐기고 있던 참이었다. 그는 지금 채집한 나비를 박제로 만들고 있었다.

그것에는 아무런 관심도 보이지 않고, 경정은 대뜸 말했다.

「에밀 형사. 됐어요! 이번엔 범인을 꼭 잡을 거예요.」

에밀 형사는 의아해한다. 멜리에스는 자기보다 한참 연상인 부하 직원의 책상 위에 뭔가가 너저분하게 널려 있음을 깨달았다.

「그런데 에밀 형사, 뭐 하고 있는 거예요?」

「제가 나비 수집하는 거 모르시던가요? 제가 말씀을 안 드렸던가요?」

카워자크는 개미산이 담긴 병을 닫고 붓으로 〈누에나방〉의 날개에 색칠을 한 다음 끝이 평평한 핀셋으로 나비를 다듬었다.

「예쁘지 않습니까? 자 보세요. 이것은 솔잎나방입니다. 며칠 전에 퐁텐블로 숲에서 발견했죠. 신기하게도 한쪽 날개엔 아주 동그란 구멍이 뚫려 있고 다른 쪽 날개에는 주름이 잡혀 있어요. 제가 아마 새로운 종을 발견했나 봅니다.」

멜리에스는 몸을 기울여 들여다보다가 별로 마음에 안 든다는 듯 실쭉한 표정을 지으며 말했다.

「하지만 이 나비들은 다 죽은 거 아닙니까? 에밀 형사는 시체들을 나란히 걸어 놓고 있는 거나 다름없어요. 누가 에밀 형사를 유리 안에 넣어 놓고 〈호모 사피엔스〉라는 꼬리표를 붙여 두면 좋겠어요?」

그 말에 늙은 형사가 눈을 찌푸리며 말했다.

「경정님은 파리에 관심이 많지만, 저는 나비에 관심이 많지요. 각자 저마다의 취향이 있는 거 아니겠습니까?」

멜리에스가 그의 어깨를 툭툭 치며 말했다.

「자, 화내지 마시고……. 허비할 시간이 없어요. 살인범을 찾았으니, 같이 갑시다. 종류는 다르지만 예쁜 나비 한 마리를 채집하러 가는 거예요.」

86. 길 잃은 24호

하는 수 없다. 단념해야 한다. 원정군이 어디로 갔는지 알수가 없다. 저쪽은 아니다. 이쪽도 역시 아니다. 저기도 조기도 요기도 아니다.

어느 구석에도 개미 냄새라고는 없다. 어떻게 이처럼 빨리 사라졌을까? 무슨 일이 일어난 걸까?

딱따구리가 개미들에게 달려들 때 어떤 병정개미가 도망가서 숨으라고 일러 주었다. 그의 말을 너무 고지식하게 들었던 탓에 24호는 이 바깥 세계에서 홀로 길을 잃은 것이다.

아직 어리고 경험도 없는 그가 동료들로부터 멀리 떨어져 있고, 신들에게서도 멀리 떨어져 있다.

그런데 어쩌다가 그렇게 짧은 시간에 길을 잃어버렸을까? 방향 감각이 부족하다는 것이 24호의 커다란 결점이다. 24호도 그것을 알고 있다. 그 때문에 다른 개미들도 설마 24호가 원정군과 함께 떠날 용기를 내리라고는 생각하지 않았다. 다른 개미들이 모두 24호를 덜떨어진 개미라고 놀리곤 했다.

24호는 귀중한 짐을 운반하고 있다. 바로 나비 고치이다. 24호가 사라짐으로써 상상할 수 없는 결과를 초래할 수도 있다. 24호 자신을 위해서뿐만 아니라 모든 원정군 동료들을 위해서도 그렇다. 나아가 모든 개미 종족을 위한 것이 될 수도 있다.

어떤 대가를 치르더라도 원정군의 자취 페로몬을 다시 찾아야 한다. 24호는 초당 진동수 2만 5천 회로 더듬이를 진동시키기 시작한다. 별다른 징후가 나타나지 않는다. 역시 길을 잃었음에 틀림없다.

24호는 발걸음을 뗄 때마다 짐이 더욱 무겁고 성가시게 느껴진다.

24호는 짐을 놓고 열심히 더듬이를 닦은 다음 주변 공기의 냄새를 맡는다. 쓸쓸한 냄새가 느껴진다. 말벌의 둥지가 가까이에 있다. 말벌 둥지, 말벌 둥지…… 냄새를 맡아 볼수록 붉은 말벌의 둥지가 가까이 있다는 확신이 굳어진다. 아주 나쁜 방향으로 가고 있다. 지구 자기장에 민감한 존스턴 기관이 자기를 잘못 이끌고 왔음에 틀림없다.

문득, 날파리 한 마리가 자기를 정탐하고 있다는 느낌이

든다. 그러나 그것은 환각일 것이다. 24호는 고치를 다시 들고 곧장 앞으로 나아간다.

지금까지 여러 차례 길을 잃은 경험이 있지만, 이렇게 낭패스럽기는 처음이다.

아주 어렸을 때부터, 24호는 줄곧 길을 잃곤 했다. 태어난 지 며칠밖에 안 되었을 때 비생식 개미들의 통로에서 길을 잃었던 것을 시작으로, 그 후에도 개미 도시 안에서나 바깥 세계에서 숱하게 길을 잃고 헤맸다.

원정을 나갈 때마다 24호는 대열에서 떨어져 혼자 헤매는 일을 겪었고, 그때마다 어떤 개미가 이런 페로몬을 발하곤 했다.

《아니 24호 어디 갔지?》

그 순간에 가련한 병정개미 24호는 같은 질문을 스스로에게 던지곤 했다.

《내가 지금 어디에 있는 거지?》

전에도 24호는 어디를 가나 주변에 있는 바위, 나무, 꽃, 덤불 숲 등 모든 것을 이미 어디선가 본 적이 있다고 느끼곤 했다. 그러다가 한참 만에야 저 꽃이 전에는 다른 색깔이었는데 하면서 길을 잃었다는 것을 깨닫고 자기 원정대의 페로몬 자취를 찾아서 빙빙 돌곤 했다.

그래도 벨로캉에서는 바깥 세계의 원정길에 24호를 계속 내보냈다. 그 이유는 이상한 유전적 사고로 인해 24호가 비생식 개미로서는 드물게 우수한 시력을 가지고 있기 때문이었다. 24호의 겹눈은 거의 생식 개미의 눈만큼 발달되어 있었다. 24호는 자기가 좋은 시력을 갖고 있는 것이 아니라 좋은 더듬이를 갖고 있는 것이라고 되풀이해서 주장했지만 파견을 나가는 개미들마다 24호를 데려가려고 했다. 24호로 하여금 그들의 행렬을 시각적으로 통제하게 하려는 목적에서였다. 그래서 24호는 길을 잃어버리곤 했다.

지금까지는 그래도 그럭저럭 그의 도시로 돌아갈 수가 있었다. 그러나 이번에는 경우가 다르다. 지금 그의 목표는 도시로 돌아가는 것이 아니라 세계의 끝에 도달하는 것이다. 그걸 어떻게 해낼 수 있을 것인가?

《너는 다른 개미들과 더불어 겨레 전체를 이루는 거야. 너 혼자만으로는 아무것의 일부도 될 수 없어.》

24호가 스스로에게 되뇐다.

24호는 동쪽으로 방향을 잡는다. 그쪽으로 가다가 처음 만나는 포식자에게 잡혀 먹어도 좋다는 심정으로 나아간다. 한참을 걸어가다가 그는 갑자기 깊이가 한 걸음은 족히 되는 움푹 팬 땅 앞에서 걸음을 멈춘다. 그 우묵한 땅의 가장자리를 둘러보고 그는 커다란 구덩이가 두 개 있음을 확인한다. 두 웅덩이는 밑이 평평한 그릇처럼 생긴 것으로서 서로 가까이 있었는데, 하나는 알을 반으로 쪼개 놓은 듯한 모양이었고 속이 더 깊은 다른 쪽은 반원 모양을 이루고 있다. 두 웅덩이의 직경은 거의 비슷하고 거의 다섯 걸음 정도 떨어져 있다.

24호는 냄새도 맡아 보고 만져도 보고 맛도 본 다음, 다시 냄새를 맡는다. 냄새가 예사롭지 않다. 전혀 맡아 본 적이 없는 새로운 냄새다……. 처음엔 그저 어리둥절해 있던 24호가 강렬한 흥분을 느끼기 시작한다. 이제 아무런 두려움도 느끼지 않는다. 거대한 모양의 자취들이 60걸음 간격으로 계속 이어진다. 24호는 그것이 손가락들의 자취일 것으로 확신한다. 그의 소망이 이루어진 것이다! 손가락들이 그를 이끌고 있다! 그에게 길을 가르쳐 주고 있는 것이다!

24호는 신들의 자취 위로 달린다. 그는 마침내 그들을 만나게 될 것이다.

87. 신들이 분노한다

너희들의 신을 두려워하라.

너희의 공물이 너무 드물게 오고 있음을 알지어다.

우리의 위대함에 비해 너희는 너무나 미약하다.

너희는 비가 곡물 창고를 파괴했다고 우리에게 말한다만,

그건 너희에게 주는 우리의 벌이었다.

너희가 충분한 공물을 바치지 않았기 때문이다.

너희는 비가 반체제 운동을 약화시켰다고 말한다만,

그 운동을 훨씬 더 강력하게 전개하라.

모든 백성들에게 손가락들의 힘을 가르쳐라.

유사시엔 자살까지도 할 수 있는 특공대원들을 파견하라.

금단 구역의 식량 창고를 비워라.

너희들의 신들을 두려워하라.

손가락들은 무엇이든 할 수 있다. 신이기 때문이다.

손가락들은 무엇이든 할 수 있다. 위대하기 때문이다.

손가락들은 무엇이든 할 수 있다. 강력하기 때문이다.

이것은 진리의 말씀이니라.

손가락들은 기계를 끄고 자기가 신이 된 것을 자랑스러워하고 있다.

니콜라는 조심스럽게 다시 잠자리로 들어간다. 눈을 뜬 채 공상에 잠겨 니콜라는 빙그레 웃는다. 언젠가 이 동굴에서 살아 나간다면 이 모든 것들을 이야기해야 한다. 학교 친구들에게, 온 세상 사람들에게!

그는 종교의 필요성을 설명할 것이다. 곤충들의 세계에 종교적인 신앙을 심어 주었다는 사실이 알려져 대단히 유명해질 자신을 생각하니 마음이 여간 설레는 게 아니다.

88. 첫 번째 전초전

원정군은 벨로캉의 영향력이 미치는 지역을 지나가면서 많은 동물을 희생시켰고, 그들에게 상당한 손실을 입었다. 그것은 불개미 병정개미들이 아무것도 두려워하지 않기 때문이었다.

두더지 한 마리가 개미들이 모여 있는 곳으로 땅을 파고 들어왔었는데, 그 두더지는 개미 열네 마리를 집어삼키고 죽었다. 두더지가 공격해 오기가 무섭게 개미들이 그를 공격하여 갈기갈기 찢어 버렸기 때문이다.

개미들의 긴 행렬 위로 침묵의 그림자가 드리운다. 그 행렬 앞에서 모든 것이 사라져 버린다. 그러다 보니 사냥을 하면서 느꼈던 초기의 도취감 대신에 이제 공복감이 오고 이어 격심한 굶주림이 찾아온다.

원정군이 힘겹게 나아가고 난 자취 위에 이제 굶주림 때문에 죽어 가는 개미들이 남겨지기 시작한다. 이런 재난의 상황을 타개하려고 9호와 103호가 서로 숙의한 끝에 척후 개미들에게 25개의 소부대로 나누어 전개하라고 제안한다. 그렇게 부챗살 모양으로 나아가는 것이 더 신중한 방법일 뿐만 아니라 숲속에 살고 있는 동물들에게 겁을 덜 줄 것이기 때문이다.

몇몇 개미들 사이에서 조심스럽게 후퇴하는 것이 어떠한가 하는 페로몬이 오고간다. 그러자 굶주림이 오히려 걸음을 더욱 서두르게 하는 것이라는 단호한 대답이 날아온다. 원정군은 동쪽으로 계속 나아간다. 그들의 다음 사냥물은 손가락들이 될 것이다.

89. 마침내 용의자가 체포되다

레티시아는 욕조 안에서 몸을 쭉 뻗고 자기가 가장 좋아하는 운동인, 숨 쉬지 않고 물속에 있기를 즐기면서 생각에 잠겨 있었다. 레티시아는 얼마 전부터 자기에게 연인이 없었다는 사실에 생각이 미쳤다. 많은 남자를 겪어 보고 그 사람들에게 금방 싫증을 내곤 했던 그녀였다. 레티시아는 한순간 자크 멜리에스를 자기 침대에 끌어들일까 하는 생각이 스치기도 했다. 멜리에스는 그녀에게 가끔 성가시게 구는 남자이긴 했지만, 그녀가 남자를 갈급하게 원할 때 그녀의 손길이 미치는 가까운 곳에 금방 나타날 수 있는 사람이었다.

아! 세상에는 남자들이 얼마나 많은가……. 그러나 그녀의 아버지 같은 남자는 하나도 없었다. 그녀의 어머니 링미는 그분과 삶을 함께 나누는 행운을 누렸다. 모든 것을 열린 마음으로 대했던 분, 돌개바람이면서 산들바람이었던 분, 농담을 무척이나 좋아했던 분, 다정다감했던 분.

에드몽을 온전히 이해할 수 있는 사람은 아무도 없었다. 그의 지력은 끝이 없는 공간이었다. 에드몽은 지진계처럼 작동하면서 동시대의 모든 지적인 진동과 모든 중심 개념을 기록했으며, 그것들을 소화하고 종합했다. 그런 다음 그것들을 완전히 자기 것으로 만들어 세상에 다시 내놓았다. 개미는 단지 하나의 소재일 뿐이었다. 그는 별이나 의학이나 금속을 연구할 수도 있었고, 그렇게 했더라도 역시 그 분야에서 탁월한 업적을 이루었을 것이었다. 그는 말 그대로 우주적인 정신을 지니고 있었고, 천재적이면서도 겸허했으며, 특이한 모험가이기도 했다.

끊임없이 그녀를 놀래면서도 결코 지치지 않게 할 만큼 활발한 정신을 가진 다른 사람이 세상 이딘가에는 존재할 것이다. 그러나 레티시아는 아직 그런 사람을 만나 본 적이 없었다.

레티시아는 〈모험가를 찾습니다〉라는 광고를 내볼까 하는 생각을 했다. 그러나 그 광고를 냈을 때의 반응을 생각하니 지레 역겨운 생각이 들었다.

레티시아는 물 밖으로 머리를 꺼내고 한껏 숨을 들이마신 다음 다시 머리를 물속에 담갔다.

생각의 흐름이 바뀌었다. 어머니, 암……

갑자기 숨이 막혀서 레티시아는 다시 물 밖으로 머리를 내밀었다. 심장이 빠르게 뛰고 있었다. 레티시아는 욕조에서 나와 가운을 걸쳤다.

누군가가 초인종을 눌렀다.

레티시아는 잠시 마음을 가라앉힐 시간을 가진 다음에 심

호흡을 세 번 하고 문을 열었다. 멜리에스가 또 찾아왔다. 그의 갑작스러운 방문에 익숙해져 있기는 했지만 레티시아는 그가 멜리에스라는 것을 알아보는 데 조금 시간이 걸렸다. 그는 벌 치는 사람들이 입는 옷을 입고, 모슬린 천 너울이 달린 밀짚모자로 얼굴을 가리고 있었으며, 고무장갑을 끼고 있었다. 레티시아는 멜리에스 뒤에 같은 복장을 한 세 사람이 서 있는 것을 보고 미간을 찌푸렸다가 그 가운데 카위자크 형사가 있음을 알고 다시 미소를 지었다.

「멜리에스 씨, 이런 복장으로 찾아오신 건 무슨 뜻이죠?」

대답이 없었다. 멜리에스가 옆으로 비켜섰다. 형사임에 틀림없을 낯선 두 사람이 앞으로 다가왔고, 그중에 더 건장해 보이는 사람이 그녀의 오른쪽 손목에 수갑을 채웠다. 레티시아는 자기가 꿈을 꾸고 있다고 생각했다. 모슬린 천으로 얼굴을 가리고 있는 탓에 둔탁하고 갈라진 목소리로 카위자크가 말했다. 갈수록 태산이었다.

「당신을 살인과 살인 미수죄로 체포합니다. 지금부터 당신이 말하는 모든 것은 당신에게 불리하게 작용할 수도 있습니다. 물론 당신은 당신의 변호사가 없는 곳에서 진술을 거부할 권리가 있습니다.」

그러고 나서 그들은 레티시아를 검은 래커를 칠한 방문 앞으로 데리고 갔다. 멜리에스는 날랜 솜씨로 불법 침입 강도들이 하는 짓을 훌륭하게 해냈다. 문은 쉽게 열렸다.

「열쇠를 달라고 할 것이지 자물쇠는 왜 망가뜨리고 그러세요?」

용의자가 된 그녀가 항의했다.

네 형사는 개미 사육통과 컴퓨터 앞에 우뚝 멈춰 서며 물었다.

「이게 뭡니까?」

「아마도 살타 형제와 카롤린 노가르, 매커리어스, 오데르진 부부를 살해한 놈들일 거야.」

멜리에스가 어두운 음성으로 말했다.

그녀가 외쳤다.

「당신들은 오해하고 있어요. 저는 하멜른의 〈피리 부는 사나이〉가 아니란 말이에요. 보면 몰라요? 이건 제가 지난주 퐁텐블로 숲에서 가져온 단순한 개미집에 불과해요. 이 개미들은 살인범이 아니에요. 이 개미들은 내가 여기에 갖다 놓은 이후로 한 번도 밖에 나간 적이 없어요. 사람의 명령을 따르는 개미는 없어요. 사람들은 개미를 길들일 수 없어요. 개나 고양이하고는 나르단 말이에요! 개미들은 자유롭게 행동해요. 멜리에스 씨, 제 말 듣고 있어요? 개미들은 자유롭다고요. 개미들은 자기들 마음 내키는 대로 해요. 아무도 개미를 조종할 수 없고, 영향을 미칠 수 없어요. 제 아버님께서는 진작 그걸 아셨어요. 개미들은 자유로워요. 바로 그런 것 때문에 사람들이 늘 개미들을 죽이고 싶어 하는 거 아닌가요? 길들일 수 없는 자유로운 개미만 있을 뿐, 이 세상에 다른 개미는 없어요. 저는 당신들이 찾는 살인자가 아니라고요!」

경정은 그 항의를 건성으로 듣고 에밀 카위자크를 돌아보며 지시했다.

「에밀 형사, 컴퓨터하고 개미들을 모두 실어요. 이제 곧 개미들의 위턱의 크기가 피해자들의 몸 안에 있던 상처와 일치하는지 알게 될 겁니다. 개미 사육통을 잘 밀봉하고 이 아가씨를 곧장 예심 판사에게 데려가세요.」

레티시아는 감정이 격해졌다.

「나는 당신이 찾는 범인이 아니에요. 멜리에스 씨! 당신 또 실수하고 있어요. 이렇게 엉터리로 일하는 게 완전히 당신 특기군요?」

멜리에스는 그녀의 말을 들은 체 만 체 했다. 그가 다시 부하들에게 지시했다.

「어이, 이 개미들 중에 단 한 마리도 도망가지 않도록 조심하게. 개미들 하나하나가 다 증거물이니까.」

자크 멜리에스는 더할 나위 없는 행복감에 젖어 있었다. 그는 자기 세대에서 가장 복잡한 수수께끼를 풀었다고 생각했다. 그는 완전 범죄가 될 뻔한 것을 해결했다. 그는 아무도 성공할 수 없었던 일에서 승리를 거두었다. 그는 범인의 살인 동기도 파악하고 있었다. 즉 레티시아는 세계에서 가장 유명한 개미 애호가이자 광인인 에드몽 웰스의 딸이었다.

그는 레티시아의 연보랏빛 시선과 단 한 번도 마주치지 않고 그곳을 떠났다.

「나는 죄가 없어요. 당신은 경찰 생활에서 가장 큰 실수를 저지르고 있어요. 나는 죄가 없단 말이에요!」

90. 백과사전

문명 사이의 충돌

기원전 53년, 시리아 주재 로마 총독이었던 마르쿠스 리키니우스 크라수스 장군은 갈리아 지방에 있던 율리우스 카이사르의 성공에 질투를 느낀 나머지 자기도 대정복의 길에 나서게 되었다. 카이사르가 서양에 대한 지배력을 브리타니아 지방까지 떨치고 있었으므로, 크라수스는 동방을 침략해서 바다에까지 닿으려고 했다. 그리하여 그는 동쪽으로 나아갔다. 그런데 파르티아 제국이 그의 앞길을 가로막았다. 대군의 선두에서 그는 그 장애물에 맞서 싸웠다. 그것이 바로 카레스 전투인데, 승리한 쪽은 파르티아 제국의 수레나왕이었다. 그 때문에 크라수스의 동방 정벌은 끝이 났다.

그런데 크라수스의 그 시도가 예기치 않은 결과를 낳았다. 파르티아 제국은 수많은 로마인들을 사로잡아 쿠샨 왕국과 교전 중이던 그들의 군대에 편입시켰다. 이번에는 파르티아 제국이 패배했고, 로마 병사들은 쿠샨의 군대에 통합되어 중국과의 전쟁에 투입되었다. 그 전쟁에서 중국이 승리하게 되자 그 포로들은 마침내 중국 황제의 군대에 들어가게 되었다.

중국인들은 백인들을 보고 깜짝 놀랐는데, 특히 대포나 다른 무기를 만들어 내는 백인들의 과학에 대해서 감탄했다. 중국인들은 로마 병사들을 받아들이고 토지와 함께 그들의 도읍을 마련해 주기도 했다. 로마 병사들은 중국 여인들과 결혼을 해서 자식까지 두었다. 몇 년이 지난 후 로마의 상인들이 그들에게 자기 나라로 데려다 주겠다고 제안했을 때 그들은 그 제의를 거절하고 중국에서 사는 게 더 행복하다고 말했다.

에드몽 웰스, 『상대적이며 절대적인 지식의 백과사전』 제2권

91. 소풍

샤를 뒤페롱 경찰국장은 8월의 무더위를 피하기 위해 가족과 함께 퐁텐블로 숲으로 소풍을 가기로 했다. 그의 아들과 딸인 조르주와 비르지니는 숲속에서 돌아다니기에 편한 신발을 준비했고, 아내 세실은 냉요리 준비하는 일을 맡았

다. 뒤페롱 국장은 아내가 만든 요리를 커다란 얼음 상자에 담아 다른 사람들의 비웃음을 받아 가면서 숲으로 운반했다.

그날은 일요일이었다. 오전 11시가 되자 벌써 더위가 기승을 부렸다. 그들은 급히 서쪽에 있는 나무들 밑으로 들어갔다. 아이들은 유치원에서 배운 노래를 흥얼거렸다. 〈삐빠 바룰라 시스 마이 베이비〉. 세실은 자동차 바퀴자국에 빠져서 발복을 삐지 않으려고 애쓰고 있었다.

뒤페롱 국장은 땀을 뻘뻘 흘리고 있으면서도, 경호원이나 비서도 대동하지 않고 언론이나 온갖 아첨꾼들의 등쌀에서 벗어나 야외로 나온 것에 만족했다. 자연으로 돌아오는 일은 역시 매력적이었다.

반이나 말라 버린 개울에 다다르자 그는 즐거운 기분으로 꽃향기가 가득 담긴 공기를 들이마시고 근처에 있는 풀밭에 자리를 잡자고 제안했다. 말이 떨어지기가 무섭게 세실이 반대하고 나섰다.

「당신 왜 그래요? 여기는 모기가 득실거리는 곳임에 틀림없어요. 여기 모기가 있는데 이거 안 보여요? 나는 모기한테 잘 물린단 말이에요!」

「모기들이 엄마 피를 좋아해요. 엄마 피가 달아서 그런가 봐요.」

비르지니가 나비채를 휘두르면서 히죽히죽 웃었다. 그 애는 제 교실에 나비를 더 갖다 놓고 싶어서 나비채를 가져온 것이었다.

작년에 아이들은 나비 8백 마리의 날개로 하늘을 나는 비행기 그림을 만들었는데, 이번에는 아우스터리츠 전투를 그림으로 나타낼 생각이었다.

뒤페롱은 아내의 말에 따르기로 했다. 이토록 좋은 날을 모기 얘기로 허비하고 싶지는 않았다.

「좋아요, 좀 더 멀리 가죠 뭐. 저 아래에 빈터가 있는 것 같은데요.」

그 빈터는 부엌만큼 넓은 네모진 땅이었는데 토끼풀이 가득 덮여 있었다. 게다가 그늘도 넓게 드리워져 있었다. 뒤페롱은 얼음 상자를 내려놓고 뚜껑을 연 다음 아름다운 하얀 식탁보를 꺼냈다.

「여기가 안성맞춤인데. 애들아, 엄마가 자리 까는 것 좀 도와드려라.」

그는 맛 좋은 보르도산 포도주 한 병을 따려고 했다. 그러자 곧 아내의 잔소리가 날아왔다.

「그게 그렇게 급해요? 애들은 벌써 장난을 치고 있고 당신은 그저 술 마실 생각만 하시는 거예요? 아버지로서 해야 할 일을 좀 해봐요.」

조르주와 비르지니는 흙덩어리를 던지며 싸우고 있었다. 그는 한숨을 내쉬면서 애들에게 얌전히 있으라고 타일렀다.

「애들아, 그만해라! 조르주, 너는 사내 녀석이 왜 그 모양이냐? 모범을 보여야지.」

국장은 아들의 바지를 낚아채고 쥐어박을 듯한 시늉을 했다.

「너 자꾸 네 동생 놀리면 한 대 맞을 줄 알아, 알았지?」

「하지만 아빠, 내가 먼저 그런 게 아니에요. 비르지니가 먼저 그랬어요.」

「그런 건 중요한 게 아니야. 동생이 어떻게 하든 네가 참아야지.」

소규모 부대를 이룬 척후 개미 80마리가 주력 부대 앞에서 모든 방향을 샅샅이 수색하면서 멀리 나아간다. 원정군의 정찰 부대로서 척후 개미들은 원정군이 가장 좋은 길로 갈 수 있도록 자취 페로몬을 뿌려 놓는다.

가장 빨리 나아간 부대는 103호가 지휘하고 있다.

뒤페롱 가족은 나무 아래의 후끈한 열기 속에서 천천히 음식을 먹고 있었다. 뒤페롱 국장이 윽박지른 보람이 있어서인지 아이들도 이제는 조용했다. 고개를 들면서 뒤페롱 부인이 침묵을 깨뜨렸다.

「여기에도 모기가 있나 봐요. 모기는 아니더라도 곤충들이 있는 건 틀림없어요. 윙윙거리는 소리가 들려요.」

「어느 숲에나 곤충은 있는 거 아니에요?」

「당신이 소풍을 오자고 해서 왔지만 제대로 온 건지 모르겠어요. 노르망디 해안으로나 갈 걸 그랬나 봐요. 조르주가 알레르기 체질이라는 거 당신도 아시죠?」

세실이 한숨을 쉬며 말했다.

「애를 너무 감싸려고만 들지 말아요. 그러다가 이 애를 정말 나약하게 만들고 말겠어요.」

「하지만 들어 보세요. 곤충들이 도처에 있어요.」

「불안해할 것 없어요. 내가 살충탄을 준비해 왔어요.」

「아, 그래요. 상표가 뭐죠?」

한 척후 개미로부터 신호가 날아온다.

《정체를 알 수 없는 강한 냄새가 북북동에서 풍겨 오고 있다.》

정체를 알 수 없는 냄새, 그것으로 충분하다. 이 광대한 세상에는 아직 개미들이 모르는 수십억 개의 냄새가 존재한다. 그러나 그 척후 개미의 신호에 담긴 특별한 기미를 감지하고 정보 부대 안에서 지체 없이 경보 페로몬이 터져 나온다. 개미들은 걸음을 멈추고 주위를 살핀다. 거의 맡아 본 적이 없는 미묘한 냄새가 공기 중에 떠다닌다.

그것이 멧도요 냄새임을 확신한 척후 개미 하나가 위턱을 떤다. 개미들이 더듬이를 맞대고 의논한다. 103호는 무슨 동물인지 확인하기 위해서라도 앞으로 나아가야 한다고 생각한다. 모든 개미들이 103호의 의견에 따른다.

개미 스물다섯 마리는 조심스럽게 냄새를 따라 나아가다가 마침내 넓은 공간을 발견한다. 하얀 바닥에 미세한 구멍들이 점점이 뚫려 있는 아주 이상한 곳이다.

무슨 일을 하든 그것을 시작하기에 앞서 반드시 몇 가지 예비 조치를 취해야 한다. 척후 개미 다섯 마리가 방금 왔던 길로 되돌아가더니 풀밭에 벨로캉 연방의 냄새를 뿌린다. 말하자면 화학적인 깃발을 꽂은 셈이다. 그곳이 벨로캉의 영토라는 사실을 온 세계에 알리기 위해 테트라데실아세테이트($C_6-H_{22}-O_2$) 몇 방울을 뿌리는 것이다.

그 일이 개미들에게 힘을 북돋워 준다. 어떤 지역에 이름을 붙인다는 것, 그것은 이미 그 지역을 잘 알고 있다는 것을 의미하기 때문이다.

그들은 주위를 돌아다닌다.

거대한 두 개의 탑이 서 있다. 척후 개미 네 마리가 기어오르기 시작한다. 꼭대기는 둥글고 불룩한데 거기에도 바닥처럼 구멍이 뚫려 있다. 그곳으로부터 짜고 매운 냄새가 풍기고 있다. 척후 개미들은 더 가까이에서 안에 있는 물건을 보고 싶었지만 그 구멍이 너무 작아 들어갈 수가 없다. 그들은 낙담해서 다시 내려간다.

안타깝다. 기술적인 장비가 있으면 틀림없이 이 문제를 해결할 수 있을 텐데. 척후 개미들이 바닥에 내려오자마자 다른 개미들이 그들을 다른 곳으로 데려간다. 그곳은 훨씬 더 이상한 곳이었다. 냄새를 풍기는 둔덕들이 늘어서 있는데 그 생김새가 자연의 모습으로 보이지는 않는다. 개미들은 그 위로 올라가서, 고랑과 이랑으로 흩어졌다. 위턱으로 만져보기도 하고 더듬이로 탐지해 보기도 한다.

《먹거리다!》

딱딱한 표면을 맨 먼저 뚫어 본 개미가 페로몬을 발한다. 돌멩이쯤으로 알았던 것 아래에 아주 맛있는 것이 들어 있다. 그것도 어마어마하게 많은 양의 단백질이다. 그 개미는 더듬이를 떨면서 가는 섬유로 된 먹거리를 입에 가득 물고 가 그 소식을 전한다.

「다음엔 뭘 먹어요?」

「꼬치구이가 있어.」

「무슨 꼬치구이인데요?」

「양고기, 비계, 토마토.」

「맛있겠는데요. 소스는 뭐죠?」

개미들은 그곳에서 꾸물대지 않는다. 오랜만에 산해진미를 발견한 것에 도취해 있던 개미들은 어느 정도 배를 채우고 나자 하얀 식탁보 위로 흩어진다.

척후 개미 네 마리가 노랗고 끈끈한 물질이 담긴 하얀 통으로 들어간다. 그들은 오랫동안 발버둥을 치다가 그 물렁한 물질 속으로 빨려 들어간다.

「소스가 뭐냐고? 음식점에 주문해서 만든 베아르네즈소스야.」

103호는 거대한 노란 물건들 더미 한가운데에서 길을 잃었다. 걸음을 내디딜 때마다 표면에서 바스락 소리가 난다. 그것들이 와르르 무너진다. 103호는 무너지는 더미에 깔리지 않으려고 이리저리 뛰어오른다. 그곳을 간신히 빠져나와 겨우 어떤 곳에 다다랐는가 싶었더니 이번에는 저 아래에 투명하고 부서지기 쉬운 물질이 보인다. 자칫하다가는 거기에 떨어져 파묻힐 것 같아서 103호는 다시 펄쩍 뛰어오른다.

「야 신난다! 감자튀김이다!」

기름을 발라 놓은 비탈 위로 미끄러지면서 103호는 마침내 그 노란 물건과 투명한 물질의 재난에서 벗어난다. 그는 포크를 따라 가면서 탐험을 다시 시작한다. 놀라운 일의 연속이다. 그는 단맛, 신맛, 매운맛을 차례로 맛본다. 그다음에는 푸른 채소 속에서 이리저리 헤매다가 조심스럽게 빨간 크림에 접근한다.

「러시아식 코르니숑도 있다. 케첩은 여기 있다.」

낯선 것들을 너무 많이 발견한 탓에 더듬이가 너무 흥분되어 있다. 103호는 연한 노란색의 넓은 지역을 지나간다. 그곳에서 진한 발효 냄새가 풍기고 있다. 개미들이 한가로이 거닐고 있고 구멍에 들어갔다 나왔다 하면서 놀고 있다. 동그란 구멍들이 죽 이어져 있다. 개미들이 위턱으로 벽을 뚫으니 노란 벽이 투명해진다.

「그뤼예르치즈다!」

103호는 온통 먹을 것으로 되어 있는 그 이상한 지역에 반하여 그 인상을 동료들에게 전하려 한다. 그러나 그럴 시간이 없다. 나직하고 둔중하면서도 거대한 어떤 소리가 천둥처럼 위에서 크르릉거리며 개미들에게 떨어진다.

「여기 개미가 있어요.」

분홍빛 공이 하늘에서 튀어나오더니 개미 여덟 마리를 차례차례 짓이겨 버린다. 풋, 풋, 풋…… 3초도 걸리지 않았다. 기습의 효과는 완벽하다. 그 병정개미들은 모두 건장한 체격을 가지고 있었다. 그러나 저항 한 번 못 해보고 당해 버렸다. 구릿빛의 단단한 딱지는 터져 버리고, 살과 피가 뒤섞여 끈끈한 죽처럼 되었다. 하얀 바닥 위에 널려 있는 하찮은 적갈색 부스러기가 되어 버렸다.

원정군의 병정개미들에게는 그 광경이 도무지 현실의 일로 느껴지지 않는다. 그 분홍빛 공은 기다란 기둥으로 이어져 있다. 그 공이 개미들을 죽이고 나자 네 개의 다른 기둥들이 펼쳐지면서 처음의 기둥과 합쳐진다. 그것들은 다섯 개다.

　손가락들!

　저것은 손가락들이다!!!! 손가락들!!!!

　103호는 그것들이 손가락들임을 확신한다. 손가락들이 저기에 있다! 그토록 빠르고 그토록 강한 손가락들이 아주 가까이에 있다.

　103호는 가장 자극적인 경보 페로몬을 발한다.

　《조심해라, 손가락들이다!》

　103호가 공포의 물결에 휩싸인다. 뇌 속이 부글거리고 다리가 후들거린다. 위턱이 벌어졌다 오므라들었다 한다.

　《손가락들이다! 모두 숨어라!》

　손가락들이 일제히 공중으로 솟구쳤다가 다시 내려오더니 그들 가운데 하나만 꼿꼿이 선다. 그 손가락의 평평한 분홍빛 끝이 개미들을 뒤쫓아 가 아주 쉽게 죽여 버린다.

　용감하지만 전혀 무모하지 않은 103호가 위험을 직감하고 널따란 베이지색 동굴에 숨는다.

　모든 일이 아주 순식간에 일어났기 때문에 103호는 무슨 일이 일어났는지 깨달을 겨를도 없었다. 하지만 그것들이 손가락들이라는 것은 분명히 알 수 있었다.

　공포의 물결이 다시 엄습한다. 더 무서운 다른 것을 생각할 수만 있다면 손가락들에 대한 두려움을 없앨 수 있겠는데, 그런 것을 생각해 낼 수가 없다. 그는 이제 세계에서 가장 무시무시하고 가장 불가해하고 가장 강력한 손가락들과 맞닥뜨린 것이다.

　두려움이 103호의 전신으로 퍼져 나간다. 몸이 떨리고 숨이 막힌다. 이상하게도 손가락들과 맞닥뜨려 있을 때는 잘 깨닫지 못하고 있었는데, 동굴에 안전하게 숨어 있는 지금 두려움이 절정에 달해 있다.

바깥에는 그를 죽이려는 손가락들이 가득하다. 손가락들이 신이라면? 103호는 그 신들을 경멸했었고, 그들이 지금 화가 나 있으니, 그는 곧 죽게 될 가련한 한 마리 개미에 불과하다.

클리푸니가 걱정했던 대로이다. 설마 연방 근처에까지 손가락들이 와 있으리라고는 생각하지 못했다. 손가락들이 세상의 끝을 건너 숲을 침범한 것이다.

103호는 뜨거운 베이지색 동굴에서 원을 그리며 돈다. 신경질적으로 자신의 배를 두드리면서 그는 자기를 짓누르고 있는 두려움에서 벗어나려고 애쓴다.

그렇게 오랜 시간을 보내고 나서야 그는 다시 마음을 다스릴 수 있게 되었다. 두려움이 어느 정도 사라지자 그는 신중한 발걸음으로 반원형의 그 이상한 동굴을 둘러본다. 검정색의 얇은 조각들이 내부를 장식하고 있다. 그 얇은 조각들에서 미지근한 기름이 배어 나오고 있다. 역겨운 곰팡내가 진동을 한다.

「구운 통닭을 썰어 볼까. 아주 먹음직스러운데.」

「그놈의 개미들이 성가시게 굴지만 않았으면 좋겠어요…….」

「내가 벌써 다 죽였어요.」

「그래도 당신 참 비위도 좋아요. 아니 저기, 저기 또 있어요.」

역겨움을 이겨 내면서 103호는 뜨거운 동굴을 가로질러 가장자리로 나아간다. 더듬이를 앞으로 내밀고 밖을 살피다가 그는 너무나 끔찍한 장면을 목격한다. 분홍빛 공들, 즉 거대한 포식자들이 그의 동료들을 모두 몰아내고 있다. 손가락들은 컵 아래, 접시 아래, 냅킨 아래에서 개미들을 몰아낸 다음 다짜고짜 목숨을 앗아 버린다. 대살육이다.

어떤 개미들은 침략자들에 대해 개미산을 분사하려고 한다. 그러나 아무 소용이 없었다. 분홍빛 공들은 날고뛰고 도처에서 튀어나와 자그마한 적들에게 전혀 기회를 주지 않는다.

그런 뒤에 모든 게 잠잠해진다.

공기에는 개미 시체가 뿜어낸 올레인산이 가득 차 있다. 손가락들은 다섯씩 무리를 지어 식탁보 위를 정찰한다.

손가락들은 다친 개미들을 완전히 죽여 하얀 바닥 위에 반점을 만들어 버리기도 하고 바닥을 더럽히지 않으려고 긁어 내기도 한다.

「여보, 큰 가위 좀 건네줘요.」

갑자기 거대한 쇠끝이 동굴의 천장을 뚫고 들어오더니 둔탁한 소리를 내며 한가운데가 양쪽으로 벌어진다.

103호는 자기 앞 오른쪽으로 뛴다. 빨리 도망가야 한다. 빨리, 빨리. 무서운 신들이 바로 위에 있다.

여섯 개의 다리를 최대한으로 빨리 놀리며 뛰어간다. 분홍빛 기둥들은 약간 뜸을 들였다가 다시 움직인다. 그들은 그가 그곳에서 빠져나가는 것을 보고 대단히 화가 난 것 같다.

103호는 갖은 방법을 다 동원한다. 급회전을 했다가 다시 반대 방향으로 돌기를 수없이 되풀이한다. 심장이 곧 터질 것처럼 사정없이 뛴다. 그러나 아직은 살아 있다. 두 개의 기둥이 그의 앞에 우뚝 내려선다. 103호는 처음으로 체 같은 그의 눈을 통해서 지평선 위로 드러난 다섯 개의 거대한 형체를 본다. 사향 냄새가 섞인 손가락들의 냄새가 느껴진다. 손가락들이 수색을 벌이고 있다.

멍해지면서 사고가 정지된다. 너무나 두려워 아무것도 생각할 수가 없다. 한바탕의 광기가 휘몰아친다. 103호는 도망치는 대신에 추격자들 위로 뛰어오른다. 기습의 효과는 만점이었다.

전속력으로 손가락들 위로 기어오른다. 손가락 끝에 도달하자 발사대 위에 있는 로켓처럼 허공으로 뛰어오른다.

추락하는 그를 분홍빛 공들이 받아 낸다. 손가락들이 그를 죽이려고 다가온다.

103호는 아래로 내려와 다시 한번 뛰어내린다. 이번에는 풀 속에 떨어진다. 재빨리 토끼풀잎 아래로 숨는다. 주위의 풀들을 긁어 대는 손가락들이 보인다. 손가락들이 자기를 몰아내려고 한다. 그러나 데이지 꽃들이 있는 풀밭은 바로 그의 세계이다. 그들은 더 이상 그를 찾아내지 못할 것이다.

103호는 달린다. 갖가지 생각이 머릿속에서 뒤섞인다. 이제 더 이상 의심의 여지가 없다. 그는 손가락들을 보았고 그들의 몸에 닿았고, 심지어 그들을 속이기까지 했다.

그렇지만 그런 사실이 근본적인 질문에 대한 대답은 못 된다.

《손가락들은 정말 신일까?》

샤를 뒤페롱 국장은 체크무늬의 손수건으로 손을 닦았다.

「봤죠? 살충제를 사용하지 않아도 이놈들을 몰아낼 수 있어요.」

「그래도 아까 말했다시피, 이 숲은 깨끗하지 않아요.」

「나는 1백 마리나 죽였어.」

비르지니가 자랑했다.

「나는 더 많이 죽였어. 너보다 훨씬 많이 죽였다고.」

조르주가 외쳤다.

「닭고기에서 개미 한 마리가 나가는 걸 봤어요.」

그 말이 떨어지기가 무섭게 비르지니가 소리쳤다.

「개미가 더럽힌 닭고기는 이제 안 먹을 거야.」

뒤페롱은 눈살을 찌푸렸다.

「닭고기에 개미가 지나갔다고 이 맛있는 고기를 버린단 말이냐?」

「개미는 더러워요. 병을 옮겨요. 학교에서 선생님께서 가르쳐 주셨어요.」

「그래도 닭고기를 먹어라.」

아버지는 주장을 굽히지 않았다. 조르주가 바닥에 엎드렸다.

「빠져나갔던 개미 한 마리가 여기 있어요.」

「요놈, 잘 걸렸다.」

「그냥 둬! 그놈이 다른 개미들한테 가서 여기에 와서는 안 된다고 전해 줄 거야. 비르지니야, 개미 다리 자르는 짓 좀 그만둬. 그 개미는 죽은 거야.」

「아니에요, 엄마. 아직도 조금씩 움직이고 있어요.」

「알았다. 하지만 식탁보 위에 그것들을 버리면 안 돼. 더 멀리 던져 버려. 이거 원 소풍이라고 나와서 밥도 마음 편하게 못 먹으니.」

세실은 그렇게 말하면서 고개를 들어 하늘을 바라보다가 깜짝 놀랐다. 뿔 달린 풍뎅이들이 요란한 소리를 내며 모여들더니, 그녀의 머리 위 1미터 되는 곳에 작은 구름 모양을 이루고 있었다. 그 구름이 공중에 머물러 있음을 깨닫고 세실은 파랗게 질려 버렸다.

남편의 안색도 좋은 편이 아니었다. 그는 풀밭이 까맣게 변해 버린 것을 확인했다. 그들은 개미들의 늪에 갇히게 되었다. 그 개미들은 아마도 수백만 마리는 되어 보였다.

사실 그것은 손가락들을 치러 가는 첫 번째 원정군 3천 마리의 개미일 뿐이었다. 개미들은 단호하게 위턱을 모두 내밀고 앞으로 나아가고 있었다.

남편이면서 애들의 아빠가 불안한 목소리로 또박또박 말했다.

「여보, 나에게 빨리 살충제를 건네줘요.」

92. 백과사전

개미산

개미산은 생명을 이루는 중요한 구성 요소의 하나다. 사람도 세포 안에 개미산을 가지고 있다. 19세기 후반에 개미산은 식량이나 동물의 시체를 보존하기 위해서, 특히 침대 시트의 얼룩을 제거하기 위해서 사용되었다. 사람들은 이 산을 합성할 줄 몰랐기 때문에 곤충에서 직접 뽑아서 썼다.

개미 수천 마리를 기름틀에 넣고 노란 액체가 나올 때까지 압축했다. 그 〈으깨어진 개미들의 시럽〉을 한 번 걸러서 모든 약국의 물약 선반에 놓고 팔았다.

에드몽 웰스, 『상대적이며 절대적인 지식의 백과사전』 제2권

93. 마지막 단계

미귀엘 시녜리아즈 박사는 아무도 자기들의 프로젝트가 마지막 단계에 들어서는 것을 막을 수 없음을 알고 있었다.

그는 〈지옥의 군대〉에 맞설 절대적인 무기를 손에 쥐고 있었다.

그는 은빛 액체를 넓적한 그릇에 부었다. 그리고 붉은 액체를 붓고서 화학에서 일반적으로 〈2차 응고〉라고 하는 과정을 진행시켰다.

밑부분의 색이 공작새의 꼬리 빛깔을 띠었다. 시녜리아즈 박사는 그 그릇을 발효기 안에 넣었다. 이제 기다리기만 하면 되었다. 마지막 단계에서는 기계가 제대로 통제할 수 없는 요소인 시간만이 필요했다.

94. 손가락들이 후퇴하다

공격하고 있는 보병들의 전초 부대가 갑자기 초록 연막에 둘러싸인다. 연막 때문에 보병들은 매우 심하게 콜록거린다.

꽤 높은 곳에서 풍뎅이들은 움직이는 산을 공격하고 있다.

세실 뒤페롱의 가느다란 머리털 위에 도달한 포병 개미들은 개미산 포를 쏘아 댄다. 그러나 효과는 미미했다. 그곳을 주거로 삼으려던 이 몇 마리를 죽였을 뿐이다.

아래에 있던 포수 개미 한 마리는 커다란 분홍빛 공을 향

해 집중 사격을 한다. 그것이 세실의 엄지발가락이라는 것을 개미들이 알 리가 없다.

다른 수단을 강구해야 한다. 왜냐하면 인간에게 개미산은 레몬수 정도의 효과밖에 못 주기 때문이다.

또다시 초록색 살충제가 연막을 형성하며 벨로캉 개미들의 대열에 엄청난 타격을 가하고 있다.

《그것들의 구멍을 찾아라!》

9호가 울부짖는다. 포유류나 새들과 맞서 싸운 경험을 가진 모든 개미들은 그 메시지의 의미를 곧바로 깨닫는다.

몇몇 부대가 과감하게 거대한 손가락들에게 덤벼들어 그들의 옷 속에 위턱을 단단히 박는다. 면으로 된 티셔츠와 반바지에 커다란 구멍을 뚫는다. 비르지니의 셔츠는 아크릴 30퍼센트, 폴리아미드 20퍼센트가 섞여 있어서 개미들의 위턱에 별로 손상을 입지 않는다.

「아이고, 코 안으로 개미가 들어갔어요.」

「빨리, 살충제 좀 줘!」

「그렇다고 얼굴에 살충제를 뿌릴 수는 없잖아요.」

「엄마야!」

비르지니가 소리친다.

「정말 골치 아프군!」

뒤페롱이 소리치며 가족들 주위로 윙윙거리는 풍뎅이들을 손으로 흩어 버리려고 애쓴다.

「도저히 안 되겠어…….」

《……저 괴물들을 당할 수가 없어. 저들은 너무 크고 너무

강해. 저들은 우리의 상상을 뛰어넘는 자들이야.》

103호와 9호는 그 상황에 대해 열띤 논의를 하고 있다. 그들은 지금 어린 조르주의 목 언저리에 있다.

103호는 다른 곤충들에게서 뽑은 독을 가져왔냐고 묻는다. 9호가 가져왔다고 대답한다. 말벌이나 꿀벌의 독이다. 9호가 즉시 그것을 가지러 간다.

9호가 꿀벌의 독침에서 나온 노란 액이 담긴 알을 다리 끝에 싣고 온다. 전투는 여전히 격렬하다.

《그것을 주사하려면 어떻게 해야 하지? 우리는 침이 없잖아.》

103호는 아무런 대꾸도 없이 붉은 살 속에 위턱을 꽂고 최대한 깊이 독을 밀어 넣는다. 여러 번 그 동작을 되풀이한다. 살이 물렁물렁하기는 해도 여간 질긴 것이 아니다.

《도망가자.》

후퇴가 용이하지 않다. 거대한 동물이 경련을 일으킨다. 숨이 막히고 몸이 떨린다.

조르주 뒤페롱은 무릎을 꿇고 옆으로 쓰러진다.

조르주가 작은 용들의 공격을 받고 쓰러진 것이다.

조르주가 넘어지자 개미 4개 부대가 머리채 속에 들어가고 다른 개미들은 여섯 개의 구멍을 찾아낸다.

103호의 마음이 밝아진다.

이번에는 분명하다. 우리가 손가락들 하나를 해치웠어!

비로소 손가락들에 대한 두려움이 머리에서 사라진다. 두려움이 사라지니 기쁘기 한량없다. 103호는 자유를 느낀다.

조르주 뒤페롱은 땅바닥에 엎드려 더 이상 움직이지 않는다.

9호가 뛰어가서 얼굴 위로 올라간다. 붉고 거대한 몸 위로 한 걸음씩 나아간다.

손가락들은 하나의 완전한 영토라 할 만하다. 9호가 손가락들의 여기저기를 대충 돌아본 바로는 그들이 손가락들이라 부르고 있는 그 동물은 길이 2백 머리에 너비가 1백 머리는 족히 될 듯하다.

그 동물의 몸 안에는 없는 게 없다. 동굴, 골짜기, 산, 분화구 등.

원정군 가운데 가장 기다란 위턱을 가진 병정개미 9호는 그 손가락들이 아직 완전히 죽지는 않았다고 생각한다. 그는 눈썹으로 기어 올라갔다가 미간의 한가운데, 콧마루가 시작되는 곳에서 멈춘다. 인도 사람들이 제3의 눈이라 부르는 자리이다. 9호는 오른쪽 위턱의 끝을 높이 들어 올린다.

햇빛을 받아 위턱의 날이 번득인다. 잠시 뜸을 들이다가 9호는 자기의 위턱을 날쌘 동작으로 발그레한 살갗 속에 박아 넣는다.

흡입음을 내면서 9호가 키틴질로 된 그의 칼을 뺀다. 곧 간헐 온천에 물이 솟듯이 그의 더듬이 위로 가느다란 핏줄기가 솟아오른다.

「여보! 여기 좀 봐요. 조르주가 몸이 안 좋은가 봐요.」

샤를 뒤페롱은 살충탄을 풀밭에 내려놓고 아들에게로 몸을 구부렸다. 아이의 안색이 창백해지고 호흡이 가빴다. 아이의 몸에 개미들이 다닥다닥 붙어 있었다.

「알레르기 발작을 일으키고 있어요. 빨리 병원에 데려가서 주사를 맞혀야겠어요.」

「빨리 여기에서 나가요.」

소풍 도구들도 제대로 챙기지 못한 채 뒤페롱 가족은 부랴 부랴 자동차 쪽으로 달아났다. 샤를 뒤페롱은 아들을 팔에 안고 있었다.

병정개미 9호는 제때에 뛰어내렸다. 그는 자기의 오른쪽 위턱에 남아 있는 손가락들의 피를 핥는다.

이제 개미들은 손가락들이 상처를 입을 수도 있다는 것을 알게 되었다. 개미들이 손가락들에게 해를 입힐 수 있는 것이다. 꿀벌의 독이 있으면 손가락들을 죽일 수도 있다.

95. 니콜라

손가락들의 세계는 너무 아름다워 어떤 개미도 그것을 이해할 수 없다.

손가락들의 세계는 너무 평화로워 불안과 전쟁이 사라졌다.

손가락들의 세계는 너무 조화로워 모두가 끝없는 환희를 누리며 산다.

우리는 우리 일을 대신해 주는 도구들을 가지고 있다.

우리는 아주 빠르게 우주로 날아갈 수 있는 기계를 가지고 있다.

우리는 일을 안 해도 먹고살 수 있게 해주는 도구들을 가지고 있다.

우리는 날 수 있다.

우리는 물속을 갈 수 있다.

우리는 이 행성을 떠나 하늘 저편으로 갈 수도 있다.

손가락들은 무엇이든 할 수 있다. 신이기 때문이다.

손가락들은 무엇이든 할 수 있다. 위대하기 때문이다.

손가락들은 무엇이든 할 수 있다. 강력하기 때문이다.

이는 진리의 말씀이니라.

「니콜라!」

아이는 재빨리 기계를 끄고 『상대적이며 절대적인 지식의 백과사전』을 보는 체했다.

「예, 엄마, 왜 그러세요?」

뤼시 웰스가 나타났다. 비쩍 말랐지만 그녀의 깊은 눈길은 이상한 힘이 빚어내는 생기를 띠고 있었다.

「아직 안 자고 있었구나? 하지만 우리가 정해 놓은 밤 시간이잖니?」

「저는 『백과사전』을 보기 위해 가끔 다시 일어나잖아요.」

뤼시는 미소를 지으며 말했다.

「그래. 잘하는 거야. 이 책에는 배울 게 많아.」

뤼시는 아들의 어깨를 잡는다.

「니콜라, 우리가 하는 정신 감응 수련에 너도 참가하고 싶지?」

「아뇨. 지금은 아니에요. 전 아직 준비가 안 되었다고 생각해요.」

「준비가 되면, 아주 자연스럽게 그걸 느끼겠지. 무리할 건 없다.」

뤼시는 아들을 팔에 꺼안고 등을 두드린다. 니콜라는 살

며시 어머니의 품을 빠져나온다. 니콜라는 어머니의 사랑의
표시에 점점 무덤덤한 반응을 보이고 있다.

뤼시가 니콜라의 귀에 속삭인다.

「지금은 이해할 수 없을 거다만 언젠가는…….」

96. 24호가 최선을 다하다

24호는 지금 가고 있는 방향이 남동쪽이기를 바라며 걷
는다. 별로 위험해 보이지 않는 동물들에게 다가가 길을 묻
는다.

《원정군이 지나가는 걸 보았는가?》

그러나 개미들의 후각 언어가 아직 보편적인 언어로 격상
되어 있지 않다. 그래도 풍뎅이 한 마리가 벨로캉 개미들이
손가락들과 싸워 이겼다는 소문을 전해 준다.

〈그럴 리가 없다〉라고 24호는 생각한다. 개미들은 신들을
이길 수 없어! 그러나 도중에 계속 질문을 하고 똑같은 답변
을 듣게 되자 손가락들과 정말 접전이 있었다는 것을 확신하
게 된다. 어떤 상황에서 어떤 일이 벌어졌던 걸까?

24호는 그곳에 있지 않았다. 그는 신들을 만날 수 없었다.
더욱 심각한 문제는 원정군에게 메르쿠리우스 임무를 위한
고치를 갖다주지 못했다는 것이다. 그는 숱하게 자신의 칠칠
치 못함을 책망했고, 방향 감각이 부족한 것을 한탄했다.

24호는 지나는 길에 멧돼지를 발견한다. 저것은 나보다
훨씬 빨리 가겠지.

동료들을 다시 만나려는 욕구와 손가락들에게 가까이 가
고 싶은 열망에 사로잡힌 24호는 멧돼지 다리로 올라간다.

곧 멧돼지는 달리기 시작한다. 북쪽으로 너무 치우쳐 가는 것이 마음에 걸린다. 24호는 달리는 멧돼지 위에서 뛰어내려야 했다.

운이 좋았다. 다람쥐가 나타나자 24호는 쏜살같이 다람쥐의 털 속으로 들어간다. 다람쥐 또한 북동쪽으로 가고 있다. 그런데 날쌘 다람쥐가 갑자기 나무 꼭대기에서 멈춰 버린다. 24호는 되도록 빨리 땅에 닿으려고 뛰어내린다.

멧돼지와 다람쥐를 타고 빠르게 달려오긴 했지만 여전히 동료들은 보이지 않는다. 갈팡질팡하지 말고 마음을 다시 가다듬어야 한다. 24호는 전지전능한 신들인 손가락들의 존재를 믿고 있다. 자기를 원정군 쪽으로, 그리고 손가락들 쪽으로 인도해 주도록 손가락들에게 구원을 받고 싶다.

〈오, 손가락들이여. 저를 이 무서운 세상에 버려두지 마소서. 제 동료들을 다시 찾도록 해주소서.〉

24호가 더듬이를 포갠다. 마치 신들과 더 잘 접촉하고 싶어서 그러는 것 같다. 바로 그 순간 그의 뒤쪽에서 가장 익숙한 냄새가 풍겨 온다.

《아, 당신이군요!》

24호의 기쁨이 절정에 달한다.

황금의 벌집 아스콜레인에 대한 정보를 찾으러 떠났던 103호는 고치를 보자 마음을 놓는다. 그 또한 신을 믿는 어린 반체제 개미를 다시 만나게 되어 매우 기쁘다.

《나비 고치를 잃어버리지는 않았구나?》

24호는 103호에게 그 귀중한 고치를 보여 주고 나머지 일행과 합류한다.

97. 백과사전

시공의 문제

하나의 원자핵 주위에 여러 개의 전자 궤도가 있다. 어떤 것은 중심부에서 매우 가까이 있고, 어떤 것들은 꽤 멀리 떨어져 있다.

외부의 충격으로 이 전자들 중에 하나가 궤도를 바꾸면, 빛이나 열이나 방사의 형태로 에너지의 방출이 일어난다.

낮은 자리에 있는 전자를 보다 높은 자리로 이동시키는 것은 마치 한 눈이 먼 사람을 두 눈 다 먼 사람들의 나라로 데려가는 것에 비유할 수 있다. 그 전자는 빛을 내면서 다른 것에 영향을 미치는데, 그것은 바로 왕이 되는 것과 같다. 역으로, 높은 궤도에서 더 낮은 궤도로 자리를 옮긴 전자는 완전히 바보처럼 보일 것이다.

우주 전체는 원자와 비슷한 방식으로 이루어져 있다. 다양한 시공들이 켜켜이 겹쳐 놓인 채로 병존하고 있다. 어떤 것들은 빠르고 복잡한 반면에 어떤 것들은 느리고 단순하다.

존재의 모든 수준에서 그와 같은 중층 구조를 발견하게 된다. 그리하여 아주 영리하고 민첩한 개미가 인간 세계에 던져지면 그것은 서투르고 겁 많은 하찮은 곤충밖에 안 된다. 무식하고 어리석은 한 인간이 개미 사회에 떨어지면 전지전능한 신이 된다. 그래도 인간들과 접촉을 했던 개미는 많은 것을 배우게 될 것이다. 개미 사회로 되돌아갔을 때, 그 개미는 더 우수한 시공을 경험한 덕분에 어떤 권위를 갖게 될 것이다.

보다 우수한 차원에서 최하층의 상태를 경험해 보고 원래의 차원으로 돌아오는 것. 그것은 진보를 이루어 내는 하나의 훌륭한 방법이다.

에드몽 웰스, 『상대적이며 절대적인 지식의 백과사전』 제2권

98. 우리의 친구들: 파리

원정군이 야영하는 숲속의 빈터에 도착한 24호는, 불개미들이 신을 죽였다는 사실을 믿으려 하지 않는다.

24호는 다른 커다란 동물과 손가락들을 혼돈한 것이 아니냐며, 그것이 정말 손가락들이었다면 그 손가락들은 죽은 척했을 뿐일 거라고 주장한다. 24호는 그런 식으로 동료들의 반응을 시험해 보고 그들의 진심을 헤아리고 싶었던 것이다. 다들 순진하게만 보고 있는 24호가 아주 중요한 사실을 지적한다. 만약, 손가락들이 죽었다면 그의 시체는 어디로 갔나?

103호는 약간 당황한 모습을 보였지만, 이내 자신 있는 태도로 자기가 쓰러진 손가락들의 구석구석을 다 돌아보았으며, 지금은 손가락들에 대해서 보다 자세하게 알고 있다고 페로몬을 발한다.

24호에게 그 페로몬을 발하는 중에 문득 어떤 생각이 103호의 뇌리를 스친다. 자기가 경험한 손가락들에 관한 정보를 기억 페로몬에 정리해 두어야겠다는 생각이다. 103호는 기억 페로몬을 꺼내 거기에 정보를 기록하기 시작한다.

분야: 동물학

주제: 손가락들

정보 제공자: 103683호

정보 제공 연도: 100000667년

1) 손가락들은 존재한다.

2) 우리는 손가락들에게 상처를 입힐 수도 있으며, 꿀벌의 독으로 그들을 죽일 수도 있다.

　a) 손가락들을 죽이는 다른 방법들이 있을 것이다. 그러나 현재로서는 꿀벌의 독이 효과적인 것으로 나타났다.

　b) 손가락들을 모두 죽이기 위해서는 꿀벌의 독이 많이 필요하다.

　c) 그렇지만 손가락들을 죽이기는 매우 어렵다.

3) 손가락들은 우리 눈으로 볼 수 있는 것보다 훨씬 더 크다.

4) 손가락들은 따뜻하다.

5) 손가락들은 식물성 섬유로 된 표층으로 덮여 있다. 그 표층은 색깔이 있는 인공적인 피부인 듯하다. 우리 위턱으로 찔러도 그 피부에서는 피가 나지 않는다. 그 표층 밑에 있는 피부를 뚫어야만 피가 난다.

103호는 자신의 기억을 다시 모으기 위해 더듬이를 세운 다음 기록을 계속한다.

6) 손가락들의 냄새는 매우 진하다. 우리가 알고 있는 그 어떤 냄새와도 다른 아주 독특한 냄새다.

103호는 한 무리의 파리가 붉고 거무스레한 웅덩이 주위에서 날고 있는 것을 발견한다.

7) 손가락들은 새들처럼 붉은 피를 가지고 있다.

8) 만일 손가락들이 신이라면…….

정말 이런 조건에서 작업을 하는 것은 불가능하다. 파리들이 한바탕 잔치를 벌이고 있다. 더 이상 참을 수가 없다. 103호는 작업을 중단하고 파리들을 쫓아 버리려 한다.

그러나 잘 생각해 보니 파리들이 원정군에 유용하게 쓰일 것도 같다.

99. 백과사전

선물

금파리들의 세계에서는, 암컷이 짝짓기 하는 동안에 수컷을 잡아먹는다. 짝짓기 할 때의 감정이 식욕을 불러일으키면서 곁에 늘어져 있는 짝짓기 상대가 암컷에게는 맛있는 먹거리로 보이기 때문이다.

수컷은 사랑은 하고 싶으나 암컷에게 잡아먹히고 싶지는 않다. 사랑 때문에 죽어야 하는 그런 비극적인 상황에서 벗어나고 싶다. 즉, 타나토스 없는 에로스를 즐기고 싶은 것이다. 그것을 위해서 금파리의 수컷은 한 가지 책략을 찾아냈다. 수파리는 먹을 것을 〈선물〉로 가져온다. 그럼으로써 암컷은 배가 고플 때 수컷이 가져온 고기를 먹게 되고, 그 수컷은 아무런 위험 없이 사랑을 즐길 수 있다. 그보다 훨씬 진화된 파리들의 세계에서는 수컷이 곤충 고기를 투명한 고치로 포장해서 가지고 온다. 그럼으로써 더 오랫동안 사랑을 즐길 수 있다.

또 어떤 파리 종은 수컷의 관점에서 선물의 질보다는 선물을 개봉하는 데 걸리는 시간이 더 중요하다는 결론을 얻게 되었다. 이 종의 수컷들이 가져오는 고치 포장물은 두껍고 부피가 크지만 사실은 비어 있는 것이다. 암컷이 속았다는 사실을 깨달을 때쯤이면 수컷은 이미 용무를 끝낸 뒤이다.

수컷들의 그런 행동에 이번에는 암컷들이 꾀를 낸다. 암컷은 고치가 비어 있지나 않은지 확인하려고 고치를 흔들어 본다. 그러나 거기에 대한 대응책이 또 나타난다. 암컷이 고치를 흔들어 볼 것임을 예상한 수컷은 고기 덩어리로 착각하게 하려고 자기 배설물을 적당히 담아서 선물 꾸러미를 만들기도 한다.

에드몽 웰스, 『상대적이며 절대적인 지식의 백과사전』 제2권

100. 레티시아가 잠 속으로 빠져든다

멜리에스는 유치장에 가서 레티시아를 만나려고 면회를 신청했다. 그가 소장에게 물었다.

「그 사람은 구금 생활에 어떻게 반응하고 있습니까?」

「아무 반응도 없어요.」

「무슨 말이죠?」

「여기에 온 뒤로 줄곧 자고 있어요. 아무것도 먹지 않고 심지어 물 한 방울도 안 마셨어요. 꼼짝 않고 잠만 자고 있어요. 깨우려고 해보았지만 막무가내예요.」

「잠든 지 얼마나 됐습니까?」

「일흔두 시간쯤 됐습니다.」

자크 멜리에스는 이런 반응을 예상치 못했다. 그가 잡아 넣는 사람들이 성이 나서 고래고래 소리를 지르는 일은 흔히 있었어도 내쳐 잠만 자는 경우는 없었다.

전화벨이 울렸다.

「멜리에스 씨, 당신을 찾는 전화가 왔습니다.」

소장이 말했다.

전화를 건 사람은 카위자크 형사였다.

「경정님, 저는 부검의와 같이 있습니다. 문제가 있는 것 같습니다. 그 기자의 개미들이 전혀 움직이지 않아요.」

「뭐라고요?」

「개미들이 동면을 하고 있다는 얘깁니다.」

「8월에 무슨 동면을 한다고 그래요?」

「정말이라니까요!」

「에밀 형사, 의사에게 조금 후에 간다고 전해 주세요.」

자크 멜리에스는 창백한 얼굴로 수화기를 놓으며 말했다.

「레티시아 웰스와 그의 개미들이 동면을 하고 있다는군요.」

「뭐라고요?」

「그래. 생물학 책에서 그런 걸 본 적이 있어. 날씨가 추울 때, 비가 올 때, 여왕이 사라졌을 때 곤충들은 모든 활동을 중지합니다. 심장 고동도 느려지고 잠을 자든가 죽어 버리지요.」

두 사람은 유치장을 가로질러서 레티시아의 방까지 뛰어갔다. 그들은 곧 안도의 숨을 내쉬었다. 그녀의 입술 사이에서 고른 숨소리가 흘러나오고 있었다. 멜리에스는 그녀의 손목을 잡고 맥박이 천천히 뛰고 있는 걸 확인했다. 그는 그녀가 깨어날 때까지 흔들었다.

레티시아는 연보랏빛 눈을 반쯤 떴지만, 자기가 어떠한 상황에 있는지를 이내 깨닫지 못했고 멜리에스도 잘 알아보지 못하는 것 같았다.

레티시아는 마침내 경정을 알아보고는 미소를 띠고서 다시 잠들어 버렸다. 멜리에스는 자신을 동요시키는 혼란스러운 감정을 애써 무시하고 싶었다.

그는 소장 쪽으로 몸을 돌렸다.

「내일 아침이면 이분이 식사를 요구할 겁니다. 제가 장담하죠.」

연약한 살결의 눈꺼풀 아래에서 안구(眼球)가 상하 좌우로 돌아갔다. 마치 꿈의 변화를 쫓아 움직이는 것 같았다. 이상한 일이었다. 레티시아는 꿈의 세계 속으로 도망자처럼 빠져들어 갔다.

101. 포교

《자, 아주 간단한 이야기입니다.》

23호는 그렇게 연설을 시작한다. 그는 사암 안에 있는 우묵한 곳에 자리를 잡았고, 그 곁에 24호가 있다. 서른세 마리의 개미가 그들을 지켜보고 있다. 처음에 23호는 야영지 안에서 병정개미들을 상대로 포교 모임을 가질 생각이었지만, 마음을 고쳐먹었다. 야영지 안에서 그런 모임을 갖는 것은 위험하다고 판단한 것이다. 그 대신 그는 이곳에서 손가락들에 대한 신앙을 전파하고 있다.

23호는 네 개의 뒷다리로 버티고 서서 페로몬을 발한다.

《손가락들은 그들에게 봉사하도록 하기 위해서 지상에 우리를 만들어 놓았습니다. 그들은 우리를 관찰하고 있습니다. 우리는 그들에게 불경한 짓을 하지 않도록 주의해야 합니다. 왜냐하면 그들은 우리를 벌할 수 있기 때문입니다. 우리가 그들에게 봉사하는 만큼 그들은 그 보상으로 그들의 힘을 나누어 줍니다.》

참석한 개미의 대부분은 검정딱따구리의 똥에 감염된 개미들로 구성되어 있다. 그들은 더 이상 잃어버릴 게 없는 개미들이었고, 자신들의 불행한 처지에 대해 위안을 찾고 있는 개미들이었다. 딱따구리 똥에 맞아 하얗게 탈색된 개미들이 신을 믿는 개미들의 주장에 귀를 기울이고 있다. 때로는 당황하고 때로는 의아해하기도 하지만, 그들은 모두 죽음이 없는 좋은 세상을 갈망하고 있다.

그 불쌍한 흰둥이들은 신산(辛酸)의 세월을 살고 있다. 질병의 고통이 나날이 가중되는 가운데 행렬의 뒤를 허위허위 따라오는 그들이 존재의 의미에 대해 물음을 던지는 것은 당연하다. 그들이 행렬에서 완전히 낙오되어 갖가지 포식자들의 먹이가 되는 일이 종종 일어난다.

그렇지만 병든 개미들이 도움을 필요로 할 때면 다른 개미들은 주저 없이 달려온다. 개미들의 연대 의식은 아무도 배제하지 않는다. 더구나 손가락들을 치러 가는 첫 원정대 내부에서는 말할 것도 없다.

그 말이 무엇이든 간에 신을 믿는 개미의 메시지는 매력이 있고, 호감을 느끼게 한다. 사암 구덩이에 모여 있는 개미들이 손가락들을 제거해야 한다는 사실을 잊고 있는 게 조금도 이상할 게 없다.

그래도 빈약한 반대 논리가 튀어나오고 질문자도 나타난다. 그런 것들이 나중에 걱정거리의 씨앗이 될 수도 있을 것이다. 그러나 23호는 미리 준비된 대답을 한다.

《중요한 것은 손가락들과 친해지는 것입니다. 나머지 일에 대해서는 아무것도 염려하지 마십시오. 손가락들은 신이고 그들은 영원불멸합니다.》

개미 하나가 또 더듬이를 쳐든다.

《손가락들은 왜, 우리가 매 순간마다 해야 할 일을 가르쳐 주지 않는가?》

《그들은 우리에게 말하고 있어요. 벨로캉에서 우리는 손가락들과 오랫동안 대화를 나누었습니다.》

한 포병 개미가 페로몬을 발한다.

《신들에게 말을 걸기 위해서 어떻게 해야 하나?》

《아주 강렬하게 그들을 생각해야 합니다. 신들은 그것들을 〈기도〉라고 부릅니다. 어디에서 기도를 하든 신들은 그것을 알아듣습니다.》

딱따구리 똥 때문에 하얗게 되어 버린 개미가 절망적으로 페로몬을 발한다.

《손가락들은 조충에 감염된 우리를 치료할 수 있을까?》

《손가락들은 무엇이든 할 수 있습니다.》

그때 병정개미가 묻는다.

《여왕개미가 모든 손가락들을 죽이라고 우리에게 명령했는데, 우리는 이제 어떻게 해야 하는가?》

23호가 질문하는 개미를 흘끗 쳐다보고 가만히 더듬이를 흔든다.

《우리는 아무것도 하지 않을 것입니다. 우리는 한쪽에 물러서서 바라보기만 할 것입니다. 신들을 두려워 마십시오. 신들은 전지전능합니다. 리빙스턴 박사의 말을 널리 전파합시다. 우리와 함께하려는 개미가 점점 많아지게 합시다. 늘 기도하는 걸 잊지 맙시다.》

개미들이 여왕개미와 비교해서 반체제 개미들의 말에 열광한 것은 이번이 처음이다. 개미들은 설사 손가락들이 존재하지 않는다 하더라도 그 이야기가 대단히 흥미롭다고 생각한다.

102. 백과사전

신

정의를 내리자면 신은 무소부재하고 무소불위하다. 따라서 신이 존재한다면 신은 어디에나 있고, 무엇이든 할 수 있다. 그러나 신이 무엇이든 할 수 있다면, 신은 자기가 존재하지 않고, 아무것도 할 수 없는 어떤 세계를 창조할 수도 있지 않을까?

에드몽 웰스, 『상대적이며 절대적인 지식의 백과사전』 제2권

103. 아스콜레인, 황금의 벌집

꿀벌이 신호를 보낸다.

수직 8 자 춤, 뒤집어진 8 자 춤, 나선 8 자 춤, 비스듬한 8 자 춤, 잠시 춤사위를 멈추었다가, 다시 겹친 8 자 춤. 태양을 기준으로 각도를 조절한 뒤, 다시 좁은 수평 8 자 춤, 넓은 수평 8 자 춤.

신호는 더할 나위 없이 분명하다.

그 신호에 화답하는 춤사위. 비스듬한 8 자 춤, 겹친 8 자 춤, 뒤집어진 8 자 춤.

이어 다음 벌에게 신호를 보낸다. 공중에 있는 역참과 역참으로 파발이 전해지고 있는 것이다.

꿀벌들은 빙글빙글 춤을 추면서 허공에 자기들의 정보를 새긴다.

먹이가 1백 미터 이상 떨어진 곳에 있다는 걸 알리기 위해서 벌들은 8자 춤을 준다. 그 8자의 중심축이 날아갈 방향과 거리를 알려 준다.

동쪽 강 가까이에 있는 커다란 전나무에 개미들의 냄새 언어로 〈아스콜레인〉이라는 이름을 가진 꿀벌들의 도시가 있다. 이 말은 벌의 언어로는 〈황금의 벌집〉이라는 뜻이다. 그 도시에는 꿀벌 6천 마리가 살고 있다.

동료가 부르고 있음을 알아차린 아스콜레인의 탐색 벌이 빠른 속도로 날아오른다. 그 벌은 엉겅퀴 사이를 요리조리 빠져나가면서 비스듬히 올라간 다음, 풀밭에서 우글거리는 개미들의 행렬 위를 날아간다. 〈아니, 개미들이 저기서 뭐 하는 거지?〉 탐색 벌은 커다란 떡갈나무를 돌아 모래 둔덕들이 있는 지역을 아주 낮게 날아간다.

저기 뭔가 흥미로운 것이 있는 듯하다. 탐색 벌은 날갯짓하는 속도를 늦추고, 노란 수선화들 위를 빙빙 돌다가 어떤 식물의 꽃술에 발을 담근다. 탐색 벌은 그 꽃이 데이지임을 알아차리고 길고 가는 혀를 천천히 노란 가루 속에 밀어 넣는다. 그런 다음, 다리에 신선한 꽃가루를 묻힌 채 꽃을 떠나간다.

탐색 벌은 즉시 280헤르츠의 진동으로 날개를 움직이기 시작한다.

브즈즈즈즈 브즈즈즈 브즈즈즈. 280헤르츠는 한 마리의 벌이 먹이를 담당하는 일벌들을 최대로 모을 수 있는 진동수이다.

260헤르츠는 식량의 관리나 어린 벌들의 보호를 맡은 일벌들을 부를 때 사용한다. 또 3백 헤르츠는 군사적인 경보를 발동할 때 사용한다.

탐색 벌은 육각형의 밀랍 위에 자리를 잡고 춤을 추기 시작한다. 이번에는 밀랍으로 된 벌집의 바닥 위에서 8자를 그린다. 말하자면 2차원의 8자 춤이다. 탐색 벌은 몸짓의 언어로 아주 신속하게 자기의 모험담을 들려주면서, 꽃 무더기가 있는 방향과 거리 및 꽃들의 특성 등을 알려 준다.

꽃이 비교적 가까운 거리에 있으므로 탐색 벌은 빠르게 춤을 춘다. 꽃이 멀리 있었다면 한층 더 느리게 춤을 추었으리라. 마치 먼 곳을 날아오느라고 지쳐 있음을 나타내기라도 하는 것처럼.

벌은 춤을 출 때 태양의 위치나 움직임도 고려한다.

동료들이 달려온다. 꿀을 모을 수 있는 꽃들이 많다는 건 알았지만, 그 꿀의 질을 알고자 하는 것이다. 이따금 꽃들이 새의 똥으로 덮여 있을 때도 있고, 시들어 있을 때도 있으며, 다른 벌들이 먼저 채가 버리는 때도 있다.

몇몇 꿀벌들은 무척 들떠서 자기들의 배를 사용해 밀랍으로 지은 방들을 두드린다. 그들은 꿀벌 세계의 언어로 이렇게 표현한다.

《자네가 가져온 꿀을 직접 보고 싶다.》

탐색 벌은 더 이상 뜸을 들이지 않고 제가 가져온 꿀을 되올린다.

《맛을 보게. 최고의 품질이라는 걸 알게 될 걸세.》

그러한 춤과 대화와 꿀의 교환은 완전한 어둠 속에서 이루어지지만, 벌집 안에 있는 모든 일벌들이 자기들 임무의 중요한 내용을 알고, 그 임무를 수행하기 위해 날아오른다.

기진맥진한 탐색 벌은 견본으로 가져온 꿀을 게걸스럽게

다시 삼킨다. 그런 다음 아스콜레인 꿀벌들의 여왕벌 67호 자하하에르샤가 있는 방으로 들어가려 한다. 그 여왕벌은 자매 여왕벌 20마리와 싸운 끝에 그 꿀벌 왕국의 왕좌에 올랐다. 꿀벌들은 언제나 많은 여왕벌들을 낳는다. 그러나 여왕벌은 한 벌집에 한 마리만 있으면 되기 때문에 여왕벌들은 최후의 승리자가 나올 때까지 산란실에서 격렬하게 싸운다.

지도자를 고르는 방법치고는 좀 야만적이지만, 그래도 그러한 방식을 통해서 가장 강인하고 가장 전투적인 여왕벌을 그 꿀벌 도시의 우두머리로 뽑을 수 있다는 장점이 있다.

여왕벌은 노란색으로만 되어 있는 배를 보고 구별할 수 있다. 여왕벌의 수명은 4년이며 모든 조건이 잘 맞아떨어지면 하루에 1천 개까지 알을 낳을 수 있다.

아스콜레인 벌집은 벨로캉 동북동 쪽에 자리 잡고 있다. 오렌지빛 밀랍으로 지은 방들에 꿀을 모으는 일벌이 모여 사는 완벽한 곳이다. 거기에서는 모든 것이 반짝거리고 향기를 풍긴다. 노랑, 검정, 분홍, 오렌지빛이 어우러져 있다. 일벌들은 다리에서 다리로 귀중한 꿀을 전달한다.

한쪽에서는 일벌들이 밀랍 단지에다 로열 젤리를 만들고 있다.

좀 더 멀리에는 어린 꿀벌들에게 교육을 하는 방이 있다.

꿀벌들의 교육은 언제나 일정한 법칙에 따라 이루어진다. 꿀벌이 알에서 나오면 다른 벌들이 어린 벌에게 영양을 공급한다. 그다음에는 그 꿀벌이 일을 하기 시작하는데, 처음 사흘 동안은 벌집 내부의 일에 전념한다. 3일째 되는 날, 입 근처에 로열 젤리를 만드는 분비샘이 나타나는 신체적 변화를 겪는다. 그럼으로써 그 꿀벌은 유모 벌이 된다. 그러다가 그

분비샘은 점차 중요성이 줄어들고 배 밑에 자리 잡은 새로운 분비샘들이 기능을 발휘하기 시작한다. 그것이 바로 밀랍샘으로서 벌집의 방을 만들고 고치는 데 필요한 밀랍을 만들어 내는 곳이다.

그렇게 해서 12일째부터 꿀벌은 집 짓는 벌이 되어 벌집을 구성하는 구멍들을 만들어 낸다. 18일째부터 이 밀랍샘은 기능을 정지한다. 그럼으로써 일벌은 경비 벌이 되고 외부 세계와 접하는 시간을 가진 다음, 꿀 모으는 벌이 된다. 일벌은 꿀 모으는 벌로 일생을 마무리한다.

탐색 벌이 여왕벌의 방에 다다른다. 탐색 벌은 자기가 본 개미들의 이상한 행렬에 대해서 여왕벌에게 이야기하려는 것이다. 그런데 여왕벌은 안에서 누군가와 중대한 얘기를 나누고 있는 듯하다. 탐색 벌은 더듬이를 내밀어 그게 누구인지를 알아보려고 한다. 도무지 믿기지 않는 일이 벌어지고 있다. 여왕벌이 어떤 개미와 대화를 나누고 있다. 보다 정확히 말하면 벨로캉 연방의 개미이다! 탐색 벌은 좀 떨어진 곳에서 여왕벌과 개미의 대화를 엿듣는다.

《우리가 무엇을 할 수 있는가?》

여왕벌이 묻는다.

그 개미가 벌집 안에 들어왔을 때 꿀벌들은 모두 의아해했다. 꿀벌들이 그 개미를 〈황금의 벌집〉 안에 들어오도록 내버려 두었던 것은 그 개미에 대한 호감 때문이 아니라 그 개미의 당돌함 때문이었다. 개미가 벌집 안에 무슨 볼일이 있단 말인가?

그때 23호는 자기가 벌집에 올 수밖에 없었던 특별한 사정을 이야기했다.

23호는 자기의 동료들인 벨로캉 개미들이 미쳐 버려서 손가락들을 치러 가기 위한 원정군을 파견했으며 이미 손가락 하나를 죽였다고 했다. 그러면서 23호는 원정군 개미들이 분명히 자기들이 지나는 길에 있는 꿀벌들을 공격할 터이니, 그러기 전에 먼저 원정군을 공격하라고 충고했다. 23호는 원정군 개미들이 미나리아재비 골짜기에서 갇혀 있을 때 공격하면 된다는 것까지 일러 주었다.

《매복을 하란 말인가? 당신은 지금 당신 종족을 쳐부수도록 매복을 하라고 권하는 것인가?》

여왕벌은 깜짝 놀란다. 개미들의 행동이 갈수록 패륜적으로 되어 간다는 얘기를 누군가에게서 듣기는 했다. 특히 먹이를 얻기 위해 자기가 태어난 도시와 맞서 싸우는 용병 개미가 있다는 얘기도 들었다. 그러나 여왕벌은 그런 얘기를 들었을 때 설마 그렇게까지 하랴 싶었다. 그러니 자기 동료들을 죽이기에 가장 좋은 장소를 알려 주는 개미를 마주한 여왕벌의 놀라움은 이만저만이 아니다.

확실히 개미들은 여왕벌이 생각했던 것보다 훨씬 더 비뚤어져 있다. 혹시 이게 함정이 아닐까? 스스로 배반자라고 주장하면서 미나리아재비 계곡 안으로 꿀벌들의 군대를 유인하러 온 것인지도 모른다. 그 틈을 타서 원정군이 벌집 안으로 공격해 오려는 것이 아닐까? 차라리 그런 거라면 충분히 이해할 수 있을 것 같다.

여왕벌 자하하에르샤가 등날개를 떤다. 그러고는 개미들도 이해할 수 있는 기본적인 냄새 언어로 묻는다.

《왜 당신은 당신의 동료들을 배반하느냐?》

23호가 변명한다.

《벨로캉 개미들은 지상의 모든 손가락들을 죽이고 싶어 합니다. 그런데 손가락들은 다양성을 지닌 세계의 일부입니다. 그리고 다른 생물종들을 완전히 제거함으로써 개미들은 이 세계를 빈곤하게 만듭니다. 종들은 제 나름의 쓸모를 갖고 있는 것이고, 생명 형태의 다양성이 바로 자연의 본질입니다. 어느 한 종을 파괴하는 것은 하나의 죄악입니다.

개미들은 벌써 많은 동물들을 학살했습니다. 그 동물들을 이해하려 하지 않았고, 그들과 대화할 생각도 해보지 않은 채 고의로 그런 짓을 했습니다. 단순한 무지몽매함 때문에 제거된 것들도 모두 자연의 한 부분입니다.》

병정개미 23호는 한 발 더 나아가, 손가락들은 신이며 자기도 신을 믿는다고 설명하는 것도 잊지 않았다. 하지만, 자신이 열렬히 믿고 있는, 손가락들의 전지전능함을 말하지는 않았다.

여왕벌은 극도로 추상적인 그런 이야기들을 도무지 이해할 수가 없다. 여왕벌이 반박을 하는 것은 당연하다. 여왕벌은 신을 믿지 않는 반체제 개미들이 23호에게 반박했던 것과 똑같은 이야기를 한다.

신이 존재할 수 있다는 생각을 전혀 해본 적이 없는 자에게는 더 알기 쉬운 얘기로 설명해야 한다.

《손가락들에 대해 우리는 거의 아는 게 없습니다. 그러나 그들은 확실히 우리에게 많은 것을 가르쳐 줄 수 있습니다. 그들의 수준에서 그들 나름대로 우리가 상상조차 할 수 없는 많은 문제들을 겪어 왔기 때문입니다. 손가락들을 살려 주어야 합니다. 그들을 연구하기 위해서라도 한 쌍은 살려야 합니다.》

여왕벌은 23호의 말뜻을 알겠으나 개미와 손가락들 사이의 싸움에 개입하고 싶은 생각이 전혀 없다고 잘라 말한다. 그러면서 자기들은 현재 검은 말벌 도시와 영토 분쟁을 벌이고 있는 중이어서 군사력을 모두 거기에 동원해야 한다고 덧붙인다. 여왕벌은 꿀벌과 검은 말벌 사이의 전투 광경을 신명 내가며 묘사하기 시작한다.

날개를 맞부딪는 수천 마리의 벌들, 공중에 머물며 행하는 결투, 독침 공격, 배설물 공격, 발사물의 난무! 여왕벌은 자기가 독침 검술의 열렬한 애호가라고 고백한다. 그리고 그 스포츠를 할 줄 아는 곤충은 꿀벌과 말벌뿐이라며, 공중에서 균형을 유지하면서 능숙하게 독침을 사용하기란 쉬운 일이 아니라고 설명한다. 여왕벌은 상상의 적을 상대로 결투하는 모습을 흉내 내면서 타격 자세를 열거한다. 휘두르기, 찌르기, 대기 자세 4번, 대기 자세 5번, 제1자세, 우측 받아넘기기 등등.

여왕벌은 자기의 배 끝을 병정개미 23호의 머리에 바짝 들이댄다. 그러나 23호는 아무런 흥미도 느끼지 못하고 있다. 그러거나 말거나 여왕벌은 계속 말벌과 꿀벌의 전투 장면을 묘사한다. 비껴 찌르기, 침과 침 맞대기, 포위, 원위치, 반격 등등.

23호가 여왕벌의 이야기를 중단시킨다. 그런 다음, 꿀벌들도 개미와 손가락들의 전쟁에 관계가 있다고 역설한다.

《103호라는 노련한 병정개미가 있습니다. 그는 꿀벌의 독이 있으면 손가락들을 죽일 수 있다는 사실을 알아냈습니다. 현재로서는 손가락들을 죽일 수 있는 게 그것밖에 없습니다. 따라서 원정군은 독을 얻기 위해서 아스콜레인을 공격할 것

입니다.》

《개미들이 우리를 공격한다고? 자기들 연방에서 이렇게 멀리 나와 있는 자들이 말인가? 말도 안 되는 소리 하지 말게!》

바로 이 순간에 공습경보가 황금의 벌집 방방마다 울려 퍼진다.

104. 곤충은 우리의 적이다

곤충과의 전쟁에 대한 세미나에서 미귀엘 시녜리아즈가 자기의 연구 성과를 제시할 차례가 되었다. 그는 자리에서 일어나 참석자들에게 세계 지도를 보여 주었다. 검고 동그란 드러냄표가 점점이 박혀 있는 지도였다.

「이 점들은 전쟁 지역을 나타내고 있습니다. 인간끼리의 전쟁이 아니라 곤충과의 전쟁 말입니다. 우리는 도처에서 곤충과 싸우고 있습니다. 모로코에서, 알제리에서, 세네갈에서 사람들은 메뚜기의 침입에 맞서 싸우고 있습니다. 페루에서는 모기가 말라리아를 퍼뜨리고 있고, 남아프리카에서는 체체파리가 수면병을 옮기고 있으며, 말리에서는 이가 창궐해서 티푸스를 일으키고 있습니다. 아마존과 적도 아프리카, 인도네시아에서는 사람들이 마냥개미의 침입에 대항하여 싸우고 있습니다. 또 리비아에서는 암소들이 쇠파리에 물려 죽어 가고 있고, 베네수엘라에서는 공격적인 말벌이 어린이들에게 달려들고 있습니다. 프랑스에서만 해도 여기서 아주 가까운 퐁텐블로 숲으로 소풍을 나갔던 한 가족이 불개미 떼에게 공격을 받았습니다. 감자 농장을 파괴하는 감자잎벌레나 목조 건물을 갉아먹고 주민들에게까지 달려드는 흰개미들, 옷을 쏠아 대는 좀, 개를 공격하는 나방에 대해서는 더 이상 길게 얘기할 필요를 느끼지 않습니다. 이것이 바로 우리의 현실입니다.

1백만 년 전부터 인간은 곤충들과 전쟁을 벌여 왔습니다. 전쟁은 여전히 계속되고 있습니다. 적들이 작기 때문에 사람들은 그것을 과소평가합니다. 사람들은 손가락을 튀기는 것만으로도 곤충들을 죽일 수 있다고 생각합니다. 그러나 그것은 잘못된 생각입니다! 곤충을 없애기는 대단히 어려운 일입니다. 곤충은 독에 적응해 나가며, 돌연변이를 통해 보다 효과적으로 살충제에 저항하고, 멸종을 피하려고 엄청난 속도로 번식합니다.

곤충은 우리의 적입니다. 동물 수의 9할이 곤충입니다. 수십억의 수십억 배의 수십억 배가 되는 곤충에 비하면 우리 인간과 포유류 동물은 한 줌밖에 되지 않습니다.

우리 선조들은 이 곤충들을 〈지옥의 군대〉라는 말로 정의했습니다. 곤충들은 지옥의 군대, 즉 비천한 것, 기어다니는 것, 땅속에 사는 것, 숨어 있는 것, 예측 불가능한 것 모두를 대표하고 있습니다.」

한 사람이 손을 들었다.

「시녜리아즈 박사님, 그 지옥의……. 아니, 곤충들에 대항해서 싸우려면 어떻게 해야 하는지 알고 싶습니다.」

시녜리아즈는 청중에게 미소를 보내고 말을 이었다.

「우선 그것들을 얕잡아 보지 말아야 합니다. 한 가지 예를 들어보겠습니다. 칠레 산티아고에 있는 실험실에서 우리는 개미들이 〈시식(試食) 개미들〉을 따로 두고 있다는 사실을 발견했습니다. 개미 사회가 새로운 먹이와 마주쳤을 때, 그 먹이를 먼저 먹어 보는 개미들입니다. 시식하고 나서 이틀이 지난 뒤에도 의심스러운 징후가 전혀 나타나지 않으면, 그제야 동료 개미들이 그 먹이를 먹습니다. 이 사실은 대다수 살충제의 효과에 한계에 있다는 걸 보여 줍니다.

그래서 우리는 약을 먹은 후 72시간이 지나야만 효력이 발생하는 새로운 살충제를 만들어 냈습니다. 우리는 이 새로운 독이 개미들의 안전장치에도 불구하고 개미 도시에 널리 퍼지게 되기를 희망합니다.」

「박사님, 살충제를 개발하는 과학자들을 죽이도록 개미들을 훈련시키는 데 성공한 웰스 씨에 대해서 어떻게 생각하시는지요?」

시녜리아즈는 고개를 들어 잠시 허공을 바라보았다.

「곤충들에게 매료된 사람들은 늘 있기 마련입니다. 그런 행동을 하는 사람이 이제야 나타났다는 게 오히려 이상할 정도입니다. 희생자의 대부분은 같은 동료들이었고 친구들이었습니다. 하지만 지금 그것은 그다지 중요한 문제가 아닙니다. 웰스 씨는 남을 해칠 수 있는 상태가 아니니까요. 며칠 후에 저는 여러분께 엄청난 위력을 지닌 기적의 상품을 소개할 것입니다. 저희가 많은 희생을 치러 가며 만든 상품, 그 암호명은 〈바벨〉입니다. 더 많은 정보를 알고 싶으신 분은 내일 이 시간을 기대해 주십시오.」

시녜리아즈 박사는 휘파람을 불면서 호텔까지 걸어왔다. 그는 자기 이야기에 대해 청중이 보인 반응에 만족했다.

그는 방에서 손목시계를 풀다가 소맷자락에 네모난 작은 구멍이 나 있는 것을 보았다. 하지만 그는 그것을 대수롭지 않게 여겼다.

그는 침대 위에서 하루의 피로를 풀고 있었다. 그때 목욕탕에서 이상한 소리가 났다. 최고급 호텔에 고장난 수도가 웬 말이람!

그는 일어나서 조용히 목욕탕 문을 닫았다. 그리고 저녁 식사나 해야겠다고 생각했다. 레스토랑에 내려가자면 계단이나 엘리베이터를 이용해야 했다. 그는 피곤했기 때문에 엘리베이터를 선택했다.

그것이 실수였다.

엘리베이터가 두 층 사이에서 멈추었다.

바로 아래층에서 엘리베이터를 기다리던 투숙객들은 시녜리아즈 박사가 소름 끼치는 비명을 지르면서 온 힘을 다해 엘리베이터 벽을 때리는 소리를 들었다.

「밀실 공포증 환자인가 봐.」

어떤 여인이 말했다.

하지만 종업원이 달려와 엘리베이터를 열었을 때, 안에는 시체 한 구뿐이었다. 시체의 얼굴에 나타난 공포의 표정은 악마와 싸운 사람의 표정 바로 그것이었다.

105. 꿈

조나탕은 잠을 이룰 수 없었다. 모두가 하나가 되는 공동체 의례가 강도를 더해 가면서 잠을 이루기가 점점 어려워졌다.

어제는 다른 어느 때보다도 강한 전율을 느꼈다. 모두가 〈옴〉이라는 하나의 소리를 내고 있던 중에 그는 어떤 이상한 것을 느꼈다. 몸 안의 모든 것을 그 소리가 빨아들이는 듯했다. 손이 장갑에서 빠져나가듯이 그의 내부에 있는 어떤 것이 육신이라는 껍데기에서 빠져나가려고 했다. 조나탕은 무서웠지만, 다른 이들과 함께 있다는 사실이 그를 안심시켰다. 이윽고 몸에서 빠져나간 그것이 다른 이들의 그것과 함께 자유로이 화강암을 지나 개미집으로 올라갔다. 그것은 〈옴〉이라는 음파 같기도 했고 기(氣)나 영혼 같기도 했다.

그런 현상은 오래가지 않았다. 마치 늘어난 고무줄이 원상태로 돌아오듯이, 그것은 순식간에 육신의 껍데기 안으로 되돌아왔다.

그것은 집단적인 꿈이었다. 집단적인 꿈으로밖에 볼 수 없었다.

개미들 곁에서 살았기 때문에 그들은 모두 개미 꿈을 꾸었다. 그는 『백과사전』에 꿈에 대해서 더 자세하게 기술한 대목이 있다는 것을 기억해 냈다. 손전등을 들고 그는 풍금 앞 보면대 위에 있는 『백과사전』을 보러 갔다.

106. 백과사전

꿈

말레이시아의 밀림 깊숙한 곳에 세노이라는 원시 부족이 살고 있었다. 그들은 꿈을 삶의 중심에 놓았다. 그래서 사람들은 그들을 〈꿈의 부족〉이라 불렀다.

매일 아침 불가에 둘러앉아 식사를 하면서 그들은 저마다 간밤에 꾼 꿈에 대해서만 이야기했다. 누군가에게 해를 끼치는 꿈을 꾼 사람은 꿈속에서 해를 입은 사람에게 곧바로 선물을 주어야 했다. 꿈에서 남을 때린 사람은 맞은 사람에게 용서를 구해야 했고 그러기 위해서 선물을 주어야만 했다.

세노이 부족은 현실 세계를 살아가는 데 필요한 교육보다도 꿈의 세계와 관련된 교육을 더 중시했다. 한 아이가 호랑이를 만나 도망치는 꿈을 꾸었다고 얘기하면, 사람들은 아이에게 그날 밤 다시 호랑이 꿈을 꾸고 호랑이와 싸워 그것을 죽이라고 시켰다. 노인들은 아이에게 방법을 일러 주었다. 아이가 호랑이와 싸워 이기지 못하면 부족 사람들이 모두 아이를 나무랐다.

꿈에 큰 가치를 두는 세노이 부족은 성관계를 갖는 꿈을 꾸면 반드시 오르가슴에 이르러야 한다고 생각했고, 현실 세계로 돌아와서는 꿈속의 연인에게 선물로 감사를 표시하는 것이 당연하다고 여겼다. 악몽 속에서 적대적인 상대와 마주치면 반드시 이겨야 했고, 그 사람과 친구가 되기 위해서 그에게 선물을 요구했다. 그들이 가장 갈망하는 꿈은 하늘을 나는 꿈이었다. 부족 사람들 모두가 비상하는 꿈을 꾼 사람에게 축하의 말을 건넸다. 아이에게는 처음으로 비상하는 꿈을 꾸는 것이 기독교 세계의 세례와 같은 것이었다. 사람들은 아이에게 선물을 듬뿍 주었고, 어떻게 하면 미지의 나라에까지 날아가서 신기한 물건들을 가져올 수 있는지 가르쳐 주었다.

세노이 부족은 서양의 민속학자들을 매혹시켰다. 그곳에는 폭력이나 정신병이 없었고, 스트레스나 정복의 야망도 없었다. 노동은 생존에 필요한 최소한으로 엄격히 제한되었다.

세노이 부족은 1970년대에 그들이 살고 있던 숲이 개간되면서 사라졌다. 그러나 오늘부터라도 우리는 그들의 지식을 활용할 수 있다.

전날의 꿈을 매일 아침 기록한 다음, 제목을 달고 날짜를 써넣어라. 그리고 세노이 부족처럼 그 꿈에 대해서 아침 식사 같은 때에 주위 사람과 이야기해 보라. 꿈의 항공학에 관한 기본 규칙을 활용해서 한층 더 멀리 나아가라. 잠이 들기 전에 어떤 꿈을 꿀 것인가를 결정하라. 산들을 솟아오르게 하는 꿈, 하늘의 색깔을 바꾸는 꿈, 낯선 땅을 찾아가는 꿈, 자기가 선택한 동물들과 만나는 꿈 등 어느 것이라도 좋다.

꿈속에서는 누구나 전지전능하다. 꿈의 항공학의 1차 시험은 비행이다. 팔을 벌려 활공(滑空)하고 급강하하고 다시 선회하면서 상승하는 것 등 모든 것이 가능하다.

꿈의 항공학은 점점 높은 수준의 훈련을 요구한다. 〈비행〉 시간이 길어질수록 자신감과 표현력이 증대된다. 어린이들은 다섯 주 만에 꿈을 마음대로 조정할 수 있게 된다. 어른들은 몇 달이 걸리는 경우도 있다.

에드몽 웰스, 『상대적이며 절대적인 지식의 백과사전』 제2권

자종 브라젤은 보면대 옆에서 조나탕을 만났다. 그는 조나탕이 꿈에 관심이 많다는 것을 알고, 실은 자기도 개미 꿈을 꾸었노라고 고백했다. 꿈속에서 개미들이 모든 사람들을 죽였고 살아남은 것은 〈웰스의 사람들〉뿐이었다.

그들은 메르쿠리우스 임무와, 반체제 개미들, 새 여왕 클리푸니 때문에 생긴 문제들에 대해서 이야기했다.

자종 브라젤은 니콜라가 왜 공동체 의례에 항상 불참하느냐고 물었다. 조나탕 웰스는 아이가 아직 참여 의사를 밝히지 않았으며 아이에게 뭔가 전기가 마련되어야 한다고 말했다. 아무도 그런 행위를 권하거나 강요할 수 없는 노릇이었다.

「그러나……」

브라젤이 무슨 말인가를 하려다 얼버무렸다.

「우리의 깨달음을 아이에게 주입할 수는 없어요. 우리는 밀교의 종파가 아니고, 누구를 개종시키려는 것도 아니잖아

요. 니콜라는 자기가 원할 때 입문하게 되겠지요. 입문 의식은 어찌 보면 죽음과도 같습니다. 고통이 따르는 탈바꿈이지요. 그것은 자기가 원해야 하는 거지 누가 영향을 준다고 되는 건 아니에요. 저는 아이에게 그것을 강요할 생각은 없어요.」

서로를 이해한 두 사람은 느릿느릿 잠자리로 돌아갔다. 그들은 기하학적인 도형 속에서 비행하는 꿈을 꾸었다. 그들은 하늘에 돋을새김된 숫자들을 통과했다. 1. 2. 3. 4. 5. 6. 7.

107. 황금의 벌집 안에서

수직 8자 춤.

뒤집어진 8자 춤.

나선 8자 춤. 비스듬한 8자 춤. 겹친 8자 춤.

수평 8자 춤. 태양을 기준 삼아 각도를 바꾼다.

곧바로 3단계 경보이다. 공중의 파발 벌이 전한 바에 따르면 공격군은 날아다니는 개미들로 이루어져 있다. 여왕벌이 의아해한다. 날아다니는 개미는 암개미와 수개미뿐이고 그것도 공중에서 교미를 하기 위해서만 날지 않는가!

그러나 파발 벌들은 확신에 차 있다. 분명이 개미들이 아스콜레인 쪽으로 날아오고 있다는 것이다. 개미들은 수천 머리 높이에서, 초속 2백 머리로 날아오고 있다고 한다.

꿀벌들이 8자 춤을 추며 대화를 나눈다.

《모두 몇 마리인가?》

《현재로서는 확인할 수 없다.》

《벨로캉의 불개미들인가?》

《그렇다. 그들이 이미 파발벌 다섯을 죽였다.》

일벌 스무 마리가 여왕벌 자하하에르샤를 둘러싼다. 여왕벌은 두려워할 것 없다고 부하들에게 이른다. 여왕벌은 밀랍과 꿀의 전당인 황금의 벌집을 금성철벽으로 생각한다. 꿀벌의 한 군체는 8만 마리까지 거느릴 수 있다. 황금의 벌집은 6천 마리밖에 거느리고 있지 않지만 그 일대에서 모두 두려워하는 군체이다. 꿀벌의 세계에서는 아주 드물게도, 이웃 둥지에 대한 침공 정책을 펴고 있기 때문이다.

자하하에르샤는 23호가 했던 이야기들을 되새기고 있다. 왜 그 개미는 그런 것을 알려 주었을까? 그 개미는 손가락들을 치러 가는 원정군에 대해서 얘기했다. 어머니도 언젠가 손가락에 대해서 말씀하신 적이 있었다.

《손가락들은 곤충들하고는 다르단다. 전혀 다른 세계에 살고 있지. 손가락들과 곤충들을 혼동해서는 안 된다. 손가락들을 보면 모른 체하려무나. 그러면 그들도 너를 모른 체할 게다.》

자하하에르샤는 어머니 말씀에 그대로 따랐다. 백성들에게도 그렇게 가르쳤다. 그들을 공격하지도 말고 돕지도 말라고 일렀다.

여왕벌은 부하들에게 잠시 휴식을 취하면서 꿀을 좀 먹어 두라고 지시한다. 꿀은 생명의 양식이다. 꿀은 완전히 소화, 흡수될 수 있는 먹이이다. 그만큼 순수한 물질인 것이다.

자하하에르샤는 이번 전쟁을 피할 수 있을 것이라고 생각한다. 벨로캉 개미들은 자기들이 그냥 지나갈 수 있게 해달라고 청하러 오는 것일 게다. 그들이 원하는 것은 협상이지 전쟁이 아니다. 개미 몇 마리가 공중에 있다고 해서 그들이 공중전의 기술을 터득한 것으로 볼 수는 없다. 물론 개미들이 파발 벌들을 쉽게 해치우기는 했지만 아스콜레인 군대에 맞서서도 그럴 수 있을까?

어림도 없지. 우리 군대는 결코 패배하지 않을 것이다. 우리는 맞서 싸울 것이고 개미들과 벌이는 최초의 전투를 반드시 승리로 이끌 것이다.

여왕벌은 곧바로 병정벌들의 사기를 북돋는 벌들을 소집한다. 그들은 흥분을 잘 하고 다른 벌들을 흥분시킬 줄 아는 벌들이다. 자하하에르샤는 전투 준비를 명한다.

《벨로캉 개미들을 안에까지 들어오게 해서는 안 된다. 공중에서 그들을 차단하라!》

명령이 떨어지자마자 병정벌들이 모여든다. 그들은 밀집 편대를 지어 이륙한다. 밀벌과 전투할 때처럼 V 자 내형을 짓는다.

황금의 벌집 안에 있는 모든 날개가 3백 헤르츠로 진동한다. 전동기가 윙윙거리는 소리 같다.

브즈즈즈즈즈즈즈즈즈 브즈즈즈……. 독침들은 숨겨져 있다. 그것들은 적을 죽일 때만 빠져나올 것이다.

108. 방향 전환

샤를 뒤페롱은 집무실에 자크 멜리에스를 불러다 놓고 방 안을 빙빙 돌고 있었다. 그의 기분은 상할 대로 상해 있었다.

「믿는 도끼에 발등 찍힌다더니, 이거 원 내가 그 꼴이 되었으니.」

자크 멜리에스는 〈그런 일이야 정계에서는 다반사지요〉

라고 말하려다가 꾹 참았다.

뒤페롱이 한바탕 퍼부을 기세로 다가왔다.

「나는 자네의 재능을 믿었네. 그런데 웰스 박사의 딸은 왜 잡아넣어 가지고 웃음거리가 되나 그래. 그것도 신문 기자를 말이야.」

「그 기자는 제가 사건의 단서를 잡았다는 사실을 알고 있는 유일한 사람이었습니다. 게다가 집에서 개미를 키우고 있었고요. 그런데 바로 그날 저녁에 개미가 제 방에 쳐들어왔습니다.」

「이 사람아, 그걸 말이라고 하나? 개미가 어디 자네만 공격하던가? 나도 숲속에서 엄청나게 많은 개미들에게 공격을 당했잖은가.」

「아 참, 아드님은 괜찮습니까?」

「완전히 회복되었지. 그런데 정말 희한하더군. 의사는 벌에 쏘였다고 진단하더라고. 개미 떼에 뒤덮여 있었다는데도 우리 애의 상처가 벌에 쏘인 것으로밖에 볼 수 없다는 거야. 그런데 벌에 쏘였을 때 맞는 혈청 주사를 놓으니까 금방 나아 버리지 뭔가. 도무지 믿기지 않는 일이지.」

국장은 고개를 설레설레 흔들고 말을 이었다.

「이제 개미라면 넌더리가 나. 그래서 지방 의회에 방충 사업 계획을 입안해 달라고 요청했지. 퐁텐블로의 숲에 DDT를 살포해서 벌레들을 박멸하면 시민들이 몇 년 동안 안심하고 소풍을 즐길 수 있을 거야.」

뒤페롱 국장은 커다란 레장스식 책상 뒤로 가 앉으면서 불만이 가시지 않은 어투로 말했다.

「이미 웰스 씨를 석방하도록 지시했네. 시녜리아즈가 살해당함으로써 자네가 체포한 용의자는 무죄가 입증된 셈일세. 우리 꼴이 말이 아니야. 그런 어처구니없는 실수는 한 번으로 족해.」

멜리에스가 항변할 기미를 보이자 국장은 더욱 화를 내며 말했다.

「웰스 씨의 정신적 피해에 대해 최대한 사과하고 응분의 보상을 하라고 지시해 놓았네. 그렇다고 그 여자가 경찰 헐뜯는 기사를 안 쓸 리가 없겠지만. 결국 경찰의 체면을 세우려면 한시바삐 진범을 잡는 수밖에 없어. 피살자 가운데 하나가 자기 피로 〈푸르미〉라는 단어를 써놓고 죽지 않았는가 말일세. 전화번호부를 뒤져 보면 알겠지만 푸르미라는 성을 가진 사람은 열네 명밖에 안 돼. 나야 수사의 수자도 모르는 사람이지만, 죽어 가는 사람이 마지막 힘을 다해 푸르미라는 단어를 썼다는 얘기를 들었을 때, 대번에 그게 살인자의 성이라고 생각했지. 그런 방향으로 수사를 해보는 게 어떻겠나.」

멜리에스가 입술을 깨물었다.

「듣고 보니 그럴 수도 있겠군요. 그런 쪽으로는 전혀 생각을 못 했습니다.」

「그럼, 당장 착수하게, 멜리에스 경정. 이번엔 실수 없도록 하게.」

109. 백과사전

분봉

꿀벌의 세계에서 분봉(分蜂)은 특이한 의식을 거쳐 이루어진다. 도시이

353

자 왕국인 하나의 군체가 번성의 절정기에 이르러 느닷없이 분봉을 하기로 결정한다. 여왕벌은 백성들을 번영으로 이끌고 나서 자기의 가장 소중한 것들, 즉 왕국의 영토, 안락한 터전, 화려한 궁궐, 둥지 안의 밀랍과 꽃가루와 꿀과 로열 젤리 등을 포기하고 떠난다. 그러면 여왕벌은 그것들을 누구에게 물려주는가? 갓 태어난 벌들에게이다.

여왕벌은 일벌들을 데리고 한 번도 가본 적이 없는 다른 곳에 터를 잡는다.

여왕벌이 떠나고 몇 분 후, 어린 벌들은 버려진 왕국에서 잠을 깬다. 어린 벌들은 자기들이 해야 할 일이 무엇인지를 본능으로 알고 있다. 비생식 일벌들은 서둘러 생식 암벌들이 부화하는 것을 돕는다. 성스러운 알 속에 웅크리고 있던 잠자는 숲속의 미녀들이 알에서 나와 최초의 날갯짓을 경험한다.

제일 먼저 걷기 시작한 암벌이 대뜸 다른 암벌들을 해치는 행동을 한다. 다른 암벌들에게 달려들어 작은 위턱으로 그들을 눌러 버린다. 그 암벌은 일벌들이 밑에 깔린 암벌들을 빼내지 못하게 막고는 독침으로 자매들을 찔러 버린다.

희생자가 늘어날수록 안도감도 커진다. 행여 어린 왕녀들을 보호하려는 일벌이 있으면, 제일 먼저 깨어난 암벌이 날갯짓으로 대갈일성한다. 벌집 주변에서 흔히 들을 수 있는 보통의 날갯짓 소리와는 사뭇 다르다. 그러면 신하들은 단념의 뜻으로 머리를 조아리고 살생이 계속되도록 내버려 둔다.

그 공격을 모면하는 암벌들이 간혹 있는데, 그러면 암벌들끼리 결투가 벌어진다. 그런데 이상한 것은, 두 암벌만 남게 되면 상대를 독침으로 찌르는 자세를 결코 취하지 않는다는 것이다. 어떤 일이 있어도 한 마리의 암벌은 살아남아야 한다. 오로지 왕국을 건설하고자 하는 열망이 대단히 강렬함에도 불구하고, 둘이 동시에 죽음으로써 둥지가 부모 잃은 자식 꼴이 되어 버리는 위험을 무릅쓰지는 않는다.

마지막으로 남은 유일한 암벌은 둥지에서 나와 수컷들과 비행하면서 정받이를 한다. 왕국을 한두 바퀴 돌고 돌아와 암벌은 알을 낳기 시작한다.

에드몽 웰스, 『상대적이며 절대적인 지식의 백과사전』 제2권

110. 매복

꿀벌들의 비행 편대가 위풍당당하게 공기를 가른다. 아스콜레인 꿀벌 하나가 옆에서 날고 있는 동료에게 신호를 보낸다.

《저 수평 8 자 춤을 보게. 벨로캉 개미들이 날고 있다는 것을 우리 파발 벌들이 분명히 알려 주고 있네.》

다른 꿀벌이 자신감을 가지려고 애쓰며 대꾸한다.

《날아다니는 건 생식 개미밖에 없네. 아마 떼 지어 결혼 비행을 하는 걸 거야. 그것들이 뭐 공격다운 공격을 할 수 있겠어?》

그 꿀벌은 자신의 힘과 자기네 군대의 힘을 의식하고 있다. 언제든 무모한 불개미들의 딱지를 구멍 낼 태세가 되어 있는 배 끝의 뾰족한 침, 자기에게 힘을 줄 내장 속의 꿀, 개미들에게 괴로움을 안겨 줄 독. 뒤에 있는 태양마저도 다가오는 개미들의 눈을 멀게 한다.

한순간, 자기들의 무모함 때문에 비싼 대가를 치르게 될 그 곤충들에 대한 연민이 스치고 지나간다. 그러나 파발 벌들의 복수를 해야 한다. 땅 위에 있는 모든 것이 꿀벌들의 지배하에 있다는 것을 저 개미들이 깨닫게 해야 한다.

저 멀리에서 두루마리구름이 뭉실뭉실 피어오른다. 흥분한 꿀벌 한 마리가 제안한다.

《저 구름 속에 숨어 있다가, 녀석들이 나타나면 위에서 덮치자.》

그러나 꿀벌들이 날갯짓 1백 번이면 닿을 만큼 구름에 접근하자마자 상상도 할 수 없는 일이 벌어진다. 꿀벌들은 자기들의 더듬이, 자기들의 눈을 의심한다. 너무나 놀란 나머지 날갯짓 회수가 초당 3백에서 50으로 떨어진다.

꿀벌들의 비행은 잿빛 구름을 목전에 두고 제동이 걸린다.

어스름.

제3권에서 계속

옮긴이 **이세욱** 1962년에 태어나 서울대학교 불어교육과를 졸업하였으며, 현재 전문 번역가로 활동하고 있다. 옮긴 책으로 베르나르 베르베르의 『제3인류』(공역), 『웃음』, 『신』(공역), 『인간』, 『나무』, 『상대적이며 절대적인 지식의 백과사전』(공역), 『뇌』, 『타나토노트』, 『아버지들의 아버지』, 『천사들의 제국』, 『여행의 책』, 움베르토 에코의 『프라하의 묘지』, 『로아나 여왕의 신비한 불꽃』, 『세상의 바보들에게 웃으면서 화내는 방법』, 『세상 사람들에게 보내는 편지』(카를로 마리아 마르티니 공저), 장클로드 카리에르의 『바야돌리드 논쟁』, 미셸 우엘벡의 『소립자』, 미셸 투르니에의 『황금 구슬』, 카롤린 봉그랑의 『밑줄 긋는 남자』, 브램 스토커의 『드라큘라』, 파트리크 모디아노의 『우리 아빠는 엉뚱해』, 장자크 상페의 『속 깊은 이성 친구』, 에리크 오르세나의 『오래오래』, 『두 해 여름』, 마르셀 에메의 『벽으로 드나드는 남자』, 장크리스토프 그랑제의 『늑대의 제국』, 『검은 선』, 『미세레레』, 드니 게즈의 『머리털자리』 등이 있다.

개미 2

발행일	1993년	6월 25일	초판	1쇄
	2000년	7월 30일	초판	105쇄
	2001년	1월 30일	2판	1쇄
	2013년	2월 25일	2판	87쇄
	2013년	5월 30일	3판	1쇄
	2022년	5월 30일	3판	31쇄
	2023년	6월 15일	특별판	1쇄
	2023년	10월 30일	개정판	1쇄
	2024년	1월 10일	개정판	2쇄

지은이 베르나르 베르베르
옮긴이 이세욱
발행인 홍예빈·홍유진
발행처 주식회사 열린책들

경기도 파주시 문발로 253 파주출판도시
전화 031-955-4000 팩스 031-955-4004
www.openbooks.co.kr